*Alli Sinclair*

DIE BALLERINA VON PARIS



atb aufbau taschenbuch

*ALLI SINCLAIR* verbrachte lange Zeit in Nepal, Argentinien und Peru. Ihre große Leidenschaft ist das Tanzen. Für ihre Bücher wurde sie mit zahlreichen Preisen ausgezeichnet.

Bei Rütten & Loening ist ihr Buch »Die spanische Tänzerin« lieferbar.

Paris, 1917: Die junge Tänzerin Viktoria trifft am Ballett auf ihren früheren Liebhaber Alexei, und ihre Liebe flammt erneut auf. Als aber ein reicher Baron der Kompanie seine Unterstützung anbietet und dafür einen Abend mit Viktoria verlangt, ahnt sie nicht, vor welcher Entscheidung sie bald stehen wird.

2017: Lily, einst eine gefeierte Ballerina, kehrt nach Paris zurück. Dort kam ihr Verlobter ums Leben, und ihre Schwester Natalie gibt ihr die Schuld daran. Lily möchte sich mit ihr aussöhnen, doch sie muss feststellen, dass Natalie wie besessen zu sein scheint von den Tagebüchern der berühmten Ballerina Viktoria Budian. Was geschah 1917 in Paris?

*Alli Sinclair*

# Die Ballerina von Paris

*Roman*

*Aus dem Englischen von*
*Gabriele Weber-Jarić*

aufbau taschenbuch

Die Originalausgabe unter dem Titel
*Under The Parisian Sky*
erschien 2017 bei Kensington, New York.

MIX
Papier aus verantwortungsvollen Quellen
FSC® C083411

ISBN 978-3-7466-3495-1

Aufbau Taschenbuch ist eine Marke
der Aufbau Verlag GmbH & Co. KG

1. Auflage 2019

Umschlaggestaltung www.buerosued.de, München
unter Verwendung eines Bildes von Arcangel / Christie Goodwin
Gesetzt in der Minion Pro durch LVD GmbH, Berlin
Druck und Binden CPI books GmbH, Leck, Germany
Printed in Germany

www.aufbau-verlag.de

*Für Garry, Rebecca und Nicholas.*
*Ich danke euch.*
*Ihr bringt Sonnenschein in die Welt*
*und Liebe in mein Herz.*

# Kapitel 1

Lily legte ein Bein auf die Balkonbrüstung, beugte sich langsam vor und dehnte ihre Muskeln. Ihr Blick wanderte über den Boulevard Saint-Germain zu ihren Füßen. Der Duft von Kaffee und frischgebackenem Brot stieg ihr in die Nase, und ihr Magen begann zu knurren. Unten in den Bäumen raschelte eine leichte Brise und ließ das Laub im Sonnenlicht flimmern. Auf dem Boulevard besuchten Einheimische und Touristen die kleinen Boutiquen, betraten Buchläden oder ließen sich in einem der zahlreichen Cafés zu einer ausgedehnten Mittagspause nieder.

Lily spürte, wie gut ihr die warme Herbstsonne tat. Sie krümmte ihre Zehen und spreizte sie wieder, konzentrierte sich auf jeden Muskel. Dann wiederholte sie die Übungen mit dem anderen Bein. Anschließend nahm sie die erste Position ein und ging mit den Armen alle Positionen durch, von der ersten bis zur fünften.

Zwar widerstrebte es ihr, die Schmerzen in ihrem Rücken mit ihren geliebten Ballettübungen in Schach zu halten, doch es war nicht zu leugnen, dass die Bewegungen, die sie fast ihr Leben lang durchexerziert hatte, enorm hilfreich waren. Es blieb ihr auch nichts anderes übrig, denn seit ihrer Ankunft in Paris hatte sie feststellen müssen, dass es ihr körperlich – und seelisch – doch noch nicht wieder so gutging, wie sie angenommen hatte.

Sie beendete ihre Übungen, stützte die Ellbogen auf die Balkonbrüstung und betrachtete das Stadtviertel unter ihr. Ganze Lichtjahre schien Paris von dem kleinen Rutherford Creek in Australien entfernt, wo sie einen großen Teil ihres Lebens verbracht hatte. Eigentlich war es unfassbar, dass ein Mädchen wie sie, das außer Rutherford Creek nicht viel gekannt, den Kopf aber voller Flausen gehabt hatte, vom berühmten Australian Ballet in Melbourne angenommen worden war. Noch erstaunlicher war ihre nächste Station gewesen, ein Engagement bei einer der angesehensten Tanzkompanien Europas, der Bohème Ballet Company von Paris. Als man in ihrer Heimat von diesem Angebot aus Paris erfuhr, war sie von Zeitungsreportern interviewt worden. Doch seit dem Unfall weigerte sie sich, mit Reportern zu sprechen. Trotzdem riefen sie weiter an, in der Hoffnung, irgendwann würde sie sich vielleicht doch noch über den Abend des Unfalls äußern.

Mit einem Seufzer stieß sie sich von der Brüstung ab. Es hatte sie große Überwindung gekostet, erneut ein Flugzeug nach Paris zu besteigen. Deshalb wäre es unsinnig, sich nun in einem gemieteten Apartment zu verstecken. Es würde sie auch nicht zum Ziel ihrer Reise führen. Zwar wäre sie überall lieber als in der Stadt, in der ihr Leben zerstört worden war, aber sie hatte keine andere Wahl. Man musste sich seinen Dämonen stellen. Verkrochen hatte sie sich lange genug. Und dabei hatte ihr einmal die Welt zu Füßen gelegen.

Lily kehrte in ihr Zimmer zurück, steckte den Fotoapparat in ihren Rucksack und verließ das Haus. Sie wollte das weiche Licht des Herbsttags nutzen und im Jardin Marco Polo fotografieren.

Im Park angekommen, blieb sie bei dem monumentalen Springbrunnen stehen und betrachtete die vier spärlich bekleideten Frauenfiguren aus Bronze, die eine riesige Himmelssphäre mit einer Erdkugel darin hochstemmten. Ihre Gesichter verrieten die Anstrengung, die es sie kostete. Es war eine phantastische Skulptur, der Bildhauer musste ein Genie gewesen sein.

Lily fotografierte den Brunnen aus mehreren Blickwinkeln und wählte ihre Bildausschnitte lange und mit Bedacht, nur um noch ein wenig Zeit zu schinden. Sie wünschte, das Kraftvolle, das von den Brunnenfiguren ausging, würde auf sie abfärben; denn hier in Paris schien ihr Leid erneut übermächtig zu werden. Jede Ecke erinnerte sie an Aiden, immer wieder sah sie die Bilder des Unfalls vor sich – und ihre Schwester, die sie hätte trösten können, wollte nichts mehr von ihr wissen.

Sie ging die Fotos auf dem kleinen Display der Kamera durch und war zufrieden. Seit sie das Ballett aufgegeben hatte, half ihr die Fotografie, mit den langen unausgefüllten Tagen fertigzuwerden. Zudem gab sie ihr das Gefühl, etwas kontrollieren zu können, wohingegen alles andere in ihrem Leben zunehmend aus den Fugen geriet. Wenn ihr ein Blickwinkel nicht gefiel oder ein Motiv unscharf geworden war, konnte sie das Bild löschen und neu aufnehmen. Das Leben ließ sich nicht so einfach korrigieren. Und doch würde sie es versuchen. Sie würde noch einmal zu ihrer Schwester gehen – die ihr wahrscheinlich die Tür vor der Nase zuschlagen würde. Wieder einmal.

Lily fotografierte weiter. Endlich einmal hatte sie andere Motive als die rote Erde und die bewaldeten Hügel rund um Rutherford Creek.

Wie oft hatte ihre Mutter sie gedrängt, wieder in die Welt hinauszugehen und auf eigenen Füßen zu stehen. Lily fand, dass sie zu hart mit ihr war, auch wenn sie vielleicht recht hatte. Welche Mutter wollte schon zusehen, wie sich ihre ehemals erfolgreiche neunundzwanzigjährige Tochter in einem kleinen australischen Nest verkroch?

Lily schloss die Augen, hielt ihr Gesicht in die Sonne und atmete tief ein und aus. Sie musste ruhiger werden, sich sammeln und auf die Begegnung mit Natalie vorbereiten.

Um sich noch eine Weile vor der Abfuhr zu drücken, die ihre Schwester ihr wieder erteilen würde, konzentrierte sie sich auf die Farben des herbstlichen Parks. Die letzten gelben, roten und bronzefarbenen Blätter klammerten sich an die Zweige der Bäume und wurden von der nächsten Brise zu Boden geweht. Dieser ruhige gepflegte Fleck inmitten der hohen Pariser Gebäude war ganz anders als der verwilderte Park zu Hause in Rutherford Creek, und doch konnte Lily sich vorstellen, wie sie und Natalie hier als Kinder glücklich lachend durch das bunte Herbstlaub gewatet wären, beide noch unbefangen in der Unschuld ihrer jungen Jahre. Aber diese Zeit war lange vorbei und würde auch nicht wiederkehren, ganz gleich, wie sehr sie sich das wünschen mochte.

Lily verjagte ihre wehmütigen Gedanken. Sie betrachtete die kleinen Gruppen Jugendlicher, die auf dem Weg über die breiten Kieswege auf ihren Handys tippten, die älteren Paare, die Arm in Arm spazierten, die Mütter mit kleinen Kindern. Jeder war in Bewegung, mit Ausnahme des Mannes, der nicht weit entfernt allein auf einer Parkbank saß.

Er machte Lily neugierig. Sein olivfarbener Teint bot einen hübschen Kontrast zum milden Licht des Tages, und sein brünettes, schulterlanges Haar sah aus, als wäre er mit den Fingern durchgefahren. Doch vor allem fiel ihr auf, dass er in die Ferne starrte, mit einem Stift in der Hand und einem Notizblock auf den Knien. Er wirkte so fokussiert, als hinge einiges von dem ab, was er gerade tat. Oder vielmehr nicht tat.

Es juckte Lily in den Fingern, diesen gutaussehenden Mann mit seinem starren Blick zu fotografieren, doch sie wollte ihn nicht stören oder gar verärgern. Obwohl er nicht den Eindruck machte, dass ihn die Blicke anderer Leute interessierten.

*Ein arroganter Mann*, dachte Lily und schalt sich sofort für den Gedanken. Jahrelang hatte man sie nur aufgrund ihres Aussehens und ihrer Bewegungen beurteilt, und nun tat sie das Gleiche bei diesem Fremden. Schuldbewusst wollte sie sich abwenden, doch in dem Moment drehte er den Kopf zu ihr um. Ihre Blicke trafen sich, seine Miene blieb ausdruckslos.

Auf der anderen Seite des Wegs stand eine freie Bank im Schatten eines Baums. Lily ließ sich darauf nieder und wühlte eine Flasche Wasser aus ihrem vollgepackten Rucksack hervor. Sie nahm einen Schluck und richtete ihre Aufmerksamkeit wieder auf den großen Springbrunnen. Die Skulpturen waren ein Meisterwerk, nicht nur die Frauenfiguren, sondern auch die gewaltigen Bronzepferde, die sich mit den Vorderbeinen aus dem Wasser erhoben. Die Körper der Tiere waren so detailgetreu, wirkten so lebensecht, dass man glauben konnte, gleich würden sie über die Einfassung des Brunnenbeckens springen.

Der attraktive Mann mit den verwuschelten Haaren hatte sich über seinen Block gebeugt und wie ein Wilder zu schreiben begonnen. Das, was ihn blockiert hatte, war offenbar verschwunden. Dann und wann sah er Lily an, wieder mit unbewegter Miene, ehe er sich erneut seiner Eingebung überließ und sein Stift wieder über das Papier flog. Am liebsten hätte sie ihn gefragt, was er Wichtiges schreibe, doch dazu fehlte ihr der Mut.

Lily stand auf. Die Sonne war hinter einer Wolkenbank verschwunden, die langsam einen verdächtigen Stich ins Gräuliche bekam. Fröstelnd packte sie ihren Fotoapparat ein. Sie musste sich zum Théâtre du Châtelet aufmachen, wo Natalie mit der Bohème Ballet Company probte – derselben Tanzkompanie, der Aiden und sie selbst einmal angehört hatten. Sie nahm ihren Rucksack auf den Rücken und warf dem Mann auf der anderen Bank einen letzten Blick zu. Er kaute beim Schreiben an seiner Lippe, und Lily wunderte sich, dass er noch keinen Krampf in der Hand bekommen hatte.

*Reiß dich zusammen, Lily, du hast jetzt lange genug getrödelt.*

Nach einem tiefen Atemzug durchquerte sie den Park und lief über den Boulevard Saint-Michel zur Seine. In der Mitte des Pont au Change blieb sie noch einmal stehen und stützte sich auf das Geländer.

Am Ufer erhob sich die jahrhundertealte Conciergerie. Dunkle Wolken zogen über die grauen Türme hinweg. Die Conciergerie war einmal ein Palast gewesen, den man während der Französischen Revolution zu einem Gefängnis umfunktioniert hatte, die letzte Station auf dem Weg zum Schafott. Die berühmteste Insassin war Marie Antoinette gewesen. Lily bezweifelte, dass die Königin Frankreichs sich ihr Leben so vorgestellt hatte, genau wie sie selbst sich nie hätte träumen lassen, dass ihre Karriere so kurz sein und so tragisch enden würde. Nein, an diesen dunklen Ort ihrer Erinnerung wollte sie nicht wieder gehen. Sie richtete ihren Blick erneut auf das historische Gebäude. Ob das Geschichtsträchtige einer Stadt wie Paris einem jemals so sehr zur Gewohnheit werden konnte, dass man es gar nicht mehr wahrnahm? Sie würde es nicht erfahren, denn sie hatte nicht vor, lange in Paris zu bleiben. Ankommen, erledigen, was zu erledigen war, wieder abreisen. So war der Plan.

Schnellen Schritts lief sie weiter. Und dann stand sie vor dem Théâtre du Châtelet, rundum fotografierten Touristen das imposante Gebäude mit den hohen Rundbogenfenstern und dem großen Balkon. Doch Lily hatte kein Auge für die majestätische Pracht des Theaters. Als sie zuletzt hier gestanden hatte, war Aiden noch bei ihr gewesen.

Sie hatten das Theater betreten, waren durch die Flure gestreift und hatten die opulente Ausstattung des Zuschauerraums bestaunt. In diesem Theater war die Musik Tschaikowskis und Richard Strauss' gespielt worden, es hatte Aufführungen gegeben, für die Picasso die Kostüme und das Bühnenbild entworfen hatte, hier waren die grandiosen Tänzer und Tänzerinnen der Ballets Russes aufgetreten. Wie viel Geschichte und Kultur diese Wände gesehen, wie viele Dramen sie erlebt hatten.

Damals hatten sie und Aiden vor ihrem neuen Leben gestanden, überschäumend vor Glück – bis ein gewaltiges Stück Metall auf Rädern in ihr Leben raste. Danach war es für Lily einfach gewesen, das Ballett aufzugeben, und damit den Traum, auf der Bühne des Théâtre du Châtelet zu tanzen. Doch nun stand sie wieder an dem Ort, auf den sich einmal ihre ganze Sehnsucht gerichtet hatte, konnte kaum noch atmen und wusste nicht mehr, ob die Entscheidung, das Ballett hinter sich zu lassen, richtig gewesen war.

Lily rieb sich den unteren Rücken. Wenn sie sich verkrampfte, nahmen ihre Schmerzen zu. Sie hatte Glück gehabt, den Unfall zu überleben und wieder laufen zu können. Doch es gab Tage, da wünschte sie, sie wäre dabei umgekommen. Es hätte ihr ein Leben mit Gespenstern und Schuldgefühlen erspart. Sie hätte sich nicht fragen müssen, ob sie es verdient hatte, weiterzuleben und wieder etwas zu finden, das ihr Dasein lebenswert machte.

Ein Leben, das nicht vergeudet war.

Eines, das es vielleicht sogar wert war, eine neue Liebe zu finden.

Ihr Blick wanderte in die Ferne, das Gebäude vor ihren Augen verschwamm. Sie sah Aiden am letzten Tag vor sich, wie der Wind ihm das Haar aus dem Gesicht blies. Sein Lächeln war voller Zärtlichkeit. Er nahm ihre Hand. Sie betraten das Theater, rannten über die Flure, kicherten wie verliebte Teenager. Aiden stieß die Tür zu einem leeren Übungsraum auf, drückte sie an die Wand und rieb sich an ihr. Er hatte den festen Körper eines Tänzers, seine Bewegungen raubten ihr fast den Verstand. Seine Lippen berührten ihren Mund und –

Jemand stieß gegen sie.

Es war eine hochgewachsene Blondine. »*Excusez-moi*«, sagte sie beiläufig, doch dann sah sie Lilys Gesicht und fragte, ob sie ihr weh getan habe.

»Nein, alles in Ordnung«, antwortete Lily auf Englisch. Selbst das wenige, was sie auf Französisch sagen konnte, war wie weggeblasen.

Die Frau tätschelte Lilys Schulter und eilte auf ihren Stöckelschuhen davon.

Die Bilder aus der Vergangenheit hatten Lily mit ihrer ganzen Wucht getroffen. Natürlich hatte sie die Szenen auch sonst oft vor Augen, aber nie hatten sie so real gewirkt. Ihr Blick wanderte zu dem Theatergebäude. Kein Wunder, hier war schließlich der Ort, wo jene schicksalhaften Tage begonnen hatten.

Ihr Herz zog sich zusammen. Am liebsten wäre sie davongelaufen, aber sie zwang sich, auf das Theater zuzugehen, setzte einen Fuß vor den anderen. Um ihre Schwester zu sehen, hatte sie eine lange Reise auf sich genommen und würde nicht in letzter Minute kneifen. Sie straffte ihre Schultern und folgte dem vertrauten Weg. Sie spürte den Schweiß, der sich in ihren Achselhöhlen sammelte, und hörte eine leise Stimme, die ihr ins Ohr flüsterte, sie solle lieber auf dem Absatz kehrtmachen. Aber das konnte sie nicht. Es hätte bedeutet, dass ihr Vorhaben gescheitert war.

Schon am Tag zuvor hatte sie versucht, mit Natalie zu reden, und sich zu ihrer Wohnung aufgemacht. Das war ein Fehler gewesen. Natalie war allein in der Wohnung, niemand konnte sehen, wie sie ihrer Schwester die Tür vor der Nase zuschlug. Im Theater, vor den

Augen anderer Tänzer, würde sie ihren Zorn hoffentlich zu verbergen versuchen, und vielleicht konnte Lily sie dann dazu bringen, ihr zuzuhören.

Ihre Gedanken wanderten zurück zu ihrer Kindheit. Sie hatte sich immer so liebevoll um Natalie gekümmert, dass sie nun wohl fünf Minuten ihrer Zeit beanspruchen durfte. Doch ihre Schwester war rücksichtslos und aggressiv geworden. Wie oft hatte Lily mit dem Gedanken gespielt, einen Schlussstrich unter die Beziehung zu setzen. Aber den Gedanken, ihre einzige Schwester und einstmals beste Freundin für immer zu verlieren, konnte sie nicht ertragen. Vielleicht war sie zu hoffnungsvoll, aber ein Gefühl sagte ihr, dass sie sich vielleicht doch noch versöhnen könnten.

Auf dem Weg zum Bühneneingang wurde die Erinnerung so übermächtig, dass es ihr einen Moment lang schwindelte. Der Portier war noch der alte, stellte sie fest. Wahrscheinlich erinnerte er sich nicht mehr an sie, sie hatte dem Ballett ja nur drei Wochen lang angehört. Doch jemanden aus jener Zeit wiederzusehen, verstärkte das schmerzliche Ziehen in ihrer Brust. Um sich nichts anmerken zu lassen, lächelte sie und sagte in holprigem Französisch: »Guten Tag, ich bin die Schwester von Natalie Johansson und würde gern mit ihr sprechen.«

Der Mann studierte sie unter buschigen grauen Brauen. »Lily, sind Sie das? Herzlich willkommen! Wie schön, Sie wiederzusehen. Als Sie das letzte Mal hier waren, konnte ich Ihnen leider nicht mehr sagen, wie leid es –«

»Vielen Dank, Bernard«, fiel Lily ein. Sein Englisch war seit ihrer letzten Begegnung viel besser geworden, wohingegen sich ihr Schulfranzösisch rapide verschlechtert hatte. »Wie geht es Ihnen und Ihrer Familie?«

Bernard strahlte. »Danke, uns geht es bestens. Die Schneiderei meiner Frau macht sich gut, vielleicht kann ich mich bald zur Ruhe setzen. Und mein Sohn wird demnächst heiraten.«

»Das freut mich.« Lily hatte Bernard nur kurze Zeit gekannt, doch ihr Interesse an seiner Familie war aufrichtig. Sie nestelte am Riemen ihres Rucksacks und schaute zu Boden. »Was meinen Sie, könnte ich vielleicht zu –«

»Zu Ihrer Schwester? Natürlich. Falls die Probe noch nicht beendet ist, finden Sie Natalie in Saal eins.« Bernard zog die schwere Metalltür auf. Sie quietschte in den Angeln, ein Geräusch, das Lily durch und durch ging. Sie trat über die Schwelle. Sofort stiegen ihr die Gerüche ihrer Vergangenheit in die Nase. Als sie aus Paris geflohen war, hatte sie alles, was sie an das Ballett erinnerte, vernichtet, doch nun atmete sie gierig die Düfte ein, denen sie hatte entkommen wollen.

Sie zwang sich weiterzugehen. Mit gesenktem Kopf durchquerte sie den langen schmalen Flur. Dann hatte sie den Probensaal erreicht und verharrte. Balletttänzer und -tänzerinnen liefen an ihr vorüber, ohne zu ahnen, welcher Tumult sich in Lilys Brust abspielte. Klassische Klaviermusik drang durch die Wände. Lilys Hand schwebte über der Türklinke. Würde sie mit einer neuen Zurückweisung umgehen können? War das, was sie vorhatte, der Mühe wert?

Natürlich war es das. Natalie hatte sie wie ein zerbrochenes Spielzeug fortgeworfen, doch Lily vermisste ihre Schwester. Sie hatten aneinander gehangen, hatten das Ballett schon als kleine Mädchen geliebt und zusammen tanzen gelernt. Wie oft waren sie mit ihrer Mutter zum Ballettunterricht in den Nachbarbezirk gefahren? Wie oft hatten sie sich nachts im Bett aneinandergekuschelt und sich flüsternd eine Zukunft als Tänzerinnen ausgemalt? Sie waren einander so nah gewesen, und doch war dieses Band zerrissen.

Lily klopfte an die Tür. Ein schlanker junger Mann mit schwarzem Haar öffnete, zog eine Braue hoch und fragte: »Ja, bitte?«

Er trug Übungskleidung und musste einer der Tänzer sein. »Guten Tag, ich suche –«

»Sag ihr, ich bin nicht da!«, ertönte von irgendwo Natalies Stimme.

Lily versuchte, an dem Mann vorbeizuschlüpfen, doch er verstellte ihr den Weg. »Bitte, ich bin Natalies Schwester.«

»Sie sind Lily?« Sein Blick wurde abweisend. »Natalie möchte nicht mit Ihnen sprechen.«

»Ich bin den ganzen Weg von Australien –«

Die Tür wurde ganz aufgerissen. Natalie stand im Türrahmen, in malvenfarbenem Trikot und schwarzen Beinwärmern. Das verschwitzte blonde Haar klebte an ihren Schläfen, und ihre zarten Gesichtszüge waren zu einer wütenden Grimasse verzerrt. »Wie oft soll ich dir noch sagen, dass ich nicht mit dir reden will? Verschwinde.«

Sie knallte die Tür zu. Lily starrte auf das Holz, das sie von ihrer Schwester trennte, und spürte, dass sie zornig wurde.

Zwei junge Tänzerinnen huschten kichernd an ihr vorüber. Sie sah ihnen nach. Dass Tänzerinnen Wutanfälle bekamen und Türen zuknallten, gehörte zur Tagesordnung, darüber lachte man höchstens. Sie selbst war allerdings nie laut geworden und damit aufgefallen. Neben ihrer ausgeglichenen Art hatte es aber vor allem an ihrem Können gelegen, dass das Bohème-Ballett sie engagiert hatte, und daran, dass sie und Aiden ein Paar gewesen waren. Für das Bohème war es ein Triumph, sie beide verpflichten zu können, zumal auch berühmtere und wohlhabendere Theater um sie geworben hatten. Doch der Reiz von Paris – der Stadt des Lichts und der Liebe – lockte sie und Aiden hierher. Sie wollten ein neues Leben beginnen und ahnten nicht, wie rasch es ihnen entrissen würde.

Niedergeschlagen wandte sie sich ab und ging den Flur zurück. Es hatte keinen Sinn, hier noch länger zu bleiben. Natalie hatte sich deutlich genug ausgedrückt und würde ihre Meinung wohl nicht ändern. Lily brauchte einen anderen Plan, um sich ihr zu nähern. Obwohl sie ihre Schwester kaum noch wiedererkannte. Bitter, selbstsüchtig und anklagend war sie geworden, und nichts erinnerte mehr an das zärtliche kleine Mädchen, das seine ältere Schwester einmal angebetet hatte. Und dann bewarb sie sich auch noch um die Aufnahme in das Bohème Ballet und nahm den Platz ein, den Lily verloren hatte. Für Lily war es wie ein Schlag ins Gesicht gewesen. Wie oft hatte sie sich nach dem Grund für Natalies Verhalten gefragt und nicht verstanden, warum sie sich so brutal über Lilys Gefühle hinwegsetzte. Irgendetwas war mit Natalie geschehen, und sie musste herausfinden, was es war. Wenn sie es nicht schaffte, bliebe sie für immer in der Vergangenheit stecken, unfähig, ihre Zukunft in Angriff zu nehmen.

Am Ausgang schluckte sie ihre Tränen hinunter und lächelte Bernard an, der ihr die Tür aufhielt.

»Ich hoffe, wir sehen uns bald wieder, Mademoiselle Johansson.«

»Das wäre schön, Bernard.« Auf der Straße blendete sie die sinkende Sonne. Sie setzte ihre Sonnenbrille auf und winkte dem Portier zum Abschied.

Wenig später war sie erneut auf dem Pont du Change und froh, die Begegnung mit ihrer Schwester hinter sich zu haben. Doch ihr Rücken brannte nun wie Feuer. Sie beschleunigte ihren Schritt, versuchte, ihre Muskeln zu lockern, und wusste, sie sollte dankbar sein, dass sie sich überhaupt wieder bewegen konnte.

Als die Sonne hinter den hohen Gebäuden am Ufer der Seine versank, wurde es kühler, und Lily wünschte, sie hätte einen Schal eingesteckt. Sie legte noch einen Schritt zu. Die Menschen, die aus den Büros und Geschäften strömten, nahm sie nur am Rand wahr. Erst als sie in Vanves war, wurde ihr bewusst, wie weit sie gelaufen war. Über eine Stunde war sie unterwegs gewesen. Sie sah sich um. Auf der Straße reihte sich Auto an Auto. Sie war an der Ecke Rue Jean Bleuzen und Rue Danton gelandet. Das hatte sie nicht gewollt. Ihr Herz begann ängstlich zu zucken. Warum hatte sie nicht aufgepasst, und seit wann ließ sie sich einfach von ihren Füßen tragen? Es hatte Zeiten gegeben, da waren sie ihr wichtigstes Körperteil gewesen, hatten ihr geholfen, sich perfekt zu bewegen, statt sie zu einem Ort zu führen, an dem sie nicht sein wollte.

Würde sie nur noch wenige Schritte weiter gehen, wäre sie auf der Avenue Victor Hugo, der Straße, in der sie den Mann verloren hatte, den sie hatte heiraten wollen, mit dem sie eine strahlende Zukunft erträumt hatte. Schon der Name »Victor Hugo« ließ sie schaudern. Aiden hatte das Werk des Schriftstellers geliebt, aus »Der Glöckner von Notre-Dame« konnte er ganze Passagen aufsagen. An jenem Abend überredete er sie, mit ihm zu der Straße zu laufen, die nach ihm benannt worden war. Sie hatten einen langen Probentag hinter sich, und eigentlich hatte sie keine Lust, durch Paris zu laufen, doch sie tat Aiden den Gefallen und begleitete ihn. Wenn sie sich doch nur durchgesetzt und ihn auf einen anderen Tag vertröstet hätte. Dann würde er noch leben.

Ein Hupkonzert holte sie in die Gegenwart zurück. Die Autos standen in zwei Reihen im Stau, die Fahrer fuhren die Seitenfenster herunter und brüllten sich an. Lily wandte sich ab und machte sich auf den Rückweg. Ihr Herz raste, und ihr war übel. Ihre Schritte beschleunigten sich, und rennend entfernte sie sich von der Avenue Victor Hugo.

# Kapitel 2

Am nächsten Morgen trugen Lilys Füße sie erneut zu einem Ort, den sie eigentlich nicht hatte aufsuchen wollen. Doch sie lief so selbstvergessen durch die Pariser Straßen, bewunderte die eleganten Gebäude entlang der breiten Boulevards, durchstreifte kleine Parks und kopfsteingepflasterte Gassen, bis sie sich plötzlich am Jardin Marco Polo wiederfand, als hätte jemand sie an einer unsichtbaren Leine gezogen.

Sie spazierte durch den Park, fotografierte Skulpturen, ein Stück Wiese, das von Sonnentupfern gesprenkelt wurde, Bäume, auf die zarte Lichtstrahlen Spitzenmuster malten. Lily widmete sich der Fotografie so hingebungsvoll wie früher einmal dem Ballett. Beides brauchte Begabung, Übung und konzentrierte Arbeit, um perfekt auszufallen.

Nach einer Weile holte sie eine Tüte Croissants aus dem Rucksack. Eigentlich war es ein Wunder, dass sie trotz allem noch immer Appetit hatte, aber vielleicht brauchte sie die Leckereien, die Paris zu bieten hatte, als Seelennahrung. Sie biss in das erste knusprige Gebäckstück. Sie liebte den leicht süßen Buttergeschmack. Aus der Ferne drangen Kinderstimmen an ihr Ohr, sonst hörte sie nur Vogelgezwitscher und ihre Schritte auf dem kiesbestreuten Weg.

Hinter der nächsten Biegung sah sie den Mann vom Vortag wieder. Wie zuvor saß er mit gezücktem Stift und einem Block auf den Knien auf seiner Bank und starrte in die Ferne. Falls er den Park als sein Büro betrachtete, schien es mit seiner Produktivität nicht immer zum Besten zu stehen.

Auch Lily ließ sich wieder auf ihrer Bank nieder und zog ihre Wasserflasche aus dem Rucksack hervor. Sie nahm einen Schluck. Ihr Blick glitt über den Springbrunnen mit den mächtigen Frauenfiguren und den Pferden. Dann schaute sie noch einmal zu dem Mann hinüber. Nun schrieb er wieder wie ein Getriebener, das Haar hing ihm ins Gesicht, und seine Zungenspitze war zwischen die Lippen geklemmt. Das war sympathisch. Auch bei ihr sah man die Zungenspitze, wenn sie sich konzentrierte. Wie oft hatte ihr ein Ballettmeister zugerufen: »Lily, zieh die verdammte Zunge ein.«

Der Mann schaute auf. Ihre Blicke trafen sich. Diesmal nahm er sie wahr, auf seinen Lippen deutete sich ein Lächeln an. Als es seine Augen erreichte, wirkte er noch sympathischer.

Er beugte sich wieder über seinen Block und schrieb weiter. Doch dann und wann hob er den Kopf und sah Lily an. Sie studierte ihn ganz offen. Es gab ihr das Gefühl, zu jemandem Kontakt aufzunehmen, und linderte ihre Einsamkeit. Selbst auf die Gefahr hin, dass er ihr Starren als aufdringlich empfand, konnte sie nicht damit aufhören. Seit ihrer Ankunft hatte sie mit kaum jemandem gesprochen, nur die üblichen Floskeln von sich gegeben, wenn sie ein Geschäft oder ein Café betrat. Aber ihr Französisch reichte ohnehin nicht aus, um längere Gespräche führen zu können. Abgesehen davon war ihr kaum nach Reden zumute, dazu schwirrten ihr zu viele Gedanken durch den Kopf. Und allein war sie eigentlich schon, seit sie nach Rutherford Creek zurückgekehrt war. Mit wem hätte sie dort auch reden sollen? Die meisten ihrer alten Schulfreunde arbeiteten in Sydney oder in Melbourne, und diejenigen, die zu Hause geblieben waren, schufteten sieben Tage in der Woche auf ihren Feldern, um ihren kargen Lebensunterhalt zu bestreiten. Ihre Freunde aus dem Australian Ballet wiederum waren inzwischen in alle Winde verweht, auf Tourneen oder mit Proben beschäftigt. Australien war riesig, die Entfernungen so groß, dass man sich leicht isoliert fühlen konnte.

Mit einem Seufzer steckte sie die Wasserflasche zurück und stand auf. Der Mann hob den Kopf. Sie schulterte ihren Rucksack, nickte ihm kurz zu und wandte sich zum Gehen. Der Mann räusperte sich.

»*Excuse-moi*«, sagte er. »Darf ich dich etwas fragen?«

Lily drehte sich um. Er war ebenfalls aufgestanden und strich sich eine Strähne aus dem Gesicht. Es war eine attraktive Geste, vielleicht hatte er sie vor dem Spiegel geübt.

»Es tut mir leid«, antwortete sie. »Aber ich kann kein Französisch.« Wie oft sie diesen Satz schon hatte sagen müssen, und jedes Mal hatte sie es komisch gefunden, auf Französisch zu sagen, dass sie die Sprache nicht konnte.

»Das war doch nicht schlecht«, antwortete er auf Englisch. »Man darf einfach keine Hemmungen haben.«

Seine Stimme gefiel ihr, sie war tief und melodiös. »Ich fürchte, mehr als den kurzen Satz habe ich nicht zu bieten. Das heißt, Kaffee, Croissants und Wein kann ich auch bestellen. Und Käse kaufen. Wenn ich Käse und Baguette kaufe, bin ich richtig klasse.« Lily errötete. So war das, wenn man einsam war, man traf jemanden und redete wie ein Wasserfall, auch wenn man den anderen gar nicht kannte. Sie musste öfter unter Menschen gehen. Viel öfter.

In seinen Augenwinkeln bildeten sich Lachfältchen, und dann

prustete er los. »Dann werden wir nur auf Französisch sprechen, wenn es um Essen geht, alles andere auf Englisch. Kommst du aus England?«

»Aus Australien.« Warum hielt jeder sie für eine Engländerin? Vielleicht wegen ihrer blassen Haut, die im heißen australischen Sommer schnell verbrannte, falls sie nicht aufpasste.

Er legte den Kopf schief, sein Haar glänzte in der Sonne. Wirklich ein gutaussehender Mann.

»Ich dachte, du wolltest mich etwas fragen.« Lily schaute an sich hinunter und wischte Plunderteigflocken von ihrer Strickjacke und ihrem verknitterten Rock. So wie sie aussah, dürfte er kaum vorhaben, sie um ein Date zu bitten, und wie ein Vergewaltiger, der sie gleich ins Gebüsch zerren würde, kam er ihr auch nicht vor.

Einen Moment lang wirkte er unsicher. Dann deutete er auf seine Bank. »Das klingt jetzt vielleicht komisch, aber ich würde dir gern zeigen, was ich geschrieben habe.«

Lily sah sich um. Im Park waren einige Leute, manche so nah, dass sie ihren Hilferuf im Ernstfall hören würden. Außerdem war sie neugierig.

»Okay.« Sie folgte ihm zu seiner Bank. Er hatte breite Schultern und lange Beine, stellte sie fest, und er bewegte sich geschmeidig. Er setzte sich auf die Bank und klopfte auf den Platz an seiner Seite.

»Mein Name ist übrigens Yves Rousseau.«

Lily reichte ihm die Hand. »Lily Johansson.«

Seine Hand war glatter, als Lily erwartet hatte. Und gepflegt. Ein Mann, der etwas auf sich hielt.

Er tippte auf seinen Block. »Das ist eine Partitur.«

»Bist du Komponist?«

Er nickte und reichte ihr die Seiten so behutsam, als wären sie zerbrechlich. »Kannst du Noten lesen?«

Im ersten Moment sah Lily nur die Notenschlüssel und ein Meer von schwarzen Punkten, entweder in Rot oder Schwarz geschrieben.

»Ja.« Sie sagte ihm nicht, dass sie in der Schule Musikunterricht gehabt hatte, denn mit einem Mal fühlte sie sich doch ein wenig unbehaglich. Warum sollte dieser Yves eine vollkommen Fremde in einem Park bitten, sich seine Noten anzuschauen?

Er schien noch etwas sagen zu wollen, aber nach den richtigen Worten zu suchen. Sie sah ihn abwartend an. Als sich ihr Schweigen dehnte, reichte sie ihm die Seiten zurück.

»Du inspirierst mich«, sagte er leise.

Lily glaubte, sich verhört zu haben. »Was hast du gesagt?«

Er räusperte sich und sagte lauter: »Du inspirierst mich.«

Lily lachte auf. »Aber das ist doch –« Sie brach ab, als sie den Ernst in seinem Blick erkannte. »Du kennst mich doch gar nicht.«

»Nein, wir kennen uns nicht, aber irgendetwas an dir ist besonders. Sogar in einer Menschenmenge würdest du mir auffallen.«

Vielleicht stand er auf Frauen, die aussahen, als hätten sie in ihrer Kleidung geschlafen. Aber selbst wenn, sie war nicht nach Paris gekommen, um in einem Park mit einem Fremden zu reden, auch wenn sie zugeben musste, dass er ihr gefiel. Es war das erste Mal seit Aidens Tod, dass sie wieder auf einen Mann reagierte.

»Danke, dass du mir deine Arbeit gezeigt hast.« Sie stand auf. »Ich wünsche dir viel Erfolg.«

Er fasste ihren Arm. »Geh noch nicht.«

»Lass mich los.« Sie schüttelte seinen Arm ab.

»Entschuldige, das wollte ich nicht.« Er hob die Hände und sah sie entschuldigend an. Seine Augen waren blau wie das Meer an einem Sommertag.

In ihrem Kopf begannen Warnleuchten zu blinken. Er hatte etwas sehr Anziehendes – oder war er vielleicht doch eher schräg? Aber sein Blick war freundlich und hielt sie davon ab, zum nächsten Ausgang zu laufen. Darüber hinaus schmeichelte es ihr, dass er sie für etwas Besonderes hielt. Und dass sie ihn inspirierte, Musik zu komponieren. Trotzdem …

»Ich muss weiter.« Selbst wenn er sie nicht angefasst hätte, drängte es sie, sich zu verabschieden. Vor zwei Jahren hatte sie sich von der Welt abgekapselt, und nun spürte sie, dass sie noch nicht bereit war, sich auf irgendetwas einzulassen, da mochte jemand noch so nett und attraktiv sein.

*Ob sie es jemals aus ihrem Kokon heraus schaffen würde?*

Dieser Yves Rousseau hatte ihr nichts getan, wollte bloß mit ihr reden. Sie sollte nachsichtiger werden – auch sich selbst gegenüber.

Er sah sie bittend an, und ihr Herz machte einen Stolperschritt. Nein, nun konnte sie erst recht nicht länger bleiben.

»Ich muss wirklich los.« Sie wandte sich ab und hastete davon. Ihr schoss durch den Kopf, dass sie überreagierte. Aber sie war so lange allein gewesen, dass sie nicht mehr wusste, wie man sich anderen gegenüber normal verhielt.

»Lily!«

Als sie ihn ihren Namen rufen hörte, stockte ihr Schritt, doch sofort beschleunigte sie ihn wieder. Dann hatte sie den Park hinter sich und lief die erstbeste Straße hinunter. Sie warf einen Blick zurück. Yves folgte ihr mit großen Schritten. Sie stürzte auf die Fußgängerampel zu, wollte die Straße überqueren. Die Ampel schaltete auf Rot. Vor dem Unfall wäre sie trotzdem losgelaufen, doch so viel Mut hatte sie nicht mehr. Sie blieb stehen.

»Lily!« Yves kam neben ihr zum Stehen und war nicht im Geringsten außer Atem. An ihren Schläfen hatten sich dagegen kleine Schweißperlen gebildet.

»Bitte, lass mich.« O Gott, warum klang sie nur so übertrieben panisch?

»Ich möchte mich entschuldigen. Ich hätte dich nicht anfassen dürfen.«

»Nein, hättest du nicht, aber darum geht es nicht.« *Wann wurde die verdammte Ampel endlich grün?*

»Um was dann?«

Lily schüttelte den Kopf. Endlich wurde grün, und sie rannte über die Straße. Wenn sie sich nicht irrte, lag hier irgendwo ein Hotel. Sie würde sich in die Bar setzen und ein Glas Wein bestellen. Dafür war es zwar noch ein wenig früh am Tag, aber in Melbourne war es schließlich schon Abend.

Yves blieb an ihrer Seite. »Wenn ich über meine Musik spreche, geht es manchmal mit mir durch. Habe ich dich erschreckt?«

»Nein, überhaupt nicht.« Sie hatte sich lange genug in Künstlerkreisen bewegt und war sonderbares Verhalten gewöhnt. Es tat ihr auch leid, vor ihm wegzulaufen, doch ihre Angst vor Empfindungen, mit denen sie nicht mehr umzugehen wusste, war zu groß. Ihr war bewusst, dass sie sich eigenartig benahm, aber das konnte sie nicht ändern.

»Ich danke dir, dass du dich entschuldigt hast, aber du hast damit nichts zu tun. Es liegt an mir.« Sie lief wieder los.

»Bitte, Lily, hör mir zu.«

Beinah wäre sie stehen geblieben, doch sie eilte weiter. Auf der anderen Straßenseite entdeckte sie das Hotel, das sie gesucht hatte.

Yves blieb einen Schritt hinter ihr. »Du wirst das nicht verstehen, aber es ist nicht einfach, Ballettmusik zu schreiben.«

Lily erstarrte. Langsam drehte sie sich zu ihm um. »Ballettmusik?«

Ein winziges Lächeln erschien auf seinen Lippen. »Ja, für die Bohème Ballet Company. Vielleicht sagt dir der Name etwas.«

Lily schluckte. »Ja, der sagt mir etwas.«

»Jeden Tag habe ich im Park gesessen und versucht, die Musik zu komponieren. Normalerweise arbeite ich im Theater am besten, aber diesmal war ich total blockiert. Ich dachte schon, meine Muse hätte mich verlassen, und dann hast du mir plötzlich gegenübergesessen. Und ich konnte wieder schreiben.«

Sie sah ihn vor sich, wie er in die Ferne gestarrt und dann drauflos geschrieben hatte. An Musen glaubte sie allerdings nicht. Kreativität bedeutete harte Arbeit, sie musste geübt und gepflegt werden. Sie war kein Phänomen, das nach Lust und Laune erschien, um jemanden zu inspirieren oder ihm die Inspiration zu verweigern.

»Ich brauche deine Hilfe, um meine Komposition zu beenden.«

Lily schüttelte den Kopf. »Es war Zufall, dass ich auf der Bank saß, als sich deine Blockade gelöst hat, weiter nichts.«

Yves zog die Brauen zusammen. »Das sehe ich anders. Normalerweise kann ich mich auf meine Muse verlassen, nur bei dieser Ballettmusik hat sie mich im Stich gelassen. Ich brauche dich, Lily.«

Lily merkte, wie Röte über ihren Hals in ihr Gesicht kroch. »Es tut mir leid, aber ich kann dir nicht helfen. In ein paar Tagen fliege ich wieder nach Hause, und bis dahin bin ich beschäftigt.«

»Womit?«

Das ging ihn nun wirklich nichts an. »Mit allem Möglichen.«

»Ich bezahle dich für deine Zeit.«

Lily zog die Brauen hoch. Was war denn das für ein Komponist, der jemanden bezahlen wollte, nur damit er bei ihm saß, wenn er komponierte? Er musste wirklich verzweifelt sein. Oder nicht mehr ganz bei Trost.

Sie verspürte ein leises Mitgefühl, doch das änderte nichts an ihrem Entschluss. »Es tut mir leid«, sagte sie so freundlich wie möglich. »Aber ich kann dir nicht helfen. Ballett interessiert mich nicht.«

Yves betrachtete sie erstaunt. »Das glaube ich nicht. Ballett ist etwas Großartiges – die Musik, die Choreographie, das perfekte Zusammenspiel von Tänzern und Tänzerinnen. Wie kann man das nicht mögen?«

Was sollte sie darauf antworten?

»Wir haben nicht alle den gleichen Geschmack, und ich gehöre eben zu den Leuten, die es nicht mögen.«

»Vielleicht kann ich dich umstimmen.« Er lächelte einnehmend, und die Haarsträhne fiel ihm wieder ins Gesicht. Lily konnte noch immer nicht sagen, ob er seinen Charme bewusst einsetzte oder ob er einfach zu ihm gehörte, doch so oder so tat er seine Wirkung.

*Nein, bitte nicht.*

Yves strich die Strähne zurück. »Was muss ich tun, damit du deine Meinung änderst? Soll ich mir ein ärztliches Attest besorgen, in dem steht, dass ich nicht verrückt bin?«

Lily musste lachen.

»Ich kann wirklich nichts für dich tun«, sagte sie. »Es hat mich gefreut, dich kennenzulernen, und ich wünsche dir viel Erfolg.« Sie schaute rasch nach allen Seiten, huschte über die Straße und lief in das Hotel auf der anderen Straßenseite.

Im Empfang spähte sie vorsichtig durch eines der großen Fenster auf die Straße. Yves hatte sich nicht von der Stelle gerührt. Passanten hasteten an ihm vorüber, doch er stand einfach da und schaute mit hängenden Schultern zu Boden.

Wieder spürte Lily ihr Mitgefühl, sogar stärker als zuvor. Vielleicht hätte sie ihn nicht abweisen sollen. Was wäre, wenn sie ihn tatsächlich inspiriert hatte? Aber wie? Und warum musste sie in einer Millionenstadt ausgerechnet auf einen Komponisten stoßen, der ein

Musikstück für das Tanztheater schrieb, das sie einmal so sehr geliebt hatte?

Sie sah noch einmal über die Straße, doch Yves war nirgends mehr zu sehen. Bedrückt wandte sie sich ab. Ihr war, als hätte sie eine Chance vertan, die sie noch nicht genau begreifen konnte.

## Kapitel 3

*Paris, 1917*

An diesem Tag würde Viktoria zum ersten Mal am Training der berühmten Ballets Russes teilnehmen. Noch war der Übungsraum im Théâtre du Châtelet leer, doch sie spürte bereits, wie sie vor Aufregung zu schwitzen begann. Mit zittrigen Händen schnürte sie ihre Spitzenschuhe und kämpfte gegen ihre Nervosität an. Es hatte einmal Zeiten gegeben, als sie voller Selbstvertrauen gewesen war, doch da hatte sie noch zu Hause in Russland gelebt und nicht mutterseelenallein in einem fremden Übungsraum gesessen, in einer Stadt, in der sie noch niemanden kannte. Sie vermisste ihre Familie und ihre Freunde und das Leben, das sie aufgegeben hatte.

In Russland herrschte Bürgerkrieg, der mit Aufständen gegen die Zarenherrschaft begonnen hatte. Hinzu kam das Leid, das durch den Weltkrieg entstanden war. Das Leben zu Hause war hart, das riesige Land stand am Abgrund. Doch nun, allein im grauen Pariser Vorfrühling, vergaß Viktoria den Schrecken und sehnte sich nach ihrer Zeit im Kaiserlichen Ballett, nach dem Mariinski-Theater, der leuchtenden Farbenpracht Sankt Petersburgs, sogar nach dem Nebel, der von der Newa aufstieg und sich wie ein Schleier über die Bäume vor dem Winterpalast legte. Aber das Schicksal fragte nicht nach Sehnsüchten. Sie hatte sich entschieden, Russland zu verlassen, und auch wenn sie nun nicht mehr wusste, ob die Entscheidung richtig gewesen war, sie war nicht mehr zu ändern. Sie lebte nun in Paris, und ihre Familie in Russland brauchte ihre Hilfe, um das Land ebenfalls verlassen zu können. Sie schuldete es ihr – und der Erinnerung an ihre geliebte Dina –, die Möglichkeiten ihres neuen Lebens zu nutzen und das Beste daraus zu machen. Und das Heimweh, das immer wieder überhandnehmen wollte, würde sie verdrängen.

Endlich hatte sie es geschafft, ihre Spitzenschuhe zu binden. Sie atmete tief durch, schloss die Augen und konzentrierte sich auf die Stille im Raum. Auch draußen auf dem Flur war noch kein Laut zu hören. Die Verspannungen ihres Körpers lösten sich ein wenig.

Sie öffnete die Augen, stand auf und begann mit ihren Dehnübungen – Nacken, Arme, Beine, Rücken. Vor ihr lag eine Zukunft, in der sie vielleicht wieder glücklich werden konnte. Das Problem war nur, dass sie in den Ballets Russes den Mann wiedersehen würde, der sie verlassen hatte.

*Stell dich nicht so an*, befahl sie sich. Es gab so viele, denen es schlechter ging als ihr. Sie dachte an Dina, die tot war. Die altbekannten Schuldgefühlte drohten sie zu überrollen, und sie musste sich zwingen, nicht wieder in einem Strudel hilfloser Selbstvorwürfe zu versinken.

Die Tür flog auf. Mit wehendem Pelzmantel kam ein hochgewachsener schwergewichtiger Mann mit glatt zurückgekämmtem schwarzem Haar und schmalem Oberlippenbart herein. Es war Sergei Djagilew, Gründer und Impresario der Ballets Russes. Drei elegant gekleidete Männer folgten ihm. In Russland hatte Djagilew sich als Maler, Musiker und Komponist versucht, bevor er seine Gabe, finanzkräftige Kunstmäzene zu finden, entdeckte. Mit ihren Geldern waren die Ballets Russes entstanden.

»Sie sind zu früh«, sagte er mürrisch.

Viktoria errötete. »Ich – es tut mir leid.« Sie nestelte an dem rosaroten Tuch um ihre Taille und hoffte, er würde ihre Nervosität nicht bemerken. Djagilew war dafür bekannt, dass er die Unsicherheiten anderer Menschen ausnutzte. Sie straffte die Schultern und erklärte betont forsch: »Ich bin gern als Erste da. So kann ich mich in Ruhe auf den Tag vorbereiten.«

»Ach ja?« Mit kritischem Blick schaute Djagilew sich um.

Viktoria wartete darauf, dass er sich ihr vorstellte. Als das nicht geschah und er offenbar davon ausging, dass sie ihn erkannte, sagte sie: »Ich danke Ihnen, dass Sie mich in Ihre Kompanie aufgenommen haben.«

Er zuckte mit den Schultern, ihr Dank schien ihn nicht zu interessieren. Sein Blick blieb auf dem rosaroten Tuch haften. »Was ist das?«

»Ein Tuch«, antwortete sie und kam sich albern vor, etwas so Offensichtliches zu benennen.

»Das ist gegen die Kleidervorschrift«, sagte er ungehalten.

Viktoria fühlte die Verunsicherung in sich größer werden, doch sie war entschlossen, sich nichts anmerken zu lassen. »Ich trage das Tuch, weil ich damit besser tanze.«

Djagilew zog die Brauen hoch. »Und wie kommt das?«

Das Tuch hatte Dina gehört, doch seine Geschichte würde sie Djagilew nicht erzählen. Sie gab die Antwort, die sie immer gab, wenn sie nach dem Tuch gefragt wurde. »Das weiß ich nicht. Ich habe nur festgestellt, dass mir neue Schrittfolgen und Bewegungsabläufe mit diesem –«

Djagilew winkte ab. »Ich mag das Tuch nicht.« Er wandte sich zu einem seiner Begleiter um, einem gutaussehenden schlanken Mann mit großen braunen Augen und dunklem gewelltem Haar. »Léonide, kümmere dich darum.«

Mit großen Schritten verließ Djagilew den Raum. Zwei der Männer folgten ihm. Viktoria blieb mit Léonide Massine zurück, dem

Mann, dessen Auftritte und Choreographien als brillant galten. Als junges Mädchen hatte sie ihn in Moskau auf der Bühne erlebt, da war er noch Solotänzer des Bolschoi-Balletts gewesen, ein Mann, der mit der Eleganz seiner Bewegungen, seiner Präzision und seiner Kraft alle anderen im Bolschoi überragte.

Massine reichte ihr die Hand. Auch er schien anzunehmen, dass sie wusste, wer er war, doch er lächelte wenigstens freundlich. »Sie sind Viktoria Budian, nicht wahr?«

Viktoria nickte.

»Herzlich willkommen. Machen Sie sich wegen des Tuchs keine Sorgen. Sergei Djagilew hat viel im Kopf. Bis zum Mittag hat er es vergessen.«

Viktoria bezweifelte das. »Danke, aber ich möchte nicht unangenehm auffallen.«

»Dazu braucht es mehr als ein Tuch.« Massine warf einen Blick auf die große Wanduhr. »Die anderen werden gleich hier sein. Ich hoffe, Sie haben sich auf einen langen, harten Arbeitstag eingestellt.«

»Natürlich.«

»Gut, die Ballets Russes sind nämlich nichts für Jammerlappen. Sie kommen aus Sankt Petersburg, richtig?«

»Ja.«

»Das sollten Sie nie vergessen. Leute wie Sie und ich gelten in Russland als Vaterlandsverräter und können nicht mehr zurück.«

»Das weiß ich.« Als sie die Grenze von Russland nach Polen überquert hatte, war ihr klargeworden, dass hinter ihr eine Tür zugefallen war und vor ihr nur noch die ungewisse Zukunft lag. Sie studierte Massines Miene und versuchte, ihn einzuschätzen. Normalerweise traute sie niemandem, den sie nicht kannte, dazu hatte sie zu viele Enttäuschungen erlebt, aber in seinen Augen – und in seiner Stimme – war etwas, das ihr Mut machte.

»Tänzer, die alles zu verlieren haben, sind die besten.« Massine sah zur Tür hinüber. »Wussten Sie, dass Pablo Picasso das Bühnenbild und die Kostüme für mein Ballett entworfen hat?«

»Picasso? Aber das ist –«

»Unglaublich«, beendete Massine ihren Satz und lächelte zufrieden.

Wieder öffnete sich die Tür. Diesmal kam eine große Gruppe zierlicher Tänzerinnen herein. Sie nickten Viktoria freundlich zu. Viktoria schenkte ihnen ein scheues Lächeln. Massine winkte sie mit sich zu einer mageren Frau, die ihr graues Haar in einem strengen Knoten trug.

»Irina Plaksina, darf ich Ihnen Viktoria Budian vorstellen?« Er wandte sich zu Viktoria um. »Irina ist unsere Ballettmeisterin.«

Irina streckte ihre Hand aus. Der Griff ihrer langen schmalen Finger war fest. »Ich freue mich, dass Sie bei uns sind. Irgendjemand hat mir gesagt, dass Sie eine anstrengende Reise hinter sich haben.«

»Das ist richtig.«

»Es heißt auch, dass Sie sehr talentiert sind. Ich bin gespannt.« Irinas Blick streifte Viktorias rosarotes Tuch, aber sie sagte nichts. Stattdessen drehte sie sich zu den Tänzerinnen um und klatschte in die Hände.

»Wir fangen an.« Sie nickte der Frau zu, die auch hereingekommen war und sich ans Klavier gesetzt hatte.

Sie begannen mit Dehnübungen an der Stange, dann folgten Pliés, Battements, Arabesques, Sprünge. Nach der langen Reise lechzte Viktorias Körper nach Bewegung. Auch unterwegs hatte sie jede Möglichkeit zum Training genutzt, in schmuddeligen Schlafsälen und verdreckten Bahnhofstoiletten. Dabei hatte sie für kurze Zeit die Schreckensbilder vergessen können, die sie aus ihrer Heimat verfolgten.

Die Klaviermusik wurde schneller. Viktoria wirbelte durch den Raum, folgte Irinas Kommandos und spürte, wie sie von einem Hochgefühl erfasst wurde. Plötzlich war sie sicher, dass sie es hier schaffen würde. Sie würde allen zeigen, was in ihr steckte. Ihr Blick fiel auf eine der anderen Tänzerinnen, eine schöne junge Frau, deren Bewegungen fließend und voller Anmut waren. Viktorias Hochgefühl verflog, sie geriet aus dem Takt und stolperte. Sie fing sich sofort wieder und schielte zu Massine hinüber, der sie mit steinerner Miene beobachtete.

Mit einer hastigen Geste wischte sie sich die Schweißtropfen von der Stirn und zupfte an ihrem Trikot, das ihr am Rücken klebte. Wenig später kündigte Irina eine Pause an. Die Tänzerinnen liefen zu einem Tisch, auf dem Wasserkrüge standen, füllten Becher und tranken durstig.

Die Tänzerin, die Viktoria aufgefallen war, gesellte sich zu ihr. »Für jemanden, der gerade eine lange Reise hinter sich hat, tanzt du ziemlich gut.« Sie nahm einen Schluck Wasser und musterte Viktoria von Kopf bis Fuß. Ihr Blick blieb auf dem Tuch haften. »Ein wundervolles Rot.«

»Danke.«

»Ich bin Alla Iwaneka.« Sie machte einen liebenswürdigen Eindruck.

»Viktoria Budian, schön, dich kennenzulernen.« Viktoria wurde ein wenig leichter ums Herz. Allas Freundlichkeit wirkte aufrichtig. Vielleicht würde sie ihr helfen, sich in den Kreis der Tänzerinnen einzugewöhnen. In dem Ensemble, dem sie zuletzt angehört hatte, dem berühmten Kaiserlichen Ballett, waren die anderen missgünstig gewesen und hatten schon bei der kleinsten Unstimmigkeit die Krallen ausgefahren. Vielleicht hatte sie diesmal Glück und würde in den Ballets Russes sogar Freundinnen finden.

Sie hörte, wie die Tür ging, und drehte sich um. Ein großgewachsener Mann mit schlankem, durchtrainiertem Körper kam herein. Es war Alexei Pankow. Viktoria verschlug es den Atem. Dann ärgerte sie sich über ihre Reaktion. Er hatte sie nicht gesehen, wusste nicht einmal, dass sie hier war.

»Léonide«, sagte er, »ich habe eine Nachricht für dich und Irina. Djagilew hat –« Sein Blick fiel auf Viktoria, und er verstummte. Er schluckte und versuchte sich an einem Lächeln, das ihm nicht gelang.

»Was ist?« Massine zog die Brauen zusammen. Alexei überreichte ihm einen Zettel, den Blick noch immer auf Viktoria gerichtet.

»Entschuldige, Léonide.« Mit wenigen großen Schritten durchquerte Alexei den Raum zu Viktoria.

Sie hatte gewusst, dass das Wiedersehen mit ihm schmerzhaft sein würde, doch dass es so weh tun würde, hatte sie nicht erwartet. In Russland hatte sie sich in ihr Training gestürzt, um ihn zu vergessen, und geglaubt, es wäre ihr geglückt. Nun wusste sie, wie sehr sie sich geirrt hatte, und litt wie an dem Tag, als er sie verlassen hatte.

Allas Blick huschte von Viktoria zu Alexei und wieder zurück. Sie entschuldigte sich und lief zu den Tänzerinnen, die hinten im Raum beieinanderstanden. Sie steckten die Köpfe zusammen, tuschelten und beobachteten Alexei und Viktoria aus den Augenwinkeln. Viktoria schloss kurz die Augen und wünschte, sie wäre auf diese Begegnung besser vorbereitet gewesen.

»*Du* bist die neue Tänzerin?«, fragte Alexei ungläubig.

Viktoria öffnete den Mund, um zu antworten, doch es kam kein Ton hervor.

Sein kalter Blick traf sie bis ins Mark.

»Du hast gesagt, dass du Russland nie verlassen würdest. Die Ballets Russes hast du als wirren Haufen bezeichnet, der für seriöse Tänzer nicht in Frage komme. Du hast gesagt, dass –«

»Ich habe viel gesagt«, unterbrach sie ihn. »Bitte lass uns woanders darüber sprechen.« Hastig sah sie sich um. Nahezu jeder schaute nun zu ihnen herüber. Wahrscheinlich fragten sie sich, was die neue Tänzerin und Alexei miteinander zu schaffen hatten.

»Können wir uns heute Abend irgendwo treffen?« Der Satz war kaum heraus, als sie ihn schon bereute. Sie war gar nicht in der Lage, vernünftig mit ihm zu reden.

»Wozu soll das gut sein?«, erwiderte er und wirkte wieder so abweisend wie an dem Tag, als sie sich zum letzten Mal gesehen hatten. Sie beugte sich zu ihm vor und flüsterte: »Wir müssen uns aussprechen, schließlich werden wir in derselben Kompanie tanzen.«

»Ich wünschte, du wärst mir nicht gefolgt«, antwortete er missmutig und fuhr sich durch das gelockte Haar.

»Ich bin dir nicht gefolgt. Du hast mich gebeten, hierherzukommen«, sagte Viktoria so leise, dass die anderen sie nicht hören konnten.

Alexei runzelte die Stirn. »Das war vor einem Jahr, Viktoria. Seitdem haben die Dinge sich geändert. Ich habe mich verändert.«

»Meinst du, ich hätte mich nicht verändert? Können wir uns nicht wie Erwachsene benehmen und die Vergangenheit ruhen lassen? Himmel noch mal, wir sind in Paris, nicht in Russland. Alles ist jetzt anders.« Viktoria sah zu Irina hinüber und hoffte, sie würde die Pause beenden.

»Hier erwartet man, dass du dich für das Ballett aufgibst, ist dir das klar?«

»Danke, aber ich glaube, ich komme auch ohne deinen Rat zurecht.« Sie wollte nicht patzig klingen und wünschte, ihr Gefühlstumult würde sich legen.

Endlich klatschte Irina in die Hände, und Alexei verließ den Raum. Viktoria versuchte, sich auf Irinas Anweisungen zu konzentrieren, doch nun begannen sie richtig zu tanzen, und die ruckartigen Bewegungen des modernen Balletts fielen ihr noch immer schwer. Sie war die fließenden Bewegungen des klassischen Balletts gewöhnt, und nun musste sie die Ellbogen abwinkeln, statt sie zu runden, von den Fersen aus mit dem Fuß auftreten, statt sich auf die Spitzen zu heben, und mit dem ganzen Körper eckige Bewegungen machen. Sie linste zu Massine hinüber, der jetzt mittanzte. Wie war er nur auf diese ausgefallene Choreographie gekommen? »Parade« lautete der Titel, aber war das überhaupt noch Ballett? Doch Massine war großartig und tanzte die schwierige Rolle eines chinesischen Zaubermeisters, als wäre es ein Kinderspiel.

Als die Übungen beendet waren, war Viktoria schweißgebadet und spürte am ganzen Körper, wie viel Kraft sie ihr abverlangt hatten. Die Tänzerinnen rafften ihre Sachen zusammen und strebten plaudernd zur Tür. Viktoria verstaute ihre Spitzenschuhe in ihrer Tasche, streifte ihre Winterjacke über und schlüpfte in ihre Stiefel.

Irina trat zu ihr. »Sie haben gut getanzt.«

»Danke.«

»Wie hat Ihnen die Choreographie gefallen?«

Noch nie hatte jemand Viktoria nach ihrer Meinung über eine Choreographie gefragt, und sie wusste nicht, was sie antworten sollte. »Gut«, sagte sie verlegen. Sie war keine mutige Frau, wahrscheinlich hatte sie es deshalb in Russland nie zur führenden Solotänzerin geschafft und war immer nur die Zweitbesetzung gewesen. Es widerstrebte ihr, hinter dem Rücken eines anderen zu reden, in diesem Fall über Massine und seine Arbeit. »Ich bin nur noch nicht richtig an das experimentelle Ballett gewöhnt.«

»Massine ist ein Genie. Er weiß, was er tut. ›Parade‹ ist natürlich etwas ganz Neues, doch das müssen wir riskieren. Schließlich sind wir kein herkömmliches Tanztheater.« Irina tätschelte Viktorias

Wange. »Wenn Sie fleißig an sich arbeiten, können Sie es weit bringen.« Sie griff nach ihrer Tasche. An der Tür drehte sie sich noch einmal um. »Auf das rote Tuch in Zukunft bitte verzichten.«

Viktoria erschrak. »Das kann ich –«

»Doch, das können Sie«, fiel Irina ihr ins Wort. »Wir alle sind abergläubisch und denken, dass wir Maskottchen brauchen, mir selbst geht es nicht anders. Aber Djagilew hat Massine und mir zu verstehen gegeben, dass Sie dieses rote Tuch ablegen müssen. Ich wollte es Ihnen nicht vor den anderen sagen, nicht an Ihrem ersten Tag, aber morgen erscheinen Sie bitte ohne.«

Viktoria nickte mit brennenden Augen. Was blieb ihr auch anderes übrig? Sie konnte es sich nicht leisten aufzubegehren, erst recht nicht, nachdem Irina so rücksichtsvoll gewesen war. Irgendwie musste es ihr künftig gelingen, beim Tanzen auf Dinas Tuch zu verzichten. Oder sie würde es sich unter dem Trikot umbinden. Nein, unter dem engen Stoff war alles sichtbar. Sie könnte es sich als eine Art Schweißband um die Stirn winden, obwohl das wahrscheinlich auch gegen Djagilews Regeln verstieß. Sie musste einen anderen Weg finden.

»Schalten Sie das Licht aus, wenn Sie den Raum verlassen, und ruhen Sie sich heute Abend aus. Bis morgen.« Irina verschwand.

Wieder war Viktoria allein in dem Übungsraum, doch nun hatte sie den ersten Tag wenigstens hinter sich und fühlte sich nicht mehr ganz so unbehaglich wie noch am Morgen. Sie wünschte nur, sie hätte beim Tanzen nicht Alexeis Bild vor Augen gehabt, wünschte, sie hätte ihm geschrieben, dass sie nach Paris kommen würde. Doch sie hatte Russland überstürzt verlassen müssen, wann hätte sie ihm noch schreiben können? Und später, als sie schon unterwegs war, hatte sie sich ihr Wiedersehen einfacher vorgestellt, sich ausgemalt, dass sie an der Seine spazieren gehen und sich in aller Ruhe aussprechen würden.

Sie stieß einen tiefen Seufzer aus. Im vergangenen Jahr war so viel geschehen, sowohl für sie als auch für Alexei.

Nichts in diesem Jahr war einfach gewesen, auch die Umstellung vom klassischen zum modernen Ballett würde ihr nicht leichtfallen. Sie dachte an all das, was sie verloren und aufgegeben hatte, und betrachtete das rote Tuch um ihre Taille. Es war nur ein kleines Stück Stoff, doch es bedeutete die Welt für sie. Das Tuch war ihr Talisman, der sie an ein wunderschönes junges Mädchen erinnerte. Wenn sie das Tuch trug, tanzte dieses Mädchen an ihrer Seite und gab ihr Kraft. Wie hätte sie darauf verzichten können?

## KAPITEL 4

*Paris, 1917*

In ihrer kleinen Einzimmerwohnung angekommen, setzte Viktoria sich auf das Bett und ließ das weiche rote Tuch durch ihre Finger gleiten. Sie führte es an ihre Nase und versuchte, noch einen Hauch Dina zu erschnuppern, aber die Monate, die seit dem Tod des Mädchens vergangen waren, hatten alles ausgelöscht. Selbst die Einzelheiten von Dinas Gesicht begannen in Viktorias Erinnerung allmählich zu verschwimmen. Sie sah noch die dunklen, wissbegierigen Augen vor sich, den wilden Lockenschopf, die zierliche Gestalt. Aber wie hatte ihr Lächeln ausgesehen? Die herzzerreißenden Schluchzer, wenn Dina über ihre Kindheit sprach, waren ihr allerdings noch deutlich im Gedächtnis. Wie hätte sich Viktoria nicht um dieses Mädchen kümmern können? Wer war so kaltherzig, einem Kind, dem es schlechtging, den Rücken zu kehren?

Sie drückte das Tuch an ihre Brust und versuchte, sich zu erinnern, seit wann dieses Stück Stoff ihr so viel bedeutete. Seit sie das halbverhungerte Kind erstmals gesehen hatte? Die Kleidung hatte aus Fetzen bestanden, nur das Tuch war noch heil gewesen und Dinas ganzer Stolz. Oder war es später, als Dina als strahlendes junges Mädchen in der Kaiserlichen Ballettschule aufgenommen wurde? Oder war es während der letzten Augenblicke ihres kurzen Lebens? Viktoria dachte an den betrunkenen Leutnant, der Dinas Leben beendet hatte. Er war nicht einmal angeklagt worden, sein militärischer Rang hatte ihn geschützt.

Wie immer, wenn sie sich an Dina erinnerte, wurde sie von großer Traurigkeit erfüllt. Seit dem Tod des Mädchens war ein halbes Jahr vergangen, doch Viktorias Trauer war noch dieselbe, als wäre es gestern gewesen. Hinzu kamen ihre Schuldgefühle. Es waren irrationale Gefühle, sie hätte Dinas Tod nicht verhindern können. Vielleicht hatte das Schicksal entschieden, dass Dina nur fünfzehn Jahre alt werden sollte, und einen Betrunkenen geschickt, um ihr Leben zu beenden. Aber Viktoria hatte sie geliebt und alles getan, um das Mädchen glücklich zu machen, und dann hatte sie in einer eisigen Nacht bei dem leblosen Körper gestanden, zusammen mit einem Betrunkenen, der schwankend auf die Tote und die Blutlachen starrte.

Viktoria versuchte, die schrecklichen Bilder zu zerstreuen, und begann mit ihren abendlichen Dehnübungen. Kurz darauf klopfte es an ihrer Tür. Verwundert machte sie auf.

»Alexei!« Mehr brachte sie nicht heraus. Nicht eine Sekunde lang hatte sie geglaubt, dass er tatsächlich zu ihr kommen würde. Und woher hatte er überhaupt ihre Adresse? Wahrscheinlich von einer der anderen Tänzerinnen, die im Haus wohnten.

Er hatte die Hände auf dem Rücken und wirkte verlegen. »Ich habe etwas für dich.«

Er zog ein schwarzes Tuch hervor und reichte es ihr.

Viktoria nahm es. »Was soll ich damit?«

»Falls du zum Tanzen unbedingt ein Tuch um die Taille brauchst, solltest du lieber das nehmen, wenn du nicht auf Djagilews Abschussliste landen willst.«

Viktoria tastete nach dem roten Tuch um ihre Taille. »Aber mit meinem kann ich besser tanzen.«

»Tut mir leid, Viktoria, aber Djagilew duldet keinen Widerspruch. Mit deinem Aberglauben tust du dir keinen Gefallen.«

»Es ist kein Aberglaube.«

Alexei verdrehte die Augen.

»Niemand weiß, was dieses Tuch für mich bedeutet. Es ist kein alberner Tick.«

»Wir sprechen von deiner Karriere, Viktoria. Sie hat gerade erst angefangen, und du bist schon dabei, sie zu beenden.«

Viktoria sagte sich, dass er recht hatte, trotzdem war sie nicht gewillt, klein beizugeben. Natürlich konnte sie ohne ihr Tuch tanzen, sogar ganz hervorragend, sie hatte es jahrelang bewiesen. Aber nun wusste sie nicht mehr, wie sie sich von diesem Zwang befreien konnte. Sie hatte ihr Heimatland verlassen, lebte in einer Stadt, die ihr nicht vertraut war, arbeitete im Kreis von Menschen, die sie noch nicht kannte, und fühlte sich unsicher. Einzig das rote Tuch gab ihr Halt.

»Ich habe noch etwas für dich.« Alexei holte einen Strauß gelber Rosen hinter seinem Rücken hervor.

Viktoria nahm ihn entgegen und rang sich ein Lächeln ab. Gelbe Rosen waren ihre Lieblingsblumen. Sie atmete ihren süßen Duft ein. »Du weißt also noch, wie sehr ich sie mag.«

»Ich erinnere mich an sehr viele Dinge.« Er nahm seinen Hut ab. »Darf ich reinkommen?«

Viktoria machte einen Schritt zur Seite und bot ihm den einzigen Stuhl im Zimmer an.

Alexei setzte sich und schlug seine Beine übereinander. »Hast du dich schon ein bisschen eingewöhnt?« Er klang wie ein alter Freund, nicht wie ein Liebhaber, der sie sitzengelassen hatte.

Viktoria legte die Rosen in der winzigen Küche ins Spülbecken und kehrte in das Zimmer zurück, das zugleich Wohn- und Schlafzimmer war. »Ich – ich kann das nicht, Alexei. Ich kann nicht so tun, als wären wir Freunde.«

»Dann sag mir, wie ich mich verhalten soll. Ich weiß es nämlich nicht.« Er fuhr sich durch sein Haar. »Was möchtest du von mir hören, Viktoria? Soll ich mich entschuldigen, weil ich dich in Petersburg zurückgelassen habe? Hätte ich warten müssen, bis du bereit gewesen wärst, mit mir zu kommen? Was geschehen ist, ist geschehen und nicht mehr zu ändern.«

Viktoria zuckte mit den Schultern. »Ich konnte meine Familie nicht verlassen, und dir hatte man eine Chance geboten, die du dir nicht entgehen lassen konntest. Jeder hat das getan, was er tun musste. Hätten wir uns anders entschieden, wären wir beide unglücklich geworden.«

»Eines habe ich allerdings festgestellt.« Alexei seufzte. »Wenn du nicht an meiner Seite bist, fühle ich mich unvollständig. Du inspirierst mich, und du treibst mich an wie keine andere Tanzpartnerin.«

»Tanzpartnerin? Ich dachte, ich wäre mehr für dich gewesen.« Sie hatte gewusst, dass dieses Gespräch irgendwann auf sie zukommen würde, und sich die passenden Sätze zurechtgelegt. Nur konnte sie sich im Moment an keinen von ihnen erinnern.

»Viktoria.« Er wollte nach ihrer Hand greifen, doch sie wich zurück. »Du bedeutest mir sehr viel. Wir haben bloß in unterschiedlichen Welten gelebt.«

»Ach, und nun leben wir in derselben Welt? Was willst du noch von mir, Alexei? Ich kann nicht da weitermachen, wo wir in Russland aufgehört haben.«

Eine leise Röte stieg in sein Gesicht. »Das habe ich auch nicht erwartet.«

»Gut.« Da sie sich nicht auf ihr Bett setzen wollte und es keine andere Sitzgelegenheit gab, lehnte sie sich an die Wand.

Er strich die Falten seiner Hose glatt. »Wie stellst du dir denn unser Zusammensein vor?«

»Wir tun, als wäre nichts gewesen«, antwortete Viktoria entschlossen und spürte, wie sich ihr Magen verkrampfte.

Stille breitete sich aus. Sie hatten einmal zusammen getanzt und sich zudem leidenschaftlich geliebt. Doch das war vor einem Jahr gewesen, und nun kam Alexei ihr wie ein Fremder vor.

Er räusperte sich. »Und wie läuft es so in Petersburg?«

»Was genau meinst du?«

»Herrgott noch mal.« Alexei hob die Hände und ließ sie wieder sinken. »Wie sieht es seit der Abdankung des Zaren aus? Wie ist die neue Regierung?«

»Es ist eine einzige Katastrophe.« Zögernd ließ Viktoria sich nun doch auf der Bettkante nieder. »Die Arbeiter und Bauern leiden noch mehr als zuvor, es gibt kaum etwas zu essen, und niemand weiß, wie es weitergehen soll. Und an der Front versinkt die Armee im Chaos, wie man hört.«

»Die Doppelherrschaft funktioniert also nicht.«

»Natürlich nicht. Die Sowjets und die provisorische Regierung behaupten nur, sie würden zusammenarbeiten.« Tränen traten in ihre Augen. »Es ist hoffnungslos. Ich konnte nicht mehr tanzen und mir einreden, alles würde gut. Es kam mir unanständig vor, solange die Menschen bei uns in Furcht und Elend leben.«

»Unsere Kunst ist nicht unanständig. Auch nicht in schweren Zeiten.«

»So empfand ich es aber. Und dann hat Djagilew mir ein Angebot gemacht. Jetzt brauche ich das Geld. Sobald ich genug zusammenhabe, hole ich meine Familie nach.« Viktoria streckte ihren linken Fuß, in dem sich ein Muskel verkrampft hatte. »Es würde mich nicht wundern, wenn das Mariinski schließen müsste. Die neuen Machthaber möchten alles vernichten, was an den Zaren erinnert. Und du weißt, wie sehr die Zarenfamilie die Kunst geliebt und gefördert hat.«

»Und so geht wieder ein Stück Geschichte verloren.«

»Das Mariinski hat dich einen Teufel geschert, als du mich verlassen hast.« Viktoria lief feuerrot an. *Als du Russland verlassen hast*, hatte sie sagen wollen, doch nun war es zu spät, sie konnte ihre Worte nicht mehr zurücknehmen.

Alexei schaute zu Boden. »Warum gibt Waslaw deiner Familie kein Geld? Er hat doch genug.«

*Wie direkt er ist*, dachte Viktoria. Offenbar hatte er den Kontakt zu Waslaw Nijinsky verloren und wusste nichts mehr über ihn.

»Ihm geht es nicht gut.«

»Das habe ich gehört. Stimmt es, was die Leute über ihn sagen?«

Viktoria war sich nicht sicher, ob sie wahrheitsgemäß antworten sollte. Aber Alexei tratschte nicht, so viel musste sie ihm zugutehalten. »Bitte erzähl es niemandem, aber Waslaw ist in der Schweiz in ärztlicher Behandlung. Und wenn er mir schreibt, wirkt er ein wenig konfus. Er macht mir Sorgen.«

Viktoria betete Nijinsky an. Als sie diesen einzigartigen Tänzer zum ersten Mal auf der Bühne erlebt hatte – damals, als sie noch eine kleine Elevin war –, war sie überwältigt gewesen. Später hatte sie ihn persönlich kennengelernt und ihm erzählt, dass sie davon träumte, eines Tages an der Kaiserlichen Ballettschule aufgenommen zu werden. Und Nijinsky, großzügig wie er war, setzte sich für sie ein. Dazu musste sie nicht mehr tun, als die Schrittfolgen nachzutanzen, die er ihr zeigte. Seinerzeit war er lediglich ein wenig exzentrisch gewesen. Er nahm Anteil an ihrem Leben, verfolgte ihre Fortschritte, bis er nach Paris zog.

»Was meinst du mit ›konfus‹?«

»Dass er zusammenhanglos schreibt und sich manchmal in endlosen Tiraden ergeht. Er schreibt mir auch nur noch selten, und ich glaube nicht, dass sich die Post allein wegen der Kriegswirren verzögert. Irgendetwas stimmt mit ihm nicht.«

Alexei lächelte schief. »Künstler sind oftmals seltsam.«

»Mag sein, aber bei ihm ist es etwas anderes.«

Alexei sah sie mitfühlend an. »Das tut mir leid, ich weiß, was er dir bedeutet.«

»Ich verdanke ihm sehr viel. Waslaw war einmal ein wichtiger Teil meines Lebens. So jemanden vergisst man nicht.«

»Nein, selbst wenn man es versucht, gelingt das nicht.«

»Was willst du damit sagen?« Viktoria wünschte, sie würde nicht so empfindlich auf jedes seiner Worte reagieren, aber sie hatte sich einfach nicht im Griff. Warum hatte sie ihn auch gleich bei ihrem ersten Wiedersehen um eine Aussprache gebeten? Sie hätte ihm ein späteres Treffen vorschlagen sollen – aber dann hätte sie bis dahin nichts anderes denken können. Besser, sie brachten es hinter sich.

Alexei lehnte sich zurück. »Damit will ich sagen, dass wir jetzt in Paris sind und aufhören sollten, immerzu an die Vergangenheit zu denken. Vor uns liegt ein neues Leben – ein Leben voller Möglichkeiten.«

»Willst du deine Familie vergessen? Deine Freunde? Das Land, in dem du groß geworden bist?« Viktoria erinnerte sich daran, wie sehr Alexei an seiner Familie gehangen hatte. »Ist das alles unwichtig geworden?«

»Natürlich nicht, aber nun spielt sich mein Leben in Paris ab, und angesichts der jüngsten Entwicklungen in Russland kann ich mir nicht vorstellen, jemals wieder nach Petersburg zurückzukehren. Ich bemühe mich darum, Abstand zu gewinnen, denn nur dann tut der Verlust meiner Familie und meiner Heimat nicht so weh.«

Rational gesehen, ergab das, was er sagte, vielleicht Sinn, aber nachvollziehen konnte Viktoria es nicht. So gefühlskalt war sie nicht.

Alexei deutete auf das schwarze Tuch, das Viktoria auf ihr Bett gelegt hatte. »Gib Djagilew keinen Grund, es zu bedauern, dich in sein Ballett aufgenommen zu haben.«

Das Thema Heimat und Familie war offenbar beendet. »Das habe ich nicht vor.«

»Gut, denn dazu hast du zu hart gearbeitet. Es wäre schade, wenn du gehen müsstest, nur weil du eine seiner Vorschriften ignorierst. Ich bin froh, dass wir wieder zusammen sind. Es fühlt sich richtig an, schicksalhaft sogar.«

»Ach, und warum hast du dann nicht gewartet, bis ich mit dir kommen konnte?«

»Mein Gott, Viktoria«, fuhr Alexei sie an. »Du weißt doch selbst, dass ich zu Hause immer nur die Zweitbesetzung war. Ich wollte dich nicht verlassen, aber ebenso wenig wollte ich mir die Chance entgehen lassen, die Djagilew mir geboten hat. Hätte ich nicht zugegriffen, hätte es ein anderer getan. Was ist daran denn so schwer zu verstehen?«

»Nichts«, sagte Viktoria. Er hatte recht. In Petersburg wären sie beide nicht weitergekommen. Sie konnte ihm keine Vorwürfe machen, auch wenn der Schmerz ihrer Trennung noch immer tief saß.

Wieder griff Alexei nach ihrer Hand. Diesmal entzog Viktoria sie ihm nicht. Sie dachte an die glücklichen Zeiten, als sie zu Hause Hand in Hand an der Newa spazieren gegangen waren. Die schönsten Luftschlösser hatten sie gebaut. Und nachts hatten sie nicht genug voneinander bekommen können. Doch das war schon Monate her.

Die Pianistin begann die Noten zu spielen, die Erik Satie für das Ballett »Parade« komponiert hatte. Es waren ungewohnte Klänge, hektisch und mitunter wie von Großstadtgeräuschen durchsetzt. An diese Musik musste Viktoria sich erst gewöhnen. Aber auch die dazugehörigen abgehackten Gesten und Schritte fielen ihr noch schwer. Sie zwang sich, an nichts anderes zu denken. Nur manchmal, wenn ihre Gedanken zu dem roten Tuch in ihrer Tasche abschweiften, ließ ihre Konzentration einen Moment lang nach. Vielleicht lag es aber auch daran, dass sie wieder mit Alexei tanzte. Sie ärgerte sich über sich selbst. Schon in ihren ersten Ballettstunden hatte sie gelernt, sich beim Tanzen von nichts ablenken zu lassen.

Sie hörte, wie Irina ihre Kommandos rief, sah Massines gerunzelte Stirn. Mit schweißnassem Gesicht setzte Viktoria zu einem Sprung an – und traf viel zu laut auf.

»Budian!« Massine winkte sie zu sich. An Viktorias Füßen hatten sich Blasen gebildet, aber um nichts in der Welt hätte sie es sich auf dem Weg zu ihm anmerken lassen.

»Es hieß, Sie seien eine hervorragende Tänzerin«, sagte er. »Das kann ich bisher nicht bestätigen. Darf ich erfahren, woran das liegt?«

Viktoria errötete. »Die Umstellung vom klassischen zum modernen Tanz braucht Zeit.«

Sie vermied es, zu Alexei hinüberzusehen. Niemand durfte erfahren, dass er sie durcheinanderbrachte. Auch in Russland hatten sie ihre Beziehung geheim gehalten. In einem Milieu, wo jeder mit jedem schlief, wollten sie ihre Gefühle, die in ihrer Innigkeit etwas Besonderes waren, für sich behalten. Zudem waren Liebschaften unter den Tänzern offiziell nicht erlaubt, auch wenn sich niemand daran hielt.

Massine krauste die Stirn. Sein Blick wanderte zu den Tänzern.

»Ich würde gern sehen, wie Sie mit einem Partner tanzen.« Er klatschte in die Hände. »Irina, alle außer Budian und Pankow machen eine Pause.«

Alexei drehte sich um und sah Viktoria fragend an. Sie wandte den Blick ab. Dann war er bei ihnen. »Um was geht's?«

»Soweit ich weiß, wart ihr in Petersburg die Zweitbesetzung für Albrecht und Giselle. Ich möchte, dass ihr die Szene aus dem ersten Akt tanzt, als Albrecht und Giselle sich zum ersten Mal begegnen.« Massine trat zu der Pianistin, die schon dabei war, die passenden Noten hervorzuholen.

Gleich darauf vernahm Viktoria die zarten Klänge des Balletts, das sie liebte, und begann sich wie von allein zu bewegen. Wie oft hatte sie zu Hause davon geträumt, ein berühmter Choreograph wie Massine könnte einmal sehen, wie sie und Alexei die Rollen von Giselle und Albrecht tanzten.

Sie schwebte durch den Raum, überließ sich ganz der Musik und der Rolle des jungen Mädchens, das gleich dem jungen Mann begegnet, in den es sich verlieben wird. Aus dem Augenwinkel nahm sie Alexei wahr, der sich ihr tanzend näherte. Er streckte die Hand nach ihr aus. Sie nahm sie und spürte, wie es sie heiß durchzuckte. Sie machte einen falschen Schritt und geriet ins Stolpern.

»Schluss, aufhören!«, rief Massine gereizt. Die Musik brach ab. »Was ist los? Tanzt so das Paar, von dem man mir vorgeschwärmt hat?«

Alexei ließ Viktorias Hand los. »Seit wir zuletzt zusammen getanzt haben, ist einige Zeit vergangen.«

Massine schüttelte den Kopf. »Interessiert mich nicht. Ich möchte sehen, was ihr könnt – falls ihr es noch könnt.«

Viktoria raffte all ihren Mut zusammen. »Darf ich auch etwas sagen?«

Massine nickte ungnädig.

»Wenn Sie mir ausnahmsweise gestatten würden, beim Tanzen mein rotes Tuch zu tragen, dann –«

»Nein.«

»Bitte.«

»Lass sie, Léonide«, sagte Alexei. »Es kostet dich doch nichts.«

Massine verzog das Gesicht. »Dieser abergläubische Unsinn widert mich an. Aber bitte, wenn ihr glaubt, dass es euch hilft.«

Viktoria lief zu ihrer Tasche und tauschte das schwarze Tuch um ihre Taille gegen das geliebte rote aus. Dann nahm sie ihren Platz an Alexeis Seite wieder ein.

»Reiß dich zusammen«, raunte er ihr zu. »Als Dank, dass ich mich für dich eingesetzt habe.«

»Keine Sorge«, flüsterte sie.

»Fangt an!« Massine gab der Pianistin ein Zeichen.

Viktoria wiederholte die Schritte fehlerlos. Als sie zuletzt die fünfte Position einnahm – Füße waagerecht nebeneinander, die Hände hoch über dem Kopf –, umfasste Alexei ihre Taille. Viktoria vergaß, dass er es war, der sie hob, war nur noch in ihrer Rolle und ließ sich tragen, den gesamten Körper in einer Geraden. Lautlos kam sie auf dem Boden auf, hob sich auf die Zehenspitzen und beendete die Sequenz mit einer makellosen Arabesque.

»Bravo!« Massine applaudierte und kam auf sie zu. Er klopfte Alexei auf den Rücken. »Das war wunderbar, einfach großartig.« Strahlend wandte er sich zu Viktoria um. »Meinetwegen können Sie dieses lächerliche Tuch ab sofort immer tragen. Wenn Sie so hingebungsvoll für mich tanzen, dürfen Sie sogar ein Trikot mit rosa Schleifchen tragen.«

»Und was ist mit Sergei Djagilew?«, fragte Viktoria. »Er hat mir das Tuch ausdrücklich verboten.«

»Das überlassen Sie ruhig mir. Sie kümmern sich nur ums Tanzen. Ich möchte, dass ihr zusammen auftretet … vielleicht denke ich mir sogar speziell für euch etwas aus.« Massine klatschte in die Hände. »So, jetzt könnt ihr Pause machen.« Er trat zu der Klavierspielerin und begann ihr etwas zu erklären.

Viktoria bekam nur Satzfetzen mit. »Bräuchte etwas – müsste zu den beiden passen – ein Kurzballett, anmutig und leicht – ein Pas de Deux.« Sie schaute Alexei an. Er lächelte und drückte ihre Hand.

»Glaubst du wirklich, er wird sich ein Ballett nur für uns ausdenken?«, fragte sie leise.

»Möglich ist alles.« Er deutete auf das rote Tuch. »Ich hätte nie gedacht, dass ein dummes Stück Stoff so viel bewirken kann.«

»Es ist das schönste Geschenk, das ich jemals erhalten habe.«

»Wer hat es dir geschenkt?«, fragte er mit einem eifersüchtigen Unterton.

Bei der Erinnerung schnürte sich ihre Brust zusammen. »Was für eine Rolle spielt das?«, antwortete sie gepresst.

»Eine große, nehme ich an, sonst würde es dir nicht so viel bedeuten.«

»Du hast mich verlassen, Alexei, solche Dinge gehen dich nichts mehr an.« Wieder wünschte sie, sie könnte ihre Worte zurücknehmen oder hätte sie wenigstens nicht mit so viel Bitterkeit gesprochen. »Entschuldige«, fügte sie sanfter hinzu, »ich wollte nicht bissig werden. Das Tuch kommt nicht von einem anderen Mann, falls du das denkst. Aber es gehört zu einer furchtbaren Geschichte, über die ich noch nicht reden kann.«

Alexei betrachtete sie mit zusammengezogenen Brauen.

»Kannst du dich damit zufriedengeben?«

Alexei zuckte mit den Schultern. »Um auf unsere Geschichte zurückzukommen …«

Viktoria wartete, dass er weitersprach. Als das nicht geschah, sagte sie: »Was ist mit unserer Geschichte?«

»Wir sollten es Djagilew sagen. Massine scheint ohnehin schon etwas zu ahnen.«

Viktoria sah ihn entsetzt an. »Bitte nicht, Alexei. Es ist doch schon so lange vorüber.«

*Obwohl sich an meinen Gefühlen kaum etwas geändert hat*, fügte sie im Geist hinzu.

»Und was war vorhin, als wir getanzt haben?«, fragte er gekränkt. »Du hast es doch auch gespürt.«

Viktoria sah ihn flehend an. »Niemand weiß etwas, auch Massine nicht. Und ich möchte, dass es so bleibt.«

Alexei kniff die Lippen zusammen und schwieg. Schließlich sagte er: »Djagilew wäre der Letzte, der uns daraus einen Strick drehen würde. Er war mit Waslaw liiert, als der für ihn getanzt hat und noch nicht verheiratet war, und nun ist er mit Massine zusammen.«

»Massine ist sein Liebhaber?«, fragte Viktoria ungläubig.

»Das weiß doch jeder.«

»Ich wusste es nicht. Woher auch, ich bin ja gerade erst angekommen.«

*Das darf Waslaw nie erfahren*, ging es ihr durch den Kopf. Nijinsky hatte Djagilew verlassen und eine ungarische Adelige namens Romola de Pulszky geheiratet, die sehr in ihn verliebt gewesen war, doch soweit Viktoria wusste, hing er noch immer an Djagilew und bereute das Ende ihrer Liaison. Das Letzte, was er in seinem derzeitigen Zustand brauchte, waren Nachrichten von einem neuen Liebhaber Djagilews.

»Trotzdem sollten wir niemandem etwas von uns erzählen«, sagte sie. »Es ist Vergangenheit, und eine Zukunft wird es nicht geben.«

Alexei warf ihr einen unwirschen Blick zu und ging davon.

# Kapitel 5

»Da sind Sie ja wieder«, rief Bernard strahlend und hielt Lily die Tür zum Bühneneingang des Théâtre du Châtelet auf.

»Tja, da bin ich wieder.« Lily bemühte sich zu lächeln und hätte am liebsten kehrtgemacht. Doch auf dem Weg über die leeren Flure des Theaters redete sie sich gut zu und schaffte es sogar, wieder so etwas wie Hoffnung in sich aufkeimen zu lassen. Natalie wusste, wie hartnäckig Lily sein konnte, möglicherweise würde sie resignieren, wenn ihre Schwester erneut vor ihr stand und mit ihr sprechen wollte.

Vor dem Probensaal blieb Lily stehen. Von drinnen drang Klaviermusik heraus. Sie schloss die Augen und begann sich zu der Musik zu wiegen. Wie von allein bog sie ihre Arme, und ihre Füße hoben sich auf die Zehenspitzen, sie machte Schritte …

Und brach ab. Ihre Augen flogen auf.

Sie tanzte nicht mehr, Schluss, aus. Ihr Körper hatte bloß auf die Klaviermusik reagiert. Vielleicht lag es auch an der Umgebung des Theaters, in dem sie einmal hatte auftreten sollen.

Sie lehnte sich an die Wand und wartete darauf, dass die Musik verstummte. Wenig später klatschte jemand in die Hände. Die Tür öffnete sich, Tänzer und Tänzerinnen strömten heraus. Von drinnen hörte man Natalies hohe Stimme, die sich in stockendem Französisch mit jemandem unterhielt. Lily trat vor. Ihre Schwester fuchtelte mit den Armen und schien verärgert. Sie sprach mit dem jungen Tänzer, der neulich schon bei ihr gewesen war. Er wirkte ebenfalls ungehalten und wurde laut. Natalie stemmte die Fäuste in die Seiten und schürzte die Lippen.

Hastig zog Lily sich in den Flur zurück. Wahrscheinlich wäre es besser, einen passenderen Zeitpunkt abzuwarten. Die Frage war nur, wann der kommen sollte. Vermutlich nie. Also holte sie tief Luft, klopfte kurz an den Türpfosten und betrat den Saal.

»Entschuldigung, könnte –«

Natalie fuhr zu ihr herum. »Lily, hau ab, ich will dich nicht sehen.«

»Tut mir leid, aber diesmal bleibe ich. Ich muss mit dir reden.«

»Aber nicht jetzt.« Natalie wandte sich wieder dem Mann zu. Der zuckte mit den Schultern, griff nach seiner Tasche und verließ den Saal mit eiligen Schritten.

Lily spürte, dass sie wieder zornig wurde. Diesmal würde sie nicht nachgeben. »Wenn nicht jetzt, wann dann? Ich verlasse Paris nicht, bevor wir uns ausgesprochen haben.«

»Wir haben uns bereits ausgesprochen«, antwortete Natalie kalt. »Sogar mehrmals. Willst du wieder darüber reden, dass du zwei Tode verschuldet hast? Was bringt dir das?«

»Es waren zwei Unfälle«, entgegnete Lily so ruhig wie möglich. »Zuerst Jake und dann Aiden.« Als ihr kleiner Bruder Jake ertrunken war, hatte Lily sich die Schuld gegeben. Damals war Natalie nachts zu ihr ins Bett gekrochen, hatte sie an sich gedrückt und mit ihr geweint. Doch seit Aidens Tod benahm sie sich, als hätte es zwischen ihnen nie auch nur einen Hauch Schwesternliebe gegeben. Mit einem Mal war Lily an allem schuld, und Natalie wollte nichts mehr von ihr wissen.

»Bitte, Natalie, hör mir –«

»Aiden war für mich wie ein Bruder, aber auch den hast du mir genommen.« Natalies Augen funkelten wütend. Sie griff nach ihrer Tasche. »Und nun ruinierst du auch noch dein Leben, aber das begreifst du offenbar nicht. Ich weiß beim besten Willen nicht, was du von mir willst. Falls es Hilfe ist, die kann ich dir nicht bieten.«

»Natalie, warum hörst –«

Ihre Schwester lief zu Tür.

»Du benimmst dich unmöglich!«, rief Lily ihr aufgebracht nach. *Super, nun hatte sie doch die Fassung verloren.*

Natalie drehte sich zu ihr herum. »Wage es nicht, mir noch einmal aufzulauern. Ich will nicht, dass noch mehr Menschen, die ich liebe, sterben.«

»Warum geht es immer nur um dich, Natalie? Ich habe meinen Bruder und meinen Verlobten verloren. Und meine Schwester hat mir den Rücken zugekehrt, als ich sie am meisten brauchte.«

»Ach so, dann geht es dir wohl wieder mal nur um dich. Denn ich habe dieselben Menschen verloren.«

»Aber wenigstens habe ich meine Schwester nicht vor den Kopf gestoßen und die Rolle übernommen, von der sie immer geträumt hat.«

»Wie bitte?« Natalie tippte auf ihre Brust. »Ich war diejenige, die von Anfang an in dieser Kompanie tanzen wollte, nicht du.«

Lily schnaubte. Natalie hatte ein beneidenswertes Geschick, die Wahrheit zu verdrehen, aber Lily hatte gelernt, die Phantastereien ihrer Schwester zu durchschauen. Natalie dagegen glaubte irgendwann selbst an das, was sie sich und anderen vormachte.

»Was für ein Unsinn. Als Aiden und ich von der Bohème engagiert wurden, hast du nicht im Traum daran gedacht, dich der Kompanie anzuschließen.«

Natalie lachte auf. »Erstaunlich, was du dir alles einredest. Wer von uns hat das Ballett denn aufgegeben? Du oder ich?«

Lily fragte sich, was das eine mit dem anderen zu tun habe, aber Natalie war offenbar bereit, ihr aus allem einen Vorwurf zu machen.

»Ist das dein Ernst?« Lily trat einen Schritt auf Natalie zu. »Ich musste es aufgeben.« Sie spürte, wie Tränen in ihre Augen schossen. »Ich konnte nicht mehr – nicht mehr tanzen.«

Natalies Miene wurde verächtlich. »Hättest du es wirklich gewollt, hättest du weitergemacht. Du hast doppelt so viel Arbeit wie ich investiert, und dann war plötzlich Schluss, und dir war alles egal. Erzähl mir nicht, du hättest nicht mehr gekonnt.«

Als Tänzerin war Natalie ein Naturtalent und hatte mit weniger Aufwand das erreicht, worum Lily hatte ringen müssen. Sie hatten es beide gewusst, aber nie darüber gesprochen.

Natalies Blick wurde etwas freundlicher. »Du bist eine der besten Tänzerinnen, die ich kenne, doch dann hast du eine Tragödie erlebt und das hingeschmissen, was dir hätte helfen können. Das Ballett hätte deine Rettung sein können. Du lebst auf, sobald du Spitzenschuhe trägst und im Scheinwerferlicht stehst.«

»Das war einmal, jetzt nicht mehr.«

»Dann sieh zu, dass es wieder so wird. Auch andere Tänzer sind nach Schicksalsschlägen auf die Bühne zurückgekehrt.«

»Ja, nach Unfällen, bei denen sie sich etwas gebrochen hatten. Ich spreche von einer seelischen Last, die mir das Tanzen unmöglich macht. Jedes Mal, wenn ich ans Ballett denke, sehe ich Aiden vor mir und werde halb wahnsinnig.«

»Und, wird es besser, indem du gar nichts tust?« Natalie lehnte sich an den Türpfosten und verschränkte die Arme vor der Brust. »Wie lebt es sich denn so in Rutherford Creek?«

»Seit wann hast du etwas gegen unseren Heimartort?«

»Habe ich nicht. Für jemanden, der ein Landleben führen möchte, ist er ideal. Aber wir haben schon als Kinder von Paris und London geträumt und uns ein Engagement bei einem berühmten Ballett gewünscht. Wir wollten in diesen Städten Ballettunterricht geben, wenn wir nicht mehr auftreten können, und uns dort irgendwann zur Ruhe setzen.«

Lily senkte den Blick. »Solange ich nicht weiß, wie es mit mir weitergehen soll, bleibe ich in Rutherford Creek.«

»Du denkst seit zwei Jahren darüber nach, wie es mit dir weitergehen soll. Wie lange denn noch?« Natalie dehnte ihre Seiten.

»So lange wie nötig.«

»Du vergeudest dein Leben.«

»Bist du deshalb so wütend auf mich?«

»Unter anderem.«

Lily mochte die Richtung nicht, die das Gespräch nahm, doch sie war froh, dass Natalie überhaupt wieder mit ihr sprach. Natürlich war sie im Unrecht, aber was wusste ihre Schwester schon.

»Ich wünsche dir alles Gute«, sagte Natalie. »Ich hasse dich auch nicht. Doch im Moment möchte ich nicht, dass du ein Teil meines Lebens bist.«

Bevor Lily antworten konnte, schulterte Natalie ihre Tasche, lief den Flur hinunter und verschwand durch eine Tür.

Lily starrte ihr nach. Sie wusste, Natalie nachzulaufen wäre zwecklos. Ihre Schwester hatte ihren Standpunkt klargemacht, und damit war das Gespräch beendet. Natalie war einfach unglaublich stur, und sie kümmerte sich nicht darum, wie sehr sie jemanden verletzte. Enttäuscht wandte Lily sich zum Ausgang. Sie verstand nicht, wie ihre Schwester sie so eiskalt aus ihrem Leben verbannen konnte. Natürlich hatten sie sich auch früher dann und wann gestritten, jedoch immer wieder versöhnt. Selbst wenn die eine der anderen noch grollte, hatten sie versucht, miteinander darüber zu sprechen. Lily schwor sich, nicht aufzugeben, bis sie den Grund für Natalies Verhalten herausgefunden hatte. Irgendetwas steckte dahinter, und es musste mehr sein, als dass sie mit Lilys Leben unzufrieden war.

Und wie konnte Natalie behaupten, Lily sei schuld am Tod von Jake und Aiden? Das war so falsch, dass man schon an Natalies Verstand zweifeln konnte. Lily blieb stehen. Nein, Natalie war nicht verrückt, sie hatte es gesagt, um ihr weh zu tun. Lily war elf Jahre alt gewesen, als Jake mit fünf Jahren starb. Sie hatte die Aufgabe gehabt, auf ihn aufzupassen. Erneut hatte sie die schreckliche Szene vor Augen: Jake, der plötzlich vom Steg in den See sprang und nicht schwimmen konnte. Lily sprang ihm nach, aber sie wusste nicht, wie man einen Ertrinkenden rettete, und außer ihr war niemand da, der ihr hätte helfen können. Trotz vieler Therapiestunden war sie seitdem nicht mehr geschwommen. Noch vor wenigen Jahren hatte sie geglaubt, sie hätte Jakes Tod verwunden. Doch dann starb Aiden, und mit dieser Trauer drängte sich auch die Erinnerung an ihren verlorenen Bruder wieder in ihr Bewusstsein.

Jemand räusperte sich. Lily wandte sich um. Yves Rousseau stand da und lächelte charmant.

»Lily Johansson, was für eine angenehme Überraschung.«

»Oh, hallo.« Lily kehrte in die Gegenwart zurück. »Ich – ich wollte gerade gehen.« Wieder spürte sie seine Anziehungskraft und gleichzeitig den Impuls fortzulaufen.

»Warum so eilig? Gerade hast du noch ganz gedankenverloren dagestanden.«

Sie strich sich eine Strähne hinter ihr Ohr und suchte vergeblich nach einer Antwort.

»Deine Hand zittert«, sagte er. »Du solltest etwas essen. Und einen Kaffee trinken. Nicht weit von hier gibt es ein hübsches, kleines Café.«

Er war nett – und beharrlich. Trotzdem wollte sie fort. Sie steckte ihre flattrigen Hände in die Taschen ihrer Jeans.

»Der Kaffee dort ist ganz ausgezeichnet. Das Gebäck auch.« Ihre Blicke trafen sich.

»Danke, aber das geht nicht«, sagte Lily und war plötzlich müde. Die Begegnung mit Natalie und die Erinnerungen an die Toten in ihrem Leben hatten sie ausgelaugt.

»Ich werde auch nicht über Musen oder das Ballett sprechen«, fügte er mit einem Augenzwinkern hinzu.

Lily konnte nicht anders, sie musste einfach lächeln. Also gut, warum sollte sie nicht mit ihm gehen? Er würde sie von ihrem Kummer ablenken. Und was war schon gegen eine Tasse Kaffee und ein Stück Kuchen einzuwenden?

»Ich schwöre.« Yves hob seine rechte Hand.

»Meinetwegen.« Er wirkte nicht mehr so intensiv wie bei ihrer letzten Begegnung, sondern machte einen entspannteren Eindruck. Anscheinend wollte er sofort losgehen.

»Versäumst du nicht deinen Termin?«, fragte sie. »Du wolltest hier doch sicher jemanden treffen.« Sie selbst hätte auch nichts dagegen, noch einmal kurz auf der Toilette zu überprüfen, ob sie ihr Make-up auffrischen musste.

»Der Termin war schon.« Yves steuerte die Ausgangstür an. Draußen winkte er dem Portier. »Bis morgen, Bernard.« Mit großen Schritten eilte er die Straße hinunter. Als er bemerkte, dass Lily zurückfiel, blieb er stehen. »Entschuldige, ich vergesse immer, wie lang meine Beine sind.«

»Kein Problem, wahrscheinlich war ich zu langsam.« Sie konnte nicht fassen, wie heftig ihr Herz pochte. Es war schon so lange her, dass ein attraktiver Mann sie zu einem Kaffee eingeladen hatte.

Für einige Minuten schwiegen sie beide. Dann deutete Yves auf ein Café, dessen Markise so hellblau wie der Himmel war. Die Stühle und Tische mit ihrer gelben Farbe passten dazu wie die Sonne. Sie suchten sich einen Tisch im Freien. Yves bestellte für jeden einen *café double* und einen Teller der bunten Macarons, die Lily schon bei ihrem ersten Aufenthalt in der Stadt geliebt hatte. Wenig später aßen sie das süße Gebäck, tranken Kaffee und schwiegen erneut. Jahrelang hatte Lily sich in einem Milieu bewegt, in dem hauptsächlich über Ballett gesprochen wurde – auch in ihrem Elternhaus war es ständig Thema gewesen –, und nun, seitdem sie nicht mehr tanzte, wusste sie nicht, worüber man sich sonst unterhielt. Dabei hätte sie bei diesem gutaussehenden Mann mit der sympathischen Ausstrahlung liebend gern etwas Interessantes erzählt.

Schließlich sagte Yves: »Seltsamerweise hatte ich schon so ein Gefühl, dass wir uns wiedersehen. Allerdings habe ich dabei nicht mit dem Châtelet gerechnet. Aber vielleicht verfolgst du mich ja.«

»Ich? Nein.«

»Das war ein Scherz.« Er taxierte ihre Miene. »Warum bist du so ernst?«

Lily begann ihre Serviette zu kneten. »Mir geht zu viel im Kopf herum, um lustig zu sein.«

»Das sehe ich. Möchtest du darüber reden?« Er hob seine Tasse an den Mund und schaute Lily über den Rand hinweg an.

Sie schüttelte den Kopf.

Yves nahm einen Schluck und setzte die Tasse ab. »Okay, anderes Thema. Warum warst du bei Natalie?«

Lily zuckte zusammen. »Was hast du gesagt?«

»Was für eine merkwürdige Reaktion.« Yves lachte. »Ich nehme an, sie ist deine Schwester oder Cousine. Immerhin tragt ihr denselben Nachnamen.«

»So was in der Art«, murmelte Lily.

»Hm«, machte Yves. »Was könnte so was in der Art wohl sein? Eine böse Stiefschwester?«

Lily schüttelte den Kopf. »Schwester.« Sie strich die zerknitterte Serviette glatt.

»Komisch, ihr seht euch überhaupt nicht ähnlich. Sie ist blond und ihr Teint dunkler. Du bist schwarzhaarig und blass.« Er lehnte sich zurück. »Aber was für ein Zufall. Während ich für die eine Schwester eine Ballettmusik komponiere, lerne ich die andere im Park kennen.«

Die Serviette rutschte aus Lilys Hand.

Yves hob sie vom Boden auf. »Hat sie dir das nicht erzählt?«

»Nein.«

»Erstaunlich. Ich dachte, sie hätte es überall gepostet.«

»Soziale Medien sind nicht mein Ding.«

»Aber warum hat sie es dir nicht erzählt?« Er betrachtete Lily abwägend. »Habt ihr euch gestritten? Vorhin habe ich euch gehört. Es klang nicht sehr liebevoll.«

Lily drehte ihren Stuhl so, dass sie Yves nicht mehr direkt ins Gesicht schauen musste. »Wir haben zwei Jahre lang nicht miteinander gesprochen.«

»Das tut mir leid«, sagte er.

»Mir auch«, antwortete sie knapp.

»Vielleicht sollten wir uns über etwas anderes unterhalten. Bist du zum ersten Mal in Paris?«

Lily deutete ein Kopfschütteln an. »Ich war schon einmal hier.«

»Aha. Und da wolltest du natürlich wiederkommen und all das genießen, was Paris zu bieten hat – die Parks, Museen, die Theater und Geschäfte. Es ist eine tolle Stadt, oder? Ich kann dir gar nicht sagen, wie froh ich bin, hier zu leben.«

»Das glaube ich.« Lily nahm einen Schluck Kaffee. »Aber diesmal interessieren mich diese Dinge nur am Rande.«

Yves zog die Brauen hoch. »Und warum?«

»Es liegt nicht an der Stadt, sondern hat mit dem zu tun, was hier bei meinem letzten Aufenthalt geschehen ist.« Als er Luft holte, um etwas zu sagen, winkte sie ab. »Frag nicht. Ich kann darüber nicht reden.«

Yves sah sie so mitfühlend an, dass sie ihm am liebsten doch alles erzählt hätte. Wahrscheinlich hätte er ihr mehr Verständnis entgegengebracht als ihre Schwester.

»Ich könnte über mich sprechen«, schlug er vor. »Wie wäre das?« Er rutschte mit seinem Stuhl ein Stück zu ihr herüber und lächelte einnehmend.

»Das wäre in Ordnung.« Sie war für jede Ablenkung dankbar und wollte tatsächlich mehr über ihn erfahren. Sie wünschte nur, er hätte nichts mit dem Bohème-Ballett zu tun. Warum hatte sie nicht jemandem begegnen können, der so wenig mit dem Ballett zu schaffen haben wollte wie sie?

»Ich habe keine Geheimnisse. Ich bin der Auffassung, dass wir aus allem im Leben lernen können, dem Guten wie dem Schlechten. Wir sollten uns für unsere Vergangenheit nicht schämen, auch wenn wir glauben, falsche Entscheidungen getroffen zu haben. Vielleicht waren es die besten Entscheidungen, die wir zu einem bestimmten Zeitpunkt treffen konnten.«

»Eine schöne Philosophie, ich weiß nur nicht, ob es immer so einfach ist.«

»Warum nicht?« Er schob ihr den Teller mit den Macarons zu. »Wir wollen alle das Richtige tun, die meisten von uns jedenfalls, wir wissen nur nicht immer, was das Richtige ist.«

»Das sehen viele Leute mit Sicherheit anders.«

»Meinst du jemand Bestimmten? Sprichst du von deiner Schwester?«

Lily zuckte die Achseln.

»Magst du das Ballett deshalb nicht? Weil deine Schwester Tänzerin ist?«

»Es steckt mehr dahinter. Meine Schwester und ich haben lediglich eine komplizierte Beziehung.«

»Das kann ich mir denken. Natalie ist vielschichtiger als eine Zwiebel.«

Lily lachte. So konnte man es auch nennen. »Ein einfacher Mensch ist sie jedenfalls nicht.«

»Nein.« Yves betrachtete die Macarons und entschied sich für eines mit Himbeergeschmack. »Trotzdem liebst du sie.« Er biss in das rosafarbene Gebäckstück.

»Sie ist meine Schwester«, sagte Lily ausweichend. Sie wusste nicht mehr, was sie für Natalie empfand. »Entschuldige, Yves, aber auch über Natalie möchte ich nicht reden.«

»Tja«, sagte er. »Nicht jeder ist wie ich gewillt, sein Leben vor Fremden auszubreiten. Obwohl wir uns heute schon zum dritten Mal begegnen. Eigentlich sind wir gar keine Fremden mehr, sondern schon Bekannte.« Er wischte sich einen rosa Krümel aus dem Mundwinkel. »Darf ich trotzdem noch etwas über Natalie sagen? Danach wechseln wir das Thema.«

Lily seufzte. »Meinetwegen.«

»Ich habe gehört, wie sie gesagt hat, du würdest dein Leben vergeuden. Und dass sie nicht möchte, dass du Teil ihres Lebens bist. Das war ziemlich hart.«

Lily errötete. »Das hast du gehört?«

»Ihr wart laut.«

»So laut nun auch wieder nicht.«

Yves beäugte die Macarons. Diesmal nahm er ein mokkafarbenes. Als ihm eine Strähne ins Gesicht fiel, musste Lily sich bremsen, um sie ihm nicht zurückzustreichen. »Vielleicht nicht, aber ich habe ein sehr gutes Gehör. Das brauche ich in meinem Beruf.«

»Deine Wohnungsnachbarn werden sich freuen.«

Er lachte so herzlich, dass sie unwillkürlich einstimmte. »Zu ihrem Glück verreisen sie oft. Aber zurück zu deiner Schwester. Warum glaubt sie, dass du dein Leben vergeudest?«

»Das ist eine lange Geschichte.« Sie schaute zu, wie er mit der Zungenspitze die Cremefüllung aus seinem Macaron leckte.

»Sie sind nicht sehr zugänglich, Mademoiselle Johansson.«

»Ich habe lange sehr zurückgezogen gelebt und bin es nicht mehr gewöhnt, mit anderen zu reden.« Für einen Moment schloss sie die Augen. »O Gott, wie ich mich anhöre. Als wäre ich eine soziale Außenseiterin.«

»Ich nehme an, du hattest ein paar schwierige Zeiten. Kommt in den besten Familien vor.«

»Ein paar schwierige Zeiten ist gut.«

»Möchtest *du* denn noch Teil von Natalies Leben sein?«

Wieder wich Lily aus. »Ich bin nicht so melodramatisch wie sie.«

»Ich kenne Natalie. Sie macht aus jeder Mücke einen Elefanten.« Yves wischte sich die Finger mit einer Papierserviette ab. »Vielleicht kann ich dir helfen.«

»Wie willst du mir denn helfen?«

»Es gibt nur wenige Menschen, auf die Natalie hört. Ich bin einer von ihnen. Warum das so ist, weiß ich nicht.«

Lily konnte sich den Grund denken. Natalie hatte eine Schwäche für charmante, gutaussehende Männer mit künstlerischer Begabung.

»Im Moment ist sie noch bei jeder Aufführung des Bohème die Zweitbesetzung, doch in dem Stück, für das ich die Musik schreibe, möchte sie die Erstbesetzung werden. Das Stück heißt ›Wendepunkt‹ und soll bereits in der nächsten Saison uraufgeführt werden. Was auch bedeutet, dass ich bald fertig werden muss.« Einen Moment lang wirkte er bekümmert, doch dann heiterte seine Miene sich wieder auf. »Darf ich dir einen Vorschlag machen?«

»Nur zu.«

»Wenn es dir recht ist, lege ich bei deiner Schwester ein gutes Wort für dich ein.«

»Viel Erfolg.«

»Ich sage das nicht nur so.« Er schnippte bunte Krümel von seiner Hose. »Und zum Dank triffst du dich mit mir, bis ich die Musik zu ›Wendepunkt‹ beendet habe.«

Lily starrte ihn an. Dann fiel ihr ihre letzte Begegnung wieder ein.

»Ich bin nicht deine Muse.«

»Wir könnten es anders nennen.«

»Es ist egal, wie du es nennst.« Lily stand auf.

»Nicht weglaufen.« Yves legte eine Hand auf sein Herz. »Manchmal denke ich nicht darüber nach, was ich sage. In dem Punkt sind Natalie und ich uns ähnlich. Bitte, setz dich doch wieder.«

Widerstrebend ließ Lily sich zurücksinken.

Yves beugte sich zu ihr vor. »Ich bin verzweifelt, Lily. Das Bohème-Ballett verlässt sich darauf, dass ich die Musik rechtzeitig fertigstelle. Aber ich hänge fest. Die Partitur ist zwar geschrieben, aber ihr fehlt …« Er ließ sich zurückfallen und gestikulierte mit seinen Händen, als würde er das richtige Wort suchen. »Das gewisse Etwas oder die Leidenschaft – vielleicht auch die Seele. Die beiden Male, die ich dich im Park gesehen habe, haben etwas in mir freigesetzt.« Er stieß einen langen Atem aus. »Und heute geht es mir wieder so.«

»Es gibt keine Musen«, sagte Lily bestimmt. »Das sind nur Hirngespinste, mit denen Künstler ihren Erfolg oder ihren Misserfolg zu erklären versuchen.«

»Bist du immer so zynisch?«

»Nein.« Zumindest war sie es nicht immer gewesen. Bis zu Aidens Tod hatte sie zu den Menschen gehört, für die das Glas stets halbvoll war, doch seitdem hatte sich ihre Einstellung geändert. Wie gern wäre sie wieder so wie früher, doch es wollte ihr einfach nicht gelingen.

»Wir könnten dich meine Inspiration nennen. Wäre das besser?«

»Nein.«

»Du wirst meine Inspiration, und ich spreche mit Natalie.« Er legte den Kopf schief. »Na komm, Lily, sag ja.«

Sie dachte an das, was sie bei ihrem Aufenthalt in Paris bisher erreicht hatte. Nichts, außer ein paar Fotos von einem Park und einem Springbrunnen. Genau genommen war sie noch genau da, wo sie bei ihrer Ankunft gewesen war: tief in der eigenen Vergangenheit. Wenn sie dort herauswollte, musste sie wissen, warum Natalie nichts mehr mit ihr zu tun haben wollte. Es musste andere Gründe haben als die, die sie erklärt hatte. Und wenn sie, um die Wahrheit zu entdecken, hier und da ein wenig Zeit mit einem liebenswürdigen, wenn auch wirren Komponisten verbringen musste, dann sei es so.

»Na schön.«

Yves strahlte. »Heißt das, ja?

»Ja.«

Er bot ihr den Teller mit dem letzten Macaron an. Es war ein rosaroter. »Danke, Lily.«

# Kapitel 6

Lily wartete vor dem Gebäude, in dem Yves wohnte, trat von einem Fuß auf den anderen und rieb ihre Arme. In Paris war es plötzlich kalt geworden. Im blassen Schein einer Straßenlaterne spähte sie durch die Dämmerung und hielt nach Yves Ausschau. Die Straße lag verlassen da. Sie warf einen Blick auf ihre Uhr. Nein, sie war nicht zu früh, Yves kam zu spät.

Sie begann vor dem Gebäude auf und ab zu laufen und fragte sich, warum sie sich auf seinen verrückten Vorschlag eingelassen hatte. Vielleicht weil alles so schnell gegangen war. Eben war er noch der sonderbare Komponist aus dem Park gewesen und im nächsten Moment der Vermittler zwischen ihr und Natalie. Schade, dass Pünktlichkeit nicht zu seinen Stärken zählte.

Lily zitterte vor Kälte. Zwar war sie auch aus Australien kalte Herbstabende gewöhnt, aber die waren trocken und krochen einem nicht unter die Haut. Hier spürte man bereits den feuchten Pariser Winter.

Hinter ihr erklangen Schritte. Sie wandte sich um. Yves hastete auf sie zu, eingehüllt in eine dicke Matrosenjacke. Als er bei ihr war, atmete er schwer und lockerte den Schal um seinen Hals.

»Puh«, sagte er, »tut mir leid. Ich fürchte, mit Uhren stehe ich auf Kriegsfuß.«

»Zweifellos.« Lily schlang die Arme um sich. »Ich hoffe, in deiner Wohnung ist die Heizung an.«

»Natürlich.« Er winkte sie die Stufen hoch und holte ein Schlüsselbund hervor. Die Griffe hatten schöne filigrane Muster.

»Ich mag diese altmodischen Schlüssel«, sagte Lily. »Die gibt es bei uns nicht.«

»Ja, die sind ganz hübsch.« Yves steckte einen Schlüssel ins Schloss der Eingangstür und ruckelte mehrmals daran, bevor die Tür aufsprang. »Aber manchmal wären mir moderne Versionen lieber.« Er warf sein Schlüsselbund in die Luft und fing es mit einer Hand. »Es gibt Tage, da dauert es ewig, bis die verdammte Tür aufgeht.«

Lily betrat eine imposante Eingangshalle. Beeindruckt betrachtete sie die vornehme dunkle Holzvertäfelung der Wände, den roten Läufer auf der Treppe mit den glänzenden Messingleisten und das mit Schnitzereien verzierte Treppengeländer.

Sie stieg hinter Yves die Treppe hinauf und fragte sich, ob es vernünftig war, einem Mann, den sie kaum kannte, in seine Wohnung zu folgen. Doch da sie seine Hilfe brauchte, hatte sie wohl keine andere Wahl.

Im dritten Stock blieb Yves stehen, schloss die Tür zu seiner Wohnung auf und drückte auf einen Schalter. Lily folgte ihm in den Flur und blieb staunend stehen. Über ihr hing ein riesiger schmiedeeiserner Lüster mit vielfarbigen kleinen Glühbirnen, deren Licht von einem Spiegel in schmalem Zinnrahmen wiedergegeben wurde. Yves schob sie weiter. Sie betrat ein großes Wohnzimmer, dessen Wände mit Fotos und Gemälden von Balletttänzern und -tänzerinnen übersät waren. In einer Ecke stand eine lebensgroße Puppe in einem Kostüm der Ballets Russes.

Fasziniert trat Lily näher heran und studierte die rote Kostümjacke. Gelbe Diagonalstreifen zogen sich auf einer Seite von der Taille bis zur Schulter, die andere Seite war einfarbig rot, und in der Mitte war aus einem dicken Stoff ein graues Schneckenmuster appliziert. Die weite Hose hatte schwarze und gelbe Diagonalstreifen und hing lose herab. Auf dem Kopf der Puppe saß eine schwarz-rot-gelb gestreifte Narrenkappe, die etwas Fernöstliches hatte. Lily war sprachlos. Dieses Kostüm hatte Picasso entworfen. Es war für eine der großen Choreographien der Ballets Russes gewesen, doch bisher hatte sie es nur auf Fotos gesehen. Sie dachte an die Welt, zu der sie einmal gehört hatte, in der in ehrfürchtigem Ton von den Ballets Russes und allem, was mit ihnen zusammenhing, gesprochen wurde, fast als wäre es eine althergebrachte Religion und nicht der Vorläufer des modernen Balletts.

»Das ist doch –« Sie drehte sich zu Yves um. »Das ist doch das Kostüm des Chinesischen Zauberers aus ›Parade‹, oder nicht?«

»Ah«, sagte Yves, »wie ich sehe, hast du einiges von deiner Schwester gelernt.«

Lily biss sich auf die Lippe, um nicht mit der Wahrheit herauszuplatzen und ihm zu erklären, dass sie es auch ohne ihre Schwester gewusst hätte. Warum war sie nur so ängstlich darauf bedacht, nichts von ihrem früheren Leben preiszugeben? Wahrscheinlich, weil sie so viel verloren hatte und noch so sehr traumatisiert war, dass es sie zu sehr quälte, darüber zu sprechen. Mit Sicherheit würde Yves sich auch nicht nur mit einem kleinen Ausschnitt zufriedengeben. Wenn sie erzählte, dass sie einmal Tänzerin gewesen war, konnte sie damit rechnen, dass er noch mehr Fragen stellte, die sie nicht beantworten wollte – vielleicht, warum sie nicht mehr tanzte und was sie in den vergangenen beiden Jahren stattdessen getan hatte. Vorsichtig berührte sie das Kostüm. »Es ist eine Kopie, oder?«

»Ja, allerdings eine sehr gute. Nicht viele Menschen können den Unterschied erkennen.«

»Ich finde es sensationell.« Sie konnte kaum den Blick von dem Kostüm lösen. Es mochte nur eine Kopie sein, doch es war handgenäht, und die Farben waren so leuchtend, als wäre es gerade erst entstanden.

»Wusstest du auch, dass Picasso die Kostüme und das Bühnenbild für ›Parade‹ entworfen hat?«

*Natürlich weiß ich das*, hätte sie am liebsten entgegnet. Aber wozu sollte das gut sein? Für das, was sie miteinander zu tun haben würden, mussten sie nicht viel voneinander wissen. »Das wundert mich nicht. Picassos Kreativität hat viele Bereiche umfasst.« Vorsichtig tippte sie das Kostüm mit dem Finger an. »Das muss damals eine aufregende Zeit gewesen sein.«

»Picasso war ein Genie.« Yves winkte sie zum Sofa. Ebenso wie die Sessel war es mit dickem dunkelgrauem Samt bezogen. »Ich möchte dir noch etwas zeigen.« Er lächelte verlegen. »Es ist im Schlafzimmer.«

Lily starrte ihn an. »Falls du glaubst, dass ich mit dir ins –«

Yves hob abwehrend die Hände. »Nein, das glaube ich nicht. Ich habe ein Kleid.« Er fing an zu lachen. »Ich mache es nur noch schlimmer, oder? Warte.« Er verschwand über den Flur.

Lily wurde mulmig zumute. Sie schaute auf ihre Handtasche und ihre Jacke. Vielleicht sollte sie alles zusammenraffen, sich rasch davonmachen und Yves Rousseau schleunigst vergessen.

Yves kehrte zurück. »Hier ist es.« Er hielt ein meerblaues Kleid hoch, das wie ein griechischer Chiton geschnitten war. Es hatte ein Muster aus großen grünen und gelben Kreisen, die wie Bullaugen wirkten. Unter dem Brustteil wurde es von feinen Goldfäden gerafft, und in den Rock waren kleine Kugeln in mattem Gold eingearbeitet.

»Mein Gott, ist das schön«, sagte Lily überwältigt und musste sich zwingen, den feinen Stoff nicht anzufassen. Dieses Kostüm verlangte förmlich danach, berührt zu werden.

»Das ist ein Kostüm aus dem Ballett ›Narziss‹ von 1911. Da geht es um den Mythos des Narziss, eines wunderschönen Göttersohns, der die Liebe der Bergnymphe Echo verschmäht. Die Rachegöttin Nemesis straft ihn daraufhin mit unstillbarer Selbstliebe. Eines Tages, als er aus einem klaren Teich trinken will, erblickt er im Wasser sein Spiegelbild, erkennt jedoch nicht, dass er sich selbst sieht. Er möchte sich mit dem schönen jungen Mann vereinen und beugt sich immer tiefer zum Wasser, bis er in den Teich stürzt und ertrinkt. Den Narziss hat damals Nijinsky getanzt.«

*Als ob ich das nicht wüsste.* Lily beugte sich vor und berührte das Kleid ganz sacht. »Ist das auch eine Kopie?«

Yves nickte.

Lily begutachtete die feinen exakten Stiche, sah vor ihrem inneren Auge, wie sich eine Frau in diesem Kostüm bewegte, wie sie darin tanzte. Wenn sie nicht alles täuschte, hatte Tamara Karsawina ein solches Kostüm getragen, als sie in Monte Carlo mit Nijinsky und seiner Schwester Bronislawa in »Narziss« tanzte. Bronislawa war eine Bacchantin gewesen. Sie stellte sich vor, wie diese großen Künstler über die Bühne schwebten und Nijinsky zu einem seiner atemberaubenden Sprünge ansetzte. Wieder einmal wünschte sie, es gäbe eine Zeitmaschine, mit der sie in diese phantastische Epoche reisen konnte, die inzwischen legendär geworden war.

»Für ›Narziss‹ hat Léon Bakst das Bühnenbild und die Kostüme entworfen«, sagte Yves und riss Lily aus ihrem Tagtraum.

»Ich weiß«, sagte sie ganz automatisch. »Das Ballett war ein Ersatz für ›Daphnis und Chloe‹. Ravel hatte die Partitur nicht rechtzeitig vollendet.« Yves war offenbar nicht der einzige Komponist, der damit Schwierigkeiten hatte.

»Hm«, machte Yves. »Für jemanden, der das Ballett nicht mag, kennst du dich ziemlich gut aus.«

*Verdammt.* Wie unüberlegt sie einfach drauflos geplappert hatte. »Ach nein, ich habe nur das ein oder andere aufgeschnappt. Wahrscheinlich hat Natalie mir die Geschichte irgendwann erzählt.«

»Soll ich dir noch etwas zeigen, ein Originalkleid?«

»Ich glaube, wir vertun unsere Zeit. Ich dachte, ich soll deine Muse oder deine Inspiration sein. Müsstest du nicht anfangen zu arbeiten?«

Er lächelte schief. »Entschuldige, ich habe vergessen, dass nicht alle Menschen meine Faszination für die Ballets Russes teilen. Wahrscheinlich wunderst du dich sowieso schon, wieso ein Mann in seiner Wohnung Ballettkostüme aufhebt.«

Hatte sie sich das, ohne es zu wollen, anmerken lassen? Früher hatte sie noch die kleinsten Muskeln beherrscht, doch inzwischen war ihr diese Fähigkeit anscheinend abhandengekommen. »Ich habe mich nicht gewundert. Ich finde es normal, wenn jemand solche Kostbarkeiten schätzt. Ich verstehe auch, dass dich diese Epoche fasziniert, aber, wie es aussieht, hilft dir das nicht bei deiner Komposition.«

Yves seufzte, lächelte jedoch gleich darauf wieder. »Ich wollte dir das Großartige der Epoche vor Augen führen, damit du erkennst, warum es für mich so wichtig ist, dass meine Musik gut wird.«

»Und wenn ich das erkannt habe, inspiriere ich dich noch mehr?«

»Genau.« Wieder verließ Yves das Zimmer und kam mit einem smaragdgrünen Gewand zurück.

Lily stockte der Atem. »Wahnsinn«, flüsterte sie. »Ein Traum.« Es war ein Kleid aus Seide, mit tiefem Ausschnitt und schwarzer Perlenstickerei. »Stammt das auch aus einem Ballett?«

»Nein. Das Kleid hat Viktoria Budian gehört, einer Tänzerin der Ballets Russes. Ich weiß nicht, ob dir der Name etwas sagt.«

Einen Moment lang versteifte sich Lily. Dann zwang sie sich, sich ganz entspannt zurückzulehnen. »Nicht viel.« Das war die Untertreibung des Jahres. Dank ihrer Urgroßmutter wusste sie sehr viel über Viktoria Budian. »Was hat sie mit dem Ganzen zu tun?«

»Das Ballett ›Wendepunkt‹ handelt von Viktoria Budian und ihrem Vermächtnis und von dem Ballett ›Parade‹, das vor hundert Jahren uraufgeführt wurde. Für Viktoria bedeutete es eine Zäsur.«

»Und warum hast du dich ausgerechnet für sie entschieden? Es gibt so viele Tänzerinnen, die es verdient haben, dass man ihnen ein Ballett widmet.« Wieder waren sie bei einem heiklen Thema gelandet. Würde sie ihm von ihrer Urgroßmutter Jana und Viktoria Budian erzählen, wäre das für ihn vermutlich das Zeichen, dass sie eine gottgesandte Muse war.

»Viktoria Budian ist etwas Besonderes. Das war sie wohl schon als Tänzerin, aber hinzu kam das, was sie für das Ballett getan hat. Sie bewies, dass Tanzen helfen kann, mit einem schweren Schicksal fertig zu werden. Ihr ist es zu verdanken, dass es eine Stiftung für Kinder aus benachteiligten Familien gibt, die es ihnen ermöglicht, tanzen zu lernen.«

Lily runzelte die Stirn.

»Diese Stiftung wurde Viktoria zu Ehren ins Leben gerufen.«

Warum hatte ihre Urgroßmutter das nie erwähnt? Und wieso wusste sie nichts davon?

»Und nun ehrt das Bohème diese Frau, die weitaus mehr als eine Tänzerin war, mit einem Ballett.«

Wie seltsam, dass Lily ausgerechnet den Mann kennengelernt hatte, der diese Ballettmusik schreiben sollte.

»Was hast du?«, fragte Yves. »Du siehst aus, als wärst du mit den Gedanken ganz woanders.«

»Ach was.« Lily lächelte gezwungen.

Yves hob das smaragdgrüne Kleid hoch und fuhr mit dem Zeigefinger über die schwarze Perlenstickerei. »Dieses Kleid hat Coco Chanel entworfen.«

Natürlich, dachte Lily. Die beiden Frauen hatten zur selben Zeit in derselben Stadt Berühmtheit erlangt. Insofern lag es nur nahe, dass die eine ein Kleid aus dem Atelier der anderen getragen hatte. »Es ist ziemlich lang. Viktoria Budian muss groß gewesen sein.«

»Sie überragte die meisten anderen Tänzer. Es war nicht leicht, einen Partner für sie zu finden. Doch es gab einen, der perfekt für sie war.«

»Alexei Pankow.« *Mist.* Das war ihr wieder herausgerutscht.

Yves sah sie mit hochgezogenen Brauen an, ließ es jedoch durchgehen. »Das Kleid ist eine Leihgabe des Châtelet.«

Lily hatte das Kleid anfassen wollen, doch nun zuckte ihre Hand zurück. »Was? Sie vertrauen dir dieses wertvolle Stück an? Das ist doch bestimmt hundert Jahre alt.«

»Ich habe genaue Anweisungen zur Aufbewahrung erhalten.«

»Aber wieso ist es in deiner Wohnung?« Sie deutete auf die beiden Kostüme. »Wie kommt es, dass man dir diese Kostüme überlassen hat?«

»Sie dienen mir zur Inspiration.«

»Aber dann brauchst du mich doch gar nicht«, sagte Lily und verspürte eine leise Enttäuschung.

»Irrtum. So schön das Kleid und die Kostüme sind, so bestehen sie doch nur aus Stoff. Du dagegen bist lebendig, *ma chère mademoiselle*, von dir kommt die größere Inspiration.«

Yves legte das Kleid und das Kostüm aus »Narziss« behutsam über einen Stuhl. Dann betrat er die kleine Küche, die sich dem Wohnzimmer anschloss, und kehrte mit zwei Gläsern und einer Flasche Wein zurück. »Möchtest du einen Schluck?«

»Ja gern.«

Er schenkte ihr ein Glas ein und reichte es ihr.

Lily nahm einen kleinen Schluck, schmeckte ihm nach. Es war ein leichter Wein mit einer etwas fruchtigen Note, ganz nach ihrem Geschmack.

Yves deutete auf die Fotos ringsum. »Ich bezweifle, dass es noch einmal eine Zeit geben wird, in der ein Ballett sich so rigoros über die Grenzen des Herkömmlichen hinwegsetzt wie die Ballets Russes.«

Lily wollte ihm am liebsten widersprechen. Hatte er nicht gesehen, was das Bohème-Ballett in den vergangenen Jahren geleistet hatte? Oder das Australian Ballet? Aber er hatte sie nicht kränken wollen, er wusste ja nichts von ihrer Vergangenheit. Und seine Leidenschaft für das Ballett war so echt und mitreißend, dass sie auf ihre Worte zu achten vergaß.

Yves ließ sich am anderen Ende des Sofas nieder. Nur sein Eau de Cologne zog zu ihr hinüber, ein frischer, würziger Männerduft mit einem Hauch Moschus.

Auf seinen Lippen erschien wieder das anziehende Lächeln. »Stell dir vor, du würdest in einer Zeit leben, in der Ausnahmekünstler wie Nijinsky, Massine und die Pawlowa mit dem Tanz experimentieren und Genies wie Picasso, Coco Chanel und Henri Matisse Kostüme und Bühnenbilder gestalten. Wo Größen wie Richard Strauss, Debussy und Strawinsky die Ballettmusik schreiben.« Er breitete die Arme aus und schien vor Begeisterung das ganze Zimmer umfassen zu wollen. Dann ließ er die Arme sinken und lachte auf. »Entschuldige, falls ich dich langweile. Aber vielleicht kann ich deine Meinung über das Ballett doch noch ändern, und du wirst es so lieben wie ich und deine Schwester es tun.«

»Das glaube ich nicht.« Hastig trank Lily noch einen Schluck Wein. Sie sah sich um, suchte nach etwas, über das sie sprechen konnten und das nichts mit dem Ballett zu tun hatte, aber da war nichts. Ihr Blick streifte die gerahmten Plakate von »Les Sylphides«, »Kleopatra«, »Giselle« und »Schwanensee«, die Schwarz-Weiß-Fotos von Tänzern der Ballets Russes in verschiedenen Posen. »Welchen Tänzer der Ballets Russes magst du am liebsten?«

»Viktoria Budian«, kam es wie aus der Pistole geschossen.

»Und warum?«

»Weil sie phantastisch gewesen sein muss, ich wünschte, ich hätte sie einmal tanzen sehen können. Aber Djagilew verbot Filmaufnahmen. Er war der Auffassung, dass eine Kamera dem Können seiner Tänzer nicht gerecht werden konnte.«

»Ich habe Anna Pawlowa einmal in einer kurzen und seltenen Filmaufnahme in ›Schwanensee‹ gesehen. Sie tanzte überirdisch schön.« Lily schaute sich um. »Warum hängt hier nirgendwo ein Foto von Viktoria Budian?«

»Es gibt kaum welche von ihr. Ich dachte, das grüne Kleid würde mich anregen, aber das bringt auch nichts.«

»Und was genau soll ich nun tun, um dich zu inspirieren?« Was sollte sie ausrichten können, wenn es den Bildern und Requisiten, mit denen er sich umgeben hatte, nicht gelang?

Yves stellte sein Weinglas auf den Couchtisch. »Ich brauche deine Ausstrahlung.«

Lily erschrak. »Was strahle ich denn aus?«

»Du behauptest, das Ballett nicht zu mögen, doch die Art, wie du den Kopf hältst und dich bewegst, deine Grazie, all das deutet darauf, dass du eine Balletttänzerin sein könntest. Dieser Widerspruch regt meine Phantasie an.« Er zuckte mit den Schultern. »Für mich bist du meine Muse, ganz gleich, was du mir über dein Desinteresse am Ballett erzählst.«

»Ich bin deine Inspiration, wolltest du sagen.« Lily musste lachen, es war alles zu bizarr.

»Richtig, meine Inspiration.« Yves schlug sich auf die Schenkel und stand auf. »Zeit zum Abendessen. Hast du auf irgendetwas Lust?«

*Er konnte kochen? Wie schön.* »Ich mag alles.«

»Gut, dann koche ich alles.« Er griff nach der Fernbedienung auf dem Couchtisch und zielte damit auf die Stereoanlage. »Genieß die Musik und entspann dich. Gleich gibt es Essen.«

Eine Melodie erklang. Es war ein klassisches Stück, so viel erkannte Lily, doch sosehr sie sich auch bemühte, sie kam nicht darauf, was es war. »Von wem ist das?«, rief sie in die Küche.

»Gefällt es dir?«

»Es ist wundervoll.«

Stille. Dann ein Hüsteln. »Das ist – von mir und trägt den Titel ›Seelenlandschaft‹.«

Lily trat ihre Schuhe ab, kuschelte sich in eine Sofaecke und lauschte mit geschlossenen Augen. Yves hatte ein Stück für Holz- und Blechblasinstrumente geschrieben und etwas sehr Zartes für Streicher hineingelegt, das immer wieder ertönte und dann vom härteren Klang der Bläser überdeckt wurde. Sie stellte sich vor, wie sie dazu tanzte. Große rhythmische Bewegungen müssten es sein, durchsetzt von kräftigen Sprüngen. Bei den lyrischen Passagen müssten ihre Gesten kleiner werden, eine langsame Pirouette vielleicht, die Arme hoch über dem Kopf.

»Ich wusste es.«

Lilys Augen flogen auf. Yves stand vor dem Sofa, eine Schürze um den Bauch. Er wies auf ihre Füße, die sie vom Sofa gehoben und wie zum Spitzentanz gebogen hatte. Rasch zog sie die Beine wieder unter sich.

»Was wusstest du?« Sie nahm noch einen Schluck Wein. Wieder hatten ihre Füße getan, was sie wollten.

»Dass du einmal getanzt hast.«

»Nein.« Lily lachte und hörte selbst, wie gekünstelt es klang. »Ich leide an Rückenschmerzen und habe festgestellt, dass sie bei bestimmten Beinübungen nachlassen.« Das war wenigstens nicht gelogen.

Yves schüttelte den Kopf. »Mag sein, dass du Rückenschmerzen hast, aber nur Balletttänzerinnen können die Füße zu solchen Halbmonden biegen wie du. Warum gibst du es nicht zu?«

Lily durchforstete ihr Gehirn nach einer Antwort, mit der dieser Komponist mit dem scharfen Auge sich zufriedengeben würde. In ihrem Gehirn schien jedoch gähnende Leere zu herrschen.

Sie streckte die Waffen und holte tief Luft. »Also gut, ich habe einmal getanzt. Doch aus bestimmten Gründen habe ich es aufgegeben.«

»Aus welchen Gründen?«

Sie schüttelte den Kopf und verschränkte die Arme vor der Brust.

Yves trat einen Schritt zurück. »Tut mir leid, Lily, ich wollte nicht aufdringlich sein.«

»Das bist du nicht, trotzdem möchte ich lieber nicht darüber reden.«

»Vermisst du das Tanzen nicht?«

Hatte er nicht verstanden, was sie gerade gesagt hatte? »Nein.«

»Das wundert mich. Ich könnte meine Musik nie aufgeben. Sie gehört zu meinem Leben. Selbst in der Zeit, in der ich beruflich etwas anderes getan habe, war sie noch immer ein Teil von mir. Geht dir das nicht so?«

»Nicht mehr. Das Kapitel ist abgeschlossen.«

»Und was tust du jetzt?«

Gute Frage. Womit hatte sie sich in den vergangenen beiden Jahren eigentlich beschäftigt? Sie hatte Erstklässlern ehrenamtlich geholfen, lesen zu lernen, was in Ordnung gewesen war, sie aber nicht ausgefüllt hatte. Sie hatte fotografiert, aber nicht versucht, daraus einen Beruf zu machen, war zu unsicher gewesen und hatte zu viel Angst vor Misserfolg gehabt. Es ließ sich nicht beschönigen, aber seit sie Paris vor zwei Jahren verlassen hatte, hatte sie im Grunde nichts getan, außer sich zu verkriechen.

»Oh, verdammt!« Yves eilte in die Küche, fluchte erneut und riss einen Topf vom Herd. Danach hörte sie ihn hektisch mit irgendetwas klappern. Schließlich kam er und stellte zwei dampfende Suppenschalen auf den Tisch, lief wieder in die Küche und kehrte mit Tellern, Löffeln, Servietten, Baguette, Käse, Wurst und Obst auf einem Tablett zurück. »Für so ein Gespräch braucht man Stärkung. Greif zu.«

Lily betrachtete die Suppe, die Yves vor sie schob. Ihr war der Appetit vergangen. Aber vielleicht sollte sie etwas essen, mit vollem Mund musste sie Yves wenigstens keine Antworten geben.

Ein verlockendes Aroma stieg in ihre Nase. Anscheinend waren Knoblauch und Frühlingszwiebeln in der Suppe, auch Paprika und jede Menge Kräuter. Yves nickte ihr aufmunternd zu. Zögernd griff Lily nach ihrem Löffel und begann zu essen. Es schmeckte großartig. Die Frau, die Yves einmal heiratete, konnte sich glücklich schätzen. In puncto Musen hatte er zwar einen leichten Tick, doch sonst war er attraktiv, liebenswürdig, ein begabter Komponist, hatte in einer guten Pariser Gegend eine schöne Wohnung und konnte kochen. *Aber er ist nicht Aiden.* Sie legte den Löffel ab und schluckte die aufsteigenden Tränen hinunter.

»Schmeckt es dir nicht?«, fragte Yves besorgt. »Ist die Suppe zu scharf?«

»Nein«, sagte Lily leise. »Sie schmeckt prima.«

»Lily, was hast du?«

»Es tut mir leid.« Sie stand auf. »Die Sache mit der Inspiration müssen wir abblasen.«

Yves erhob sich ebenfalls. Zwischen seinen Brauen hatte sich eine kleine Falte gebildet. »Bitte«, sagte er eindringlich, »lauf nicht weg. Vielleicht kann ich dir helfen.«

»Wie denn? Du kennst mich doch gar nicht.«

»Nein, aber ich sehe, dass du unglücklich bist.«

Lily schaute zu Boden. »Mit dir hat das nichts zu tun«, murmelte sie. »Du warst immer nur freundlich … und nun hast du auch noch gekocht. Es ist nur so, dass ich ein paar Probleme habe, und mit denen muss ich zuerst selbst einmal zu Rande kommen.«

»Was Natalie betrifft, helfe ich dir.«

Lily schüttelte den Kopf.

»Du musst mir dafür auch nicht bei meiner Komposition helfen.«

Lily hob den Kopf. »Das wäre nicht fair. Wir lassen das Ganze einfach.« Es wunderte sie, wie rasch er seine Meinung änderte. Noch vor kurzem hatte er sie bekniet, ihm zu helfen, nun war er bereit, auf ihre Hilfe zu verzichten. Vielleicht brauchte er sie in Wahrheit gar nicht.

»Setz dich, Lily«, bat er sie sanft. »Iss in Ruhe auf, und denk nicht mehr an irgendwelche Abmachungen. Ich werde mich nach deinen Wünschen richten, okay?«

»Okay.« Lily sank zurück. Was für ein Theater sie immer machte. Dabei war sie doch froh gewesen, endlich einmal abends nicht allein in einem Restaurant essen zu müssen, mit einem Buch neben dem Teller, um ihre Einsamkeit zu kaschieren. »Danke.«

»Was gibt es da zu danken?« Yves machte sich wieder über seine Suppe her.

»Dass du so verständnisvoll bist.«

Yves schob seine leere Suppenschale zurück. »Ich weiß, wie es ist, wenn jemand einem etwas aufzwingen will. Ich entschuldige mich auch, weil ich neulich so penetrant auf dich eingeredet habe. Ich war verzweifelt.«

»Schon gut.«

Er brach sich ein Stück Baguette ab, legte eine Scheibe Salami darauf, pflückte sich zwei Weintrauben ab und aß genüsslich.

Beim Zusehen lief Lily das Wasser im Mund zusammen. Sie aß ihre Suppe auf und machte sich dann ebenfalls einen Happen Brot mit Obst zurecht.

»Meine Ballettmusik wird auch ohne dich gut«, sagte er kauend. »Muss sie einfach.«

»Aus finanziellen Gründen?«

»Mit einem finanziellen Misserfolg könnte ich leben.« Yves schnitt eine Birne auf und legte ein Viertel auf Lilys Teller. »Nein, es gibt jemanden, der möchte, dass ich eine wissenschaftliche Laufbahn einschlage. ›Wendepunkt‹ ist meine letzte Chance, ihm zu beweisen, dass ich auch als Komponist erfolgreich sein kann.«

Lily hörte auf zu essen. »Wer ist das?«

»Sieh einer an«, sagte Yves. »Du verrätst mir nichts, aber ich soll alles erzählen.«

»Entschuldige.«

»Macht nichts. Wenn man nichts von sich erzählt, gewinnt man keine Freunde.«

»Ich dachte, wir wollten Bekannte oder bestenfalls Geschäftspartner sein«, sagte Lily und ärgerte sich gleich darüber. Diese Antwort hatte er nicht verdient.

»Jede Freundschaft beginnt als Bekanntschaft«, entgegnete er auf seine gefällige Art.

Lily atmete auf. Sie hatte ihn nicht gekränkt. Aber sie musste sich zusammenreißen, wahrscheinlich hätte seine Geduld mit ihr bald ein Ende. Kein schöner Gedanke.

»Möchtest du wirklich mehr über die Geschichte wissen oder hast du nur aus Höflichkeit gefragt? Möchtest du mehr über mich erfahren?« Er sah sie an, als wolle er etwas in ihrem Gesicht ablesen. Vielleicht war auch er einsam – wie jeder Mensch, der ganz in seiner Kunst aufging – und suchte jemanden, um ihm sein Herz zu öffnen. Nein, das war eher unwahrscheinlich. Es dürfte ihm nicht schwerfallen, Freunde – und Freundinnen – zu finden.

»Ich würde gern mehr über dich erfahren. Und die Geschichte hören«, sagte Lily und stellte fest, dass es die Wahrheit war.

Yves schenkte ihr Wein nach. »Mein Vater und ich haben eine etwas – komplizierte Beziehung.«

*Eine komplizierte Beziehung.* Genau wie sie es von sich und Natalie gesagt hatte. Wahrscheinlich steckte auch hier mehr dahinter.

»Ich habe Biologie studiert. Schwerpunkt Ökologie. Mein Vater möchte, dass ich dabei bleibe. Dann würde ich in seine Fußstapfen treten.«

Lily sah ihn verdutzt an.

Yves lachte. »Warum schaust du so erstaunt? Traust du mir das nicht zu?«

»Doch, aber ich frage mich, wie du dann Komponist geworden bist.«

»Weil es meine Leidenschaft ist. Vor einer Weile habe ich den Musikdirektor des Bohème-Balletts kennengelernt und ihn gefragt, ob er sich ein Ballett über Viktoria Budian vorstellen kann. Er fand die Idee großartig. So bin ich an meinen Auftrag gekommen.«

»Einfach so?«

»Nein, nicht einfach so. Ich habe ihm von meiner Faszination für die Ballets Russes erzählt und ihm die Stücke vorgespielt, die ich während meiner Studienzeit komponiert habe. Er sagte, er könne sich kaum jemanden vorstellen, der besser geeignet sei, die Musik zu dem Ballett über das Schicksal der Viktoria Budian zu schreiben.« Yves' Wangen hatten sich beim Sprechen gerötet. »Verdammt, ich klinge wie der letzte Angeber.«

»Nein, sei ruhig stolz auf dich. Du hast etwas erreicht, für das du wahrscheinlich hart gearbeitet hast. Niemand wird über Nacht Komponist.«

»Danke, das hast du nett gesagt.«

»Und natürlich möchtest du, dass deine Musik gehört wird. Wenn man etwas erschaffen hat, möchte man auch andere daran teilhaben lassen.«

Yves fuhr sich durch sein Haar. »Vor einem Jahr habe ich meine wissenschaftliche Forschung aufgegeben. Und dann wurde mein Vater krank.« Plötzlich wirkte er niedergeschlagen.

»Das tut mir leid«, sagte Lily. »Für dich und für ihn.«

»Ich liebe meinen Vater und möchte das tun, was er sich wünscht, aber nun muss ich auch die Erwartungen des Bohème-Balletts erfüllen. Die Leute rechnen mit mir, einschließlich deiner Schwester. Ich muss etwas liefern, das wirklich gut ist. Wenn nicht, ist meine Karriere als Komponist beendet, bevor sie richtig angefangen hat.«

»Also steckst du in der Klemme.« Lily biss in eine Scheibe Baguette. »Warum möchte dein Vater nicht, dass du das tust, was dich glücklich macht? Jemand, der krank ist, müsste dafür doch Verständnis haben.«

»Das möchte er, aber –« Yves errötete erneut. »Ich bin auch in meinem Fachgebiet ziemlich gut. Harvard ist bereit, mir ein Forschungsstipendium zu geben, und hier in Frankreich hat man mich für einen Umweltpreis nominiert.«

»Wow«, sagte Lily. »Alle Achtung.«

»Ich kann also wählen. Entweder mache ich meinen Vater glücklich und kann meinen Traum nicht verwirklichen, oder ich mache das, was ich mein Leben lang tun wollte, und enttäusche den Mann, der mich seit meiner Geburt liebt.«

Lily konnte seinen Konflikt nachvollziehen, doch sie kannte Yves zu wenig, um ihm einen Ratschlag zu geben.

»Aber eigentlich habe ich mich schon entschieden«, sprach Yves weiter und schloss kurz die Augen. »Nach der Premiere von ›Wendepunkt‹ kehre ich zur Ökologie zurück. Ich kann einem Sterbenden unmöglich seinen letzten Wunsch abschlagen.«

»Würde das nicht bedeuten, dass du dich aufgibst?« Sie hatte gut reden, dabei hatte sie sich selbst doch auch vor zwei Jahren aufgegeben.

»Vielleicht. Aber in den Augen meines Vaters ist alles, was mit Kunst zusammenhängt, Zeit- und Geldverschwendung. Dagegen trägt wissenschaftliches Arbeiten für ihn zum Fortschritt der Menschheit bei.«

»Manchmal«, sagte Lily. »Nicht immer.«

Mit einem schweren Seufzer begann Yves die Teller und Suppenschalen aufeinanderzustellen. »Wir brauchen die Wissenschaft, aber die Kunst nährt unsere Seele. Ohne sie könnte ich nicht leben.« Er sah Lily an. »Kannst du es?«

»Das weiß ich noch nicht«, antwortete sie leise.

»Mit der Kunst berühren wir die Menschen in ihrem Innern. Wir bringen sie zum Lachen, stimmen sie nachdenklich, bereiten ihnen Freude. Was will man mehr?«

»Den Krebs zu besiegen, wäre auch nicht schlecht.«

»Natürlich nicht. Aber was wäre das Leben ohne Tanz, ohne die Malerei, die Literatur und die Musik?«

»Nicht viel.« Lily setzte sich auf und streckte ihren Rücken. »Also gut, unsere Abmachung gilt wieder.«

Yves nahm einen Schluck Wein. »Im Ernst?«

»Ja.« Lily hob ihr Glas und stieß mit ihm an. »Das Leben ist zu kurz, um sich von Hindernissen abschrecken zu lassen. Warum kämpfen wir nicht beide um das, was uns wichtig ist?«

# Kapitel 7

*Paris, 1917*

Seit Massine bei Djagilew durchgesetzt hatte, dass Viktoria ihr rosarotes Tuch tragen durfte, meisterte sie beim Tanzen wieder die schwierigsten Figuren. Auch die Bewegungen des modernen Balletts gelangen ihr nun so spielend, dass Massine und Irina sie nach jedem Übungstag vor den anderen Tänzern lobten. Zu guter Letzt trugen sie Viktoria auf, für das Ballett »Parade« den Part des Amerikanischen Mädchens einzustudieren.

Von da an wartete Viktoria täglich, bis sich der Übungsraum am späten Nachmittag leerte, und begann noch einmal allein die schnellen Bewegungsfolgen dieser Rolle zu trainieren, die unruhig wie Stummfilmbilder getanzt werden mussten. Abends ging sie nach Hause oder traf sich irgendwo in der Stadt mit den anderen Tänzern. Zu ihrem Erstaunen war die Umstellung auf das Leben in Paris ihr letztlich doch weniger schwergefallen, als sie befürchtet hatte. Vielleicht lag es daran, dass die Stadt sich, trotz des Kriegs, noch eine Spur ihrer besonderen Atmosphäre erhalten hatte. Überall in Europa litten die Menschen an den Folgen des Kriegs, erst recht in Russland, wo das Elend grenzenlos war. Und natürlich hatten auch die Pariser gelernt, was es kostete, einen großen europäischen Krieg zu führen, doch hier kamen nach wie vor berühmte Maler, Tänzer, Dichter und Komponisten zusammen, man traf sie am Tag in Cafés und abends in Bars und Restaurants.

An diesem Abend war Viktoria mit anderen Tänzern im Le Sully verabredet. Nach ihrem Training ging sie in den Waschraum des Theaters, um sich den Schweiß abzuspülen und sich währenddessen auf einen geselligen Abend einzustimmen. Es fiel ihr nicht leicht, mit anderen unbeschwert zu plaudern, dazu war sie zu zurückhaltend und scheu. Doch wenn sie in Paris Fuß fassen wollte, musste sie ausgehen, musste gesehen werden. Sie hatte lange genug zum Ballett gehört, um zu wissen, dass die besten Rollen nicht im Übungsraum vergeben wurden.

*Sei ungezwungen und charmant*, befahl sie sich, während sie sich mit dem kalten Wasser wusch. An diesem Abend würde sie ein neues wadenlanges Kleid tragen, hellblau und aus weicher Baumwolle, das sich an ihren Körper schmiegte. Vielleicht war es nicht richtig gewesen, sich in Kriegszeiten etwas Neues zu kaufen, aber sie hatte kaum noch etwas Tragbares besessen. Außerdem musste sie, um Erfolg zu haben, einen guten Eindruck machen, und nur wenn sie erfolgreich war, würde sie es schaffen, ihre Familie aus Russland herauszuholen.

Viktoria verließ das Theater durch den Bühnenausgang, nickte dem Portier zu und folgte der mit Kopfstein gepflasterten Seitengasse zur Place du Châtelet. Die untergegangene Frühlingssonne hatte den Himmel mit einem rosigen Hauch überzogen, und in der Luft war sogar noch ein Rest des warmen Tags zu erahnen, doch als Viktoria das Seine-Ufer erreichte, wehte dort ein frischer Wind. Sie schlug den Kragen ihrer dünnen Jacke hoch. Vor ihr spazierten kleine Gruppen Soldaten, die wahrscheinlich für ein paar Tage Fronturlaub hatten. Sie würde sich nie an den Anblick von Truppen und Militärfahrzeugen gewöhnen, auch wenn sie in Sankt Petersburg und Paris nun schon fast zur Tagesordnung gehörten. Wie alle anderen Menschen auch sehnte sie sich nach Frieden und hoffte, dass der Kriegseintritt der Vereinigten Staaten die Kapitulation Deutschlands herbeiführen würde.

Nach einem Blick auf die Uhr wurde sie schneller. Sie kam nicht gern zu spät. Dann sah sie die erleuchteten Fenster des Sully und lief die letzten Meter. Als sie die Tür öffnete, schlug ihr warme, verrauchte Luft entgegen. Sie streifte ihre Jacke ab. Am anderen Ende des Raums spielte ein Mann Geige, doch seine Musik ging im Stimmengewirr unter.

Die kleine Gruppe aus den Ballets Russes hatte schon einen Tisch belegt. Alexei winkte ihr und deutete auf den freien Stuhl an seiner Seite. Wie immer, wenn Viktoria ihn sah, setzte ihr Herz einen Takt lang aus, bevor es ihr bis zum Hals schlug. Wenn ihr Blick tagsüber auf ihn fiel, konnte es sein, dass sie zittrig wurde oder über ihre Worte stolperte, wenn sie sich mit jemandem unterhielt. Sie ließ sich bei ihm nieder.

Einer der anderen Tänzer schob ihr ein volles Glas Wein zu.

Viktoria bedankte sich und nippte. Ein Kellner trat zu Alexei und flüsterte ihm etwas ins Ohr. Alexei stutzte, dann huschte ein Lächeln um seinen schönen Mund. Er neigte sich zu Viktoria. »Picasso möchte dich kennenlernen.«

Viktoria verschluckte sich fast an ihrem Wein.

Alexei stand auf und streckte die Hand aus. »Komm.«

Sie nahm seine Hand und spürte, wie sich ihr Gesicht mit hektischer Röte überzog, ob seinetwegen oder Picassos wegen konnte sie nicht sagen. Alexei führte sie zu einem Ecktisch, den eine kleine Wandlampe in schummriges Licht tauchte. Viktoria erkannte den dunkelhaarigen Mann mit dem kantigen Gesicht und der kräftigen Statur, den sie bisher nur auf Fotos gesehen hatte. Er schob sich das Haar aus der Stirn. Dann stand er auf und bat sie, bei ihm Platz zu nehmen. Viktoria und Alexei setzten sich.

»Viktoria, darf ich dich mit Pablo Picasso bekanntmachen?«, sagte Alexei. »Pablo, das ist Viktoria Budian.«

Picasso griff nach Viktorias Hand und hauchte einen Kuss darauf. »Ich freue mich, Sie kennenzulernen.«

Viktoria hatte gehört, dass er ein Schürzenjäger war, doch nun verstand sie, warum Frauen sich zu ihm hingezogen fühlten. Der Mann hatte eine ungeheuer starke Ausstrahlung.

»Ich fühle mich geehrt, Monsieur«, murmelte sie.

»Bitte, nennen Sie mich Pablo.«

»Ich danke Ihnen.«

Picasso schwieg, und Viktoria überlegte, warum er sie wohl zu sich gebeten hatte. Als ihr die Stille unangenehm wurde, gab sie sich einen Ruck und fragte: »Wo kann man die Pullover, wie Sie einen tragen, kaufen?«

Picasso strich über den dünnen, schwarz-weiß gestreiften Pullover. »Coco Chanel hat ihn für mich entworfen. Sie hat sich die Pullover der bretonischen Fischer zum Vorbild genommen.« Er schaute an sich hinab. »Das sind einundzwanzig Streifen. Jeder steht für eine siegreiche Schlacht Napoleons.«

Seine dunklen Augen richteten sich auf Viktoria. »Aber eigentlich wollte ich mit Ihnen nicht über Fischerkleidung sprechen. Ich dachte, wir sollten uns vielleicht ein bisschen besser kennenlernen.«

Er griff nach der Weinflasche, füllte ein Glas fast bis zum Rand und reichte es Viktoria. Sie nahm es und hoffte, weder Picasso noch Alexei fiel auf, wie befangen sie war, wie unbeholfen sie sich fühlte. Picasso machte Anstalten, auch Alexei ein Glas einzuschenken.

»Danke, für mich nicht«, sagte Alexei. »Ich trinke keinen Alkohol.«

Picasso starrte ihn an. Dann legte er den Kopf in den Nacken und lachte schallend. »Was für eine Idiotie ist das denn?«, sagte er, als er sich beruhigt hatte. »Wein ist das Elixier des kreativen Menschen.«

»Vielleicht trifft das auf Maler zu, aber bei Tänzern leidet die Koordinationsfähigkeit, wenn sie trinken.« Alexei sah zu Viktoria hinüber, die ihr Glas gerade an die Lippen gesetzt hatte. Sie nahm ein winziges Schlückchen und stellte es ab.

»Jeder nach seiner Fasson.« Picasso wandte sich wieder Viktoria zu. »Ich habe die Kostüme und die Bühnenbilder für ›Parade‹ entworfen. Wussten Sie das?«

»Ja, Massine hat es mir erzählt. Es sind phantastische Kostüme. Einzigartig.« Tatsächlich hatten sich die Tänzer über die sperrigen Kostüme aus Wellpappe und Metall, die jede Bewegung erschwerten, beklagt.

Picasso lächelte amüsiert. »Sie müssen mir nicht schmeicheln, mein Ego ist auch so schon groß genug.«

»Ich wollte Ihnen nicht schmeicheln, ich –«

Picasso winkte ab. »War nur ein Scherz.« Er zwinkerte Alexei zu. »Das Leben ist zu kurz, um stets nur ernst zu sein.«

»Ja, wahrscheinlich«, murmelte Viktoria.

Picasso lehnte sich zurück. »Ich habe Sie tanzen sehen.«

»Wo?«

»Das ist unwichtig. Ich kann nur sagen, aus künstlerischer Sicht sind Sie perfekt.« Sein Blick streifte ihre Brüste.

Viktoria verzog keine Miene. Tänzer waren es gewöhnt, dass ihr Körper angestarrt wurde. »Erstaunlicherweise haben Sie nicht die typische Figur einer Tänzerin. Sie haben Kurven, was Sie für mich interessant macht. Kein Bildhauer hätte sie besser formen können.« Sein Blick wurde nachdenklich, und Viktoria kam zu dem Schluss, dass er sie nur mit den Augen des Künstlers sah und nicht im Begriff stand, zudringlich zu werden. »Massine muss für Sie und Alexei eine eigene Choreographie erschaffen. Und ich werde dazu das Bühnenbild und die Kostüme entwerfen.«

Viktorias Herz begann schneller zu schlagen. Auch Massine hatte so etwas einmal angedeutet, war jedoch nie mehr darauf zurückgekommen. Ob er mit Picasso gesprochen hatte?

Picasso nahm einen Schluck Wein. »Ja, das machen wir. Vielleicht bringen wir Strawinsky dazu, die Musik zu schreiben. Ich sehe es schon vor mir – es wird aufsehenerregend werden.« Er schloss kurz die Augen, als wolle er sich auf das, was er vor sich sah, konzentrieren. Dann breitete er die Arme aus. »Ich sehe Blau- und Grüntöne. Die Zuschauer sollen an ein Meer denken – an ein Paradies unter Wasser. Ihr Kostüm, Viktoria, wird das eines Meerwesens sein – eine Nymphe wie Galene. Ihre Bewegungen werden den Wellen gleichen, die zum Strand rollen – sie werden sämtliche Geschöpfe betören, zu Wasser und zu Land. Ich sehe weiche, fließende Stoffe.« Er lächelte verklärt. »Wir werden ein ozeanisches Märchenland erschaffen. Alexei ist Poseidon, der Gott des Meeres. Die Zuschauer werden wie verzaubert sein.«

Viktoria hörte zwar, was Picasso sagte, war von der Vorstellung eines Balletts nur für sie und Alexei jedoch so überwältigt, dass sie seine Worte kaum verarbeiten konnte. Jeder gute Tänzer träumte von einem Ballett, das nur für ihn geschaffen wurde, aber nur wenige glaubten daran, erst recht nicht, wenn sie gerade erst angefangen hatten, in einer Kompanie zu tanzen.

»Das klingt zu schön, um wahr zu sein«, sagte sie, »aber das letzte Wort wird wahrscheinlich Sergei Djagilew sprechen, oder?« Wie sollte es ihr überhaupt gelingen, eng mit Alexei zusammenzuarbeiten? Es fiel ihr doch schon schwer, einfach neben ihm zu sitzen. Bei einem gemeinsamen Ballett würden sie monatelang täglich für viele Stunden zusammen proben, einander berühren. Wie sollte sie das durchstehen? Alexei hatte ihr schon einmal das Herz gebrochen, auf ein zweites Mal legte sie keinen Wert. Aber wie oft gäbe es für sie noch die Chance, ein Ballett auf den eigenen Leib geschneidert zu bekommen?

»Djagilew können Sie mir überlassen«, sagte Picasso, leerte sein Glas und stand auf. »Wenn ich etwas will, bekomme ich es auch.« Er deutete eine leichte Verneigung an. »War mir ein Vergnügen, Mademoiselle Budian. Ich hoffe, wir sehen uns bald wieder. Adieu, Alexei.«

Viktoria lächelte. »Das Vergnügen war ganz meinerseits.« Sie konnte noch immer nicht fassen, dass sie gerade den faszinierendsten Maler der Moderne kennengelernt hatte, und folgte ihm mit den Blicken, wie er sich an den Tischen vorbei zum Ausgang schlängelte. Gleich darauf war er verschwunden. Sie drehte sich zu Alexei um. »War das gerade Wirklichkeit, oder habe ich geträumt?«

»Du hast nicht geträumt«, antwortete er vergnügt.

Viktoria ließ sich Picassos Vision noch einmal durch den Kopf gehen. »Wie kommt er bloß darauf, dass Djagilew zustimmen wird?«

»Warum denn nicht? Djagilew weiß noch aus seiner Zeit in Russland, wie gut wir zusammen tanzen.«

»Sicher, aber im Moment gehören wir nur zum Corps. Wir waren noch nie das führende Paar, und nun sollen einer der namhaftesten Choreographen und einer der berühmtesten Maler ein Ballett für uns erschaffen? Das ergibt doch keinen Sinn.«

Alexei nahm ihre Hand, und Viktoria stockte der Atem.

»Ständig bist du voller Zweifel, Viktoria. Freu dich doch einfach. Picasso scheint es ernst zu meinen, und wenn jemand Djagilew überreden kann, zwei unbekannte Tänzer in den Mittelpunkt eines Balletts zu stellen, dann er.« Er drückte ihre Hand. »Davon haben wir doch immer geträumt.«

Viktoria entzog ihm ihre Hand und rutschte ein Stück von ihm ab. »Dieser Traum ist für mich gestorben, als du Russland verlassen hast.«

»Dann müssen wir ihn neu beleben.«

Viktoria schüttelte den Kopf. »Picasso und Massine sind genauso unrealistisch, wie wir es einmal waren.«

Alexei seufzte entnervt. »Wann wirst du endlich aufhören, mir Vorwürfe zu machen?«

Viktoria gab ihm keine Antwort.

»Ich habe getan, was ich für richtig hielt, und wusste nicht, wie sehr ich dich damit verletzen würde. Wenn ich könnte, würde ich die Zeit zurückdrehen und es anders machen.«

»Nein, das würdest du nicht.« Sie wandte sich zu ihm um. »Das Ballett bedeutet uns alles. Sicher, ich möchte hier Geld verdienen, um meine Familie aus Russland holen zu können, doch wenn ich tanze, tue ich es nur für mich. Aber vielleicht …« Sie schwieg. Bilder, wie sie und Alexei eng umschlungen durch Sankt Petersburg spaziert waren und von einer gemeinsamen Zukunft geträumt hatten, tauchten vor ihr auf.

»Was vielleicht?«

»Nichts.«

»Nun sag schon.«

Ja, vielleicht sollte sie offen sein, statt alles in sich hineinzufressen. »Ich sehne mich so nach dir.«

Alexei lächelte. »Glaubst du, mir ginge es anders?« Er legte eine Hand in ihren Nacken und zog sie an sich. »Wir können wieder zusammen sein«, murmelte er an ihren Lippen.

Viktoria wollte zurückweichen, doch sie konnte es nicht. Sie nahm seinen Geruch wahr, der ihr noch vertraut war, und verzehrte sich nach seiner Berührung, begehrte ihn mit der gleichen Leidenschaft wie zuvor.

»Komm zu mir zurück«, flüsterte er.

»Das kann ich nicht. Das möchte ich –«

Er drückte seine Lippen auf ihren Mund. Viktoria schloss die Augen und vergaß die Welt ringsum.

Viktoria spürte, wie eine Hand sacht über ihren Rücken strich und ein wohliger Schauer über ihre Wirbelsäule lief. Nun verbrachten sie und Alexei schon seit einer Woche wieder die Nächte zusammen. Es war das, wonach sie sich gesehnt hatte, doch so ganz wollte sie ihrem Glück noch nicht trauen.

»Vielleicht sollten wir andere wissen lassen, dass wir wieder zusammen sind.« Alexeis warmer Atem kitzelte ihr Ohr.

»Nein, noch nicht.«

Er nahm seine Hand fort und rückte von ihr ab. »Warum nicht?«

»Es ist noch zu früh.« Viktoria setzte sich auf und zog das Laken über ihre Brüste.

Alexei runzelte die Stirn. »Warum glaubst du nicht an uns? Wie oft habe ich dir gesagt, dass ich dich liebe, und mich entschuldigt?«

»Öfter als nötig. Ich habe einfach Angst, dass du –«

»Was? Dass ich dir wieder weh tue? Das werde ich nicht. Ich weiß nur nicht, was ich machen muss, um dich davon zu überzeugen.«

»Ich auch nicht.« Viktoria zog das Laken enger um sich.

»Viktoria.« Alexei drehte sich zu ihr um und stützte sich auf den Ellbogen. Sein schönes Gesicht wirkte verzweifelt. »Soll ich auf den Händen durch Paris laufen, um dir meine Liebe zu beweisen? Den Mount Everest bezwingen? Sag es, und ich mache es. Ich habe dich einmal verloren und werde für den Rest meines Lebens dafür sorgen, dass es nie wieder geschieht. Ohne dich bin ich nicht fähig, das, was in mir steckt, auszuschöpfen, und damit meine ich nicht nur das Ballett.«

Er klang so ernst, dass Viktorias Brust ganz warm und weit wurde. Sie sah ihn an und versank in seinen Augen. Zum ersten Mal seit ihrem Wiedersehen erkannte sie, dass er die Wahrheit sagte und sie ebenso liebte wie sie ihn. Worte und Taten brauchte sie nicht mehr. Es gab Wahrheiten, die spürte man im Herzen.

»Ich glaube dir.« Sie legte sich zurück in die Kissen und streckte die Arme nach ihm aus.

An diesem Tag würde es um die Rollenverteilung für das Ballett »Parade« gehen. Schon in aller Herrgottsfrühe wachte Viktoria auf, als es draußen gerade erst hell wurde. Leise kleidete sie sich an und verließ Alexeis Wohnung. Auf der Straße war außer ihr noch niemand unterwegs. Sie betrat den Park in der Nähe seines Hauses, atmete tief die frische Luft ein und begann sich auf das Kommende einzustimmen. Seit sie und Alexei wieder zusammen waren, hatte sie kaum Zeit gehabt, einen klaren Gedanken zu fassen. Nun jedoch lag ein entscheidender Tag vor ihr, an dem sie keinen Fehler machen durfte. Sie erinnerte sich an Irinas Worte: Wenn Viktoria so gut tanzte wie in den vergangenen Wochen, hatte sie die Chance, in den Ballets Russes Solotänzerin zu werden.

Aber auch Alla Iwaneka war eine phantastische Tänzerin und würde sich um die Rolle des Amerikanischen Mädchens bewerben. Sie war die große Konkurrenz. Gegen sie würde Viktoria entweder verlieren oder sie übertrumpfen.

Sie dachte an ihre Begegnung mit Picasso, seit der sie nie mehr von ihm gehört hatte. Auch Massine hatte nichts mehr von einem

Ballett nur für sie und Alexei gesagt. Doch im Grunde ihres Herzens hatte sie nichts anderes erwartet. Die meisten Künstler, die sie kannte, waren unzuverlässig. Sie schwärmten von einem Projekt, malten es sich und anderen in den glühendsten Farben aus – und ließen es fallen, wenn das nächste am Horizont erschien. Auch deshalb musste sie die Rolle des Amerikanischen Mädchens ergattern. Danach würden Massine und Picasso vielleicht wieder an ein Ballett für sie denken.

Wenig später erreichte sie das Theater. Im Probensaal schlang sie das rosarote Tuch um ihre Taille, ließ sich auf dem Fußboden nieder und begann mit den Dehnübungen. Plötzlich hielt sie inne, griff in ihre Tasche und zog das Foto ihrer Familie hervor. Sie hatte es so oft betrachtet, dass es Eselsohren und Knicke bekommen hatte, aber sie brauchte es ebenso sehr wie Dinas Tuch. Das Foto war kurz vor ihrer Abreise aus Russland aufgenommen worden. Sie stand zwischen ihren Eltern, vor ihnen ihre kleine Schwester Tatjana, die mit verweintem Gesicht zu Viktoria hochschaute. Wahrscheinlich hatte sie befürchtet, ihre Schwester nie mehr wiederzusehen. Viktoria drückte einen Kuss auf das Foto. Sie würde nicht nur für sich selbst, sondern auch für ihre Eltern und ihre Schwester tanzen.

Behutsam steckte sie das Foto zurück und stand auf. Sie streckte ihre Füße, die Beine, den Rücken, die Arme und den Hals. Dann ging sie die Positionen durch, von der ersten bis zur fünften, konzentrierte sich auf jeden Muskel, jede Sehne. Die vielen Jahre ihres Trainings, die Disziplin, die sie aufgebracht hatte, um ihr Gewicht zu halten, der Verzicht auf Freizeit und Freundschaften, auf das normale Leben einer jungen Frau – all das musste in den nächsten Stunden Früchte tragen.

Die Tür flog auf, Djagilew kam herein. Bei ihrem Anblick verharrte er. »Schon da? Haben Sie kein Zuhause?«

Viktoria zwang sich zu lächeln und bekämpfte die Nervosität, die sie in seiner Gegenwart noch immer befiel. »Doch, aber ich wollte mich in Ruhe vorbereiten.«

»Hm«, machte er.

Viktoria versuchte, ihr Tuch mit den Händen zu bedecken.

»Ich habe es schon gesehen.« Djagilew lächelte spöttisch. »Massine behauptet, ohne diesen Fummel könnten Sie nicht tanzen. Falls Sie aber so gut tanzen, wie er außerdem behauptet, können Sie meinetwegen in einem Trikot mit bunten Tigerstreifen antreten. Hauptsache, Sie bringen mir bald Geld ein.« Sein Mund verzog sich zu einem winzigen Lächeln. Es war das erste Mal, dass seine Miene zumindest im Ansatz freundlich war.

Plötzlich stellte Viktoria fest, dass sie Djagilew mochte – im Gegensatz zu den meisten anderen Tänzern, die ihn zu sehr fürchteten, um ihn zu mögen, und zum Ausgleich hinter seinem Rücken gnadenlos über ihn herzogen.

Er nahm seinen Hut ab und kratzte sich am Kopf.

»Ich werde mein Bestes geben.«

»Das will ich hoffen.« Er runzelte die Stirn. »Ich habe mir ein Bein ausgerissen, um Sie aus Russland herauszuholen. Enttäuschen Sie mich nicht.«

»Das werde ich nicht.« Plötzlich legte sich Viktorias Nervosität, und sie war sich beinah sicher, sie würde die Rolle des Amerikanischen Mädchens bekommen. Aber gleich darauf regte sich eine kleine Stimme, die ihr riet, sich ihrer Sache nicht zu sicher zu sein. Es war dieselbe Stimme, die ihr inmitten einer Schrittfolge zuflüsterte, sie würde es nicht gut genug machen, woraufhin sie prompt aus dem Tritt geriet. Es war die Stimme, der sie ihre Rolle als ewige Zweitbesetzung verdankte. Sie schloss die Augen und versuchte, die Stimme zum Schweigen zu bringen.

»Was ist mit Ihnen?« Djagilew legte eine Hand auf ihre Schulter.

»Nichts. Nur ein bisschen Lampenfieber.«

»Das ist gut. Ohne Angst wird man übermütig.« Er warf einen Blick auf seine Taschenuhr. »Wissen Sie, wo Massine steckt?«

»Nein.«

»Wenn Sie ihn sehen, sagen Sie ihm, dass ich ihn sofort sprechen will.«

Viktoria nickte. Djagilew sah sie abwägend an, und sie fragte sich, was er noch von ihr wollen könnte. Normalerweise kam er in den Übungsraum gerauscht, brüllte einen Befehl und rauschte wieder ab, gerade als wäre ihm jedes überflüssige Wort zuwider.

Djagilew räusperte sich. »Ich habe etwas von einem Ballett gehört, das Massine und Picasso planen.«

Viktoria errötete und schaute zu Boden.

»Ich werde mir das durch den Kopf gehen lassen.«

»Das ist sehr freundlich«, antwortete sie leise.

»Nein, das ist selbstverständlich. Wenn zwei der größten Künstler unserer Zeit mit einer Idee zu mir kommen, höre ich ihnen zu. Ich sage nicht sofort ja, aber ich denke darüber nach. Immerhin bin ich derjenige, der das Geld auftreiben muss, egal wie großartig die Idee ist. Ein Ballett lebt nicht von Luft allein, auch wenn die Tänzer nichts anderes zu brauchen scheinen.« Djagilew ließ seinen Blick über Viktorias Körper wandern. »Besorgen Sie mir das Geld, und Sie kriegen Ihr Ballett.«

»Aber ich habe doch noch nie –«

»Keine Ausreden.« Djagilew machte kehrt und stolzierte aus dem Saal. Die Tür ließ er hinter sich offen. Der Geruch seines Eau de Cologne hing in der Luft.

Einen Moment lang starrte Viktoria ins Leere. Dann nahm sie ihre Übungen wieder auf. Doch ihre Gedanken überschlugen sich, und sie konnte sich nicht mehr konzentrieren. Sie malte sich die Möglichkeiten aus, die mit Djagilews Angebot einhergingen. Aber wie sollte sie die erforderliche Geldsumme zusammenbekommen? Sie dachte daran, dass Picasso und Massine hinter der Idee standen und sich das herumsprechen und potentielle Geldgeber beeinflussen würde. Natürlich konnten die beiden es sich wieder anders überlegen, aber plötzlich war Viktoria voller Zuversicht. Sie würde die Gelegenheit beim Schopf ergreifen, würde das Geld beschaffen und auf der Bühne brillieren. Doch zunächst einmal musste sie vortanzen.

Alla, die Tänzerin, mit der Viktoria sich angefreundet hatte, kam herein. Ihr Gesicht war bleich, die Stirn mit einer Schweißschicht bedeckt.

»Was hast du?« Besorgt berührte Viktoria Allas Wange, die sich klamm anfühlte.

»Ich habe mir etwas eingefangen, kann kaum einen Bissen bei mir behalten.« Alla würgte und drückte eine Hand auf ihren Mund. Dann stürzte sie aus dem Saal.

Als sie wenig später zurückkehrte, war ihr Gesicht aschfahl.

»Vielleicht habe ich eine Lebensmittelvergiftung. Das Essen gestern Abend hat komisch geschmeckt.«

»Ich habe das Gleiche gegessen, und mir fehlt nichts.« Viktoria taxierte ihre Freundin. »Vielleicht hast du zu hart gearbeitet. Gönn dir nach dem Vortanzen eine kleine Pause.«

Alla lachte auf. »Seit wann gibt es für uns Pausen? Wahrscheinlich geht es mir morgen wieder besser.«

Sie begann ihre Dehnübungen. Nach und nach erschienen auch die anderen Tänzer und Tänzerinnen. Dann kamen Massine und Irina, von denen an diesem Tag etwas Offizielles ausging. Die Klavierspielerin nahm auf ihrem Schemel Platz und machte ein paar

Fingerübungen. Als Letzter stürmte Alexei herein, verschwitzt und mit rotem Gesicht.

»Warum hast du den Wecker ausgestellt?«, zischte er Viktoria zu.

»Das habe ich nicht.« Sie bückte sich und dehnte ihre hinteren Oberschenkelmuskeln. »*Du* hast ihn doch gestern Abend gestellt.«

Alexei beugte sich zu ihr hinab. »Hast du das absichtlich gemacht?«

»Natürlich nicht, warum um alles in der Welt hätte ich das machen sollen?«, flüsterte sie verärgert. »Ich bin heute früh aufgestanden, weil ich an die frische Luft wollte. Du hast dich bewegt, ich dachte, du wärst dabei aufzuwachen.«

Sie richteten sich auf. Viktoria hätte wirklich gern gewusst, wie er zu dieser abstrusen Anschuldigung kam. Vielleicht war auch er nervös, weil er an diesem Morgen vortanzen musste. Für ihn ging es darum, die Zweitbesetzung für Massines Chinesischen Zauberer zu werden. Doch er neigte generell dazu, anderen für seine Fehler die Schuld zu geben. Das hatte sie in Russland schon gestört.

Alexei rieb seine Schläfen und verzog das Gesicht, als hätte er Schmerzen.

Viktorias Ärger verflog. »Geht es dir nicht gut?« Sie sah ihn mitfühlend an.

»Mir fehlt nichts.«

»Den Eindruck machst du nicht.«

»Ich habe Kopfschmerzen, verdammt noch mal, weiter nichts.« Alexei wandte sich ab und suchte sich für seine Dehnübungen einen Platz am anderen Ende des Saals.

Um sich wieder zu sammeln, atmete Viktoria mehrmals tief durch und lockerte ihre Glieder. Das Letzte, was sie an diesem Morgen gebraucht hatte, war ein Streit mit Alexei.

»Viktoria, bitte!« Mit einer Geste bedeutete Irina ihr, sich aufzustellen.

Viktoria nahm ihren Platz ein, nickte der Klavierspielerin zu und begann mit den Schrittfolgen, die sie in den vergangenen Wochen täglich zwölf Stunden lang geübt hatte. Mittlerweile hatte sie sich auch an Saties Musik gewöhnt, und die ruckartigen Bewegungen, die Massine verlangte, waren ihr in Fleisch und Blut übergegangen. Wie in einem Stummfilm zuckten und zappelten ihre Glieder, und wenn sie sich bückte, klappte sie wie ein Messer zusammen. Die Musik wurde schneller und wilder, und dann musste sie zu dem Sprung ansetzen, den sie in den vergangenen Wochen perfektioniert hatte. Sie spannte ihren Körper an, stieß sich vom Boden ab, die Arme im rechten Winkel abgespreizt. Mit einem dumpfen Aufprall kam sie auf, wackelte und musste einen Zwischenschritt einlegen, bevor sie stand. *Das war's*, dachte sie. Sie hatte es verpatzt.

Die Musik brach ab. Irina betrachtete Viktoria mit finsterem Gesicht. »Was war das denn?«

»Ich …« Viktoria zwang sich, nicht zu Alexei hinüberzusehen. Es war nicht seine Schuld, dass sie nicht aufgepasst hatte.

»Mach weiter so, und du endest im Varieté.«

Viktoria senkte den Kopf. »Es tut mir leid.«

»Das ändert auch nichts mehr.«

Massine näherte sich und sah aufgebracht aus. »Du kannst nicht einen Tag großartig tanzen und am nächsten wie eine Amateurin. Ich habe gesehen, wozu du in der Lage bist, aber das hier war blamabel.«

Viktoria biss die Zähne zusammen, sie wollte sich nicht schon wieder entschuldigen. So viel hatte von ihrem Auftritt heute abgehangen: ihr Aufstieg aus dem Corps, die Fahrkarten für ihre Familie, das Ballett, das Massine und Picasso vor Augen hatten, ihr Selbstvertrauen. Und nur wegen eines dummen Streits mit Alexei hatte sie sich aus dem Tritt bringen lassen und alles ruiniert. War sie denn überhaupt gut und stark genug, um all das, was sie sich vorgenommen hatte, zu erreichen?

Sie spürte die aufsteigenden Tränen. »Darf ich gehen?«

»Geh.« Massine winkte in Richtung Tür.

Viktoria schnappte sich ihre Tasche. Sie vermied es, Alexei anzusehen, und huschte aus dem Saal. Doch schon auf dem Flur wurde sie wütend auf sich selbst und machte sich die bittersten Vorwürfe. Warum hatte sie sich von Alexei irritieren lassen? Wie konnte sie in der letzten Minute ihres Vortanzens versagen? Im Saal setzte die Musik wieder ein. Alla war an der Reihe. Viktoria hörte, wie Irina und Massine sie lobten, und lief zur Toilette. Wie kam es, dass ihre Freundin, der es eben noch übel gewesen war, nun so gut tanzte? Hatte sie alles nur vorgetäuscht, um Viktoria in Sicherheit zu wiegen? Nein, das passte nicht zu Alla, sie war nicht berechnend … andererseits hatte die Sucht nach Ruhm die nettesten Menschen schon die schlimmsten Dinge tun lassen.

Viktoria schlug sich die Hände vors Gesicht und fing an zu weinen. Der Tag hatte so vielversprechend begonnen, und dann war alles schiefgelaufen.

Sie wischte über ihre Augen, streifte ihre Spitzenschuhe ab und warf sie an die Wand. Dann ließ sie sich auf den Fußboden sinken und fragte sich, wie es nun weitergehen sollte.

# Kapitel 8

*Paris, 1917*

Es geschah genau das, was Viktoria befürchtet hatte: Alla erhielt die Rolle des Amerikanischen Mädchens. Alexei tat sein Bestes, um Viktoria zu trösten, doch es nützte nichts; ein ums andere Mal dachte sie an den unsauberen Sprung, der sie so viel gekostet hatte.

Sie lief zum Jardin Marco Polo, ließ sich auf einer Bank nieder und kämpfte gegen die Tränen. Paare spazierten an ihr vorüber, ohne zu ahnen, dass für Viktoria gerade eine Welt zusammengebrochen war. Sie hatte so hart an sich gearbeitet, war so weit gereist, um erfolgreich zu werden, und mit einem einzigen dummen Fehler hatte sie sich alles verdorben. Um nicht mehr an die Enttäuschung in den Mienen von Massine und Irina zu denken, konzentrierte sie sich auf die Bronzefiguren des großen Springbrunnens ihr gegenüber. Vier kraftvolle Frauenfiguren stemmten die Himmelssphäre und die darin enthaltene Erdkugel.

Auf dem Brunnenrand saßen drei magere Mädchen von dreizehn oder vierzehn Jahren. Sie hatten die Köpfe zusammengesteckt und tuschelten. Dann und wann warfen sie den Passanten verstohlene Blicke zu. Sie waren schmutzig, die Haare verfilzt, ihre Kleidung war abgerissen. Armselige Geschöpfe, die aussahen, als gäbe es für sie keine Hoffnung auf der Welt.

Eines der Mädchen stand auf. Mit gesenktem Kopf näherte es sich einem vorbeigehenden Paar, das in Anbetracht der schlechten Zeit sehr gut gekleidet war. Das Mädchen streckte bittend die Hand aus. Die Frau rümpfte die Nase, der Mann sagte irgendetwas in rauem Ton. Mit angewiderten Mienen liefen sie weiter.

Das Mädchen blieb auf dem Kiesweg stehen. Die nächsten Spaziergänger machten einen Bogen um sie. Die beiden anderen Mädchen auf dem Brunnenrand stießen sich an und kicherten. Die Kleine auf dem Kiesweg bemerkte Viktoria und trat zu ihr. Sie musste so leicht sein, dass man den Kies unter ihren Schritten kaum hörte.

»Es tut mir leid«, sagte Viktoria. »Ich habe selbst nicht viel Geld.«

»Ich brauche nur ganz wenig«, antwortete das Mädchen in schwerfälligem Französisch.

Viktoria studierte das Gesicht, die leicht schrägstehenden hellblauen Augen, und überlegte, ob sie Russin sein könnte. »Wie heißt du?«, fragte sie auf Russisch.

Der Blick des Mädchens weitete sich.

»Du kommst doch aus Russland, oder?«

Das Mädchen antwortete nicht. Viktoria hätte es dabei belassen können, doch sie musste wissen, was dieses arme Wesen in einem Pariser Park zu suchen hatte. »Mein Name ist Viktoria Budian. Ich komme aus Sankt Petersburg. Und wie heißt du?«

Das Mädchen presste die Lippen zusammen.

»Seit wann bist du schon in Paris?«, sprach Viktoria weiter. »Ich bin erst vor kurzem angekommen.«

Die Kleine trat einen Schritt zurück und sah zu ihren Freundinnen hinüber, die den Austausch neugierig verfolgten. Eine von ihnen machte eine aufmunternde Handbewegung. Das Mädchen schüttelte den Kopf. Sein Blick kehrte zu Viktoria zurück.

»Du musst mir nichts erzählen, wenn du nicht magst.« Einladend klopfte Viktoria auf den freien Platz an ihrer Seite. Das Mädchen ignorierte das. »Ich glaube, ich habe etwas für dich«, fuhr Viktoria fort, kramte in ihrer Tasche und holte einen dicken roten Apfel hervor. Er war ein wenig angestoßen, aber noch ganz frisch, und das Mädchen sah aus, als hätte es seit Tagen nichts gegessen. Sie hielt ihm den Apfel hin. Es starrte darauf. Mit einem Seufzer legte Viktoria den Apfel auf die Bank, in der Hoffnung, das Mädchen würde nach der Frucht greifen. Es rührte den Apfel nicht an.

»Was für ein schöner sonniger Frühlingstag.« Viktoria lehnte sich zurück. Sie hatte sich so sehr in ihren Misserfolg hineingesteigert, dass ihr der Luxus, an einem warmen sonnigen Tag in einer der eindrucksvollsten Städte der Welt in einem Park zu sitzen, nicht bewusst geworden war. Wie verbissen sie geworden war. Natürlich war es schrecklich, dass sie beim Vortanzen gepatzt und ihre Chance auf eine führende Rolle verspielt hatte, aber gemessen am Weltgeschehen und dem, was andere täglich zu erdulden hatten, war es unbedeutend. Ihre Familie in Russland lebte im Elend, Tausende und Abertausende hatten in den vergangenen drei Kriegsjahren Ehemänner, Söhne und Brüder verloren, und diese arme Kleine war zu verängstigt oder misstrauisch, um einen Apfel anzunehmen. »Magst du keine Äpfel?«

Das Mädchen fixierte das Obst auf der Bank.

Viktoria lächelte ermunternd. »Bitte, nimm ihn.«

Wie der Blitz schnappte die Kleine sich den Apfel und biss hinein. Den Saft, der an dem Apfel hinunterrann, leckte sie gierig auf. Sie winkte ihre Freundinnen herbei. Sie näherten sich zögernd und starrten auf den Apfel, den das Mädchen ihnen reichte. Alle drei nahmen abwechselnd einen Bissen, bis der Apfel aufgegessen war und der Saft durch den Schmutz auf ihren Kinnen helle Bahnen zog.

»Wartet hier«, sagte Viktoria. »Ich kaufe noch welche.«

Die Mädchen sahen sie verwundert an.

Eilig durchquerte Viktoria den Park zu dem Obststand, an dem sie den Apfel gekauft hatte. Zwar hatte sie kaum genug Geld, um sich am Tag zwei Mahlzeiten leisten zu können, aber sie kratzte all ihre Münzen zusammen und erstand eine Tüte Äpfel. Doch als sie zu ihrer Bank zurückkehrte, lag davor nur noch ein abgenagtes Kerngehäuse, die Mädchen waren verschwunden.

Enttäuscht ließ Viktoria sich auf der Bank nieder. Was mussten diese Kinder hinter sich haben, dass sie so scheu geworden waren, sogar dann, wenn jemand sie freundlich behandelte und aus ihrem Heimatland kam. Aber vielleicht war das wohl das Problem. Wer traute schon einer Russin, die wissen wollte, wie man hieß, woher man kam und seit wann man in Paris war?

Aufgebrachte Stimmen drangen an ihr Ohr. Sie drehte sich um. Hinter ihr versuchte ein wutentbrannter Polizist, die drei Mädchen einzufangen, doch immer wenn er sie gepackt hatte, rissen sie sich los. Schließlich schaffte er es, eines in den Schwitzkasten zu nehmen, es war das Mädchen, dem Viktoria den Apfel geschenkt hatte. Die beiden anderen rannten davon und verschwanden. Die Kleine wand sich verzweifelt im Griff des Polizisten und schrie. Viktoria sprang auf und lief zu ihr. Der Polizist keuchte, sein Gesicht nahm eine dunkelrote Farbe an.

»Was fällt Ihnen ein, so mit einem kleinen Mädchen umzugehen?«, fuhr Viktoria ihn an und fragte sich, woher sie ihren Mut nahm. »Lassen Sie sie los.«

»Diese dreckige Ratte gehört zu dem Pack, das sich hier überall herumtreibt und stiehlt.« Als das Mädchen nach ihm trat, brachte er seine Beine in Sicherheit.

Viktoria stemmte die Hände in die Hüften. »Ich will wissen, was dieses Mädchen verbrochen hat.«

»Es hat einen Apfel gestohlen. Ich habe gesehen, wie es ihn gegessen hat. Zusammen mit den zwei anderen.«

Viktoria richtete sich zu ihrer ganzen Größe auf. »Diesen Apfel habe ich diesem Kind geschenkt. Es hat ihn mir weder abgebettelt noch gestohlen. Und jetzt lassen Sie es bitte los.«

Der Polizist gab das Mädchen frei und versetzte ihm einen Stoß. »Verschwinde, du Miststück. Leute wie du verseuchen die Straßen.«

Die Kleine stürzte zu Viktoria. Viktoria legte einen Arm um ihre schmalen, knochigen Schultern.

»Ab sofort steht dieses Mädchen unter meinem Schutz«, sagte sie fest. »Fassen Sie es nur ja nicht mehr an.«

»Dann sorgen Sie dafür, dass es mir nicht mehr unter die Augen kommt, sonst …« Der Polizist drohte dem Mädchen mit der Faust.

»Was sonst?«

»Sonst werde ich nicht mehr so nachsichtig sein.« Wutschnaubend ging er davon.

Das Mädchen schüttelte Viktorias Arm ab und sah sie finster an. »Ich wäre auch ohne Sie zurechtgekommen.«

Viktoria lächelte. »Sieh an, du kannst ja sprechen.« Die schroffe Art des Kindes störte sie nicht. In Sankt Petersburg hatte sie genug halbverhungerte Straßenkinder erlebt, deren erste Reaktion aus Trotz bestand. Sie bot dem Kind die Tüte Äpfel an. »Die sind für dich und deine Freundinnen.«

»Das sind nicht meine Freundinnen.« Sehnsüchtig betrachtete das Mädchen die pralle Tüte.

»Was dann?«

Die Kleine zuckte mit den Schultern. »Wir kennen uns erst seit gestern. Sie wollten mir zeigen, wie man …« Sie wandte den Blick ab.

»Wie man stiehlt?«

Das Mädchen nickte und wirkte betreten. »Bitte sagen Sie es niemandem.«

»Natürlich nicht«, antwortete Viktoria. »Wolltest du mich auch bestehlen?«

Wieder nickte sie.

»Und warum hast du es nicht getan?«

Das Mädchen sah Viktoria scheu an. »Weil Sie nett waren und mir einen Apfel angeboten haben.«

*Gott sei Dank*, dachte Viktoria, *sie hat also noch ein Gewissen.* »Du bist weit fort von deinem Zuhause. Genau wie ich.«

Die hochgezogenen Schultern lockerten sich ein wenig.

»Ich vermisse Russland«, fuhr Viktoria fort. »Hier ist alles so anders. Die Gerüche, die Geräusche, die Straßen und Häuser. Ich frage mich, ob ich mich jemals daran gewöhnen werde.« Die Kleine seufzte schwer. »Aber vor allem fehlt mir unsere Sprache. Als Kind habe ich ein bisschen Französisch gelernt, weil ich …« Sollte sie ihre Ballettausbildung erwähnen? Oder würde dieses Mädchen sie dann für hochgestochen halten? »Weil ich Ballett gelernt habe und die Sprache des Balletts Französisch ist.«

»Gehören Sie hier zu einem Ballett?«

»Ja.«

»Ich liebe Ballett.« Ein schüchternes Lächeln erschien auf den Lippen des Mädchens, und Viktoria erkannte, wie hübsch es unter der Schmutzschicht war. Wenn es sich waschen und vielleicht noch ein bisschen zunehmen würde, wäre es bezaubernd. »Aber das Ballett kommt nicht aus Frankreich, sondern von den Höfen Italiens zur Zeit der Renaissance. Katharina von Medici hat es in Frankreich eingeführt, als sie Königin von Frankreich war.«

»Und woher weißt du das alles?«

»Ich kann lesen«, antwortete das Mädchen. »Ich bin nicht dumm, auch wenn ich auf der Straße lebe.«

Viktoria schämte sich, weil sie das Kind nur nach seinem Äußeren beurteilt hatte. »Hast schon einmal ein Ballett gesehen?«

Das Mädchen schüttelte den Kopf. »Nein, aber ich habe gehört, dass es etwas Wundervolles ist. Die Tänzerinnen tragen wunderschöne Kleider, und die Tänzer springen höher, als man sich vorstellen kann.«

Viktoria strich ihm über den Kopf. Der Zauber des Balletts erreichte selbst die Phantasie dieses armen Kinds. Wahrscheinlich brauchte es etwas Schönes, um sich daran festzuhalten, so wie alle anderen Menschen.

Ohne nachzudenken, fragte Viktoria: »Möchtest du einmal bei einer Ballettprobe zuschauen?« Im nächsten Augenblick erschrak sie und malte sich aus, wie das nach ihrem verpfuschten Vortanzen bei Massine und Irina ankommen würde.

»Nein.«

»Warum nicht?«

Das Kind schnaubte verächtlich. »Wer würde schon jemanden wie mich zuschauen lassen? Die Leute hätten doch Angst, ich würde sie bestehlen.«

Viktoria lächelte. »Tänzer haben kaum Geld, bei uns gibt es nichts zu stehlen.«

»Warum haben Sie dann die Äpfel für mich gekauft?«

»Weil ich mir dachte, dass du hungrig bist.«

»Helfen Sie jedem, der Hilfe braucht?«

Viktoria seufzte. »Ich versuche es, aber es geht nicht immer. Doch wenn ich sehe, wie hungrig ein Mädchen und seine Freundinnen einen Apfel essen –«

»Das sind nicht meine Freundinnen.«

»Gut, sie sind nicht deine Freundinnen. Ich wollte euch eine Freude machen.« Noch einmal hielt Viktoria dem Mädchen die Tüte hin. Diesmal nahm es sie und spähte hinein, wie um sich zu vergewissern, dass sie tatsächlich voller Äpfel war.

»Sie sollten nicht so hilfsbereit sein«, murmelte das Mädchen.

»Das ist doch nichts Schlimmes«, sagte Viktoria. »Außerdem kann ich gar nicht anders.«

»Eines Tages werden Sie es bereuen.« Die Kleine holte einen Apfel aus der Tüte und biss hinein. Dann bot sie Viktoria die Tüte an. Nach kurzem Zögern entschied Viktoria, die großmütige Geste zu akzeptieren und nahm sich einen Apfel. Das Kind streckte die Hand aus. »Ich heiße Jana Nardin. Ich komme aus Moskau.«

Viktoria nahm Jana mit in ihre Wohnung. Das Mädchen sollte sich waschen, etwas Ordentliches essen und saubere Kleidung bekommen. Als es sich auszuziehen begann, um sich am Spülbecken zu waschen, kehrte Viktoria ihm den Rücken zu und fragte sich, ob es vielleicht doch unbedacht gewesen war, ein fremdes Kind mit nach Hause zu nehmen. Sie hatte schon einmal ein Mädchen aus der Not gerettet, hatte es zu lieben gelernt und dann verloren.

*Nein*, sagte sie sich, die eine hatte mit der anderen nichts zu tun. Sie bot Jana lediglich die Möglichkeit, sich für kurze Zeit von dem Leben auf der Straße zu erholen. Eine Atempause, weiter nichts. Aber so hatte es mit Dina auch angefangen.

Dina war ihr Schützling gewesen. Sie hatte sie bei sich aufgenommen, hatte für sie gesorgt und sie ins Herz geschlossen. Jana war dagegen nur ein flüchtiger Gast.

»Bist du fertig?«, fragte sie. »Kann ich mich wieder umdrehen?«

Sie hörte, wie das Wasser abgedreht wurde und Jana auf bloßen Füßen das Zimmer durchquerte, dann das Rascheln von Kleidungsstücken.

»Ich sehe schrecklich aus«, sagte Jana.

»Ich bin sicher, dass du wundervoll aussiehst, aber das kann ich erst beurteilen, wenn ich mich umdrehen darf.«

»Also gut.«

Viktoria wandte sich um. Jana stand vor ihr, das nasse Haar glattgekämmt, das Gesicht sauber und so hell und ebenmäßig, als wäre es aus Porzellan. Die Bluse, der Rock und die Strickjacke waren ihr zu groß, aber sie waren das Einzige, was Viktoria ihr hatte geben können. Trotzdem war die Veränderung erstaunlich, denn vor ihr stand nun ein bildhübsches Mädchen. Gut erzogen war es auch, das hatte Viktoria auf dem Weg zu ihrer Wohnung festgestellt. Jana sagte zwar nicht viel, doch sie antwortete stets und manchmal sogar mit einem höflichen Lächeln. Wahrscheinlich hatte sie einmal einer ganz normalen Familie angehört, die entweder nicht mehr lebte oder verarmt war. Doch darüber wollte Jana nicht reden; wenn Viktoria sie danach fragte, verstummte sie, und ihr Gesicht wurde verschlossen.

Jana zupfte am Saum ihrer Bluse und blickte auf ihre bloßen Füße.

»Ich werde schauen, ob eine der anderen Tänzerinnen hier im Haus ein Paar passende Schuhe für dich hat.« Viktoria betrachtete das zarte Geschöpf mit den feinen Gesichtszügen, und eine Woge der Zuneigung durchflutete sie. »Du bist eine richtige kleine Schönheit, weißt du das?«

»Von Schönheit kann man sich nichts kaufen, außer man nutzt sie aus.« Jana hob den Blick und runzelte die Stirn. »Nutzen Sie Ihre Schönheit aus?«

»Wie kommst du denn darauf?«, fragte Viktoria und wunderte

sich über ihre direkte Art. »Alles, was ich erreicht habe, verdanke ich harter Arbeit.«

Janas Unterlippe begann zu zittern.

»Was hast du?«, fragte Viktoria.

»Es tut mir leid«, flüsterte Jana. »Ich wollte Sie nicht beleidigen.« Ihre Augen füllten sich mit Tränen. »Ich mache alles falsch.«

Am liebsten hätte Viktoria sie in die Arme geschlossen und ihr versprochen, alles werde gut und dass sie nun nicht mehr allein sei. Aber wie hätte sie das wagen können? Sie wusste ja nicht einmal, wie ihre eigene Zukunft aussah, geschweige denn die eines Straßenkinds.

Sie streichelte Janas Wange. »Wahrscheinlich kannst du einfach nicht glauben, dass sich ein fremder Mensch um dich kümmert.«

Jana wischte ihre Augen. »Das stimmt.«

»Aber irgendeiner muss es doch tun, oder nicht?« Viktoria seufzte. Wieder stand sie an dem Weg, den sie schon einmal gegangen war.

Jana sah sie mit tränenfeuchten Augen an. »Und warum tun Sie es?«

Viktoria wich ihrem Blick aus. »Weil ich schon einmal ein Mädchen kannte, das Hilfe brauchte.«

»Wo ist es jetzt?«

»An einem Ort, wo es ihm gutgeht.« Die Lüge kam Viktoria glatt über die Lippen, denn die Wahrheit wollte sie Jana nicht zumuten. Abgesehen davon fiel es ihr schwer, über Dinas Tod zu sprechen, nicht einmal Alexei gegenüber hatte sie es gekonnt.

»Ich will kein Mitleid«, sagte Jana.

»Natürlich nicht. Aber dann und wann braucht jeder einen Menschen, der ihm ein bisschen unter die Arme greift.« Sie deutete auf das Fenster. Draußen hatte sich der Himmel verdunkelt, und in der Ferne ertönte Donnergrollen. »Oder möchtest du heute Nacht im Regen schlafen.«

Als es an der Tür klopfte, fiel Viktoria ein, dass sie mit Alexei verabredet war.

»Warte noch einen Moment«, rief sie. Jana war gerade ein wenig aufgetaut, aber wenn sie erneut einen Fremden sehen würde, konnte es sein, dass sie sich wieder in sich zurückzog. Viktoria öffnete die Tür einen Spaltbreit und schlüpfte hinaus in den Flur.

Alexei betrachtete sie mit schmalen Augen. »Warum so geheimnisvoll? Was ist los?«

»Nichts«, antwortete Viktoria verlegen.

»Ich habe Stimmen gehört.«

Viktorias Schultern sackten herab, sie wollte Alexei nicht belügen. »Ich habe ein junges Mädchen für die Nacht aufgenommen und mache mir Sorgen, dass es sich vor dir fürchten wird.«

»Was für ein Mädchen?«

»Eine kleine Russin. Sie hat niemanden mehr und braucht meine Hilfe.«

Alexei zog die Brauen hoch. »Du bist arm wie eine Kirchenmaus und willst jemandem helfen?«

»Ich habe etwas zu essen und ein Bett. Es ist ja auch nur für eine Nacht.« Doch in ihrem Herzen wusste Viktoria, dass sie nicht imstande wäre, nein zu sagen, wenn Jana länger bleiben wollte.

# Kapitel 9

Als Lily Yves das nächste Mal besuchte und sich auf dem Sofa niederließ, setzte er sich so dicht neben sie, dass sie die Wärme seines Körpers spürte und aus dem Gleichgewicht geriet.

Als er an ihr vorbei nach der Rotweinflasche auf dem Couchtisch griff, stieg ihr der Duft seines Eau de Cologne in die Nase. Der hatte ihr schon bei ihren ersten Begegnungen gefallen.

»Ich weiß, dass man nicht an jemandem vorbeigreifen soll«, sagte er.

»Kein Problem.« Das Problem war eher, dass seine Nähe in ihrem Körper ein süßes Prickeln auslöste und sie das Zusammensein mit ihm zu sehr genoss. Aber was war denn dabei, wenn sie sich von ihm angezogen fühlte? Mehr würde daraus nicht werden. Auch ihre Liebe zu Aiden würde dadurch nicht weniger werden. Sie wünschte nur, sie würde sich nicht so schuldbewusst fühlen. Warum musste immer alles so schwierig sein?

Yves schenkte Wein in zwei Gläser ein und reichte ihr eines.

Lily nahm ein Schlückchen. »Was für ein Wein ist das?«

»Ein Syrah.«

Lily kostete noch einmal. Fruchtig war er, mit einem pfeffrigen Nachgeschmack, ähnlich dem Shiraz in ihrer Heimat, nur etwas leichter.

»Schmeckt er dir nicht?«

»Doch, aber –«

»Kommt er dir nicht vor wie flüssige Seide?«

Lily musste lachen. »Nicht direkt, aber er schmeckt gut. Er ist nur anders als die Weine, die ich gewöhnt bin.« Sie nahm einen großen Schluck. »Er ist leichter – nicht so reichhaltig wie unser Shiraz.«

Yves zog die Brauen hoch. »Willst du etwa behaupten, ein australischer Wein sei besser als ein französischer?«

Lily hielt das Glas ans Licht. »Eines Tages werden die australischen Weine die französischen übertreffen.«

Yves wirkte amüsiert. »Ich glaube, du irrst dich. Die australischen Weine sind zu kräftig, ihnen fehlt es an Eleganz.«

»Wie bitte? Unsere Weine sind so vielschichtig, dass sich die einzelnen Nuancen erst nach und nach entfalten.«

»Wann, am nächsten Tag, wenn man einen dicken Kopf hat?«

Lily lachte. Der Wein in ihrem Glas schwappte gefährlich hin und her. »Der australische Shiraz hat Charakter.«

»Bei uns kultiviert jedes Weingut eine individuelle Geschmacksnote. Euer Shiraz schmeckt immer gleich, was daran liegt, dass alle eure Winzer das Gleiche mit ihm machen.«

»Ich glaube, du redest mit der falschen Person. Eigentlich mag ich alle Weine.«

»Auch Retsina?«

Lily verzog das Gesicht. »Der so nach Harz schmeckt? Nein, der ist die Ausnahme.«

»Gut, sonst wärst du jetzt in meiner Achtung gesunken.«

Lily ließ sich in das weiche Samtpolster zurücksinken. »Du hast eine sehr schöne Wohnung, weißt du das?«

Yves lächelte. »Danke, ich freue mich, wenn es dir bei mir gefällt.«

Lediglich die Puppe mit dem Ballettkostüm und die vielen Fotos und Gemälde von Ballettgrößen wirkten in einer Männerwohnung etwas seltsam. »Sprechen wir jetzt über unser Projekt? Soll ich einfach hier sitzen und nichts tun, während du komponierst? Soll ich etwas singen? Dir etwas auf Chinesisch vorlesen, über chinesische Zaubermeister vielleicht?«

»Kannst du Chinesisch?«

Lachend schüttelte Lily den Kopf. »War nur Spaß.«

»Zu dumm, dass ich noch nie eine lebende Inspiration hatte.« Yves furchte die Stirn. »Und dass ich nicht weiß, woran es diesmal bei mir hapert.«

»Vielleicht hast du sonst zu deinem Vergnügen komponiert. Jetzt geht es um einen Auftrag, nun stehst du unter Druck.«

Yves seufzte.

»Und der Mann, der dein größter Fan sein sollte, möchte nicht, dass du komponierst. Das bedeutet, zu dem Druck kommen Schuldgefühle.«

»Schuldgefühle.« Yves seufzte schwerer. »Ja, wahrscheinlich sind sie das Problem. Sie lenken mich ab.«

»Dann versuch, sie abzuschütteln.« Lily deutete mit dem Weinglas auf den Stapel Notenpapier und den Stift auf dem Tisch. »Und fang endlich an.«

Yves griff nach dem Stift und legte den Stapel auf seine Knie. »Morgen spreche ich mit Natalie. Sei sicher, dass euer nächstes Treffen besser verlaufen wird als das letzte.«

»Wehe, wenn nicht.« Lily leerte ihr Glas.

Yves klopfte den Stapel zurecht. »Gut, dann fange ich jetzt an.«

Lily stand auf und trat an sein Bücherregal. Reihenweise standen dort Bücher mit englischen, russischen und französischen Titeln. Bei den meisten schien es sich entweder um Musik oder Ballett zu handeln. Sie entdeckte einen dicken Band auf Englisch über die Ballets Russes, zog ihn heraus und kehrte zum Sofa zurück.

»Willst du das etwa lesen?«, fragte Yves.

»Warum nicht?«

»Ich dachte, Ballett interessiert dich nicht mehr.«

»Vielleicht hast du mein Interesse wieder geweckt. Und jetzt kein Wort mehr, du musst arbeiten.« Lily schlug das Buch auf und blätterte sich zum ersten Kapitel vor. Vielleicht würde Yves aufhören, ihr verfängliche Fragen zu stellen, wenn sie so tat, als würde sie sich über die Ballets Russes informieren.

Lilys Blick glitt über die Seiten, doch dann sprang ihr der Name Sergei Djagilew ins Auge, der Mann, der dieses aufsehenerregende Ballett gegründet hatte. Über ihn wusste sie nur wenig. Sie begann zu lesen.

*Sergei Djagilew war der Impresario der Ballets Russes. Ihm verdankte diese Kompanie ihren Erfolg. Er selbst entstammte einer wohlhabenden russischen Familie, die mehrere Wodka-Brennereien besaß, ihr Geld jedoch verlor. Doch Djagilew blieb bei dem gewohnten mondänen Lebensstil. Er brachte ihn mit Kunstmäzenen zusammen.*

*Djagilew träumte von einer Karriere als Komponist, aber dieser Traum zerschlug sich, als der Komponist Nikolai Rimski-Korsakow ihm das Talent dazu absprach. Djagilew wandte sich einem neuen Projekt zu und bildete mit gleichgesinnten jungen Männern einen Kunstzirkel in Sankt Petersburg. Er empfand die offizielle Kunst Russlands als zu konservativ. Im Jahr 1906 begleitete er eine Ausstellung moderner russischer Kunst nach Paris. Zu der Zeit waren die Pariser von Russland und allem Russischen fasziniert, so dass es Djagilew im Jahr 1907 gelang, an der Pariser Oper eine Saison russischer Musik durchzusetzen. Im Jahr 1909 präsentierte er ein Ballett, das sich aus*

*Tänzern und Tänzerinnen des Kaiserlichen Balletts in Sankt Petersburg zusammensetzte. Für die Choreographie ihrer Aufführungen war Michel Fokine verantwortlich. Ballette wie »Der Pavillon der Armida«, die »Polowetzer Tänze« aus der Oper »Prinz Igor«, »Les Sylphides« und »Kleopatra« erfreuten sich bei den Franzosen großer Beliebtheit. Und so begann die Zeit, die wir heute als die Ära der Ballets Russes bezeichnen.*

»Liest du etwas Interessantes?«, fragte Yves.

Lily fuhr hoch. »Was?« Sie wandte sich um und sah, dass Notenpapier und Stift wieder auf dem Couchtisch lagen. »Warum schreibst du nicht?«

»Es klappt nicht.«

»Vielleicht habe ich meine Macht als Inspiration verloren.«

Yves kratzte sich am Kopf. »Oder wir müssen uns wieder im Park treffen. Da hat es funktioniert.«

Er stand auf, holte eine Schale Knabberzeug aus der Küche und bot sie Lily an. Lily schüttelte den Kopf. »Hat der Jardin Marco Polo vielleicht etwas mit Viktoria Budian zu tun?«

»Keine Ahnung.« Mit einer geübten Geste warf Yves sich eine Handvoll Nüsse in den Mund und nahm einen Schluck Wein. »Nachdem wir morgen bei Natalie waren, gehen wir wieder in den Park.«

»Wie du meinst.« Lily war es einerlei. Sie wollte sich mit Natalie versöhnen, alles andere war zweitrangig. Obwohl – wenn sie die Kraft dazu fand, würde sie sich doch noch einmal auf den Weg zur Avenue Victor Hugo machen und den Ort besuchen, an dem Aiden gestorben war. *Aiden.*

»Hast du schon mal die Gegenwart eines Geists gespürt?«, fragte Yves.

Lily erschrak. Konnte er Gedanken lesen?

Sie schaute zu Boden. Seit Aidens Tod hatte sie ständig das Gefühl, von Geistern umgeben zu sein. Sie zerrten sie zurück in die Vergangenheit, statt sie in die Zukunft zu entlassen. Sie stand auf und trat an das smaragdgrüne Chanel-Kleid, das nun unter einer Schutzhülle an der Tür zu Yves' Schlafzimmer hing. »Nein, nie«, antwortete sie.

»Wahrscheinlich hältst du mich jetzt für verrückt, aber wenn ich dieses Kleid sehe, spüre ich Viktorias Gegenwart.«

Lily war in Gedanken noch bei Aiden, und ihre Augen begannen zu brennen. Sie hielt den Blick stur auf das Kleid gerichtet. »Ich kenne dich nicht gut genug, um dich für verrückt zu halten.«

»Versuch es.«

»Was?«

»Berühr das Kleid und sag mir, ob du etwas spürst.«

»Nein.«

»Warum nicht.«

Lily schüttelte den Kopf und verschränkte die Arme vor der Brust.

»Hast du Angst?«

»Nein.«

Yves trat hinter sie. Diesmal wirkte seine Nähe beruhigend. Doch dann ärgerte sie sich über sich selbst. Sie fürchtete sich nicht vor Geistern. Sie war eine erwachsene Frau und stellte sich an wie ein Kind.

Vorsichtig hob sie die Schutzhülle an und strich über den Seidenstoff. Sie schloss die Augen. Doch sie spürte nur das Material und schlug die Augen wieder auf. »Bei mir löst es nichts aus.«

»Wirklich nicht?« Yves stand nun direkt hinter ihr.

Lily wollte zur Seite treten, doch sie konnte sich nicht rühren. Ihr Herz fing an schneller zu klopfen, und ihre Hände wurden feucht, sie wischte sie hastig an ihrer Jeans ab. *Denk an Aiden. Du darfst ihn nicht vergessen, nicht eine Sekunde lang.*

Sie spürte Yves' warmen Atem in ihrem Nacken, und wie von allein lehnte sie sich an ihn. Ihr Körper wurde weich, und mit einem Mal sehnte sie sich mit jeder Faser nach Yves' Berührung. Yves' Finger strich über ihren Hals. Plötzlich flammte Lilys Verlangen mit Macht auf. Sie drehte sich um und schlang die Arme um ihn. Ihre Lippen trafen aufeinander und öffneten sich gierig, seine Hände fuhren über ihren Körper.

Lily streifte ihr T-Shirt ab. Yves führte sie zurück zum Sofa. Sie sanken in die weichen Polster.

*Ich will wieder etwas fühlen.*

*Ich will seine Hände spüren.*

Wogen der Lust schlugen über ihr zusammen.

*Ich will vergessen.*

»Meinst du, das ist eine gute Idee?«, fragte Yves heiser.

»Weiß ich nicht.« Sie wölbte sich ihm entgegen. »Ist mir egal.«

Sie hörte seinen rauen Atem. Er öffnete den Reißverschluss ihrer Jeans und streifte sie ihr ab. Lily stöhnte und schloss die Augen.

Und fühlte sich seit langer Zeit noch einmal lebendig.

Lily wurde vom Tageslicht geweckt. Sie rieb ihre Augen, stützte sich auf und sah sich um. O Gott. War sie etwa in Yves' Bett? Ja, war sie. Wie sie es vom Sofa zum Bett geschafft hatten, wusste sie nicht mehr. War sie so von Sinnen gewesen, dass sie außer ihrer Lust nichts mehr mitbekommen hatte? Sie dachte an Yves' Hände auf ihrer Haut, und ein wohliger Schauder lief über ihren Rücken. Das hatte sie also nicht vergessen.

Yves schlief noch, den Arm über ihren Bauch gelegt.

Das durfte nicht wahr sein.

Was hatte sie getan?

Sie drehte den Kopf zu Yves um. Sein Gesicht war gelöst, der Körper entspannt. So sah ein Mann aus, der eine äußerst befriedigende Nacht hinter sich hatte.

Sie hatte mit ihm Sex gehabt.

Phantastischen Sex.

*Verdammt.*

Behutsam schob Lily seinen Arm fort und schlüpfte aus dem Bett. Er stieß einen Seufzer aus und drehte sich von ihr weg. Lautlos tappte Lily ins Wohnzimmer, sammelte ihre Kleidung ein und zog sich an. Auf Zehenspitzen ging sie ins Bad, wusch ihr Gesicht und schaute in den Spiegel. Ihre Haare waren zerwühlt, ihre Augen dank des Schlafmangels gerötet. Was hatte sie sich bloß gedacht?

Sie stützte sich auf das Waschbecken und senkte den Kopf. Gut, die Nacht mit Yves war passiert. Es war phantastisch gewesen, aber nur Sex, weiter nichts.

Sie lachte leise. Was erzählte sie sich denn? Es war nicht nur Sex gewesen, sondern eine Begegnung voller Leidenschaft – sie hatte eine Verbindung mit ihm gespürt wie bei – nein, Yves war nicht Aiden.

Lily schlich aus dem Badezimmer. Im Wohnzimmer hängte sie sich ihre Handtasche um, nahm ihre Schuhe und bewegte sich auf Zehenspitzen zur Tür.

»So früh willst du schon weg?«

Sie fuhr herum. Yves stand im Türrahmen des Schlafzimmers, hatte sich das Bettlaken um die Hüften gewickelt und sah sie mit seinen schönen blauen Augen an.

»Ich hatte Ihnen noch Frühstück machen wollen, Mademoiselle

Lily. Manche Leute behaupten, das Frühstück sei die wichtigste Mahlzeit des Tages.«

Lilys Blick fiel auf seinen festen muskulösen Oberkörper. Ihr Mund wurde trocken. »Ich muss gehen.«

»Wohin?«

»Das ist geheim.« *Mein Gott, was für ein dummes Zeug sie redete.*

Yves kniff die Augen zusammen. »Ein geheimes Rendezvous, so, so.«

Das Wort »Rendezvous« aus dem Mund eines Franzosen verlieh ihm einen besonderen Reiz.

»Ich muss los, okay?«

»Nein, das ist nicht okay.« Er zog das Laken enger um sich.

Lily dachte an das, was sich darunter verbarg, und verstand sich selbst nicht mehr. Reichte eine heiße Nacht schon aus, um sie in einen hormongesteuerten Teenager zu verwandeln?

»Du wirkst nicht gerade glücklich«, fuhr Yves fort. »Hängt das mit letzter Nacht zusammen?«

»Nein – doch. Aber nicht mit dir, es ist nur …« Lilys Stimme versandete, und sie zuckte hilflos mit den Schultern.

»Warte«, sagte Yves. »Dieses Gespräch führe ich lieber angezogen.« Er kehrte in sein Schlafzimmer zurück. Lily hörte, wie der Kleiderschrank geöffnet und geschlossen wurde. Dann kam er zurück, trug ausgebleichte Jeans und ein schwarzes T-Shirt und sah einfach umwerfend aus. Er bedeutete Lily, auf dem Sofa Platz zu nehmen.

Lily zog den Sessel vor. Yves ließ sich aufs Sofa fallen.

»Ich würde dir wirklich gern Frühstück machen.«

»Das ist nett von dir, aber ich kann nicht länger bleiben.« Lily zupfte an ihrer Jeans, betrachtete ihre Fingernägel, die dringend eine Maniküre vertragen konnten. Seit Aidens Tod hatte sie sich in mehr als nur einer Hinsicht gehenlassen. Sie holte tief Luft. »Die Nacht war wundervoll, aber so etwas darf nie wieder passieren.«

In Yves' Augen blitzte etwas auf. Hatte sie ihn verletzt? Hatte er gedacht, eine Nacht mit ihr würde zu mehr führen? Zumindest wollte er nicht, dass sie schon ging. Lily wünschte, sie hätte am Vorabend richtig nachgedacht, statt kopfüber in seine Arme zu springen. Nun wusste sie nicht, wie sie sich verhalten sollte, und Yves schien es auch nicht zu wissen.

»Ich dachte mir schon, dass du so reagieren würdest. Liegt es an unserer Vereinbarung? Wenn ja, kann ich dir versichern, dass ich imstande bin, das eine vom anderen zu trennen.«

In seiner Stimme schwang eine leise Verärgerung.

»Das glaube ich dir, aber in meinem Leben ist so viel geschehen, dass ich nicht mehr fähig bin, jemanden an mich heranzulassen.«

»Dazu warst du letzte Nacht durchaus fähig.«

Lily spürte, dass sie rot anlief. Er hatte recht, aber welcher Frau würde der Sex mit einem Mann wie Yves Rousseau nicht gefallen? »Können wir nicht einfach einen Strich darunter ziehen? Ich bin gern bereit, dir bei deiner Komposition zu helfen, doch dabei muss es bleiben.«

Ohne es zu wollen, sah sie Yves' Körper wieder vor sich. Wenn sie jetzt zu ihm ginge, würde er sie nicht fortstoßen … nein, daran durfte sie nicht denken. Aber würde sie es überhaupt schaffen, sich nicht nach seiner Umarmung zu sehnen? Sie setzte sich aufrecht hin und befahl sich, sich zusammenzureißen.

Yves wirkte ernst. Vielleicht auch enttäuscht. Wie viel einfacher alles wäre, wenn sie ihm von Aiden erzählen würde. Nur fühlte es sich nicht richtig an, die Geschichte ihrer tragisch verlorenen Liebe dem Mann zu erzählen, mit dem sie gerade eine wilde Nacht verbracht hatte. Wie sollte sie ihm erklären, dass sie das Gefühl hatte,

Aiden betrogen zu haben? Aber konnte man einen Toten überhaupt betrügen? Ja, sagte ihr Herz, das konnte man, erst recht, wenn man über seinen Tod noch nicht hinweggekommen war. Deshalb musste sie das mit Yves im Keim ersticken, was immer es auch war.

»Darf ich dir wenigstens einen Kaffee anbieten?«

Es war Lily unangenehm, ihm selbst diese kleine Bitte abschlagen zu müssen. Sie stand auf und umklammerte ihre Handtasche. »Danke, aber auch dazu fehlt mir die Zeit.«

»Lily.« Er erhob sich ebenfalls und wollte nach ihrer Hand greifen.

Sie trat einen Schritt zurück. »Es tut mir leid, Yves, in meinem Kopf geht es drunter und drüber. Aber nichts davon ist deine Schuld. Du warst freundlich und liebevoll, und das Letzte, was ich will, ist dich zu kränken. Können wir nicht einfach bei unserem alten Plan bleiben und es dabei belassen?«

»Nein.«

»Was?«

»Nein, Lily Johansson, wir machen nicht alles so, wie du es wünschst. Ich sehe doch, dass du nicht glücklich bist und jemanden brauchst, mit dem du reden kannst, warum also nicht mit mir? Deine Schwester ist dazu offenbar nicht bereit, und ich vermute, außer ihr und mir kennst du hier niemanden. Ich möchte nicht, dass du einfach davonstürzt. Warum sagst du mir nicht, was dich bedrückt?«

»Das kann ich nicht«, antwortete Lily. »Vor zwei Jahren ist etwas geschehen, das immer noch mein Leben überschattet. Die Zeit heilt eben nicht alle Wunden.«

»Vielleicht kann ich dir helfen«, sagte Yves, den Blick voller Anteilnahme.

Wie verlockend sich das anhörte. Einen Moment lang war Lily versucht nachzugeben, doch dann lief sie zur Tür und riss sie auf.

»Tut mir leid«, sagte sie, ohne sich umzudrehen. Sie wollte seine gekränkte Miene nicht sehen.

Sie stürmte die Treppen hinunter, hörte, dass Yves aus seiner Wohnung trat, und spürte, dass er ihr von oben herunter nachsah. Unten angekommen hielt sie kurz inne und schaute zu ihm hinauf. Sein Gesicht drückte Besorgnis aus. Sie durchquerte die Eingangshalle, hörte ihre Schuhe über das Parkett klackern und wusste, dass sie das Falsche tat.

# Kapitel 10

Als der Himmel langsam die Farbe des Tages verlor und grau wurde, betrat Lily das Gebäude, in dem Natalie wohnte. Bei ihrem ersten Besuch war sie so nervös gewesen, dass sie der großen hellen Eingangshalle keine Beachtung geschenkt hatte, doch nun sah sie sich um und stellte fest, dass alles licht und modern war, mit geraden Linien, das Geländer schnörkellos. Sie dachte an den altmodischen Eingangsbereich in Yves' Haus. Er hatte ihr besser gefallen.

Yves fehlte ihr mehr, als sie zugeben wollte. Er hatte sich nicht mehr gemeldet, nachdem sie am Morgen kopflos aus seiner Wohnung gestürzt war. Auch sie hatte ihn nicht angerufen. Sie wollte nicht reden, wollte nicht, dass er sie bat, ihr seltsames Verhalten zu erklären, oder fragte, warum sie unglücklich sei. Aber vielleicht hatte er inzwischen auch beschlossen, dass sie seiner Mühe nicht wert war, und wollte auf ihre Inspiration verzichten.

Bedrückt überlegte Lily, ob sie ihm eine SMS schreiben solle. Sie wollte ihn wiedersehen, es war nur … sie wusste nicht, was sie wollte.

Lily betrachtete ihr Handy. Sie scrollte auf der Liste ihrer Kontakte zu seinem Namen.

*Yves, das heute Morgen tut mir leid.*

Unsinn. Löschen.

*Yves, entschuldige, dass ich so Hals über Kopf losgerannt bin. Mein Leben ist zurzeit zu kompliziert, um …*

Löschen.

*Yves, dass ich nach unserer Nacht einfach davongelaufen bin, tut …*

Löschen.

Warum fiel es ihr so schwer, zwei vernünftige Sätze zu formulieren?

Weil ihr der Kopf schwirrte, und sie keinen klaren Gedanken fassen konnte. Sie wusste nicht, wie sie mit Aidens Tod fertig werden sollte, wusste nicht, warum ihre Schwester nichts mehr mit ihr zu tun haben wollte, und den Mann, der zwischen ihnen hatte vermitteln wollen, hatte sie vor den Kopf gestoßen. Sie verstand sich wirklich nicht mehr.

Mit bleischwerem Herzen rief sie den Lift. Gleich darauf stand sie vor der rotlackierten Tür zu Natalies Wohnung. Sie zögerte, dann klopfte sie zaghaft.

Keine Antwort.

Sie klopfte erneut, diesmal mutiger und lauter. Die Tür öffnete sich. Vor Lily stand eine zierliche Blondine.

»*Oui?*«

»Ich bin Lily, Natalies –«

»– Schwester«, beendete sie Lilys Satz auf Englisch.

»Richtig.«

Die Frau lächelte, statt die Tür zuzuknallen. Offenbar hatte Natalie ihr nicht gesagt, dass der Besuch ihrer Schwester unerwünscht sei.

»Ich bin Penny. Natalie und ich gehören beide zur Bohème und teilen uns die Wohnung. Aber sie ist nicht da.« Sie trat zur Seite. »Komm rein.«

Lily dachte, dass Natalie im Achteck springen würde, wenn sie wüsste, dass ihre Schwester gerade in ihre Wohnung spazierte.

Sie betrat das Wohnzimmer. Penny bot ihr einen schwarzen Ledersessel an. Lily setzte sich und schaute sich um. An einer Wand hingen gerahmte Drucke kubistischer Gemälde, sie erkannte Picassos »Les Demoiselles d'Avignon«. An den anderen Wänden standen Regale voller Bücher und Fotos, die Natalie in jeder Tanzaufführung zeigte, an der sie in ihrem Leben teilgenommen hatte. Doch da war nicht ein einziges Foto, auf dem sie und Natalie zusammen abgebildet waren, obwohl es davon jede Menge gab.

Penny ließ sich auf dem gegenüberliegenden Sessel nieder und schlug die Beine übereinander. »Du siehst ganz anders aus, als ich gedacht habe.«

»Hast du eine Frau mit roten Hörnern erwartet?«

Penny lachte und schüttelte den Kopf. »Von Hörnern hat Natalie nichts gesagt, aber die Richtung stimmt.«

Lily seufzte. »Also hat sie über mich geredet.«

Penny zuckte mit den Schultern. »Nur, dass ihr euch nicht gut versteht.«

»Das ist noch gelinde ausgedrückt.« Lily errötete. Vielleicht hätte sie das nicht sagen sollen.

»Ich habe selbst eine Schwester. Ich weiß, wie es ist.«

»Ist Natalie noch bei der Probe?« Lily schaute auf ihre Armbanduhr. »Sie müsste längst zurück sein.«

Penny taxierte sie. »Hat sie dir nichts erzählt?«

»Wovon?«

»Natalie ist gestern Abend fortgegangen und noch nicht wieder aufgetaucht. Ich dachte, du wüsstest vielleicht, wo sie ist. Ich mache mir nämlich Sorgen. Sie war – ich weiß nicht – furchtbar gereizt und hat mit sich selbst geredet. Ich habe nur verstanden, dass sie einer Sache auf den Grund gehen wolle und ihn so nicht davonkommen lasse.«

»Wen meint sie?« fragte Lily. »Ist sie mit jemandem zusammen?«

Penny zuckte mit den Schultern. »Ich habe sie ein paarmal mit einem Mann gesehen. Ein kräftig gebauter, recht gutaussehender Typ. Schon etwas älter. Er machte einen wohlhabenden Eindruck, vielleicht ein bisschen blasiert. Als ich sie nach ihm gefragt habe, sagte sie, er sei nur ein alter Bekannter.« Sie schenkte Lily ein schiefes Grinsen. »Natalie kann ziemlich gut lügen, aber diesmal habe ich ihr kein Wort geglaubt.«

»Sie hat sich die Wahrheit schon als Kind gern zurechtgebogen.«

»Jedenfalls hat sie eine Übernachtungstasche gepackt und erklärt, sie wisse noch nicht, wann sie wiederkomme.«

»Aber sie ist bei mehreren Aufführungen die Zweitbesetzung«, sagte Lily beunruhigt. »Und sie kann doch ihre Proben nicht einfach sausen lassen.«

»Anscheinend ist ihr das, was sie vorhat, wichtiger.«

»Es gibt nichts Wichtigeres als Proben, erst recht nicht für Natalie.« Ihre Schwester hatte alles getan, um Lilys Platz in der Bohème Company einzunehmen, den würde sie doch niemals aufs Spiel setzen.

»Stimmt«, sagte Penny. »Die würde sie normalerweise nicht einmal für ein heißes Wochenende versäumen. Aber dafür war ihre Laune auch viel zu schlecht.«

»Hm.« Lily trommelte auf der Armstütze ihres Sessels. »Merkwürdig.«

»In letzter Zeit ist Natalie immerzu merkwürdig.«

*Na also*, dachte Lily. Sie war offensichtlich nicht die Einzige, die sich über ihre Schwester wunderte. »Meinst du etwas Bestimmtes?«

Penny überlegte. »Nein. Sie ist so, seit sie sich für den Part der Viktoria Budian bewirbt, aber mehr weiß ich auch nicht.«

»Wie war sie denn vorher?«

»Nett. Und unternehmungslustig. Ist ständig ausgegangen. Und dann war plötzlich Schluss. Abends hat sie sich in ihr Zimmer verkrochen und bis in die frühen Morgenstunden gelesen. Erst dachte ich, sie wäre die ewigen Partys leid, doch dann habe ich angefangen, mir Sorgen zu machen. Sie hat noch weniger gegessen als sonst, ist am Wochenende nicht einmal mehr an die frische Luft gegangen, hat kaum noch geredet.«

Lily erschrak. Die Schatten unter Natalies Augen waren ihr auch aufgefallen, aber sie hatte gedacht, die hingen mit langen und anstrengenden Proben zusammen. Nun fragte sie sich, ob Natalie etwas beschäftigte, was ihr abweisendes Verhalten erklärte?

»Weißt du, was sie gelesen hat?«

»Nein. Wenn ich sie gefragt habe, wollte sie es mir nicht verraten, und wenn ich in ihr Zimmer kam, hat sie ihre Lektüre unter ein Kissen geschoben.«

»Ist dir in ihrem Zimmer sonst irgendetwas aufgefallen?«

Penny schüttelte den Kopf. »Aber wenn du dich dort umschauen möchtest, bitte. Ich werde so tun, als bekäme ich nichts mit.«

Lily nagte an ihrer Lippe. Ob sie einfach in Natalies Privatsphäre eindringen sollte?

»Es ist die zweite Tür.«

Noch immer unsicher stand Lily auf. Sie überquerte den Flur, legte eine Hand auf die Türklinke und zauderte. Sie sagte sich, dass sie Grund hatte, sich Sorgen zu machen. Sang- und klanglos zu verschwinden, sah Natalie einfach nicht ähnlich. Ihre Schwester hatte viele Fehler, aber wenn es sich um ihre Karriere drehte, war sie absolut zuverlässig.

Lily betrat das Zimmer und betete, dass Natalie nicht plötzlich zurückkehren würde. Es würde das unwiderrufliche Ende ihrer Beziehung bedeuten. Doch irgendein Instinkt verriet ihr, dass etwas nicht stimmte.

Im Zimmer war es dämmrig. Sie drückte auf den Lichtschalter – und glaubte ihren Augen nicht zu trauen. Alles war rosarot: die Tagesdecke auf dem großen Himmelbett, die Kissen darauf, der Schirm der Lampe auf dem Nachttisch, die Vorhänge am Fenster. Es hätte das Zimmer eines blutjungen Mädchens sein können. Aber es war aufgeräumt, Natalie war von jeher ordentlich gewesen. Nur bei Lily sah es immer aus, als wäre in ihrer Wohnung eine Bombe eingeschlagen.

Sie sah sich um und wusste nicht, wo sie mit ihrer Suche beginnen sollte.

Sie fing mit den naheliegenden Plätzen an, den Schubladen im Nachttisch und dem kleinen Schreibtisch, im Kleiderschrank und im Bücherregal. Sie fand Fotos von Natalie, Zeitungsausschnitte über sie, Reiseführer, Kleidung. Auf einem Regalbrett im Kleiderschrank stand ein Karton.

Lily holte ihn heraus und klappte den Deckel auf. Darin lagen, in hellblaues Seidenpapier eingeschlagen, die ersten Spitzenschuhe, die Natalie besessen hatte. Lilys Augen wurden feucht. Die Schuhe hatte sie ihrer Schwester vor vielen Jahren zum Geburtstag geschenkt und dafür monatelang ihr Taschengeld gespart. Damals hatte sie noch gehofft, dass sie und Natalie eines Tages gemeinsam auftreten würden, doch dazu war es nie gekommen. Und wie es aussah, würde es auch nicht mehr geschehen.

Sie legte den Karton zurück in den Schrank, schloss die Tür und lehnte sich dagegen. Wie sonderbar, dass Natalie trotz allem etwas aufhob, das sie ihr geschenkt hatte.

Lily kniete sich vor das Bett, tastete den Hohlraum darunter ab und stieß auf einen festen Gegenstand. Sie legte sich auf den Bauch und angelte ihn hervor. Es war eine Blechkiste, die mit abgegriffenem rotem Samt bezogen war.

Sie setzte sich auf, lehnte sich mit dem Rücken an das Bett und hob den Deckel ab. In der Kiste lag ein Stapel in Leder gebundener Tagebücher. Sie sahen den Tagebüchern, die sie bei ihrer Urgroßmutter gesehen hatte, täuschend ähnlich. Lily schlug das oberste auf und blätterte durch die vergilbten Seiten. Wie vertraut ihr die ordentliche Handschrift war. Ihre Gedanken wanderten zurück in ihre Kindheit.

Sie sah sich, Natalie und ihre Urgroßmutter auf dem Sofa sitzen. Urgroßmutter las ihnen aus den Tagebüchern vor, die Viktoria Budian geschrieben hatte, übersetzte die Zeilen beim Lesen aus dem Russischen. Manchmal hielt sie inne und blätterte rasch weiter. Lilys Verdacht war, dass sie dann etwas ausließ, das nicht für ihre und Natalies Ohren bestimmt war. Sie hatte recht. Jahre später erfuhren sie und Natalie, dass ihre Urgroßmutter wesentliche Teile aus Viktorias Leben unterschlagen oder beschönigt hatte. Nach dem Tod ihrer Urgroßmutter waren die Tagebücher unauffindbar gewesen. Nun wusste Lily, wohin sie verschwunden waren. Und inzwischen hatte sie selbst auch genug Russisch gelernt, um die Einträge lesen zu können.

Sie begann mit einem vom 28. März 1917.

*Meine Eltern waren immer der Ansicht, dass jedem Menschen eine zweite Chance gebührt, aber manchmal frage ich mich, ob jeder eine solche bekommt. Natürlich möchte ich, dass Massine und Irina mir eine zweite Chance geben, ich bezweifle nur, dass sie noch genug Vertrauen zu mir haben. Ich bin sehr unglücklich. Ich habe so hart an mir gearbeitet und schon vor vielen Jahren gelernt, dass ich mich beim Tanzen von nichts und niemandem ablenken lassen darf.*

*Seit ich wieder mit Alexei zusammen bin, denke ich oft daran, wie ich in Russland war. War ich zu scheu, um richtig voranzukommen? Bin ich immer noch so? Paris ist neu für mich und bietet mir die Möglichkeit, meine Träume zu verwirklichen. Meine Hoffnung ist, dass ich in Frankreich ein neues Ich entdecke, doch vielleicht gibt es das gar nicht. Ich bin verwirrt. Hinzu kommt, dass Alexei sich verändert hat. Irgendetwas an ihm macht mir Sorgen, aber ich kann es nicht richtig benennen.*

Lily ließ das Tagebuch sinken. Sie konnte sich nicht erinnern, dass ihre Urgroßmutter diese Passage vorgelesen hatte. Sie blätterte zur nächsten Seite.

*12. Mai 1917*
*Ich wünschte, ich könnte Alexei trauen, aber sein Benehmen beweist mir, dass ich es nicht tun darf. Es ist schrecklich, mit anzusehen, wie er immer tiefer sinkt. Ich liebe ihn, er ist Teil meines Lebens, aber ich bin mir nicht sicher, ob er mir guttut. Eigentlich sollte ich gelernt haben, dass ich mich nur auf mich verlassen kann. Ich habe Angst, dass alles, wofür ich gekämpft habe, ruiniert ist, aber niemand kann die Uhr zurückdrehen, um es beim zweiten Versuch besser zu machen. Am meisten fürchte ich jedoch um meine Familie.*

An der Tür wurde geklopft, und Lily kehrte in die Gegenwart zurück.

Penny steckte ihren Kopf herein. »Wollte nur checken, ob bei dir alles in Ordnung ist.«

Lily winkte sie zu sich. »Sieh dir das an.«

Penny nahm das Tagebuch und blätterte darin. »Sieht aus wie Russisch. Kannst du das lesen?«

»Ja. Das sind die Tagebücher von Viktoria Budian.«

»Wow!« Penny reichte das Tagebuch zurück. »Müssten die nicht in einem Archiv sein?«

»Wahrscheinlich.« Lily strich über die weichen Ledereinbände. »Natalie schreibt auch Tagebuch …«

»Davon weiß ich nichts.«

»Das hat sie schon als Mädchen getan. Natalie hatte Schwierigkeiten, Freundinnen zu finden, also hat sie alles, was sie beschäftigte, ihrem Tagebuch anvertraut. Wahrscheinlich tut sie es heute noch.«

Lily stand auf und hob die Matratze an. »Wusste ich's doch.« Sie zog Natalies Tagebuch hervor.

»Willst du das lesen?« Pennys Blick rangierte irgendwo zwischen Neugier, Aufregung und Entsetzen.

»Das weiß ich noch nicht.« Lily betrachtete das hellblau eingebundene Tagebuch. »Was, wenn sie heute oder morgen zurückkommt und ich ohne jeden Grund herumgeschnüffelt habe?«

»Sie hat Proben versäumt, das ist eigentlich Grund genug.«

»Hm.«

»Aber nur du kannst entscheiden, ob du das Tagebuch lesen möchtest.«

Lily seufzte. »Solche Entscheidungen hasse ich.«

Unschlüssig drehte sie das Tagebuch in den Händen. Sie hatte die Privatsphäre ihrer Schwester bereits verletzt, indem sie unerlaubt ihr Zimmer betreten hatte, nun auch noch ihr Tagebuch zu lesen, wäre wirklich unverzeihlich.

»Ich kann es nicht.« Sie schob das Tagebuch wieder unter die Matratze. »Es wäre nicht richtig.«

Auch Viktorias Tagebuch legte sie zurück zu den anderen. Als ihre Urgroßmutter ihnen daraus vorgelesen hatte, war ihr das nie als Eingriff in Viktorias Privatsphäre vorgekommen, vielleicht weil Viktoria damals schon tot war. Aber war es deshalb richtig gewesen?

»Mir ist noch etwas eingefallen«, sagte Penny. »Vielleicht ist es nicht wichtig, aber vor ihrem Aufbruch hat Natalie von einem komischen Gefühl gesprochen, das sie bei den Proben hat.«

»Und was sollte das bedeuten?«

»Dass sie eine Gegenwart gespürt hat. Als würde ihr ein Geist folgen und ihr etwas ins Ohr flüstern.«

Paris schien eine Stadt der Geister zu sein, dachte Lily. Sie selbst fühlte sich von Geistern der Vergangenheit umgeben, Yves spürte den Geist von Viktoria Budian in einem grünen Kleid und Natalie die Nähe irgendeines Geists, der flüstern konnte. »Vielleicht war es Viktoria Budian.«

»Keine Ahnung.«

»Ob es in ihrem Tagebuch steht?« Lily streckte die Hand aus und zog sie wieder zurück. »Nein, ich werde es nicht lesen, lieber warte ich noch ein paar Tage.«

»Und was ist, wenn ihr etwas zugestoßen ist?«, fragte Penny.

Lily wurde beklommen zumute. »Glaubst du, sie könnte in Gefahr sein?«

Penny trat an die Fenster und schaute auf die abendliche Straße hinunter. »Ich wünschte, ich hätte darauf bestanden, dass sie mir sagt, wohin sie geht. Aber sie war so übellaunig und aufbrausend, dass ich mich nicht zu fragen getraut habe.«

»Ja, das Gefühl kenne ich.«

»So schlimm war es bei ihr noch nie.« Penny wandte sich um. »Was willst du denn jetzt tun?«

»Abwarten.« Lily strich die rosarote Tagesdecke auf dem Bett glatt und hoffte, dass sie nicht schon wieder die falsche Entscheidung traf.

»Ach, sei's drum.« Sie griff noch einmal unter die Matratze.

# Kapitel 11

*Paris, 1917*

Mit weit ausgreifenden Schritten kam Djagilew über den Flur. Im Vorbeigehen hieb er mit der Faust an die Türen der Übungsräume. In seinem Kielwasser bewegte sich sein Assistent Vadim, der verzweifelt versuchte, mit ihm Schritt zu halten.

Viktoria drückte sich gegen die Wand. Djagilew rauschte an ihr vorüber, die dunklen Augen stur geradeaus gerichtet. Er hatte sie nicht gesehen. Sie atmete auf.

Plötzlich blieb er stehen und wandte sich um. Viktoria wünschte, sie könnte sich unsichtbar machen.

»Budian!« Er kehrte zurück, baute sich vor ihr auf.

Viktoria stellte sich gerade hin.

Mit zusammengezogenen Brauen sah Djagilew sie an. »Sind Sie nicht Alla Iwanekas Zweitbesetzung?«

»Doch, das bin ich.«

Er nahm seinen Hut ab, strich sich das Haar zurück. »Ab sofort ist Maria in ›Parade‹ die erste Tänzerin.«

Im ersten Moment glaubte Viktoria, sich verhört zu haben. Die Premiere des Balletts würde in zwei Wochen stattfinden. »Aber was ist –«

Djagilew schnitt ihr das Wort ab. »Alla hat sich von Iwan aus dem Corps schwängern lassen. Die dumme Gans ist draußen. Maria wird die Rolle des Amerikanischen Mädchens tanzen.«

Alla war schwanger? Seit wann? War ihr deshalb neulich übel geworden? Und warum hatte sie sich Viktoria nicht anvertraut, sie waren doch Freundinnen? Viktoria stellte sich vor, wie niedergeschlagen Alla sein musste, und beschloss, sofort zu ihr zu gehen. Und wie war Djagilew auf Maria gekommen? Das konnte nur ein Versehen sein. »Warum darf ich Alla nicht ersetzen?«, fragte sie.

Djagilew verdrehte die Augen zur Decke, war ganz das Opfer begriffsstutziger und schwangerer Tänzerinnen. »Weil ich Sie für die Rolle der Zobeida in ›Scheherazade‹ vorgesehen habe.«

Viktoria verstand überhaupt nichts mehr. Sie erinnerte sich an den Eklat, als dieses Ballett vor Jahren in Paris aufgeführt worden war. Es war eine der ersten Schöpfungen der Ballets Russes gewesen. Die Choreographie stammte von Michel Fokine, dem Mann, der als Begründer des modernen Balletts angesehen wurde. Der russische Maler Léon Bakst hatte die Kostüme und das Bühnenbild entworfen und bei der Premiere, angesichts seiner wilden Farbkombinationen, die heftigsten Kontroversen ausgelöst. Blau und Purpurrot hatte er zusammenstellt, Rot und Gelb, Grün und Orange. Außerdem war die Aufführung, deren Handlung in einem Harem spielte, erotisch gewesen. Nijinsky tanzte den Goldenen Sklaven, ebenso spärlich bekleidet wie die anderen Tänzer und Tänzerinnen. Ein Skandal. Und gleichzeitig ein Riesenerfolg.

Warum um alles in der Welt wollte Djagilew dieses Ballett wiederaufführen und in ein Programm aufnehmen, das für die Saison bereits feststand? Aufführungen, Tänzer, Kostüme, Bühnenbild und Musik, alles war fest eingeplant. Und warum sollte er sich für ein Ballett entscheiden, in dem ihn so viel an Nijinsky erinnern würde?

»Warum?«, fragte Viktoria. Mehr brachte sie nicht heraus.

»Es wird eine Privatvorstellung für einen potentiellen Förderer sein. ›Scheherazade‹ ist sein Lieblingsballett. Wir werden auch nicht alles aufführen, nur die Szene der Zobeida und des Goldenen Sklaven. Den wird Pankow tanzen.«

»Alexei? Aber er ist die Zweitbesetzung des Chinesischen Zaubermeisters.«

»Na und, Massine ist nicht schwanger und übergibt sich alle fünf Minuten. Er wird die Rolle des Chinesischen Zaubermeisters tanzen. Sie und Pankow treffen sich morgen früh um neun mit Irina und gehen Fokines Choreographie durch. Sie haben eine Woche Zeit.«

»Eine Woche?«, fragte Viktoria fassungslos. Wie sollte sie in der kurzen Zeit eine der berühmtesten Rollen in der Geschichte der Ballets Russes bewältigen?

»Massine sagt, dass er Ihnen eine führende Rolle zutraut. Falls Sie anderer Ansicht sind, können Sie sich der Schlampe Iwaneka anschließen und verschwinden. Also?« Djagilew sah Viktoria drohend an.

Sie reckte ihr Kinn in die Höhe. »Natürlich kann ich die Zobeida tanzen.«

»Wegen des Kostüms wenden Sie sich an Olga.«

Beinah hätte Viktoria geknickst. Doch sie hielt sich im letzten Moment zurück und sagte nur: »Ich danke Ihnen.«

»Sehen Sie zu, dass Sie in der Rolle brillieren, mehr Dank brauche ich nicht. Vergessen Sie nicht, dass andere für so eine Chance morden würden.« Djagilew wandte sich zum Gehen. »Und sagen Sie Pankow, er soll zu mir kommen.«

»Ja.« Sie hob die Hand, um die Tür zum Probensaal zu öffnen.

»Noch etwas.« Djagilew war stehen geblieben. »Dank Iwaneka und ihrem Galan gibt es eine neue Regel. Liebschaften unter den Mitgliedern meines Balletts sind ab sofort verboten. Jeder, der trotzdem meint, herumhuren zu müssen, wird ohne Pardon gefeuert. Ich lasse mir meinen Ruf nicht von brünstigen Tänzern versauen.«

Viktoria raffte ihren Mut zusammen und fragte: »Und was ist mit denen, die bereits zusammen sind?« Sie hoffte, Djagilew wusste nichts von ihr und Alexei, schließlich gab es noch andere Tänzer, die miteinander Beziehungen eingegangen waren.

Djagilew lächelte höhnisch. »Die haben Pech gehabt. Die Ballets Russes sind eine Tanzkompanie, kein Bordell.« Und damit eilte er davon, sein Assistent hetzte hinterher.

Viktoria starrte ihm reglos nach. Innerhalb weniger Minuten hatte er ihr eine große Chance geboten und gleichzeitig zu verstehen gegeben, wie rasch er sie ihr wieder nehmen konnte. Aber wie sollte sie ab sofort auf das Zusammensein mit dem Mann, den sie liebte, verzichten? Erst recht, wenn sie nun jeden Tag von morgens bis abends eng mit ihm zusammenarbeitete.

Es war nicht gerecht. Aber seit wann war das Leben schon gerecht? Viktoria dachte an ihre Familie, die am Rand von Sankt Petersburg in einer armseligen Unterkunft hauste. Zwar hatte die provisorische Regierung Reformen versprochen, doch dabei war es geblieben; die Menschen litten nun größere Not als unter der Herrschaft des Zaren. Sie brauchte dringend Erfolg, um ihrer Familie helfen zu können, und nun war er in greifbare Nähe gerückt. Auch Jana, die inzwischen fest bei ihr wohnte, war auf sie angewiesen. Sie konnte das Mädchen nicht fortschicken, das hätte Dina ihr nie verziehen.

Sie schaute zu Boden. Ihr Blick fiel auf ihre Ballettschuhe mit den eingetrockneten Blutflecken und die vom Spitzentanz verformten Füße. Sie sahen wie die einer Achtzigjährigen aus. Das gehörte zu dem Preis, den man für die Hoffnung auf Erfolg zahlte, für den Wunsch, in seinem Fach Größe zu erlangen.

Die Tür des Probensaals flog auf. Eine Gruppe Tänzer kam heraus, als Letzter Alexei, der den Kopf gesenkt hielt, als dächte er über etwas nach. Viktoria tippte ihn an.

Alexei hob den Blick und sah sie gereizt an. »Warum bist du nicht zur Probe zurückgekehrt? Irina ist stinksauer.«

»Djagilew hat mich aufgehalten.« Viktoria schaute nach allen Seiten. »Wir müssen reden«, fügte sie flüsternd hinzu.

Alexei trat dichter an sie heran. Auf seinem Gesicht breitete sich ein wissendes Lächeln aus. Am liebsten hätte Viktoria die Arme um ihn geschlungen und sich an ihn geschmiegt.

»Sollen wir in deine Wohnung gehen – und reden?«, fragte er.

Viktoria trat einen Schritt zurück. »Heute nicht.«

»Warum nicht? Die Probe ist beendet.« Alexei runzelte die Stirn. »Hast du Angst, dass uns jemand sieht? Wir sind nicht mehr im Kaiserlichen Ballett.«

»Es hat sich etwas geändert. Außerdem ist Jana in meiner Wohnung.«

Alexei schnaubte. »So viel zu deinem Plan, dass sie nur für eine Nacht bleibt.«

»Jana braucht mich.«

»Natürlich braucht sie dich«, sagte Alexei resigniert. »Aber sie ist ein undankbares kleines –«

»Sie ist nur durcheinander«, unterbrach Viktoria ihn. »Wahrscheinlich verstehst du nicht, weshalb ich mich um sie kümmere – mich um sie kümmern muss.«

Alexei zuckte mit den Schultern. »Du hast ein zu gutes Herz. Eines Tages wirst du deine Gutmütigkeit teuer bezahlen.«

»Vielleicht, aber wenn ich nicht auf mein Herz höre, bleibe ich mir nicht treu.« Viktoria schaute sich noch einmal um. Es war niemand zu sehen. Sie nahm Alexeis Hand und beugte sich zu ihm vor. »Mein Herz sagt mir ja auch, dass ich dich liebe.«

Seine Gesichtszüge wurden weich. Er schenkte ihr das zärtliche Lächeln, das sie liebte und das nur ihr galt. »Ich liebe dich auch.«

Aus einem der Übungsräume kamen Tänzer. Viktoria ließ Alexei hastig los.

Er massierte seine Schläfen.

»Hast du wieder Kopfschmerzen?«

Alexei nickte.

»Wird dir manchmal auch schwindlig?«, fragte Viktoria besorgt und sagte sich, dass die Kopfschmerzen tiefere Ursachen haben mussten, sonst würden sie nicht immer wiederkehren.

»Ja, manchmal.« Alexei strich sich erneut über die Stirn. »Ich bin einfach ausgepumpt. Wie wir alle. Der eine reagiert darauf, indem er müde wird, der andere, indem er Kopfschmerzen kriegt.«

»Warum gehst du nicht zum Arzt?«

»Oder wir spielen Krankenschwester und Patient.« Alexei zwinkerte Viktoria zu.

»Nicht so laut«, zischte sie. »Ich mache mir Sorgen um dich und möchte, dass du dich untersuchen lässt.«

»Ja, schon gut, ich gehe zum Arzt.«

Viktoria glaubte ihm kein Wort und beschloss, ihn höchstpersönlich zu einem Arzt zu schleifen, wenn es sein musste.

»Djagilew möchte dich sehen, und ich muss zu Olga. Wir treffen uns im Sully.«

»Weißt du, was er von mir will?«

»Geh zu ihm«, sagte Viktoria. »Wir reden später weiter.«

»Warum so geheimnisvoll?«, antwortete Alexei verdrießlich, wandte sich ab und ging den Flur hinunter. An der Tür zu Djagilews Büro blieb er noch einmal stehen und sah Viktoria an, als wäre sie eine Fremde.

Viktoria machte sich auf den Weg zu Olga, der Frau, die für die Ballets Russes einen Teil der Kostüme nähte und flickte. Wie eine Glucke sorgte sie für die jungen Tänzerinnen der Kompanie. Und auch wenn ihr Ton mitunter rau war, war ihr Herz so groß, dass darin für alle ihre Küken Platz war. Viktoria betrat das Nähzimmer. Für einen Moment schloss sie die Augen und sah das riesengroße Nähzimmer des Kaiserlichen Balletts in Sankt Petersburg wieder vor sich. Bis vor wenigen Jahren hatte Olga dort noch gearbeitet und Viktoria behandelt, als wäre sie ihr eigenes Kind.

Olga hatte das Kostüm für die Rolle der Zobeida schon herausgesucht. Viktoria zog es an. Es war zu kurz. Olga grummelte, dass sie nun den Saum auslassen müsse, und nahm an Viktoria Maß.

Vorwurfsvoll zupfte sie am Bund der Haremshose und sagte: »Du hast abgenommen.«

»Die letzten Monate waren nicht ganz einfach«, antwortete Viktoria und betrachtete ihre alte Freundin liebevoll. »Ich bin froh, dass wir wieder zusammen sind. In Russland hast du mir gefehlt.«

Olga schnaubte. »Sei nicht so gefühlsduselig. Und zieh das Kostüm wieder aus.«

Viktoria drückte ihr einen Kuss auf die Wange.

Olga lächelte. Dann wurde sie wieder ernst und deutete auf die bunten Kreise aus Gelatine auf dem Gürtel der Haremshose. »Sieht schön aus, ist aber furchtbar unpraktisch. Wenn du zu sehr schwitzt oder die Scheinwerfer der Bühne zu stark sind, werden die Ränder weich und verziehen sich. Ich hoffe, jemand denkt sich bald etwas Vernünftigeres aus.«

»Warum tust du es nicht?«

»So etwas kann ich nicht.« Olga nahm Viktoria die Haremshose ab. »Schau dir den schönen Stoff an. Das ist Kunstseide. Die Hose kostet mehr, als wir in einer Woche verdienen.«

Viktoria strich über den Stoff. »Sie hat einen wundervollen Schimmer.«

»Alles bei uns ist wundervoll und teuer«, sagte Olga und zog missbilligend die Brauen zusammen. »Für manche Dinge gibt Djagilew einfach zu viel Geld aus. Kein Wunder, dass er Leuten nachjagt, die ihm seine Vorhaben finanzieren sollen.«

»Weißt du, für welchen geheimnisvollen Menschen die Privatvorstellung von ›Scheherazade‹ sein soll?«

Olga legte die Haremshose über ihre Nähmaschine. »Der ist nicht geheimnisvoll.«

»Wer ist es?«

Olga kicherte. »Das wüsstest du wohl gern.«

»Sag es, Olga!«

»Eric Cheverin. Ein Baron. Ihm gehören mehrere französische Weingüter, auch in Osteuropa hat er Besitzungen.«

»Und was will er von uns? Möchte er die Ballets Russes kaufen?«

Olga lachte schallend. »Als ob Djagilew jemals verkaufen würde. Nein, der Baron schätzt Djagilews künstlerische Visionen, und Djagilew schätzt das Vermögen des Barons. Wenn er das anzapfen kann, brauchen wir uns in den nächsten Jahren keine Sorgen mehr zu machen.«

»Djagilew ist ein Genie«, sagte Viktoria und meinte es auch so. Es war eine Leistung, in diesen Kriegsjahren ein Ballett am Leben zu halten. »Aber Alla und Iwan werden mir fehlen.«

»Mir auch«, antwortete Olga bekümmert. »Ich hatte keine Ahnung, dass die beiden ein Verhältnis hatten.« Sie seufzte. »Aber nun wissen es alle.« Sie nahm die Haremshose und begann den Saum aufzutrennen. »Djagilew ist kein Mann, der etwas verzeiht.«

»Er hat Waslaw verziehen?«

Olga zog die Brauen hoch. »Meinst du Nijinskys Auftritte in New York im vergangenen Jahr?«

»Ja. Djagilew hat alles darangesetzt, Waslaw aus dem Gefängnis in Ungarn herauszuholen und nach New York reisen zu lassen. Das hätte er nicht getan, wenn er ihm nicht verziehen hätte.«

»Ich habe gehört, dass er als Kriegsgefangener ausgetauscht wurde.«

»Wie kommst du denn darauf?«, fragte Viktoria. »Waslaw ist Russe wie du und ich. Er gilt bei den Amerikanern nicht als Feind. Und im Krieg war er auch nicht.«

»Ich wollte dir nur klarmachen – ach, vergiss es. Der Krieg mit seinem ganzen Hin und Her macht uns alle noch ganz wirr.« Olga zupfte Fäden aus dem Hosensaum. »Aber mit seinen Geldforderungen hat Waslaw sich wieder alles verdorben. Er hätte nicht auf seine Frau hören sollen.«

»Das Geld hat Djagilew ihm geschuldet«, entgegnete Viktoria.

Aber Olga hörte ihr nicht zu. »Diese Frau hat ihm nichts als Ärger eingebracht. Wenn sie sich nicht eingemischt hätte, würde Djagilew Waslaw immer noch fördern. Und Waslaw wäre wieder in den Ballets Russes.«

Das hatte Viktoria sich bereits zahllose Male vorgestellt. Manchmal wusste sie kaum noch, wo ihre Hoffnung endete und die Realität begann. Mitunter war ihr sogar, als wäre ihr ehemaliger Mentor und Freund schon da und würde sie wie früher auffordern, höher zu springen und ihre Pirouetten schneller zu drehen. Ein tiefer Seufzer entrang sich ihrer Brust.

»Er fehlt mir so sehr.«

»Er fehlt uns allen«, sagte Olga. »Was hältst du übrigens von Djagilews neuer Regel?« Sie warf Viktoria einen listigen Seitenblick zu.

Viktoria versteifte sich. »Was für eine Regel?«

»Herrgott, Viktoria, stell dich nicht dumm. Du weißt genau, wovon ich rede. Eine lächerliche Regel, wenn du mich fragst. Einige der besten Aufführungen der Ballets Russes verdanken wir Tänzern, die Liebespaare waren.« Olga strich die Säume glatt. »Komm morgen wieder zur Anprobe.«

Viktoria griff nach ihrer Tasche. »Danke, Olga.«

Olgas Hand schnellte vor und packte Viktorias Handgelenk. »Gib acht, dass Djagilew dich und Alexei nicht erwischt.«

»Wobei?« Viktoria befreite ihren Arm und rieb ihr Handgelenk. »Alexei und ich tanzen zusammen, weiter nichts.«

Olga lachte. »Was für eine schlechte Lügnerin du bist. Wenn du besser werden willst, rate ich dir, noch ein bisschen zu üben.«

»Ich habe nicht gelogen«, sagte Viktoria steif.

»Schätzchen.« Olga stand auf und tätschelte Viktorias Wange. »Etliche hier kennen eure Geschichte.«

»Was für –«

»Eure Beziehung war schon im Mariinski kein Geheimnis, man hat ja fast das Knistern in der Luft gespürt, wenn ihr in einem Raum wart.« Olga sah Viktoria warnend an. »Überleg dir, wer von deinen Kollegen und Kolleginnen dir übel wollen könnte, und behalte sie im Auge. Es gibt Menschen, die so tun, als wären sie deine Freunde, aber manchmal sind sie auch deine Konkurrenten und können sich im Handumdrehen gegen dich wenden. Am besten traust du niemandem – außer mir natürlich. Tanzkompanien sind Schlangennester.«

Viktoria spürte, wie ihr das Herz in der Brust gefror. Sie fragte sich, wer von den Tänzern sie bei Djagilew denunzieren könnte. Etwa jemand von denen, die abends, wenn sie alle zusammen ausgegangen waren, gesehen hatten, wie vertraut sie und Alexei waren? Ihr fiel niemand ein. Trotzdem würde sie wachsam sein. Sie konnte es sich nicht leisten, von Djagilew gefeuert zu werden. Daher würde ihr wohl nichts anderes übrigbleiben, als auf den Mann, den sie mit ganzer Seele liebte, zu verzichten und zu hoffen, dass Djagilews Regel von ebenso kurzer Dauer sein würde, wie es seine Liebschaften waren.

## Kapitel 12

*Paris, 1917*

An ihrer Wohnungstür blieb Viktoria stehen und ließ den Tag noch einmal Revue passieren. Am Morgen war sie noch die Zweitbesetzung für Alla gewesen und Alla Teil der Ballets Russes. Und am Nachmittag hatte Djagilew ihr eine der schönsten und gleichzeitig umstrittensten Rollen eines seiner Ballette angeboten, womit sie nicht einmal im Traum gerechnet hätte. Auch dass sie die Zobeida für einen steinreichen Adeligen tanzen würde, hätte sie nie gedacht. Wie launisch und unberechenbar das Schicksal war.

Viktoria öffnete die Tür. Für eine Weile würde sie ihre Wohnung noch für sich haben, Jana hatte sich angewöhnt, vom Nachmittag bis zum Abend durch die Stadt zu stromern. Wo das Mädchen in der Zeit war und was es machte, wusste Viktoria nicht. Sie fragte auch nicht danach. Zum Abendessen war Jana immer zurück.

An diesem Abend jedoch kauerte sie in einer Ecke der Wohnung und schluchzte herzzerreißend.

Viktoria hockte sich zu ihr und strich ihr über den Kopf. »Jana, was hast du?«

Das Mädchen vergrub das Gesicht in ihren Händen. »Ich wünschte, meine Eltern und meine Schwester wären noch bei mir.«

Viktoria setzte sich zu ihr. »Mein armer Schatz«, sagte sie liebevoll. »Ich weiß, wie sich dein Kummer anfühlt.« Jana kuschelte sich an sie. Viktoria legte einen Arm um sie. »Möchtest du mir von ihnen erzählen?«

Jana schüttelte den Kopf.

Viktoria drückte sie an sich und flüsterte: »Ich bin immer für dich da.« Wie klein ihre Probleme im Vergleich zu Janas Leid waren. Wie so viele andere Kinder auch hatte sie alles, was ihr lieb und vertraut gewesen war, verloren.

Jana legte ihren Kopf an Viktorias Brust und durchnässte ihre Bluse mit ihren Tränen. Viktoria streichelte sie und blieb für lange Zeit still bei ihr sitzen. Sie sah zu, wie die untergehende Sonne den Himmel vor dem Fenster blutrot färbte, wie die Farbe zu Rosenrot verblasste und aus dem Rosenrot langsam Grau wurde. Die Straßenlaternen gingen an. Sie würde zu dem Treffen mit Alexei zu spät kommen, doch das war nicht zu ändern. Sie konnte Jana noch nicht alleinlassen. Sie hatte zwar aufgehört zu weinen, doch durch den zarten Mädchenkörper liefen noch immer kleine Beben.

Schließlich richtete Jana sich auf, wischte über ihr Gesicht und holte tief Luft. »Meine Eltern und meine Schwester wurden erschossen, als wir aus der Schweiz kamen. Es geschah kurz hinter der französischen Grenze.«

»Mein Gott«, flüsterte Viktoria. Durch welche Hölle war dieses Kind gegangen? »Wer hat geschossen?«

Jana zuckte mit den Schultern. »Franzosen, vielleicht auch Schweizer – Männer, die französisch gesprochen haben. Sie haben uns ausgeraubt und dann geschossen.« In Janas Augen glänzten wieder Tränen.

Viktoria drückte sie fest an sich. Sie dachte an Dina. Zwar glaubte sie nicht an Schicksal, trotzdem war ihr, als hätte irgendeine Macht entschieden, dass sich ihre und Janas Wege kreuzen sollten. Vielleicht war es für sie beide eine zweite Chance, noch einmal jemanden zu finden, den man einfach nur liebhatte.

Alexei schlug mit der Faust gegen die Wand, so fest, dass Viktoria zusammenzuckte.

»Djagilew muss den Verstand verloren haben«, sagte er mit wutverzerrtem Gesicht. »Wir üben und proben von morgens bis abends, wann sollen wir denn noch Zeit haben, jemanden außerhalb des Balletts kennenzulernen? Wir sind jung und gesund, erwartet er, dass wir keusch leben?«

»Alexei, beruhige dich –«

Aber er war noch nicht fertig. »Wenn er jeden von uns feuert, der mit einem anderen aus dem Ensemble ein Verhältnis hatte, bleiben ihm vielleicht noch fünf Tänzer.«

»Du tust, als wären wir alle zügellos. Natürlich ist seine Vorschrift übertrieben, doch in der nächsten Zeit müssen wir uns zurückhalten. Ich bin sicher, dass er seine Meinung bald wieder ändert.« Viktoria stand auf und legte die Arme um Alexei. Sein angespannter Körper gab ein wenig nach, aber sie spürte, dass er noch immer außer sich war. »Wir werden eine Zeitlang Abstand halten. Unserer Karriere zuliebe.«

»Abstand?«, fragte Alexei aufgebracht. »Wir werden täglich zwölf Stunden lang zusammen proben. Ich werde dich in meinen Armen halten, werde dich tragen, dir in die Augen sehen – und dann soll ich dich nicht begehren?« Er drückte Viktoria an sich und küsste sie hart.

Viktoria versuchte, sich zu befreien. »Hör auf, Alexei.«

»Ich will nicht aufhören.« Er küsste ihren Hals, raunte Liebesworte.

Viktoria schloss die Augen. »Aber nur noch dieses eine Mal.«

Alexei strich ihr die Haare zurück. Sein Mund wanderte tiefer.

»Alexei …«

Liebe und Lust durchfluteten Viktoria. Sie vergrub die Hände in seinen Haaren. Ob Djagilew seine Meinung wirklich ändern würde, konnte niemand vorhersagen. Er war unberechenbar.

Alexei schob sie zu seinem Bett. Noch einmal durchzuckte Viktoria die Angst, Djagilew könnte auf irgendeine Weise von ihr und Alexei erfahren. Dann ließ sie sich auf das Bett sinken und umschlang den Mann, der ihr alles bedeutete.

»Höher, Alexei!« Irinas Stimme schallte durch den Raum. »Viktoria ist kein Elefant, und du bist kein mickriger Schwächling. Benutz deine Muskeln.«

»Viktoria ist aber auch keine Feder«, rief Alexei und setzte Viktoria abrupt auf dem Boden ab. »Und sie springt nicht in die Hebung.«

Viktoria musste Alexei nicht ansehen, um zu wissen, wie verärgert er war. Mit ihren Sprüngen hatte das nichts zu tun, sondern vielmehr mit ihrer Entscheidung, ihre Beziehung eine Zeitlang auf Eis zu legen. Alexei hatte sie wahrscheinlich nicht ernst genommen, doch nachdem sie am vergangenen Abend miteinander geschlafen hatten, war sie noch einmal darauf zurückgekommen. Sie hatten sich gestritten und waren voller Groll auseinandergegangen. Und nun sollten sie zusammen ihre neuen Rollen als Liebespaar einüben.

»Hilf ihm, Viktoria«, sagte Irina.

»Ich tue bereits mein Bestes«, erwiderte sie und war kurz davor, mit dem Fuß aufzustampfen.

»Dein Bestes ist nicht gut genug. Alexei, bitte gib dir mehr Mühe.«

Irina nahm einen Schluck aus ihrem Wasserbecher und rieb sich die Schläfen. »Ihr habt nur eine verdammte Woche, um die Rollen perfekt zu tanzen.«

Viktoria warf Alexei einen vorsichtigen Blick zu. Er drehte den Kopf fort. Sie verstand seine Enttäuschung, sie selbst war auch alles andere als glücklich, doch im Moment mussten sie sich auf »Scheherazade« konzentrieren und für die Chance dankbar sein, die Djagilew ihnen gegeben hatte. Warum konnte Alexei das nicht einsehen?

»Bitte noch einmal und diesmal richtig.« Irina sah sie warnend an. »Noch mehr Gehampel ertrage ich nicht.«

Viktoria nahm ihre Position wieder ein und hoffte, Alexei würde sich zusammenreißen.

Irina setzte ihre Brille ab und deutete damit auf Viktoria und Alexei. »Ihr wart nicht Djagilews erste Wahl. Massine und ich haben uns für euch eingesetzt, und das möchte ich nicht bereuen müssen. Also bitte.«

Alexei fing Viktorias Blick auf und nickte knapp. Diese Geste kannte sie. Es war sein Zeichen, dass er sich konzentrieren würde. Sie schenkte ihm ein Lächeln und atmete auf.

Sie wiederholten den Teil, der Irina missfallen hatte, fehlerlos. Dann spannte Viktoria ihre Beinmuskeln an und sprang in Alexeis Arme. Er fing sie auf, als wöge sie nichts. Sie streckte ihren Körper, und Alexei stemmte sie hoch über seinen Kopf.

»Sehr gut«, rief Irina. »Fast perfekt.«

Viktoria spürte, dass Alexeis Arme vor Anstrengung und Erschöpfung kaum merklich zu zittern begannen. Er setzte sie ab. Mit einem Bein hob sie sich auf die Zehenspitzen, das andere streckte sie nach hinten aus. Alexei hob ihren Arm zur Arabesque. Zum Abschluss führte Viktoria eine Pirouette aus und merkte, wie ihre Zehen nach den langen Probestunden schmerzten. Alexei legte eine Hand auf ihren Rücken und bog sie nach hinten. Viktoria ließ ihre Füße über den Boden gleiten. Sie blieben in dieser Pose, schauten einander in die Augen und hörten, wie Irina begeistert Beifall klatschte.

»Ich entschuldige mich«, flüsterte Alexei.

»Ich mich auch.« Glücklich schloss Viktoria die Augen. Ihre Angst, Alexei würde ihr noch immer grollen, löste sich auf.

Die Kutsche, die der Baron zum Bahnhof geschickt hatte, durchquerte Fontainebleau und folgte einer schmalen Landstraße. Dann bog sie ab und hielt vor einem gewaltigen Eisentor, das mit schmiedeeisernem Laub verziert war, in dem Engelgestalten mit gehörnten Ungeheuern rangen. Dahinter erkannte man in einiger Entfernung die gelben Sandsteinmauern eines Herrenhauses. Zwei Männer in marineblauer Livree erschienen wie aus dem Nichts und öffneten das Tor. Die Kutsche folgte einer langen kiesbestreuten Pappelallee.

Viktoria und Alexei saßen Djagilew gegenüber. Auf der Zugfahrt von Paris nach Fontainebleau hatte keiner von ihnen viel gesprochen. Seit Tagen gingen Viktoria und Alexei nach den Proben getrennte Wege, so dass Viktoria sich abends manchmal fragte, ob ihre Liebesbeziehung überhaupt noch existierte. Djagilew wiederum schien eine Laus über die Leber gekrochen zu sein. Er schaute grimmig vor sich hin und nestelte an dem Hut auf seinen Knien.

Sie erreichten ein großes Rondell, hinter dem sich das Herrenhaus, fast schon ein Schloss, in seiner ganzen Pracht erhob. Wie Viktoria erfahren hatte, kam die Familie der Cheverins aus Rumänien und betrachtete das Anwesen südlich von Paris lediglich als Landsitz. Viktoria fiel es schwer, diesen stillen Fleck außerhalb von Paris mit dem Kriegsgeschehen und der allgemeinen Not in Europa in Einklang zu bringen.

»Unglaublich«, murmelte sie.

Djagilew räusperte sich. »Cheverin ist zwar adelig und reich, aber gleichzeitig einer der anständigsten Menschen, die ich kenne.« Er runzelte die Stirn. »Zumindest macht er den Eindruck.«

»Aber warum konnten wir uns mit ihm nicht in Paris treffen?«, fragte Alexei säuerlich. »Warum müssen wir bei ihm tanzen, statt im Châtelet?«

»Weil er den Ballets Russes möglicherweise Geld geben wird. Wenn er uns zu springen befiehlt, springen wir.« Djagilew seufzte. »Von diesem Besuch hängt einiges ab.«

Aber Alexei konnte es nicht auf sich beruhen lassen. »Warum wollte er ausgerechnet uns? Warum nicht das führende Paar aus ›Parade‹? Massine hätte bestimmt gern für ihn getanzt.«

Viktoria wand sich innerlich. Warum redete er so viel? Es war auch ganz überflüssig, schließlich standen sie schon vor der Tür des Barons.

Djagilew zog die Brauen zusammen. »Und warum kannst du nicht einfach den Mund halten und tun, was ich sage?«

Alexei zuckte mit den Schultern. Viktoria betete, dass er nun Ruhe gab.

»Der Baron denkt daran, uns langfristig zu fördern, deshalb interessiert er sich für meine neuen Leute. Die Solotänzer hat er bereits gesehen. Ich möchte ihm beweisen, dass unser Nachwuchs besser ist als der anderer Kompanien. Macht mir keine Schande.«

»Ja, schon gut«, brummte Alexei.

Viktoria spürte, dass ihre Hände vor Nervosität feucht wurden.

»Ich will stolz auf euch sein«, ergänzte Djagilew so barsch, dass es mehr nach einer Drohung als nach einer Ermunterung klang.

Vor dem Herrenhaus hielt die Kutsche an. Sie stiegen aus. Auch das schwere Portal des Eingangs war verziert, diesmal mit Schnitzereien, die einen Teich mit Seerosen darstellten. Es öffnete sich, und ein Butler in schwarz-weißer Livree erschien auf der Schwelle.

»Willkommen in Fontainebleau«, sagte er. »Die Tänzer folgen bitte mir. Monsieur Djagilew, Sie warten freundlicherweise im Salon. Das ist die erste Tür zu Ihrer Linken. Baron Cheverin wird in Kürze bei Ihnen sein.«

Der Kutscher trug ihre Taschen mit den Kostümen und der Schminke ins Haus. Viktoria folgte ihm und betrat die große Eingangshalle, bei deren Anblick es ihr den Atem verschlug. Auf dem Fußboden glänzte dunkler Marmor, und eine weiße Marmortreppe schwang sich in die Höhe, das Geländer aus schwerer Bronze. Auf dem ersten Treppenabsatz erkannte man in der Mitte ein Rundbogenfenster aus buntem Bleiglas. Das einfallende Licht malte zarte rote, grüne, gelbe und blaue Tupfer auf den weißen Marmor. Auf einer schweren Kommode aus dunklem Holz stand in einer Kristallvase ein üppiges Blumengesteck, von dem ein leichter Fliederduft ausging.

Alexei sah Viktoria mit hochgezogenen Brauen an. Ihre Nervosität steigerte sich. Sie folgten dem Butler zum rückwärtigen Teil des Hauses. Hinter ihnen lief ein Dienstbote und trug ihr Gepäck.

»So etwas habe ich noch nie gesehen«, wisperte sie Alexei zu. »Es heißt, dass der Baron unverheiratet ist und hier allein wohnt, nur von seiner Dienerschaft umgeben.«

Bevor Alexei antworten konnte, blieb der Butler stehen und zeigte ihnen die Zimmer, in denen sie sich umkleiden konnten. »Sollten Sie noch etwas benötigen, läuten Sie bitte. Baron Cheverin erwartet Sie in einer halben Stunde im Ballsaal. Diesen finden Sie hinter der Doppeltür mit dem Wappen der Familie.« Er deutete eine Verneigung an und machte kehrt. Der Dienstbote stellte das Gepäck ab und war gleich darauf ebenfalls verschwunden.

Alexei griff nach Viktorias Hand, führte sie an seine Lippen und sah sie von unten herauf an.

Für einen Moment schloss sie die Augen. »Bitte nicht, Alexei.«

»Du fehlst mir.«

Viktoria zog ihre Hand zurück. »Lass uns später noch einmal reden.«

»Worüber?«, fragte er und war wieder verstimmt. »Du hast mir deinen Wunsch klar und deutlich vermittelt.«

»Es ist nicht mein Wunsch, sondern Djagilews Befehl.« Viktoria bedeckte ihr Gesicht mit den Händen. »Warum machst du es mir so schwer?«

»Entschuldige, Viktoria.« Alexei seufzte. »Wir müssen uns sowieso fertig machen. Djagilew erschießt uns, wenn wir den Baron warten lassen.« Mit einem schiefen Grinsen öffnete er die Tür zu einem der Zimmer.

»Vielleicht finden wir ja noch eine Lösung«, sagte Viktoria leise.

Alexei wandte sich zu ihr um. Auf seinen Lippen deutete sich ein siegesgewisses Lächeln an. »Die finden wir bestimmt.«

Vor dem Ballsaal atmete Viktoria tief durch und zwang sich zur Ruhe. Sie schaute noch einmal an sich hinunter, zupfte am Bund der pludrigen Haremshose, prüfte den Sitz ihres Kopfschmucks. Es war ein phantastisches Kostüm, doch seit sieben Jahren hatte es niemand mehr getragen, so dass es an manchen Stellen steif und an anderen durchscheinend geworden war. Auch der schwere Perlenbesatz des Oberteils und die Gelatine-Kreise auf dem Gürtel waren ihr ungewohnt und würden ihre Bewegungsfreiheit einschränken. Doch all das war nebensächlich, sie musste sich darauf konzentrieren, einen potentiellen Förderer zu beeindrucken.

Sie strich über das rote Tuch, das sie in den Bund der Hose gesteckt hatte. Es floss an ihr hinab und sah aus, als gehörte es zu dem farbenprächtigen Kostüm der Zobeida, der Lieblingsfrau des Sultans.

Wenn nur Alexei bald erschiene. Ein ums andere Mal schaute Viktoria über den langen Korridor, doch er ließ sich nicht blicken.

*Los, Alexei, mach schon.*

Djagilew öffnete eine Türhälfte des Ballsaals einen Spaltbreit und blockierte die Lücke mit seiner schweren Gestalt.

»Seid ihr so weit?«, fragte er beinah väterlich.

»Ja.«

»Wo ist Pankow?« Nun klang er schroff wie immer.

»Er wird jeden Moment hier sein. Oder soll ich ihn suchen? Vielleicht hat er sich in dem großen Haus verlaufen.«

»Nein, ich möchte nicht, dass Sie sich auch noch verlaufen.« Djagilews Gesichtsfarbe vertiefte sich. »Verdammte Tänzer, nie ist auf sie Verlass.« Er warf einen raschen Blick in den Ballsaal. »Wenn er in einer Minute nicht hier ist, tanzen Sie solo.«

»Aber –«

Leichte, eilige Schritte näherten sich. Alexei. Viktoria starrte ihn an. Er sah umwerfend aus. In Paris hatten sie ihre Rollen nur in Übungskleidung geprobt, doch nun konnte sie ihren Blick kaum von ihm wenden. Er war noch dabei, seinen Kopfschmuck zu richten, ein golden glänzendes Tuch mit einem großen glitzernden Glasstein in der Mitte der Stirn. Bis auf eine große Perlenkette, die auf seine Brust fiel, war sein Oberkörper frei und zeigte seine feste Muskulatur. Von seinen Hüften fiel eine prächtige goldfarbene Pluderhose hinab.

Viktoria wollte über seine Haut streichen, ihn küssen, sich an ihn pressen und …

»Warum kommst du zu spät?«, fuhr Djagilew Alexei an.

Er zuckte mit den Schultern. »Jetzt bin ich ja da, oder?«

»Wenn ich es euch sage, kommt ihr rein.« Djagilew kehrte in den Ballsaal zurück und schloss die Tür. Durch die dicken Wände und die schwere Eichentür war von innen kein Laut zu vernehmen.

Viktoria starrte Alexei noch immer an und schluckte. »Du siehst –« Ihr fehlten die Worte.

»– unwiderstehlich aus?«, schlug Alexei lächelnd vor. Er schaute in ihre Augen und wurde ernst. »Was hast du?«

»Ich hasse diese neue Regel.«

Alexei nahm ihre Hand und drückte rasch einen Kuss darauf.

Djagilew war grausam, dachte Viktoria. Sie musste ihn überreden, seine Meinung zu ändern. Doch vorher musste sie die Gunst des Barons Cheverin gewinnen. Wenn er sich nach ihrem Auftritt bereiterklärte, die Ballets Russes zu unterstützen, würde Djagilew ihr jeden Wunsch erfüllen.

Alexei studierte ihre Miene. »Schau nicht so niedergeschlagen.«

Viktoria rang sich ein Lächeln ab.

Wieder öffnete sich die Tür, und Djagilew nickte ihnen zu.

Mit einem strahlenden Lächeln und geschmeidig wie ein Tiger schritt Alexei bis zur Mitte des Ballsaals. Mit einer großartigen Armbewegung deutete er auf Viktoria, die mit kleinen anmutigen Schritten zu ihm lief und an seiner Seite Aufstellung nahm.

An der Stirnwand des Saals saß auf einem dunkelroten Samtsessel ein Mann, der, wie Viktoria schätzte, nicht viel älter war als sie selbst. Sein dunkles Haar war glatt nach hinten gekämmt, sein Teint leicht gebräunt, und die Augen waren von einem warmen Braun. Er stand auf und kam zu ihnen. Aus der Nähe erkannte Viktoria die

Falten in seinen Augenwinkeln. Offenbar war er doch älter als gedacht.

»Eric Cheverin«, sagte er mit einem gewinnenden Lächeln. »Ich danke Ihnen, dass Sie die Fahrt hierher auf sich genommen haben.«

Viktoria wusste nicht, wo sie hinschauen sollte. Befangen senkte sie den Blick und deutete einen Knicks an. Aus irgendeinem Grund hatte sie sich den Baron wie Djagilew vorgestellt – korpulent, kurz angebunden und einschüchternd.

»Ich lege keinen Wert auf Förmlichkeiten«, sagte Cheverin freundlich. »Monsieur Djagilew hat Ihnen sicherlich gesagt, wie sehr ich mich auf Ihre Vorführung freue. Die Musik beginnt in wenigen Minuten.« Er kehrte zu seinem Sessel zurück und gab dem Dienstboten, der an einem Grammophon stand, ein Zeichen.

Ein wenig mutiger geworden, begann Viktoria sich in dem großen Ballsaal umzusehen. Alles war wie geschaffen für ein Ballett – der glänzende Parkettboden, die Spiegel an den Wänden, die breiten Streifen Blattgold, die die Türen des Saals einfassten, und das himmelblaue Deckengewölbe, auf dem sich zwischen weißen Schäfchenwolken dicke kleine Putten tummelten.

Viktoria atmete tief ein und aus und wartete auf die Musik von Rimsky-Korsakow, die sie liebte.

Schon bei den ersten Klängen verflog ihre Nervosität. Sie begann sich zu wiegen und schwor sich, mit der Präzision und Hingabe zu tanzen, die diesem Ballett gebührte, das Michel Fokine mit so viel Liebe und Ideenreichtum geschaffen hatte. Sie schloss die Augen, stellte sich vor, dass sie die Lieblingsfrau eines Sultans war, in einem Harem lebte und in leidenschaftlicher Liebe zu dem betörend schönen Goldenen Sklaven entbrannt war. Voller Verlangen betrachtete sie Alexei, der verführerisch über ihren Arm strich und ihr in die Augen sah. Sie hob sich auf die Zehenspitzen, bog die Arme über ihrem Kopf und ließ sich von Alexei umarmen. Sie begannen ihr Pas de deux. Viktorias Herz strömte über vor Liebe, ihr Pulsschlag beschleunigte sich.

Zu tanzen, das war ihr Leben, ihre Erfüllung.

Nichts und niemand durften sich dem in den Weg stellen.

Niemals.

Sie spürte Alexeis Hand in ihrer, drehte zwei Pirouetten und fühlte sich federleicht. Als sie zu ihrem Sprung ansetzen musste, sprang sie so hoch wie möglich. Alexei stemmte sie über seinen Kopf und drehte sich langsam. Viktoria fing den Blick des Barons auf, und für einen Moment verlor sie ihre Konzentration. Ihr Körper wurde zu weich, und Alexei schwankte kaum merklich. Sofort spannte Viktoria sich wieder an. Alexei stellte sie sanft und fehlerlos ab. Es war vorüber. Alexei verneigte sich, Viktoria knickste tief. Ihr Gastgeber applaudierte verzückt.

»Unglaublich.« Mit glänzenden Augen trat er zu ihnen und wandte sich zu Djagilew um. »Wenn das Ihre Nachwuchstänzer sind, werden sie unvergesslich sein, wenn ihr Können auf dem Höhepunkt ist.«

Viktorias Herz machte einen freudigen Satz. Sie warf Alexei einen Seitenblick zu, doch er wirkte verdrossen. Und er hatte recht, sie hätte sich nicht ablenken lassen dürfen, hätte der Anziehungskraft eines braunen Augenpaars widerstehen müssen.

Auch Djagilew sah sie mit gerunzelter Stirn an, bevor er sich dem Baron zuwandte und ein triumphierendes Lächeln aufsetzte. »Habe ich Ihnen zu viel versprochen?«

»Nein.« Cheverins Blick ruhte auf Viktoria. »Aber Sie haben mir nicht gesagt, wie schön Ihre Nachwuchstänzer sind.«

Viktoria spürte die glühende Hitze, die über ihren Hals kroch und sich auf ihrem Gesicht ausbreitete. Das Kompliment war ihr peinlich. Doch irgendwie gefiel es ihr auch.

Alexei fasste ihren Arm und drückte fest zu. Viktoria befreite sich so unauffällig wie möglich. Alexei räusperte sich und erklärte in gemessenem Ton: »Baron Cheverin, wir danken Ihnen, dass wir für Sie tanzen durften. Mademoiselle Budian und ich hoffen, dass uns als Paar eine große Zukunft bevorsteht.«

Er hatte »als Paar« so stark betont, dass die Bedeutung jedermann klar sein musste. Betreten wandte Viktoria ihren Blick ab.

»Das klingt nach zahllosen Stunden harter Arbeit«, erwiderte Cheverin. »Aber das Leben besteht nicht nur aus Pflicht. Man muss essen, schlafen – und Zeit für die Liebe finden.«

Viktoria spürte, dass er sie dabei musterte, und wäre am liebsten im Erdboden versunken. Offenbar war zwischen dem Baron und Alexei eine Art Konkurrenzgefühl aufgekeimt, doch sie war kein Spielzeug, um das man sich stritt, bis der Stärkere siegte.

Sie bat den Baron, sie zu entschuldigen, sie wolle sich umziehen. Er nickte ein wenig verwundert, und Viktoria eilte aus dem Ballsaal. Schon auf dem Flur bereute sie ihre Hast, fragte sich, was Alexei dem Baron noch sagen würde und ob er so weit gehen würde, den guten Eindruck, den sie gemacht hatten, zu ruinieren.

Aber auch Alexei hatte den Saal verlassen, sie hörte seine Schritte hinter sich.

»Warum hast du dich so benommen?«, flüsterte sie, als er sie eingeholt hatte.

»Er hat dir schöne Augen gemacht«, antwortete er zornig.

»Na und? Glaubst du, das interessiert mich?«

»Es schien dir zumindest nichts auszumachen.«

»Herrgott noch mal.« Sie waren vor der Tür ihres Umkleidezimmers angelangt. »Ich war lediglich höflich. Hier geht es um die Ballets Russes, Alexei – und um uns. Djagilew braucht Geld. Wenn er es nicht bekommt, sitzen wir auf der Straße. Deine Eifersucht ist mehr als unangebracht.«

Sie betrat ihr Zimmer und knallte die Tür hinter sich zu. Sie verstand nicht, was in Alexei gefahren war. Seit wann war er so reizbar und so unsicher, dass er eifersüchtig wurde? Das passte nicht zu dem Mann, den sie kannte. In Russland war er der Erste im Corps gewesen, der den Mut besessen hatte, das Land zu verlassen, um sich in Frankreich ein neues Leben aufzubauen. Und es war ihm gelungen. Ohne sein Vorbild hätte sie selbst es nie gewagt, alles aufzugeben, was sie kannte, und nach Frankreich zu ziehen. Was war aus seinem Selbstvertrauen geworden? Wie konnte er daran zweifeln, dass sie ihn von ganzem Herzen liebte? Es musste mehr dahinterstecken als die Schmeichelei eines rumänischen Barons.

# Kapitel 13

Unschlüssig stand Lily vor dem Haus, in dem Yves wohnte. Nach einer Weile ließ sie sich auf den Eingangsstufen nieder. Der Weg hierher hatte sie Mut gekostet, doch sie musste Yves wiedersehen. Sie dachte immerzu an ihn, an seine Berührungen, seinen sinnlichen Mund, seine Leidenschaft. In solchen Momenten vergaß sie alles andere.

Nun musste sie sich nur noch überwinden, bei ihm zu klingeln. Sie warf einen Blick zu den Fenstern des dritten Stocks hinauf, überlegte, ob sie vielleicht doch wieder verschwinden oder ihm lieber eine SMS schicken sollte. Es war alles so verwirrend – ihre Gefühle für Yves, die Erinnerung an Aiden, die Schuldgefühle, die sie quälten. Nein, entschied sie, sie würde nicht wieder davonlaufen, das war einfach zu kindisch.

»Drückst du dich gern in fremden Hauseingängen herum?«

Lily schaute auf.

Yves stand vor ihr, ein Lächeln auf den Lippen und die blauen Augen voller Wärme.

Ihr Herz begann schneller zu schlagen. »Nur wenn ich auf eine warme Suppe hoffe.«

Yves streckte seine Hand aus. Lily nahm sie und ließ sich von ihm hochziehen. Am liebsten hätte sie sich an ihn geschmiegt und ihm gestanden, dass er ihr nicht mehr aus dem Kopf ging.

»Eigentlich lese ich keine Leute von der Treppe auf, aber bei dir werde ich eine Ausnahme machen.« Yves deutete auf eine prall gefüllte Einkaufstüte. »Und kochen muss ich sowieso.«

»Erwartest du Besuch?«

»Nein, das ist mein Wocheneinkauf.«

»Ich habe auch etwas mitgebracht.« Lily zog eine Flasche Syrah aus ihrem Lederbeutel.

Yves lachte. »Kein australischer Shiraz?«

*Wie wenig nachtragend er ist*, dachte Lily dankbar. Andere Männer hätten ihr Vorwürfe gemacht, wären beleidigt gewesen oder wütend geworden. »Ich glaube, der Syrah ist besser.«

Yves kramte nach seinem Schlüsselbund. »Endlich siehst du es ein.«

Oder hatte es ihm gar nichts ausgemacht, dass sie davongelaufen war? Sie erinnerte sich an seine Miene, mit der er ihr vom Treppengeländer aus nachgeschaut hatte. Er hatte besorgt ausgesehen, vielleicht auch gekränkt. Aber gleichgültig?

Lily folgte Yves ins Haus und dann die Treppe hinauf zu seiner Wohnung.

»Ist die Flasche Wein Bestechung?«, fragte er. »Soll ich irgendetwas tun?«

Sie waren an seiner Wohnungstür angelangt.

Lily schwieg verlegen. Yves hielt ihr die Tür auf.

»Ich will dich nicht bestechen«, sagte sie. »Ich möchte mich entschuldigen.«

»Wofür?«

Offenbar wollte er, dass sie es aussprach. »Für meinen abrupten Abgang neulich.«

Yves zuckte mit den Schultern. »Ich denke mal, es ging für dich nicht anders. Wir vergessen es einfach.«

Lily wurde unsicher. Wie distanziert er plötzlich klang. Oder war das nur eine Maske, hinter der er sich verbarg?

Yves ging in die Küche und begann seine Einkäufe auszuräumen. Er holte einen Flaschenöffner hervor und stellte zwei Weingläser auf den Küchentresen. »Möchtest du einen Schluck?«

»Lass mich die Flasche öffnen«, sagte Lily und versuchte, in seinem Gesicht zu lesen. Aber seine Miene verriet nichts. Sie entkorkte die Flasche und füllte die beiden Weingläser.

Yves legte Hackbrett und Messer auf den Tresen und fing an, Selleriestangen kleinzuschneiden. »*Santé*!«, sagte er und nahm einen Schluck Wein. »*Santé*!« Lily hob ihr Glas so ungeschickt zum Mund, dass sie ein paar Tropfen verschüttete. Yves widmete sich seinem Gemüse. Lily setzte sich auf einen der Barhocker am Küchentresen.

In der sich ausbreitenden Stille war nur das Geräusch des Messers zu hören. Tack-tack-tack-tack. Schließlich erzählte Lily ihm von ihrem Besuch in Natalies Wohnung und dass ihre Schwester verschwunden war. Als sie ihm von Viktoria Budians Tagebüchern berichtete, legte er sein Messer ab.

»Die Tagebücher von Viktoria Budian? Das glaube ich nicht.«

»Es ist aber so. Irgendwie sind sie in Natalies Hände gelangt.«

Yves furchte die Stirn. »Es ging das Gerücht, dass es diese Tagebücher gibt, aber bisher kannte ich niemanden, der sie tatsächlich gesehen hat.«

»Die Tagebücher existieren. Und ich vermute, Natalie hat in ihnen etwas entdeckt. Was, weiß ich nicht. Vielleicht ist sie deshalb fort, weil sie etwas auf der Spur ist.«

»Das sind ziemlich viele Mutmaßungen.« Yves begann Tomaten aufzuschneiden.

»Ich weiß. Ich wünschte, ich wüsste, wo meine Schwester ist. Sie antwortet weder auf Anrufe noch auf SMS. Nicht nur bei mir, sondern auch bei ihrer Mitbewohnerin.«

Yves runzelte die Stirn. »Mir antwortet sie auch nicht.« Ein schmerzhafter Stich der Eifersucht durchzuckte Lilys Brust. Warum hatte er versucht, ihre Schwester zu erreichen? »Genau wie du.«

»Wie ich?«, fragte Lily verwirrt.

»Du antwortest auch nicht, wenn man dich anruft.«

»Was?«, fragte sie, griff nach ihrem Beutel und zog das Handy heraus. Der Bildschirm war schwarz. *Mist.* »Der Akku ist leer. Das wusste ich nicht. Darf ich ihn hier irgendwo aufladen?«

Yves reichte ihr ein Ladekabel und wies auf eine Steckdose.

»Ich wollte dir noch etwas Zeit lassen«, sagte er. »Aber dann fehlte mir die Geduld. Zu guter Letzt habe ich es bei deiner Schwester versucht.« Er sah Lily an. »Ich habe mir Sorgen gemacht.«

Lily senkte den Blick. Warum war er so nett? Und warum ging er ihr nur so sehr unter die Haut? Es hatte doch höchstens ein kleiner Flirt werden sollen. Aber nun war es zu spät.

*Reiß dich zusammen, Lily.*

»Danke«, sagte sie. Bevor Yves antworten konnte, wechselte sie rasch das Thema. »Ich habe auch Natalies Tagebuch. Nur um zu sehen, ob ich dort Hinweise auf ihr Verschwinden finde«, ergänzte sie hastig.

Yves zog die Brauen hoch. »Hast du es gelesen?«

»Nur darin geblättert.« Lily wich seinem Blick aus.

»Und nun fühlst du dich schuldig?«

»Sehr. Es ist falsch, oder?«

»Wahrscheinlich nicht. Du tust es aus Liebe und Sorge, nicht, um ihr nachzuspionieren.«

»Ja, aber was ist, wenn Natalie es erfährt? Sie würde mir das nie verzeihen.«

»Vielleicht doch, wenn du ihr den Grund verrätst.«

Lily war sich da nicht so sicher. Mit einem Seufzer schlug sie das Tagebuch auf. Den ersten Eintrag hatte Natalie zu Beginn des Sommers geschrieben.

*Wie gleichgültig die Leute im Bohème sind. Niemand interessiert sich für meine Ideen, weder der künstlerische Leiter noch der Choreograph. Dabei weiß ich genau, wie man die Aufführung besser machen kann. Auch der Näherin ist alles egal. Ich habe ihr gesagt, dass mein Kostüm zu eng ist, sie macht es trotzdem nicht weiter. Sie mag mich nicht.*

*Penny geht mir auf die Nerven. Ich wünschte, sie würde auch so lange putzen, wie sie das Bad blockiert, aber sie wäscht ja nicht einmal ihr Geschirr ab. Und ihre leeren Tassen, Becher und Gläser deponiert sie in der ganzen Wohnung. Glaubt sie, dass ich für sie aufräume?*

*Ich benehme mich keineswegs wie eine Diva. Ich möchte bloß, dass andere ihre Arbeit gut machen und sich ordentlich benehmen.*

Das war selbst für Natalie übertrieben. Zwar war sie nicht leicht zufriedenzustellen, doch diese Vielfalt an Beschwerden war neu. Lily blätterte weiter.

*Louis, dieser Idiot, hätte mich heute beinah fallen lassen. Vielleicht sollte er mittags und abends mehr als ein Salatblatt essen. Er ist schließlich mein* porteur. *Nie kann man sich auf jemanden verlassen. Nur wenn ich mich auf mich selbst verlasse, funktioniert alles.*

»Und, verrät sie etwas über den Grund ihres Verschwindens?«, fragte Yves.

»Ich bin mir nicht sicher. Sie klingt anders als sonst.«

»Es ist ein Tagebuch, Lily. Da kann man ganz man selbst sein.«

»Vielleicht.«

»Möglicherweise entdeckst du eine Seite an Natalie, die dir bisher unbekannt war.«

Einen Moment lang stellte Lily sich vor, ihr Leben lang ein falsches Bild von ihrer Schwester gehabt zu haben.

Nein, ausgeschlossen. Wenn man über so viele Jahre so vertraut mit jemandem war, kannte man denjenigen. Vielleicht war Natalie erschöpft gewesen, als sie die Zeilen geschrieben hatte. Erschöpfung hatte sie von jeher verstimmt. Oder ging es doch um etwas anderes? Warum war Natalie so unduldsam, so voller Zorn? Und seit wann war sie so? Lily wusste, dass Natalie sich seit Aidens Tod verändert hatte, aber so sehr?

Ihr Blick wanderte zu Yves. Nun war er dabei, eine Salatgurke kleinzuschneiden, so routiniert, als wäre er Koch. Sie betrachtete seine schönen Hände – Hände, die wussten, wie man eine Frau halb in den Wahnsinn trieb. Sie hatte in seine Augen gesehen, als er kam – Augen, die sich vor Lust und Leidenschaft verdunkelt hatten …

Lily spürte die Hitze, die durch ihren Körper schoss, und schloss kurz die Augen. Wie kam sie dazu, andauernd von Yves zu phantasieren? Sie musste verrückt geworden sein.

»Was ist?«, fragte er.

»Nichts«, antwortete sie mit belegter Stimme und beugte sich rasch wieder über Natalies Tagebuch.

»Noch immer keine Anhaltspunkte?«

Lily versuchte, sich wieder zu fangen. »Nein, aber ich bin froh, dass andere Leute das Tagebuch nicht gelesen haben.«

Yves nahm eine große Salatschüssel aus dem Schrank und schabte das Kleingeschnittene hinein.

»Bei Natalie musste schon immer alles tadellos sein, sonst rastet sie aus.«

Yves nickte. »Den Eindruck hatte ich auch.«

»Als Tänzerin braucht sie das, aber für ihr Privatleben ist es eine Katastrophe.«

Yves rundete den gemischten Salat mit Oliven und gewürfeltem Schafskäse ab, gab Olivenöl hinzu und hob es unter. Dann legte er Besteck und ein Baguette auf den Tresen und stellte zwei tiefe Tonschalen dazu. »Nimm dir, Lily.«

»Danke.« Sie wusste nicht, ob sie Hunger hatte, aber Yves zuliebe füllte sie eine Schale und begann zu essen. Doch ihre Gedanken kehrten immer wieder zu Natalies Tagebuch zurück. Sie nahm einen Schluck Wein, schlug es wieder auf und blieb bei einem Eintrag hängen.

*Ich brauche dringend Schlaf, sonst kann ich mich beim Tanzen nicht konzentrieren, und Fehler kann ich mir nicht leisten. Zum Glück helfen mir Viktorias Tagebücher, mich auf ihren Part vorzubereiten und ihn überzeugender als alle anderen zu tanzen. Ich werde alles daransetzen, diese Rolle zu bekommen. Es gibt niemanden, der dafür besser geeignet ist als ich.*

Das war wieder typisch Natalie – ehrgeizig bis zum Letzten. Lily blätterte die Seite um. Nun ging es um Viktoria Budian. »Hör zu«, sagte sie, »das wird dich interessieren.«

*Ich glaube, ich mache meine Sache gut, und wünschte, ich könnte das Gleiche über die anderen im Ensemble sagen. Keiner außer mir begreift, wie wichtig Viktorias Lebensgeschichte ist. Natürlich kann sie in ihren Tagebüchern gelogen oder sich geirrt haben.*

*Doch je sorgfältiger ich die Tagebücher lese, desto klarer wird mir, dass das, was wir über Viktoria Budian wissen, nicht zutrifft. In den Seiten schält sich langsam eine ganz neue Geschichte heraus.*

*Ich werde die Wahrheit herausfinden. Viktoria Budian war eine vielversprechende Tänzerin und hat es nicht verdient, dass die Erinnerung an sie von einem Skandal überschattet wird. Ich möchte, dass die Menschen erkennen, wer sie wirklich war. Ich möchte verstehen, was in ihrem Leben vorgefallen ist, ob sie ihr Schicksal selbst verschuldete oder andere dahintersteckten. Ich habe den Verdacht, dass die Schuld klar und deutlich bei den Cheverins liegt.*

*Ich fühle mich Viktoria so nah und möchte, dass sie nach ihrem Tod rehabilitiert wird.*

Yves hörte auf zu essen und furchte die Stirn.

»Seltsam, oder?«, sagte Lily. »Das hat sie vor einer Woche geschrieben. Und wer sind die Cheverins?«

Yves zuckte mit den Schultern. »Rumänische Adlige. Ein Teil der Familie hat sich kurz vor dem Ersten Weltkrieg in Frankreich niedergelassen.«

Lily versuchte, sich zu erinnern, ob ihre Urgroßmutter den Namen erwähnt hatte. Sie wusste es nicht mehr. »Und was haben diese Rumänen mit Viktoria Budian zu tun?«

»Das musst du Natalie fragen.« Yves aß weiter.

Lily nahm einen Schluck Wein. »Leben diese Cheverins noch in Frankreich?«

Yves nickte. »Südlich von Paris haben sie einen Landsitz. In Fontainebleau.«

»Kennst du die Familie?« Langsam kam Lily sich wie bei einem Quiz vor.

»Nein, ich habe nur von ihnen gehört. Die Cheverins sind Kunstmäzene, und ein paar Freunde von mir haben sich bei ihnen um Fördermittel beworben. Mal sind sie großzügig, mal nicht, und keiner weiß so recht, was bei ihnen den Ausschlag gibt.«

»Hm.« Lily blätterte weiter. Die nächsten Seiten enthielten weitere Tiraden. Jeder außer Natalie machte alles falsch, die anderen Tänzer waren unkonzentriert, die Kostümbildner reine Versager.

»Meine Güte«, sagte sie. »Was haben ihr denn die Kostümbildner getan?« Sie hob den Kopf und begegnete Yves' Blick.

»Warum, was schreibt sie?«

»Dass die Kostüme der Vorlage nicht entsprechen.«

»Sie meint eine Vorlage, die Picasso vor vielen Jahren gezeichnet hat.« Yves schob seine leere Salatschale zur Seite. »Es waren nur Skizzen, aber die gibt es nicht mehr. Schon zu Viktorias Zeiten hieß es, dass sie spurlos verschwunden waren. Man weiß nicht einmal mehr genau, für welches Ballett sie gedacht waren.«

Seufzend klappte Lily das Tagebuch zu. »Natalie regt sich offenbar über alles auf.«

»War sie früher anders?«

»Sie war von jeher aufbrausend, aber nicht so zornig und gehässig, wie sie sich im Tagebuch zeigt.« Lily brach sich ein Stück Baguette ab und nahm einen Bissen davon. Wie viel sollte sie Yves über ihre Kindheit erzählen? Und über ihre Urgroßmutter? Würde es ihn überhaupt interessieren? Oder sagte er sich, dass sie nur zu Besuch in Paris war, eine Frau, mit der er geschlafen hatte, weiter nichts? Sie würde ja auch nach Australien zurückkehren, sobald sie wusste, was aus Natalie geworden war. Selbst wenn sie sich mit ihrer Schwester am Ende doch nicht aussprechen könnte, würde sie abreisen. Sie sehnte sich danach, sich wieder in ihrem ruhigen kleinen Heimatort verkriechen zu können.

»Hattet ihr als Kinder schon eine schwierige Beziehung?«, fragte Yves.

»Nein.« Lily leerte ihr Glas und schenkte sich nach. »Schwierig wurde sie erst, als wir beide anfingen aufzutreten. Wir haben uns oft um die gleiche Rolle beworben, Natalie ist nur ein gutes Jahr jünger als ich.«

»Also wart ihr noch größere Rivalinnen, als es bei Geschwistern sonst üblich ist.«

»Vielleicht«, erwiderte Lily nachdenklich. »Aber eigentlich haben wir sehr aneinander gehangen. Nur manchmal hätte es mich nicht gewundert, wenn sie mich, um eine Rolle zu ergattern, eine Treppe hinuntergestoßen hätte.« Sie lachte, als wäre es ein Scherz, doch als junges Mädchen hatte sie sich oft gefragt, wie weit Natalie gehen würde, um sie auszustechen. »Natalie ist ein Naturtalent, ich nicht. Ich musste mir jeden Erfolg hart erarbeiten. Trotzdem, wir haben zusammen trainiert und lebten zusammen in einer Welt, in der sich alles nur ums Ballett drehte.« Bei der Erinnerung lächelte Lily. »Es war eine schöne Zeit. Wir wohnten in einem kleinen Nest in Australien, die Leute dort wussten kaum, was ein Ballett war. Wir hatten keine anderen Freundinnen außer einander. Natalie konnte sehr liebevoll sein.«

»Sie ist eine phantastische Tänzerin«, sagte Yves. »Wenn man sie auf der Bühne sieht, glaubt man, ein Kunstwerk zu betrachten.«

»Ja.« Lily stocherte in dem Rest ihres Salats und spürte, dass sie erneut eifersüchtig wurde. Sie versuchte, dieses Gefühl zu verjagen. Sie trat seit zwei Jahren nicht mehr auf, ihre Rivalität als Tänzerinnen war beendet. »Familien sind immer kompliziert.«

»In der Tat.«

»Wie geht es deinem Vater?«

»Nicht gut«, antwortete Yves bedrückt. »Vielleicht haben wir nicht mal mehr genügend Zeit, um unseren Konflikt zu lösen.«

»Das tut mir leid«, sagte Lily und schaute zu Boden. Sie fragte sich, ob es irgendein Thema gab, über das sie unbeschwert plaudern konnten.

Yves stand auf und trat zu ihr. Mit sanfter Hand hob er ihren Kopf. »Was tut dir leid?«

Ihre Blicke trafen sich. »Dass es so schwierig ist, sich mit denen auszusprechen, die wir lieben. Und wir –« Yves küsste sie und zog sie an sich. Wie sehr sich ihr Körper nach ihm verzehrte. Sie schlang die Arme um ihn und presste sich an ihn. Alles war so natürlich und so –

Yves löste sich von ihr. »Ich hoffe, morgen früh läufst du nicht wieder so schnell davon.« Er küsste ihren Hals. Lily versteifte sich, Yves zuckte zurück. »Was ist?«

»Yves, ich –« Lily wollte schlucken, doch ihr Mund war plötzlich trocken geworden.

Er trat zurück. »Ich nehme an, mir wird nicht gefallen, was du sagen willst.«

Lily schüttelte den Kopf.

»Dann sag es nicht.« Yves wandte sich um und begann das benutzte Geschirr in die Spülmaschine zu räumen.

»Es ist zu kompliziert«, sagte Lily leise.

»Mach es unkompliziert.«

»Ich weiß nicht, wie.« Endlich konnte sie wieder schlucken. »Ich würde dir so gern alles erzählen, möchte, dass du mich verstehst – aber ich kann es nicht. Ich will nicht, dass es immerzu zwischen uns steht, aber –«

Yves winkte ab. »Dazu ist es zu spät. Normalerweise gehöre ich nicht zu den Menschen, die mit jemandem schlafen und ihn danach abhaken. Das ist nicht mein Stil, und außerdem finde ich es verletzend. Aber nun reicht es mir.«

»Ich möchte dich nicht verletzen«, murmelte Lily und rutschte von ihrem Hocker.

Yves ging darüber hinweg, vielleicht hatte er es auch nicht gehört. »Du bist selbstsüchtig.« Er knallte die Tür der Spülmaschine zu.

»Nein, das bin ich nicht.«

»O doch.«

»Und wie kommst du darauf?«, fragte Lily nun leicht verärgert.

»Das fragst du noch?« Yves lachte auf. »Es geht nur um das, was du willst. Du möchtest mir nicht erzählen, warum du dich so benimmst, und wenn dir etwas nicht passt, rennst du davon. Tut mir leid, Lily, aber da mache ich nicht mehr mit.« Er warf ihr einen zornigen Blick zu.

Lily sah ihn hilflos an und wünschte, sie wüsste, wie sie ihn besänftigen konnte.

Yves nickte zur Tür hinüber. »Es ist besser, wenn du jetzt gehst.«

Er hatte recht. Sie hob ihre Tasche vom Fußboden auf. Warum erklärte sie ihm nicht einfach, dass der Mann, den sie geliebt hatte, vor zwei Jahren ums Leben gekommen war? Dass sie nicht wusste, wie sie sich aus diesem Trauma befreien konnte? Dass sie sich vor der Welt verborgen hatte – und nun auch nicht wusste, wie sie wieder an ihr teilnehmen sollte? Dass ihr vielleicht der Mut dazu fehlte?

Mit hängenden Schultern ging sie zur Tür. »Entschuldige, Yves.«

»Lily!«, rief er.

Sie drehte sich um, hoffte, dass er sie bitten würde zu bleiben.

»Du hast deine Jacke vergessen.«

In ihrem Apartment setzte Lily sich auf das Bett, stopfte sich ein Kissen in den Rücken und schlug Natalies Tagebuch auf. Sie begann zu lesen. Doch schon nach wenigen Zeilen gestand sie sich ein, dass sie sich nicht konzentrieren konnte, ihre Augen sprangen von Wort zu Wort, ohne etwas aufzunehmen. Immerzu ging ihr das Wort »selbstsüchtig« durch den Kopf. War sie das wirklich? Aber woher sollte Yves auch wissen, warum sie nie von den vergangenen beiden Jahren erzählen konnte? Aber was wäre, wenn sie es bei ihrer nächsten Begegnung wenigstens versuchte? Falls sie sich überhaupt noch einmal wiedersehen würden.

Sie schrak zusammen, als ihr Handy summte. War das Yves? Sie griff nach dem Handy.

»Hallo Lily«, sagte Penny.

Ihr wurde das Herz schwer. »Ist Natalie zurück?«

»Nein. Ich wollte dir nur sagen, dass sie mir eine SMS geschickt hat.«

»Und, was schreibt sie?«

»Dass sie in Fontainebleau ist und noch nicht weiß, wann sie zurückkommt. Und dass ich sie im Bohème entschuldigen soll.«

»Ist sie verrückt geworden? Mit welcher Begründung sollst du sie denn entschuldigen?«

»Das weiß ich nicht. Aber so ist Natalie. Sie baut irgendeinen Mist und hofft, dass andere ihn für sie beseitigen.«

»Verdammt.« Lily stand auf.

»Wenn sie nicht bald wieder auftaucht, kann sie ihren Traum, Solotänzerin zu werden, vergessen. Es kann sogar sein, dass das Bohème sie feuert.«

»Ich verstehe es nicht.« Lily trat ans Fenster und schaute auf den Boulevard Saint-Germain hinunter. »Das muss ihr doch selbst klar sein.«

Penny seufzte. »Ich weiß nicht, was ich machen soll.«

»Im Moment noch gar nichts. Ich habe eine Idee, wo ich sie finden kann.«

# Kapitel 14

*Paris, 1917*

Abends in ihrer Wohnung ließ Viktoria sich auf ihren Stuhl fallen und legte ihre Füße hoch. Jana war nicht da, sie konnte den Tag noch einmal in Ruhe Revue passieren lassen. Die Rückfahrt aus Fontainebleau war furchtbar gewesen, die Spannung im Zug beinah mit Händen zu greifen. Viktoria wagte kaum einen Ton zu sagen und hielt den Blick auf die vorbeifliegenden Bäume vor ihrem Fenster gerichtet. Alexei brütete mit grimmiger Miene vor sich hin. Djagilews Körper schien vor Nervosität zu vibrieren. Viktoria nahm an, dass er sich fortwährend fragte, ob Cheverin ihm Geld geben würde oder nicht.

In Paris trennten sie sich mehr oder weniger schweigend. Danach wusste Viktoria nichts mit sich anzufangen. Ins Châtelet mochte sie nicht gehen, da fanden die letzten Proben zu »Parade« statt, dem Ballett, mit dem sie nichts mehr zu tun hatte. Eine Zeitlang lief sie an der Seine entlang, dann schlug sie den Weg zu ihrer Wohnung ein. Sie dachte daran, wie überschwänglich Cheverin sie gelobt hatte, und an seinen Blick, als er von der Liebe gesprochen hatte. Sie wünschte, Alexei hätte darüber hinweggesehen, statt eifersüchtig zu werden. Djagilew wiederum schien es gar nicht registriert zu haben. Und wenn, wäre es ihm vermutlich recht gewesen. Wahrscheinlich hätte er sie an ihr schmales Portemonnaie erinnert und ihr auf seine direkte Art geraten, sich den Baron zu angeln.

Viktoria sehnte sich nach Alexei, wusste jedoch, dass sie ihm Zeit lassen musste, bis er sich wieder beruhigt hatte. Sie erinnerte sich, dass ihr Vater sie immer vor einer Liaison mit einem anderen Künstler gewarnt hatte. Die Tiefen seien so niederschmetternd wie die Höhen berauschend, hatte er gesagt. Sie dachte an den Alexei, den sie in Russland gekannt hatte, und wünschte, sie wüsste, warum er sich so verändert hatte. War er enttäuscht, weil er noch kein Solotänzer war? Irgendetwas schien an ihm zu nagen, sonst wäre er nicht so launisch geworden.

Viktoria schaute aus dem Fenster in den heraufdämmernden Abend. Sie war so müde, als hätte sie einen Tag lang geprobt.

Die Wohnungstür öffnete sich, und Jana kam herein. Es war nur wenige Wochen her, seit Viktoria das Mädchen bei sich aufgenommen hatte, doch man konnte bereits Veränderungen erkennen. Jana hielt sich gerade, ihre Wangen waren runder geworden und hatten eine rosige Farbe angenommen, die Knochen stachen nicht mehr so spitz hervor. Zwar war sie noch immer zurückhaltend, doch seit kurzem erzählte sie Viktoria abends manchmal, was sie am Tag erlebt hatte. Nur die Frage, was aus Jana werden sollte, hing noch immer wie eine dunkle Wolke über ihnen. Bereits mehrmals hatte Viktoria sich vorgenommen, mit dem Mädchen über seine Zukunft zu sprechen, und es dann doch wieder aufgeschoben.

Jana taxierte Viktorias Gesicht. »Geht es dir nicht gut?«

»Doch, aber ich hatte einen langen Tag.«

Sorge war in Janas Blick erkennbar, als wäre Viktoria ihr Schützling und nicht umgekehrt.

Viktoria lächelte beschwichtigend. »Glaub mir, es ist alles in Ordnung.« Sie stand auf. »Ich muss mit meinen Dehnübungen anfangen«, sagte sie betont munter. »Hast du Lust mitzumachen?«

Jana schüttelte den Kopf. »Du bist im Ballett, ich nicht.«

»Dehnen hilft dir aber, deinen Körper zu trainieren und dich gut zu fühlen.« Viktoria nahm die erste Position ein. »Na komm, mach es mir einfach nach.«

Jana betrachtete sie unschlüssig. Dann schien sie sich einen Ruck zu geben. Zaghaft imitierte sie Viktorias Bewegungen, öffnete ihre Füße zu einem weiten V und hielt die Hände vor sich, so dass sich nur die Fingerspitzen berührten. Es löste in Viktoria eine so schmerzhafte Erinnerung aus, dass sie für einen Moment die Augen schließen musste. Aber Jana war nicht Dina.

»Wenn du nicht magst, musst du nicht mitmachen«, sagte sie gepresst.

»Was denn nun?« Jana stemmte ihre Fäuste in die Seiten. »Erst soll ich und dann wieder nicht? Vielleicht gefällt es mir ja, und ich werde gar nichts anderes mehr tun wollen.«

Viktoria strich ihr über den Kopf. »Möchtest du das denn? Vielleicht ist es gar nicht gut, nur noch eine Sache im Kopf zu haben.«

Jana ließ die Hände sinken und schaute zu Boden. »Ich würde gern etwas lernen. Bitte.«

Viktoria beschloss, Jana nur die fünf Positionen beizubringen. Sie würde sie nicht wie Dina in den Tanz einführen, bis auch dieses Mädchen an nichts anderes mehr denken konnte. »Also dann noch mal von vorne.«

Jana nahm die erste Position ein, als hätte sie seit Jahren nichts anderes gemacht.

»Perfekt. Das war die erste Position.« Viktoria stellte die nach außen gedrehten Füße in Hüftbreite auf und breitete die Arme aus. »Und das ist die zweite.« Jana imitierte die Haltung mit Leichtigkeit.

Erst bei den nächsten drei Positionen geriet sie ins Wanken, furchte die Stirn und korrigierte sich mit einem Geschick, das Viktoria staunen ließ. Jana war so anmutig wie eine geübte kleine Elevin.

Als es an der Tür klopfte, hielten sie inne und sahen sich an. »Vielleicht ist es Alexei«, sagte Viktoria hoffnungsvoll. Sie zog die Tür auf. Vor ihr stand Vadim, Djagilews Assistent, und knetete seinen Hut in den Händen.

»Sergei Djagilew möchte Sie sprechen«, sagte er. »Sofort.« Sein Blick flehte sie an, mit ihm zu kommen und ihm Djagilews Wutanfall zu ersparen, falls er unverrichteter Dinge zurückkehrte.

Viktoria versprach Jana, bald wieder zurück zu sein, raffte Jacke und Handtasche zusammen und folgte Vadim, der bereits die halbe Treppe genommen hatte. Er hetzte den kurzen Weg zum Theater so schnell, dass Viktoria erst vor Djagilews Büro fragen konnte: »Wissen Sie, was er von mir will? Ist Maria krank geworden?« Eine jähe Hoffnung durchzuckte sie bei der Vorstellung, dass sie vielleicht doch den Part des Amerikanischen Mädchens tanzen konnte.

Vadim blieb stehen und zog die Brauen hoch. »Maria geht es gut, warum fragen Sie?«

»Nur so«, antwortete Viktoria verlegen. »Ich wünsche ihr nichts Böses.«

»Nein, Sie nicht«, sagte Vadim. »Sie gehen nicht wie die anderen über Leichen, um an Ihr Ziel zu gelangen. Manchmal frage ich mich, wie Sie es mit Ihrer Art überhaupt bis in die Ballets Russes geschafft haben.«

»Vielleicht hat es etwas mit meinem Können zu tun«, entgegnete Viktoria pikiert.

»Das wohl auch.« Vadim klopfte an Djagilews Tür, öffnete sie und betrat das Büro. Viktoria wusste nicht, ob sie ihm folgen sollte.

»Kommen Sie herein!«, rief Djagilew.

Zögernd trat Viktoria über die Schwelle. Obwohl sie nun schon seit Monaten bei den Ballets Russes war, hatte sie Djagilews Büro noch nie von innen gesehen.

»Setzen Sie sich.« Djagilew deutete auf den Stuhl vor seinem Schreibtisch. »Vadim, du kannst gehen.«

Der Assistent huschte aus dem Raum. Djagilew begann in den Papierstapeln auf seinem Schreibtisch zu wühlen und schien plötzlich alle Zeit der Welt zu haben.

Mit einer ungeduldigen Handbewegung schob er die Stapel schließlich zur Seite. »Ich werde Ihr Leben verändern«, sagte er mit einem vieldeutigen Lächeln.

»Was heißt das?«, fragte Viktoria.

»Morgen werden Sie die Premiere von ›Parade‹ von einer Loge aus verfolgen.«

Viktoria verstand noch immer nichts. »Warum?«

»Weil Baron Cheverin Sie dazu eingeladen hat.«

Viktoria glaubte nicht richtig gehört zu haben. »Wann?«

Djagilew deutete auf ein Telegramm auf seinem Tisch. »Vor einer Stunde, falls das für Sie wichtig ist.«

»Und wie kommt er dazu? Ich bin kein Mitglied der feinen Gesellschaft, sondern nur eine einfache Tänzerin.« *Und ich möchte auch nicht zusehen, wie Maria den Part tanzt, den ich mir gewünscht habe*, fügte sie im Stillen hinzu.

Djagilew zog die Brauen hoch. »Mag sein, aber morgen Abend werden Sie die Frau sein, die den Baron ins Theater begleitet.«

Viktoria stellte sich vor, was Alexei dazu sagen würde, und ihr Magen zog sich zusammen. »Ich bin sicher, es gibt viele Frauen, unter denen Baron Cheverin wählen kann. Schöne Frauen und solche, die zu seinen Kreisen gehören. Warum sollte er eine unbekannte Tänzerin wollen?«

Djagilew runzelte die Stirn. »Muss ich Sie daran erinnern, wie wichtig der Baron für uns ist? Wenn er eine unbekannte Tänzerin wünscht, bekommt er die, oder ist das zu schwer zu begreifen?« Djagilew lehnte sich zurück und faltete die Hände auf seinem Bauch. »Anscheinend hat er einen Narren an Ihnen gefressen und möchte Sie besser kennenlernen. Und *ich* möchte, dass Sie ihn glücklich machen.«

Viktoria krallte ihre Hände zusammen. »Ich bin keine Prostituierte.«

»Habe ich von Ihnen verlangt, dass Sie mit ihm ins Bett gehen? Alles was Sie tun müssen, ist, schön und charmant zu sein und ihm das Gefühl zu geben, dass Sie nur für ihn Augen haben.«

Viktoria spürte einen ersten Anflug von Panik. »Aber so empfinde ich nicht, und ich möchte ihm nichts vormachen müssen.«

»Sind Sie zu dumm, um mich zu verstehen?« Djagilews Gesicht rötete sich gefährlich. »Sie gehen mit ihm zur Premiere und sind nett zu ihm, und damit hat es sich.«

Viktoria nahm all ihren Mut zusammen und sagte: »Bitte nicht.«

»Das ist ein Befehl!« Djagilew war laut geworden.

»Dann verlasse ich die Ballets Russes.« Sie versuchte, es mit fester Stimme zu sagen, obwohl ihr dabei vor Angst flau wurde. Zu tanzen war ihr Leben, außerdem brauchte sie den Verdienst.

Djagilew lachte. »Und dann? Nach Russland können Sie nicht zurückkehren.«

Viktoria starrte auf ihre ineinandergekrallten Hände und löste sie.

»Ich verlange doch nicht viel«, sagte Djagilew sanfter. »Cheverin wünscht Ihre Gesellschaft, er ist ein vielversprechender Mäzen, und uns steht das Wasser bis zum Hals. Wo also ist das Problem?«

In Russland hatte Djagilew als guter Geschäftsmann gegolten, doch seit er in Paris lebte, ging es mit seinen Finanzen auf und ab.

Inzwischen hieß es, als Impresario sei er ein Genie, als Geschäftsmann jedoch eher unzuverlässig.

Viktoria wollte ihn am liebsten darauf hinweisen, dass sie mit dem finanziellen Engpass nichts zu tun hatte, aber wozu sollte das gut sein. »Versprechen Sie mir, dass es nur für diesen einen Abend ist.«

Djagilew machte eine vage Handbewegung. »Es ist bekannt, dass das Interesse des Barons immer nur von kurzer Dauer ist. Morgen Abend sind Sie seine Auserkorene, übermorgen ist es eine Schauspielerin oder irgendeine Gräfin. Bitte nutzen Sie die Zeit mit ihm in unserem Sinn. Danach können Sie ihn meinetwegen wieder vergessen.«

*Und wenn es so einfach nicht ist?*, dachte Viktoria. Auf das, was Djagilew sagte, konnte sie nicht bauen. Sie hatte genug Männer gekannt, die sich für einen Abend mit einer Tänzerin schmücken wollten, aber keiner von ihnen hatte sie jemals so angesehen wie der Baron. Diesen Blick kannte sie sonst nur von Alexei. »Ich tue es nur ungern«, sagte sie mit einem tiefen Seufzer.

»Wer tut schon alles gern im Leben? Gehen Sie zu Olga und lassen Sie sich von ihr das Kleid geben, das ich für Sie ausgesucht habe. Sie erwartet Sie schon.«

*Was für ein Mistkerl*, dachte Viktoria bitter. Er hatte gewusst, dass ihr nichts anderes übrigblieb, als nachzugeben. Wahrscheinlich hatte er auch Cheverin schon zugesagt.

»Was für eine Ehre!«, sagte Olga beeindruckt. »Djagilew hat es mir erzählt.«

Viktoria lächelte bemüht, streifte ihre Jacke ab und legte sie zu ihrer Handtasche.

Olga betrachtete sie mit schiefgelegtem Kopf. »Was hast du? Freust du dich nicht?«

Was sollte Viktoria antworten, ohne launisch und undankbar zu wirken? »Ich weiß, dass Djagilew Baron Cheverin braucht, und vielleicht ist es tatsächlich eine Ehre, aber ich …« Ihre Stimme verebbte.

»Aber du bist mit Alexei zusammen und hast Angst, dass er Schwierigkeiten macht«, beendete Olga den Satz und drohte Viktoria mit dem Finger. »Ich sage es dir noch mal, Viktoria, sieh zu, dass Djagilew nicht hinter euer Verhältnis kommt.«

»Wir haben keines mehr.« Viktoria wich Olgas Blick aus. »Oder zumindest weiß ich zurzeit nicht, woran ich bei Alexei bin.«

Olga fasste Viktorias Arm. »Halte dich an Djagilews Regel. Sonst wird es nicht gut enden.«

»Glaubst du, das ist mir nicht bewusst?«

»Vergiss Alexei, wenn du mit dem Baron ausgehst«, sagte Olga eindringlich. »Alexei ist hoffentlich so klug, dass er diesen Abend im Theater nicht missversteht. Du tust es schließlich nicht für dich, sondern für Djagilew und die Ballets Russes. Eigentlich für uns alle.« Sie nahm ein blassrosa Abendkleid von einem Kleiderbügel und hielt es an Viktoria. »Sehr elegant. Und ein wunderbarer Kontrast zu deinem dunklen Haar. Probier es an.«

Viktoria zog ihren Rock und ihre Bluse aus, hielt die Arme hoch und spürte, wie Olga das kühle, seidige Material über sie gleiten ließ. Olga strich das Kleid glatt und zupfte den Ausschnitt zurecht.

»Hast du das genäht?«

Olga schüttelte den Kopf. »Djagilew hat auf einem Kleid von Coco Chanel bestanden. Ich persönlich halte ja nichts von dieser Frau. Wenn man mich fragt, hat sie lediglich die richtigen Freunde.«

Viktoria kannte die Stimmen, die an Coco Chanels Talent zweifelten, doch dieses Kleid war atemberaubend, auch wenn der Ausschnitt für ihren Geschmack zu tief war. Sie zog ihn ein Stückchen höher.

»Ich weiß, wie es ist, wenn die Arbeit einer anderen vorgezogen wird«, sagte sie. »Ich war die Zweitbesetzung für Alla und darf morgen Maria in der Rolle des Amerikanischen Mädchens bewundern.«

Olga streichelte ihre Wange. »Deine Zeit wird auch noch kommen.«

Viktoria zuckte mit den Schultern. »Wenn ich dazu beitragen kann, dass Baron Cheverin die Ballets Russes fördert, freue ich mich. Aber wie groß wäre meine Freude erst gewesen, wenn ich morgen Abend das Amerikanische Mädchen hätte tanzen dürfen. Anscheinend müssen wir beide unseren Stolz hinunterschlucken und uns sagen, dass es nicht um uns geht.«

»Es muss uns aber nicht gefallen, oder?«

»Nein.«

Die Tür flog auf, und Alexei kam hereingestürmt. »Ich möchte mit Viktoria sprechen«, sagte er mit wutverzerrter Miene. »Allein.«

Olga warf Viktoria einen Blick zu, als wollte sie fragen, seit wann sie sich von Alexei Pankow aus ihrem Nähzimmer vertreiben lasse.

»Olga und ich haben zu tun«, sagte Viktoria freundlich, aber bestimmt. »Entweder wir unterhalten uns hier, oder du wartest, bis wir fertig sind.«

Olga setzte sich auf den Schemel an ihrer Nähmaschine. »Sieh mich nicht so finster an, Alexei, ich habe dir nichts getan.«

»Ich bleibe.«

»Ich weiß schon, um was es geht«, sagte Olga. »Du kochst vor Eifersucht. Aber Viktoria tut nur das, was Djagilew ihr aufgetragen hat.«

Alexei ging darüber hinweg. Mit zornig funkelnden Augen wandte er sich Viktoria zu. »Nur weil Cheverin reich ist, hat er noch lange kein Recht, dich zu kaufen.«

»Wie gut du von mir denkst«, erwiderte Viktoria gekränkt. »Ich begleite ihn ins Theater, weiter nichts.«

Alexei lachte. »Weiter nichts? Ich bin sicher, er wird mehr von dir verlangen.«

»Falls er das tut, wird er es nicht bekommen«, antwortete Viktoria gequält. Ihr fehlte die Kraft, sich mit Alexeis Eifersucht auseinanderzusetzen.

Alexei kniff die Augen zusammen. »Und wenn doch? Vielleicht möchtest du es ja auch.«

»Alexei, bitte«, sagte Viktoria. »Anscheinend weißt du nicht mehr, was du sagst.«

Alexei starrte sie an, doch dann sackten seine Schultern herab. »Entschuldige«, sagte er. »Ich bin …« Er fuhr sich mit den Händen über sein Gesicht. »Ich weiß nicht, was in letzter Zeit mit mir los ist.«

»Vielleicht brauchst du einfach Schlaf«, sagte Viktoria. »Wahrscheinlich läufst du nachts immer noch in deiner Wohnung auf und ab und quälst dich mit unnützen Gedanken.« Das letzte Wort war kaum heraus, als Viktoria rot anlief und es kaum noch wagte, Olga anzusehen.

»Reg dich nicht auf.« Olga lachte. »Ich wusste es doch sowieso.«

»Alexei und ich sind nicht mehr zusammen«, erklärte Viktoria mit Nachdruck. »Nicht so, wie du –«

Olga winkte ab. »Lass es gut sein, wir haben im Moment andere Sorgen.« Sie drehte sich zu Alexei um. »Geh jetzt, lass uns weiterarbeiten.«

Alexei griff nach der Türklinke. »Es tut mir wirklich leid«, murmelte er.

Viktoria streichelte seine Wange. »Alles wird gut, Alexei.«

»Danke.« Er öffnete die Tür und verschwand.

»Irgendetwas stimmt mit ihm nicht.« Olga stand auf. »Zieh das Kleid aus. Ändern muss ich daran nichts.«

Viktoria streifte das Kleid vorsichtig ab und schlüpfte wieder in ihre Sachen. »Ich frage mich, ob es an Paris liegt, dass er sich so sonderbar benimmt. In Petersburg war er ganz anders.«

Olga hängte das rosafarbene Kleid auf. Als sie sich zu Viktoria umdrehte, war ihr Blick voller Mitgefühl. »Ich weiß nicht, seit wann er so ist, aber irgendetwas erinnert mich an Waslaw.«

»An Nijinksy? Waslaw Nijinsky ist der beste Tänzer, den ich jemals –«

»Das meine ich nicht«, unterbrach Olga sie. »Du hast Waslaw nicht in den Jahren erlebt, in denen er hier aufgetreten ist. Natürlich reicht niemand an ihn heran, aber – ach, ich weiß auch nicht.« Olgas Blick wanderte in die Ferne. »Waslaw war hier auch nicht mehr der, der er in Russland war«, sagte sie gedankenverloren. »Seine Art zu tanzen hatte sich geändert. Mit dem ›Nachmittag eines Fauns‹ hat es begonnen. Das war im Jahr 1912. Plötzlich war alles, was für frühere Choreographien galt, falsch. Alles musste neu und anders getanzt werden.«

»Das hat er mir geschrieben«, sagte Viktoria. »Der ›Nachmittag eines Fauns‹ war seine erste große Choreographie. Er muss davon besessen gewesen sein.«

»Und er hat jedermann verrückt gemacht. Michel Fokine war außer sich, weil Nijinksy und nicht er der Choreograph war, und die Tänzer konnten mit den neuen Bewegungen nichts anfangen, mit der Art, wie sie sich verdrehen sollten. Gut, dass seine Schwester auch hier war. Bronislawa wusste, was ihr Bruder wünschte, und war in der Lage, es den anderen Tänzern zu demonstrieren. Waslaw war zwar ein Genie, aber als Lehrer eine Katastrophe.« Olga lächelte verträumt. »Aber was für ein wunderbares Ballett daraus wurde.«

Viktoria wurde das Herz schwer. »Ich wünschte, er wäre noch hier. Ich habe so viel von ihm gelernt, habe ihm so viel zu verdanken.«

»Du hast ihn nicht als Choreographen gekannt. Er war gnadenlos.«

Viktoria sah Nijinskys ausdrucksvolles Gesicht vor sich, erinnerte sich an seine Virtuosität, wenn er tanzte, an seine scheinbare Schwerelosigkeit und die absolute Perfektion. »Er war brillant«, sagte sie.

»Natürlich war er das.« Olgas Blick wurde wehmütig. Dann runzelte sie die Stirn. »Aber darunter schwelte noch etwas anderes. Als gäbe es noch einen anderen Waslaw Nijinsky. Hast du das bei ihm nie so empfunden?«

»Nein. Vielleicht war ich zu jung.« Die Bedenken, die Nijinskys Briefe bei ihr ausgelöst hatten, erwähnte Viktoria nicht.

Sie dachte an die Berichte, die sie über Nijinskys Amerikatournee gehört hatte. Das amerikanische Publikum hatte die offenkundige Erotik seines Tanzes abgelehnt, und die Handlung von »Scheherazade« – die weiße Frau, die einen schwarzen Sklaven begehrt – hatte die Amerikaner schlichtweg überfordert. Und Waslaw war kein Mensch, der mit schwierigen Situationen umgehen konnte. Er reagierte auf das amerikanische Publikum, indem er es verachtete. Dann verletzte er sich am Fuß und konnte zwei Wochen lang nicht auftreten. Er musste so unleidlich geworden sein, dass der Dirigent des Orchesters kündigte. Damals begannen die Gerüchte, dass mit Waslaw Nijinksy etwas nicht stimme. Aber was hatte das mit Alexei zu tun?

»Du bist blass geworden«, sagte Olga. »Fühlst du dich nicht gut?«

»Doch. Mir geht nur sehr viel im Kopf herum.«

»Ich wollte dich nicht beunruhigen.« Olga tauschte das Garn der Nähmaschine aus. »Waslaw ist nicht verrückt. Er ist weltfremd, exzentrisch, launisch und ein Visionär, natürlich benimmt er sich anders als du und ich. Und irgendetwas hat mich an Alexei erinnert, mehr wollte ich eigentlich nicht sagen.«

Viktoria drückte Olga an sich. Sie meinte es gut, doch sie wussten beide, dass Alexei nicht mehr wie früher war.

»Ich rede zu viel«, schloss Olga bekümmert. »Dabei ging es doch nur um das Kleid und den morgigen Abend. Auf alles andere haben wir sowieso keinen Einfluss.«

# KAPITEL 15

*Paris, 1917*

Viktoria betrat das Foyer des Theâtre du Châtelet in dem rosafarbenen Kleid von Chanel. Die Maskenbildnerin der Ballets Russes hatte sie ganz leicht geschminkt und ihr langes Haar im Nacken zu einem schweren Knoten gebunden. Von Olga hatte sie eine kleine schwarze Tasche und schwarze Abendschuhe bekommen. Die Schuhe waren allerdings eine Nummer zu klein und drückten.

Viktoria schaute sich um. Ein erlesenes Publikum hatte sich versammelt. Sie hatte gehört, dass jeder, der in Paris etwas auf seinen Kunstverstand hielt, sich Karten für die Premiere des Balletts »Parade« besorgt hatte.

Noch einmal ließ sie ihren Blick in die Runde wandern, doch Baron Cheverin konnte sie nirgends entdecken. Sie beobachtete die anderen Premierengäste, Menschen in eleganter Abendkleidung, die in Grüppchen zusammenstanden, plauderten und tranken, als gäbe es keinen Krieg. Beschämt dachte Viktoria, dass sie den Krieg selbst auch viel zu oft ausblendete, doch nun, umgeben von den Reichen und Schönen der Stadt, machte ihr der Kontrast zwischen den beiden Welten wieder deutlich zu schaffen. Es war, als stünden die Besucher alle auf einer Insel, die vor Gewalt und Leid geschützt war.

Aber unterschied sie sich denn von diesen Menschen? Tanzte sie nicht, während andere täglich zu Tausenden starben, hungerten und sich auf die Flucht begaben? Dachte sie an den Krieg, wenn sie tanzte? Nein, sie hoffte, dass sie eines Tages berühmt wäre. So war sie in Russland nicht gewesen, da hatte es sie krank gemacht, zu tanzen, während andere litten. War sie in Paris so oberflächlich geworden, dass sie außer sich selbst nichts mehr wahrnahm? Oder war sie einfach viel zu machtlos, um am Krieg etwas ändern zu können?

Viktoria hörte, wie ein Raunen durch das Foyer ging. Die Menge teilte sich, jeder schaute zum Eingang. Baron Cheverin war eingetroffen. Lächelnd durchschritt er die Gasse, nickte dem ein oder anderen zu. Nervös umklammerte Viktoria ihre Abendtasche. Als er vor ihr stand, wusste sie nicht, was die Etikette verlangte, und deutete einen Knicks an.

»Hatte ich Ihnen nicht gesagt, dass ich auf Förmlichkeiten keinen Wert lege?«, fragte Cheverin freundlich. »Und bevor Sie mich mit ›Herr Baron‹ anreden, ich heiße Eric.«

Ihre Blicke trafen sich. Viktoria fragte sich, ob das Braun seiner Augen auch bei ihrer ersten Begegnung so warm gewesen war oder ob die Beleuchtung im Foyer nur den Eindruck verstärkte. Und hatte er schon in Fontainebleau so charmant und liebenswürdig gelächelt? Vielleicht war sie einfach übermüdet. Eines stand jedoch fest: Eric Cheverin war ein äußerst anziehender Mann.

Noch einmal ließ sie ihren Blick über die Menge im Foyer gleiten und fragte sich, ob Alexei vielleicht unter ihr war. Wahrscheinlich nicht, er gehörte nicht zu dem Premierenpublikum. Für einen Moment dachte sie wieder an sein verändertes Benehmen und an Olgas Vergleich mit Waslaw Nijinksy. Dann schüttelte sie den Gedanken ab. Alexei war geistig gesund, er war nur ausgelaugt. Trotzdem würde sie der Sache auf den Grund gehen. Doch zuerst musste sie den Abend mit Eric Cheverin überstehen.

»Sollen wir zu unseren Plätzen gehen?« Der Baron bot ihr seinen Arm an.

Viktoria nahm ihn und raffte ihr Kleid. Eric Cheverin steuerte die große Treppe an. Mit brennenden Wangen schritt sie an den Premierengästen vorbei, die sich wahrscheinlich fragten, wer diese Unbekannte war, die einen der begehrtesten Junggesellen der Stadt begleitete. Sie betete, dass Alexei tatsächlich nicht unter ihnen war.

Cheverin führte sie die Treppe hinauf in eine Loge und deutete auf einen mit rotem Samt bezogenen Sessel. Viktoria ließ sich nieder, froh, nicht mehr in den engen Schuhen stehen zu müssen. Ihr Blick strich über die anderen Logen, die sich langsam füllten, über die vergoldeten Balustraden, die roten Samtsitze, den Prunk, der das gesamte Theater kennzeichnete. Wie oft hatte sie mutterseelenallein unten im Parkett gesessen und sich in eine der großen Rollen auf der Bühne geträumt, sich vorgestellt, wie das Publikum nach ihrem Auftritt vor Begeisterung raste und ihr Rosensträuße überreicht wurden, mehr, als sie halten konnte. Und was war aus ihrer Sehnsucht geworden? Dass sie einem Mann als Schmuck diente, damit er ihrer Tanzkompanie Geld gab.

Cheverin ließ sich auf dem Nachbarsessel nieder. Die Loge war für mehrere Personen ausgerichtet, doch Viktoria wusste nicht, ob sich noch jemand zu ihnen gesellen würde. Der Baron räusperte sich. »Ich möchte nicht, dass Sie meine Einladung falsch verstehen. Ich bewundere Sie als Tänzerin und habe nicht vor, Sie zu bedrängen. Wissen Sie, Ihre Art zu tanzen hat etwas Besonderes. Sie ist melancholisch und verspielt zugleich. Besser kann ich es leider nicht ausdrücken, doch Ihr Können hat in mir den Wunsch geweckt, Sie ein wenig näher kennenzulernen.«

»Hätte ein gemeinsames Essen dazu nicht ausgereicht?«, platzte es aus Viktoria heraus. Sofort überzog sich ihr Gesicht mit flammender Röte. Sie warf Cheverin einen entschuldigenden Blick zu, aber er wirkte nicht verärgert. »Ich bin sicher, Sergei Djagilew hat Ihnen gesagt, dass ich heute Abend eine der führenden Rollen hätte tanzen sollen«, fuhr sie, mutig geworden, fort. »Dazu ist es nicht gekommen, weil ich die Rolle der Zobeida einüben musste.«

»Ja, das hat Sergei mir gesagt«, antwortete der Baron und lächelte. »Sind Sie immer so direkt?«

»Nur manchmal.«

»Ich mag Menschen, die offen sagen, was sie empfinden.« Er lehnte sich zurück und schlug die Beine übereinander. »Ich möchte, dass Sie sich heute Abend vorstellen, Sie würden dort unten tanzen und bewundert werden. Nicht nur für Ihr Können, sondern auch für Ihre Schönheit.«

Warum hatte er das gesagt? »Ich hätte es erleben können, statt es mir nur vorzustellen.«

»Jetzt sind Sie mir böse«, sagte Cheverin. »Aber ich bin kein Egoist, sondern habe mir bei meiner Einladung etwas gedacht. Ich möchte, dass dieser Abend Ihnen die Kraft und die Entschlossenheit schenkt, die man braucht, um Primaballerina zu werden. In einem Ballett, das nur für Sie geschaffen wurde.« Er lachte leise. »Warum sehen Sie mich so verdutzt an? Ich habe mit Massine und Picasso gesprochen.«

Viktoria fehlten die Worte.

»Die Ballets Russes interessieren mich aus mehreren Gründen«, sprach Cheverin weiter. »Einerseits kann ich mir den Nachwuchs anschauen. Sie waren eine hinreißende Zobeida. Deshalb habe ich beschlossen, mich für Sie und Djagilews Tanzkompanie zu engagieren.«

»Sergei Djagilew wird Ihnen zu tiefem Dank verpflichtet sein.«

Cheverin ging darüber hinweg. »Ich werde bestimmte Projekte

finanzieren.« Er lächelte. »Wenn man mich fragt, können Sie ein großer Star werden, vielleicht eine zweite Anna Pawlowa.«

Viktoria schaute auf ihr seidig schimmerndes Kleid und strich über den teuren Stoff. Sie hatte von Künstlern und Künstlerinnen gehört, die eigene Mäzene hatten, doch das hatte einen Preis.

Sie hob den Kopf. »Baron –«

»Eric.«

»Eric. Ich weiß Ihr Lob zu schätzen und fühle mich geschmeichelt. Ich frage mich nur, was ich für Ihre Unterstützung tun muss.«

Falls ihre Frage ihn kränkte, ließ er es sich nicht anmerken. Vielmehr wirkte er amüsiert.

»Nichts.« Cheverin deutete auf die Bühne hinunter. »Schon als Kind habe ich das Ballett geliebt. Zu meinem Glück – oder Unglück – ist es in meiner Familie nicht erlaubt, auf die Bühne zu gehen. Ihr gefällt es nicht einmal, dass ich in Tanzkompanien investiere. Doch darüber setze ich mich hinweg. Wenn ich schon selbst nicht tanzen darf, möchte ich mich wenigstens mit Tänzern umgeben. Aber keiner von ihnen schuldet mir etwas.«

Viktoria studierte seine Miene und hatte den Eindruck, dass er die Wahrheit sagte.

»Es gibt so viele gute Tänzerinnen. Warum ausgerechnet ich?«

»Das habe ich Ihnen bereits erklärt.«

Viktoria richtete ihren Blick auf den schweren roten Bühnenvorhang aus Samt. Dahinter würden die Tänzer und Tänzerinnen, die sie kannte, sich auf Massines revolutionäres Ballett einstimmen. Wie sehr sie sich gewünscht hatte, Teil dieser Aufführung zu sein. Stattdessen saß sie in einem geborgten Kleid und mit Schuhen, die drückten, unter den Zuschauern.

# Kapitel 16

*Paris, 1917*

Im Zuschauerraum gingen die Lichter aus. Viktorias Kehle schnürte sich zusammen. Wie konnte der Baron glauben, hier zu sitzen würde sie anstacheln, über sich hinauszuwachsen und eine zweite Pawlowa zu werden? So etwas geschah nicht, nur weil man es sich beim Besuch eines Balletts vorgenommen hatte.

Sie versuchte, sich zu entspannen, auf die Bühne zu sehen und sich ihren Kummer nicht anmerken zu lassen. Aus dem Augenwinkel nahm sie wahr, dass Cheverin sie beobachtete. War er unter der freundlichen Oberfläche ein Sadist, der es genoss, wenn andere litten?

Der Samtvorhang glitt zur Seite. Nun sah man den Vorhang, den Picasso entworfen hatte. Er zeigte sonderbare Szenen – eine Frau, die auf einem geflügelten Pferd balancierte, das seinerseits ein Fohlen säugte, daneben einen schlafenden Hund, Gaukler und Akrobaten. Im Publikum deutete man auf den Vorhang und flüsterte. Als er sich öffnete, wurde Picassos Bühnenbild sichtbar, eine kunterbunte Häuserfront im kubistischen Stil. Die Tänzer, die einer nach dem anderen auf die Bühne kamen, stellten die Mitglieder eines Wandertheaters dar, unter ihnen ein chinesischer Zaubermeister und jede Menge Akrobaten. Sie versuchten, ein Publikum anzulocken, doch niemand interessierte sich für ihr Angebot.

Viktorias Herz begann aufgeregt zu schlagen. Die Aufführung musste das Publikum einfach begeistern: Die Handlung des Balletts stammte von Jean Cocteau, die Musik von Erik Satie, die Bühnenausstattung und die Kostüme von Pablo Picasso und die Choreographie von Léonide Massine. Noch nie hatten sich so viele Meister unterschiedlicher Künste zusammengefunden und ein Ballett geschaffen. Schon im Vorfeld war in den Künstlercafés und Bars der Stadt darüber geredet worden. Es hieß, das Ballett sei kubistisch, andere nannten es dadaistisch, wieder andere bezeichneten es einfach als avantgardistisch oder revolutionär. Dann erklangen die ersten Takte der Musik. Viktoria vergaß alles, was ihr auf die Seele drückte, und überließ sich ganz dieser neuen und einzigartigen Form des Tanzes. Sie war sicher, eines Tages, wenn sie alt und grau war, würde sie ihren Enkelkindern von diesem Ballettabend erzählen.

Die Tänzer in ihren Rollen als Akrobaten trugen Ganzkörpertrikots, darüber teils sperrige, eckige Gebilde aus Metall und Pappmaché. Dann kam Massine als Chinesischer Zaubermeister auf die Bühne, mit weißgeschminktem Gesicht und in einem rot-golden gestreiften Kostüm mit einer dicken schneckenförmigen Applikation auf der Bauchpartie. Sein Part musste mit steifem Körper und rechtwinklig abgespreizten Armen getanzt werden. Natürlich war er großartig. Einmal tat er, als würde er Feuer speien, und war dabei so überzeugend, dass das Publikum in den ersten Reihen unruhig wurde. Dann zauberte er ein Ei aus seinem Fuß und schien es zu verschlucken. Ein Raunen ging durch das Publikum.

»Massine ist ein Genie«, sagte Cheverin leise.

Viktoria konnte den Blick nicht von dem Mann auf der Bühne lösen, der nicht nur ein begnadeter Choreograph und Tänzer war, sondern von dem auch ihre Zukunft abhing.

Als Maria als Amerikanisches Mädchen auf die Bühne tänzelte, schluckte Viktoria. Um ein Haar wäre das ihr Auftritt gewesen.

Maria war gut, aber sie, Viktoria, wäre besser gewesen. Konzentriert verfolgte sie Marias Bewegungen und dachte, dass Cheverin vielleicht doch recht gehabt hatte. Irgendetwas löste dieser Abend in ihr aus. Sie war ehrgeizig, hatte seit Jahren eisern an sich gearbeitet, es in die Kaiserliche Ballettschule, dann in das Kaiserliche Ballett und schließlich in die Ballets Russes geschafft, doch nun spürte sie in sich einen Mut, der ihr bisher gefehlt hatte, und sie sah sich in einer Rolle, die sie noch nie gewagt hatte, für sich zu beanspruchen. Es ging nicht mehr nur um die Hoffnung, eines Tages einmal einen führenden Part tanzen zu dürfen und Beifall zu ernten, vielmehr schwor sie sich, künftig noch besser zu werden, noch mehr zu üben und über sich hinaus zu wachsen, bis sie zur Solotänzerin der Ballets Russes wurde – und es dann, eines Tages, vielleicht tatsächlich schaffte, eine zweite Anna Pawlowa zu werden.

Als die Tänzer, die ein Pferd darstellten, in einem unförmigen Pappgehäuse mit den ungelenken Zuckungen, die Massine allen Tänzern vorgeschrieben hatte, über die Bühne zappelten, wurden im Publikum die ersten Unmutsbekundungen laut. Mit Sicherheit trug auch Saties Ballettmusik dazu bei, zu der Straßenlärm, das Klappern von Schreibmaschinen, Nebelhörner, klimpernde Flaschen und Pistolenschüsse gehörten. Von ihrem Logenplatz aus konnte Viktoria den namhaften Komponisten und Musikkritiker Jean Poueigh sehen, der mit gerunzelter Stirn und vor der Brust verschränkten Armen im Parkett saß. Einige Zuschauer stürzten zur Bühne und schrien: »Vorhang!«

Als die Aufführung beendet war, blieb es im Zuschauerraum still. Dann fingen einige zaghaft an zu applaudieren, andere klatschten betont laut und beherzt. Doch der Großteil regte sich nicht. Die ersten Buhrufe waren zu vernehmen. Sie wurden von lauter werdendem Applaus übertönt, woraufhin auch die Buhrufer sich steigerten. Einige befahlen ihnen, ruhig zu sein. Zuschauer sprangen auf und schrien sich an.

Cheverin neigte sich zu Viktoria. »Lassen Sie uns verschwinden, bevor die Leute mit den Fäusten aufeinander losgehen.«

Viktoria stand auf. Sie verließen die Loge und nahmen die Treppe hinunter ins Foyer. Überall standen Theatergäste zusammen und debattierten laut und mit erregten Mienen. Etliche wirkten empört, andere lachten abfällig, und nur wenige schienen begeistert zu sein. Cheverin bahnte ihnen einen Weg in Richtung Ausgang. Aber davor standen die Leute so dicht gedrängt, dass sie nicht weiterkamen.

»Ich weiß einen anderen Weg«, sagte Viktoria, nahm den Arm des Barons und führte ihn zu einer Seitentür, durch die es in den hinteren Bereich der Bühne ging. Wahrscheinlich würde es noch eine Weile dauern, bis auch die Theatergäste diese Tür entdeckten und versuchen würden, Massine und Djagilew direkt zu konfrontieren.

Auch hinter der Bühne war es nicht leer. Tänzer und Tänzerinnen liefen zum Bühnenausgang, gefolgt von Musikern mit ihren Instrumenten und von Bühnenarbeitern. Doch Viktoria kannte jeden Winkel des Theaters und öffnete die Tür zu einer Abstellkammer. Sie drückte auf den Lichtschalter. Daraufhin spendete eine schmutzige Glühbirne ein wenig Licht.

»Kommen Sie«, flüsterte Viktoria. »Hier geht es nach draußen.« Cheverin blieb so dicht hinter ihr, dass sie seinen Atem im Nacken spürte.

Dann standen sie in einer engen dunklen Gasse. Cheverin griff nach Viktorias Hand und sagte: »Ich möchte nicht, dass Sie in der Dunkelheit stürzen.«

Sie folgten der Gasse zum Quai de Gesvres und liefen weiter. Hinter ihnen war noch immer das Lärmen der Theaterzuschauer zu hören. Mittlerweile schienen die meisten auf dem Vorplatz des Theaters zu stehen. In der Ferne wurden Polizeisirenen laut.

Sie hielten inne.

»Vielen Dank für den interessanten Abendspaziergang«, sagte Cheverin belustigt.

Viktoria schaute an ihrem Kleid hinunter. Der Saum war schmutzig geworden. »Olga bringt mich um«, murmelte sie. »Das Kleid ist nur geliehen.«

»Wer ist Olga?«

»Die Frau, die unsere Kostüme näht.«

»Das Kleid schmiegt sich sehr schön an Ihren Körper«, sagte Cheverin.

Viktoria versteifte sich. »Ich weiß nicht, was Sergei Djagilew Ihnen versprochen hat, aber ich werde –«

Cheverin hob abwehrend die Hände. »Bitte, verzeihen Sie mir, ich wollte Ihnen nicht zu nahe treten. Es war ein Kompliment.«

*Wie geschickt er manövriert*, dachte Viktoria, froh darüber, sich nun verabschieden zu können.

»Ich werde Sie nach Hause begleiten«, sagte Cheverin. »Oder sollen wir lieber eine Droschke nehmen? Ist Ihnen kalt?«

»Nein, mir ist nicht kalt. Ich wohne auch nicht weit von hier, Sie müssen mich nicht begleiten.«

»Ich habe eine bessere Idee«, sagte Cheverin. »Wir suchen uns eine Bar und trinken noch ein Glas, bevor ich Sie nach Hause bringe.« Er streifte die Jacke seines Abendanzugs ab und legte sie über Viktorias Schultern. »Nur für den Fall, dass Ihnen doch kalt ist.«

Tatsächlich fanden sie zwei Straßen weiter eine ruhige Bar, in der nur wenige Gäste an der Theke und an kleinen Marmortischen saßen.

Cheverin bestellte eine Karaffe Rotwein. Viktoria bat um einen Kaffee. Trotz seiner Jacke fröstelte sie und wollte sich aufwärmen.

Als sie Anstalten machte, ihm die Jacke zurückzureichen, winkte er ab.

»Danke, Baron –«

»Eric«, sagte er kopfschüttelnd. »Sie scheinen ein schlechtes Gedächtnis zu haben. Für Sie bin ich einfach Eric. Vielleicht hatte ich das Glück, in eine wohlhabende adlige Familie geboren zu sein, aber es ist nichts, das ich mir erarbeitet habe und auf das ich stolz sein könnte.« Er nahm einen Schluck Wein.

»Aber es ist Ihnen von Nutzen«, entgegnete Viktoria. »Sie konnten sich eine Szene aus ›Scheherazade‹ vortanzen lassen und darauf bestehen, dass ich heute Abend mit Ihnen ins Theater gehe.«

Cheverin zog die Brauen hoch. »Ich habe nicht darauf bestanden. Ich habe Djagilew darum gebeten, um Sie auf Ihre Möglichkeiten hinweisen zu können.«

»Ich verstehe noch immer nicht ganz, warum Sie mich ausgewählt haben.«

»Viktoria«, sagte Cheverin mit einem Seufzer. »Auch darüber haben wir schon gesprochen. Ich habe Sie die Zobeida tanzen sehen und eine gewisse Magie gespürt. Die spüre ich bei anderen nicht. Und ich habe mir sehr viele Tänzer und Tänzerinnen angeschaut, um diejenigen zu finden, die es verdienen, von mir gefördert zu werden.«

War er aufrichtig? Viktoria wusste es nicht.

Cheverin schien ihre Zweifel zu spüren. »Ich bin kein Mann, der sein Geld und seine Position ausnutzt, um sich jemandem aufzudrängen. Oder um jemanden dazu zu bringen, etwas gegen seinen Willen zu tun.« Er nahm sein Glas und lehnte sich zurück.

»Nach den Worten Djagilews hatte ich keine andere Wahl, als Sie zu begleiten.« Viktoria errötete. Warum war sie so unhöflich? Der Baron hatte ihr nichts getan, sondern sich immer nur liebenswürdig gezeigt und ihr bereits einiges an unfreundlichen Bemerkungen nachgesehen.

»Ich hatte Ihre Begleitung nicht verlangt, sondern darum gebeten. Ich werde noch einmal mit Djagilew reden.«

»Bitte nicht«, sagte Viktoria erschrocken. »Ich muss mich entschuldigen, das, was ich sage, ist äußerst unangebracht. Es war – es war ein schöner Abend, für den ich Ihnen danke. Ohne Sie hätte ich die Premiere nicht erleben können. Es war angenehm, Sie begleiten zu dürfen.«

Cheverin lachte und trank einen Schluck. »Ich fand es auch – angenehm.«

Viktoria beschloss, das Thema zu wechseln, ehe sie vielleicht doch wieder etwas Falsches sagte. »Und wie hat Ihnen ›Parade‹ gefallen?«

»Phantastisch.« Cheverins Augen begannen zu funkeln. »Es war genauso großartig, wie ich es mir vorgestellt hatte. Aber wie hätte es auch anders sein können, wenn sich Künstler wie Cocteau, Satie, Picasso und Massine zusammentun.« Er griff nach Viktorias Hand. »Natürlich wäre es noch besser gewesen, wenn Sie mitgetanzt hätten. Aber das kommt noch.«

Viktoria entzog ihm ihre Hand und suchte nach dem nächsten Thema – nach einem, das weder mit ihr noch dem Ballett zu tun hatte. »Es muss schön sein, Geld zu haben und zu einer namhaften Familie zu gehören, aber wahrscheinlich bringt es auch Verantwortung mit sich, oder?«

»Zweifellos.« Cheverins Blick wurde ernst. »Aber Geld ist nicht alles.«

»So etwas sagt sich leicht, wenn man nicht hungert und ein Dach über dem Kopf hat.«

»Geld macht einen weder blind noch selbstsüchtig, Viktoria. Glauben Sie, ich sehe nicht, was um uns herum geschieht? Dieser Krieg hat enormes Leid verursacht. Ich tue mein Bestes, um Abhilfe zu schaffen.«

Viktoria seufzte. »Manchmal denke ich, dass es nicht richtig ist, sich in diesen Zeiten mit dem Ballett zu beschäftigen.«

»Falsch.« Cheverin schüttelte den Kopf. »Gerade in einer Zeit wie dieser braucht der Mensch die schönen Künste. Im Theater können wir unsere Angst und unseren Kummer wenigstens für einige Stunden vergessen. Und wenn die Aufführung gut war, zehren wir noch lange davon.«

»Ja, vielleicht.« Viktoria nahm einen Schluck ihres Kaffees.

»Sie klingen nicht sehr überzeugt. Wenn wir uns das nächste Mal treffen, werde ich versuchen, es besser zu erklären.«

Viktoria stellte ihre Tasse ab und sah Cheverin fest in die Augen. »Ich wusste nicht, dass es ein nächstes Mal gibt.«

»Nur wenn es Ihnen recht ist. Möchten Sie einen Cognac?« Viktoria verneinte. Cheverin winkte den Kellner herbei und bestellte ein Glas für sich. »Ich habe bereits mehrfach erklärt, dass ich mich niemandem aufzwinge. Ich werde die Ballets Russes fördern, und dafür gibt es nur eine Bedingung, nämlich dass Sie hart an sich arbeiten.«

»Das tue ich, seit ich mit dem Tanzen begonnen habe«, entgegnete Viktoria.

»Noch etwas.« Cheverin schwenkte den Cognac, den man gebracht hatte, im Glas.

»Was?«

»Das Ballett, das Picasso und Massine für Sie schaffen wollen –«

»Für mich und Alexei Pankow«, warf Viktoria ein.

Cheverin runzelte die Stirn. »Richtig.«

Viktoria zuckte mit den Schultern. »Dieses Ballett ist nur ein Wunschtraum.«

»Nein, Viktoria. Ich werde dafür sorgen, dass es Wirklichkeit wird.«

# Kapitel 17

*Paris, 1917*

Viktoria schloss die Eingangstür und lehnte sich erschöpft dagegen. Vielleicht war Eric Cheverin tatsächlich so großherzig, wie er sich darstellte, und auf irgendeine Weise mochte sie ihn sogar, trotzdem war sie erleichtert, dass der Abend vorüber war.

Sie stieß sich von der Tür ab.

»Es ist reichlich spät geworden«, kam eine Stimme aus der Dunkelheit.

Viktoria zuckte zusammen. »Alexei?« Sie tastete nach dem Lichtschalter und drückte darauf. Aus der kleinen Deckenleuchte fiel weißliches Licht in die Eingangshalle. Alexei erhob sich von der untersten Treppenstufe und sah Viktoria grimmig an.

»Warum bist du hier?«, fragte sie. »Spionierst du mir nach?«

Alexei lachte abschätzig. »Auf was für Ideen du kommst. Ich war im Theater und wollte dich nach Hause begleiten, aber im Foyer habe ich dich nicht gesehen.« Er zog seine Taschenuhr hervor und warf einen Blick darauf. »Und nun stelle ich fest, dass du für den kurzen Heimweg drei Stunden gebraucht hast.«

»Warum gibst du es nicht zu?«, fragte Viktoria.

»Was?«

»Mein Gott, Alexei«, stieß sie ungeduldig hervor. »Sag doch, dass du eifersüchtig bist.«

»Habe ich denn Grund dazu? In eurer Loge habt ihr sehr vertraut gewirkt, du und dein Herr Baron.«

»Also hast du mir doch nachspioniert. So etwas mag ich nicht, Alexei, dazu hast du kein Recht.«

»Er benutzt sein Geld, um bei dir Eindruck zu schinden«, sagte Alexei höhnisch. »Und du fällst prompt darauf rein. Hast du die letzten drei Stunden bei ihm verbracht?«

Fassungslos sah Viktoria ihn an. Warum kränkte er sie so? Wie kam er dazu, sie so gering zu schätzen?

Alexei trat einen Schritt auf sie zu. »Ich traue diesem Mann nicht.«

Viktoria roch den Alkohol in seinem Atem. »Du meinst, du traust mir nicht. Aber ich habe keine Lust, mir deine Unterstellungen anzuhören.«

»Vielleicht ist es die Wahrheit?« Alexei schwankte.

»Mein Gott«, sagte Viktoria. »Wie viel hast du getrunken?«

»Nicht genug, um den Anblick von euch beiden zu vergessen.«

Viktoria zählte bis zehn, um sich zu beruhigen. Doch als sie bei fünf war, platzte ihr der Kragen. Sie deutete auf die Tür. »Geh, Alexei. In diesem Zustand möchte ich nicht mit dir reden.«

Alexei stierte sie mit blutunterlaufenen Augen an. »Gut, dann reden wir morgen weiter.«

Sie riss die Tür auf, und er verschwand in die Nacht.

Viktoria sah ihm noch einen Moment lang nach. Dann ließ sie die Tür ins Schloss fallen, wandte sich ab und stieg mit schwerem Herz und bleiernen Gliedern die Treppe hinauf.

Viktoria betrat das Nähzimmer des Theaters. Olga saß an ihrer Nähmaschine.

»Wie ich sehe, hast du die Premiere überlebt«, sagte sie. »Da muss ja was los gewesen sein.«

Viktoria reichte ihr das Abendkleid zurück. »Der Saum ist schmutzig.« Am Morgen hatte sie versucht, das Kleid zu reinigen, aber es war ihr nicht ganz gelungen.

Olga ließ den Saum durch die Hände gleiten. »Er ist auch eingerissen.«

»Es tut mir leid.« Viktoria las einen weißen Faden vom Boden auf und wickelte ihn sich um den Finger. »Muss ich das Kleid nun bezahlen? Dafür würde ich eine Ewigkeit brauchen.«

»Ich nehme an, das wird Djagilew für dich regeln.« Olga sah sie über ihren Brillenrand hinweg an. »Wie sieht der Baron eigentlich aus?«

Viktoria errötete. »Er sieht nicht übel aus.«

Olga lachte. »Alexei war heute Morgen wieder sehr schlecht gelaunt.«

»War er hier? Er hat erst ab Mittag Probe.«

»Djagilew hat die Tänzer zu einer zusätzlichen Probe einbestellt.«

»Warum?«

»Woher soll ich das wissen?« Olga zuckte mit den Schultern. »Pass auf Alexei auf.«

Viktoria wickelte den weißen Faden vom Finger. »Gestern Abend war er betrunken.«

»Ich dachte, er trinkt nicht.«

»Das dachte ich auch.« Viktoria seufzte. »Offenbar habe ich mich bei Alexei in mehreren Dingen getäuscht.«

»Sprich in Ruhe mit ihm.«

»Ich muss herausfinden, woher seine Stimmungsschwankungen rühren. Der Alkohol ist es nicht, Alexei trinkt sonst nie. Und eifersüchtig war er bisher auch nicht. Das passt nicht zu ihm.«

»Ich habe dir schon gesagt, an wen er mich erinnert.«

Viktoria schüttelte den Kopf. »Das ist mir zu weit hergeholt.« Sie sah zu, wie Olga versuchte, den Saum des rosafarbenen Kleids mit einem feuchten Tuch zu reinigen. »Vielleicht wird ja auch alles wieder gut.«

Olga gab ihr keine Antwort.

Auf dem Weg zu den Übungsräumen versuchte Viktoria, ihre Gedanken zu sortieren. Angesichts der Aussichten, die Cheverin ihr eröffnet hatte, sollte sie eigentlich auf Wolken schweben, doch Alexeis Verhalten ließ ihr keine Ruhe. Eric Cheverin war höflich, weiter nichts. Natürlich machte sein Geld ihn attraktiv, das war ein Vorteil, den wahrscheinlich alle reichen Leute genossen.

Aber war sein Reichtum auch für sie von Bedeutung? Nein. Wenn sie sich fragte, ob sie jemanden mochte, war das für sie noch nie ausschlaggebend gewesen. Mochte sie Cheverin? Sie konnte es noch immer nicht sagen. Sein Benehmen war tadellos, er war einflussreich …

*Es reicht, denk an etwas anderes*, befahl sie sich.

Kurz vor dem Probensaal kam Irina ihr mit gerötetem Gesicht und zusammengezogenen Brauen entgegen.

»Irina«, sagte Viktoria, »was hast du?«

Irina blieb stehen und lächelte verkrampft. »Nichts, danke der Nachfrage.«

»Wirklich nicht?«

Irina stieß einen abgrundtiefen Seufzer aus. »Eigentlich habe ich mich schon wieder beruhigt, aber Léonide ist außer sich vor Wut.« Sie beugte sich zu Viktoria vor. »Hast du gelesen, was Jean Poueigh im *Matin* über ›Parade‹ geschrieben hat?«

»Nein, aber ich habe ihn im Zuschauerraum gesehen. Er sah nicht sehr begeistert aus. War er in seiner Kritik so aufgebracht wie das Publikum gestern Abend? Ich dachte, die Leute würden anfangen, sich zu prügeln.«

»Er hat die Aufführung verrissen. Satie hat er einen ›Clown‹ genannt und Picasso einen ›Stümper‹. Und Massines Choreographie war nach seinen Worten einfach schlecht.«

Irinas Miene heiterte sich ein wenig auf. »Zum Glück haben sich andere Kritiker lobend geäußert.«

»Es gab reichlich Buhrufe.«

»Mit denen habe ich gerechnet. Es war wie 1913, als wir ›Le sacre du printemps‹ aufgeführt haben.«

Die Aufführung war damals ein Skandal gewesen, das war Viktoria bekannt. Das Publikum hatte nicht gewusst, wie es auf die neue Musik Strawinskys reagieren sollte. Auch Nijinskys Choreographie, die den Tänzern rhythmische Stampfbewegungen vorschrieb, brachte die Leute auf. Es gab Tumulte und Pfeifkonzerte. Allerdings kursierte das Gerücht, Djagilew hätte nichts dagegen gehabt. Sein Plan war, mit den Ballets Russes in die Schlagzeilen zu geraten, und der war aufgegangen. »Vielleicht freut sich Djagilew auch diesmal wieder über die Reaktionen und sieht sie als kostenlose Werbung.«

Irina lachte. »Wie zynisch du bist.«

Mit Bitterkeit dachte Viktoria daran, dass sie um ein Haar in dem Ballett mitgewirkt hätte, das vielleicht in die Annalen avantgardistischer Choreographien eingehen würde.

»Wie war dein Rendezvous mit Baron Cheverin?«, fragte Irina.

Viktoria zog die Brauen zusammen. »Woher weißt du, dass ich mit ihm im Theater war?«

»Das weiß jeder.« Irina legte den Kopf schief und sah sie abwartend an.

»Es war kein Rendezvous.«

»Mich interessiert nicht, wie du es nennst, ich möchte wissen, wie es war.«

»Wann? Vor, während oder nach der Aufführung?«, fragte Viktoria spitz.

Irinas Miene bewölkte sich. »Bitte nicht frech werden, Viktoria. Nur weil du mit einem potenziellen Förderer aus warst, hat sich deine Position bei den Ballets Russes nicht verändert.«

Viktorias Magen verkrampfte sich furchtsam. »Entschuldige, Irina, ich wollte –«

Irina winkte ab. »Denk nach, bevor du etwas sagst. Bei mir, bei Léonide und ganz besonders, wenn du mit Djagilew sprichst.«

»Wie meinst du das?«, fragte Viktoria. »Habe ich in seinen Augen etwas falsch gemacht?«

»Bisher noch nicht, aber bete, dass Cheverin Sergeis Erwartungen erfüllt.«

Bevor Viktoria ihr die nächste Frage stellen konnte, eilte Irina schon weiter zu Djagilews Büro.

Viktoria stand in dem leeren Flur und überlegte, was sie als Nächstes tun sollte. Sie hatte keine Probe und könnte nach Hause gehen. Vielleicht sollte sie den Tag mit Jana verbringen, das Mädchen war ohnehin viel zu oft allein. Einen Teil der Zeit schien sie sich mit Putzen und Staubwischen zu vertreiben, wenn Viktoria abends nach Hause kam, war die Wohnung immer blitzblank.

Die Tür des Probensaals öffnete sich. Eine Gruppe Tänzer kam heraus. Einige wischten mit Handtüchern über ihre schweißglänzenden Hälse und Gesichter. Viktoria wartete darauf, dass auch Alexei den Saal verließ. Als das nicht geschah, spähte sie hinein. Alexei sprach mit einem Tänzer namens Nestor. Nach ihren Mienen zu urteilen, war es keine schöne Unterhaltung.

Alexei wurde laut. »Dazu hätte es gar nicht kommen dürfen. Was glaubt Djagilew, wer wir sind?«

Nestor lachte. »Vielleicht macht es ihr Spaß, sich für einen Adligen zu prostituieren.«

Viktoria wurde übel. Sie stellte sich vor, wie alle Mitglieder der Ballets Russes über sie herzogen, sie als die Frau bezeichneten, die mit reichen Männern schlief, um für Djagilew Geld aufzutreiben. Oder um sich selbst Vorteile zu verschaffen.

Sie wartete darauf, dass Alexei sie verteidigte. Er tat es nicht.

Nestor sprach weiter. »Wenn sie mit diesem Geldsack ins Bett geht, wird hoffentlich etwas für uns –«

Viktoria stieß die Tür ganz auf, bemühte sich zu lächeln, und fragte: »Habt ihr Olga gesehen? Ich dachte, sie wäre hier.«

Die beiden Männer sahen sie leicht verlegen an. Vermutlich fragten sie sich, wie viel sie von ihrem Gespräch mitbekommen hatte.

Alexei kam zu ihr. »Olga war hier«, sagte er. »Ich glaube, sie ist zur Seine gelaufen, sie hat etwas von einem Spaziergang an der frischen Luft erzählt.«

*Wie er lügt, und wie gelassen er dabei ist*, dachte Viktoria. Anscheinend war es ihm gleich, ob sie ihn und Nestor gehört hatte. Und dass er sie nicht verteidigt hatte, schien ihm auch nicht peinlich zu sein. Wortlos wandte sie sich ab und ging den Flur hinunter zum Bühnenausgang.

Sie machte sich auf den Heimweg. Wie erwartet, war am Ufer der Seine von Olga weit und breit nichts zu sehen. Viktoria betrat den Pont au Change, lehnte sich an die steinerne Balustrade und schaute auf die ruhig fließende Seine hinab. Sie wusste nicht, wo sie entsprang, erinnerte sich aus dem Schulunterricht nur daran, dass sie in den Ärmelkanal mündete. Und dass sie im Vergleich zu den russischen Flüssen, der Wolga, dem Ob, dem Dnjepr, klein war. Als

Kind war sie einmal mit ihren Eltern an der Wolga gewesen. Sie versuchte, die Bilder wieder wachzurufen, nur um nicht mehr an das denken zu müssen, was sie vorhin gehört hatte. Es gelang ihr nicht, immer wieder sah sie die beiden Männer vor sich, Nestor mit seinem spöttischen Lächeln und Alexei, der sich über Djagilew empörte, es jedoch nicht für nötig hielt, sich für die Frau einzusetzen, die er angeblich liebte.

»Viktoria, wo bist du?« Alexei war an ihre Seite getreten und sah sie mit gerunzelter Stirn an.

»Hier, wie du siehst.«

»Ich meinte, wo bist du mit deinen Gedanken?«

»Was glaubst du wohl? Olga ist hier übrigens nirgends, aber damit hatte ich auch nicht gerechnet.«

Er ging darüber hinweg. »Ich bin froh, dass ich dich gefunden habe. Im Theater haben die Wände Ohren, da wollte ich nicht mit dir reden.«

»Als du mit Nestor gesprochen hast, schienen dir diese Ohren ziemlich egal zu sein.«

Eine leise Röte stahl sich in Alexeis Gesicht. »Das hast du gehört?«

»Ja.«

»Das tut mir leid.«

»Mir auch. Vor allem, weil du ihm nicht widersprochen hast. Offenbar glaubst auch du, dass ich mich prostituiert habe.«

Alexei verdrehte die Augen und stöhnte. »Viktoria, du bittest mich, unsere Beziehung geheim zu halten, doch wenn dir jemand unterstellt, eine Hure zu sein, soll ich mich plötzlich für dich einsetzen. Meinst du nicht, dass Nestor sich gewundert hätte, wenn ich dich verteidigt hätte?«

»Du hättest es aus Anstand tun können, weil es dir gegen den Strich geht, dass er auf eine so erniedrigende Weise über eine Frau spricht.« Am liebsten hätte Viktoria ihn einfach stehen lassen und wäre davongegangen. Anscheinend waren sie nicht mehr in der Lage, ein vernünftiges Gespräch zu führen.

»Heute Nachmittag spreche ich mit Djagilew«, sagte Alexei. »Der Termin steht bereits fest.«

»Worüber?«

»Über uns.«

»Uns gibt es nicht mehr«, sagte sie bitter und spürte die Veränderung zwischen ihnen deutlicher als jemals zuvor. »Dein Besuch bei Djagilew hat sich erübrigt.«

»Nein. Unter anderem werde ich ihm sagen, dass er dich nicht mehr zwingen darf, mit jemandem auszugehen, nur weil derjenige Geld hat.«

»Es war nur einmal. Eric hat –«

Alexei zog die Brauen hoch. »Sieh an, Eric nennst du ihn also.«

*Verflucht.* Warum hatte sie ihn Alexei gegenüber so genannt, obwohl sie ihn in Gedanken immer nur als »Baron« bezeichnete? »Cheverin war weder zudringlich noch hat er um eine weitere Verabredung gebeten.«

»Und warum schickt er dir Rosen?«

Viktoria hatte keine Ahnung, wovon Alexei redete. »Das hat er nicht getan.«

»Doch. Sie sind in deiner Wohnung. Zusammen mit einer Karte, der ich entnehmen konnte, dass ihm ein einziger Abend mit dir nicht genügt hat.«

»Du hast in meiner Wohnung herumgeschnüffelt?«, fragte Viktoria aufgebracht. »Wie kommst du dazu?«

Alexei hob abwehrend die Hände. »Jana hat mich reingelassen. Sie dachte, die Rosen wären von mir.«

»Offenbar ist sie im Gegensatz zu dir auch so wohlerzogen, dass sie die Karte nicht gelesen hat.« Viktoria holte tief Luft. »Es reicht, Alexei. Ich dachte, wir könnten zusammen glücklich werden und Djagilews Regel gemeinsam durchstehen, denn ewig wird sie nicht gelten. Aber deine Eifersucht und deine Unterstellungen sind unerträglich. Ich habe dich geliebt – liebe dich noch –, aber im Moment fällt es mir schwer, dich zu mögen.«

»Ich werde mit Djagilew sprechen«, beharrte Alexei. »Vielleicht begreift er dann, dass du auf die Avancen dieses Rumänen keinen Wert legst.«

Wieder spürte Viktoria, wie ihr Zorn hochkochte. Begriff Alexei nicht, was er damit anrichten würde? »Warum willst du dir schaden?«, fragte sie so ruhig wie möglich. »Möchtest du, dass Djagilew dich feuert?«

»Mich?« Alexei lachte. »Du hast doch vielmehr Angst, dass er dich feuert.«

»Solange Eric Cheverin sich für mich interessiert, werde ich nicht gefeuert«, schleuderte Viktoria ihm aufgebracht entgegen.

»Dann werde ich dafür sorgen, dass er einen Rückzieher macht.«

»Du machst besser einen Rückzieher«, sagte Viktoria und konnte nicht fassen, dass sie an diesem Punkt angekommen waren. Sie wollte sich abwenden, doch Alexei packte ihren Arm so fest, dass seine Finger sich hart in ihre Haut pressten. Viktoria entwand sich seinem Griff. »Ich weiß nicht, was mit dir los ist, Alexei, aber mit diesem Verhalten tust du dir keinen Gefallen.«

Etwas Wildes trat in seinen Blick. »Du machst mich verrückt.«

Heiße Tränen schossen in Viktorias Augen. Sie blinzelte sie fort. »Irgendetwas stimmt nicht mit dir, Alexei, und ich weiß nicht, wie ich dir helfen soll.«

»Ich brauche keine Hilfe, vielen Dank.« Alexeis Mund verzog sich gehässig. »Vielleicht stimmt mit dir etwas nicht. In Russland hättest du dich niemals mit einem schmierigen Rumänen eingelassen.«

»Ich werde so tun, als hätte ich den letzten Satz nicht gehört.« Viktoria drehte sich um und setzte ihren Weg über die Brücke fort.

»Ja, geh doch«, rief Alexei ihr nach. »Geh zu deinem Geliebten. Mir macht das nichts aus.«

# Kapitel 18

Lily nahm den Zug von der Gare de Lyon nach Fontainebleau. Auf der Fahrt überlegte sie, ob sie Yves eine SMS schicken und sich für ihr Verhalten entschuldigen sollte. Doch was würde das bringen, solange sie nicht fähig war, sich ihm zu öffnen? Und warum sollte sie sich Yves öffnen, wenn sie in Kürze nach Australien zurückkehren würde? Genau genommen wäre es das Beste, ihn gar nicht mehr wiederzusehen, der Abschied von ihm würde ihr sonst nur unnötig schwerfallen.

Im Bahnhof von Fontainebleau fragte sie sich, ob sie Natalie mailen sollte, dass sie auf dem Weg zu dem Anwesen der Cheverins war. Aber auch das würde zu nichts führen. Erstens beantwortete Natalie Lilys Mails nicht, und zweitens würde sie sie, falls sie sich im Haus der Cheverins aufhielt, kaum mit offenen Armen empfangen. Am Bahnhof angekommen, bestellte Lily sich ein Taxi, das sie zu ihrem Ziel brachte.

Dann stand sie vor einem großen Eisentor, sah in der Ferne die gelben Sandsteinmauern eines Herrenhauses und wurde unsicher. Um noch ein wenig Zeit zu gewinnen, betrachtete sie die sonderbaren schmiedeeisernen Figuren, mit denen das Tor verziert war. Sie erkannte Weinlaub und Engel, die mit Ungeheuern rangen.

Sie schaute hinauf in den tiefblauen Herbsthimmel, dann auf die mit Kies bestreute Pappelallee, die sich hinter dem Tor zu dem Herrenhaus erstreckte. Ob Natalie dort war, und Mitglieder der Familie Cheverin? Was würden sie sagen, wenn Lily fragte, ob sich bei ihnen eine Natalie Johansson befinde?

Lily rief sich die altbekannten Gründe wieder in Erinnerung, weshalb sie Natalie unbedingt sprechen musste, entweder hier oder an einem anderen Ort. Dann fasste sie sich ein Herz und drückte auf die Klingel, die im Mauerwerk des Tors eingelassen war.

Nichts geschah.

Sie klingelte noch einmal.

Nichts.

Vielleicht war niemand im Haus. Lily griff nach der Visitenkarte, die der Taxifahrer ihr gegeben hatte, um ihn zu bitten, sie wieder abzuholen. Dann erinnerte sie sich, auf der Fahrt Bushaltestellen gesehen zu haben, vielleicht sollte sie einfach ein Stück zurücklaufen und mit dem Bus zum Bahnhof fahren.

Noch einmal drückte sie den Klingelknopf.

Außer Vogelgezwitscher und dem leisen Wind in den Bäumen war nichts zu hören.

Zwischen zwei schmiedeeisernen Engeln hindurch schaute sie auf die Allee und die gepflegten Rasenflächen, die hinter den Bäumen begannen. Dann trat sie einen Schritt zurück und ließ ihren Blick über das Tor wandern. Vor dem Unfall wäre sie locker darübergeklettert. Es wäre ein Klacks gewesen. Inzwischen ließen ihre Rückenschmerzen solche Kapriolen nicht mehr zu.

Das Brummen eines Wagenmotors drang an ihr Ohr. Der Wagen schien sich über den Weg zu nähern, den sie mit dem Taxi gekommen war. Lily starrte in die Richtung. Ein klappriger Peugeot tauchte auf. Klein und rot holperte er über die ausgefahrene Straße. Das Gefährt eines wohlhabenden rumänischen Adligen stellte sie sich anders vor. Als es näher kam, bemerkte sie die Beulen an den Kotflügeln.

Lily wandte ihren Blick ab und versuchte ihr Glück noch einmal mit der Klingel, aber entweder wollte man ihr keinen Einlass gewähren, es war tatsächlich niemand da, oder die Klingel war kaputt. Der rote Peugeot bremste. Vielleicht saß ein Handwerker am Steuer, der das Tor zu öffnen wusste. Dann würde sie hinter ihm hindurchschlüpfen.

Die Sonne schien auf die Windschutzscheibe, so dass sie das Gesicht des Fahrers nicht erkennen konnte, doch dann stieg er aus. Das war kein Handwerker.

»Was tust du hier?«, fragte Lily.

»Ich habe dich gesucht«, antwortete Yves.

»Ja, aber wie –«

Er ließ sie nicht ausreden. »Ich mochte die Art nicht, wie wir uns gestern verabschiedet haben.«

»Wir haben uns nicht verabschiedet. Du hast mich rausgeschmissen.«

Yves schaute zu Boden. »Ich war wütend.«

»Mit Recht.« Lily trat zu ihm.

»Es tut mir leid«, sagten sie gleichzeitig.

Danach wussten sie nicht mehr weiter und schwiegen. In der Ferne bellte ein Hund. Irgendwo wurde ein Motor angelassen. Das Geräusch brach ab, setzte wieder ein.

»Du hast einen ganz schönen Weg zurückgelegt, um mir zu sagen, dass es dir leid tut. Woher wusstest du überhaupt, dass ich hier bin?«

»Ich habe Penny gefragt.«

»Weil du nicht mit mir reden wolltest?«

Yves ging darüber hinweg. »Von ihr weiß ich, dass du hier Natalie suchst.«

»Du bist gekommen, weil du glaubst, dass ich allein nicht mit Natalie klarkomme.«

Yves zuckte mit den Schultern.

»Was sehr nett von dir ist, aber ich glaube, diesmal schaffe ich es.«

Er runzelte die Stirn. »Du könntest jemanden brauchen, der Französisch spricht. Vielleicht sind Dienstboten im Haus, die kein Englisch verstehen. Womöglich können es auch die Cheverins nicht – falls sie da sind.«

Lily deutete auf das Anwesen. »Falls Natalie da ist, brauche ich kein Französisch.«

Yves seufzte. »Du bist genauso stur wie deine Schwester, wenn auch aus anderen Gründen. Bei Natalie hat es etwas mit ihrem Ego zu tun, bei dir scheint etwas Tieferes dahinterzustecken. Deshalb hast du eine Mauer errichtet, hinter der du dich verbirgst. Niemand soll erkennen, was in dir vorgeht.« Er legte den Kopf schief. »Aber vielleicht kann ich durch die Mauer hindurchsehen.«

»Nein, das kannst du nicht.«

»Doch.« Yves seufzte. »Ich sehe, dass du Angst hast, über die Vergangenheit zu sprechen. Dass du dich an schmerzliche Erinnerungen klammerst, als wären sie eine Boje im offenen Meer. Dass du nicht weißt, wie du –«

Er wurde von dem Geräusch eines nahenden Wagens unterbrochen. Sie wandten sich um. Es war ein heller Citroën mit getönten Scheiben, der bis dicht an das Tor fuhr. Man hörte ein surrendes Geräusch, das Tor öffnete sich langsam.

Lily trat an die Fahrerseite und lächelte so liebenswürdig wie möglich. Auf der ganzen Fahrt hatte sie überlegt, was sie sagen würde, wenn sie jemandem aus dem Haus gegenüberstand. Ihr war nicht sehr viel eingefallen. Nun wünschte sie, sie könnte wie ihre Schwester aus dem Stand das Blaue vom Himmel lügen.

Das Seitenfenster öffnete sich eine Handbreit.

»*Puis-je vous aider?*« Es war die Stimme eines Mannes.

Lily brauchte einen Moment, bis sie die Frage als »Kann ich Ihnen helfen?« übersetzt hatte. »*Oui … je cherche … quelqu'un.*«

»Vielleicht sollten wir lieber Englisch sprechen«, schlug der Mann vor. »Wen suchen Sie? Und wer sind Sie?«

»Mein Name ist Lily Johansson. Ich suche Natalie Johansson. Sie ist Tänzerin.«

Keine Reaktion.

»Jemand hat mir gesagt, sie könnte hier bei Ihnen sein.« Lily dachte an das, was sie vor ihrer Fahrt hierher in Erfahrung gebracht hatte. Viel war es nicht, aber zumindest hatte sie einen Christian Cheverin gefunden, ihn gegoogelt und ein Foto entdeckt. »Sind Sie Christian Cheverin?«

Es blieb still. Lily wünschte, der Mann wäre wenigstens so höflich, das Seitenfenster ganz herunterzulassen. Sie kam sich dumm vor, mit einer getönten Glasscheibe zu sprechen.

Als hätte er ihre Gedanken gelesen, öffnete sich das Fenster noch ein wenig mehr. Nun konnte Lily die Stirn und die dunklen Augen des Fahrers erkennen, wusste aber immer noch nicht, ob er der Mann war, dessen Foto sie im Internet gesehen hatte. Sie hörte, dass das Tor sich wieder schloss.

»Warum sollte diese Dame bei mir sein?«, fragte er. Seine Stimme hatte einen schärferen Klang angenommen.

»Das weiß ich leider nicht.« Wahrscheinlich war es nicht ratsam, ihm zu sagen, seine Familie werde in Natalies Tagebuch erwähnt.

»Ich kenne sie nicht.«

»Sind Sie sicher?« Lily wünschte, sie hätte den Mut, entschlossener aufzutreten. So unauffällig wie möglich versuchte sie, in den Wagen zu schielen, doch außer dem halben Gesicht des Fahrers war nichts zu erkennen. »Sie war schon seit Tagen nicht mehr in ihrer Wohnung, und ich mache mir Sorgen. Ihre Mitbewohnerin glaubt, dass Natalie bei Ihnen ist.«

Die dunklen Augen wurden schmal, und auf der Stirn erschien eine steile Falte. »Ich muss Sie enttäuschen. Ich kenne keine Natalie.«

»Bitte, sie ist meine Schwester.«

»Tut mir leid.« Das Fenster schloss sich. Mit quietschenden Reifen setzte der Citroën zurück, wendete und fuhr davon.

Lily stürzte zu Yves' Peugeot. »Wir folgen ihm!«, rief sie, riss die Beifahrertür auf und sprang hinein.

Yves ließ sich hinter dem Steuer nieder und wirkte unsicher. »Ich weiß nicht, ob das klug ist.« Er startete den Wagen.

»Vielleicht nicht, aber wir müssen es versuchen.«

Der Citroën war über die schmale Straße verschwunden, doch seine Staubwolke verriet, dass er irgendwo vor ihnen war.

»Fahr los!«, rief Lily ungeduldig und hieb mit der Faust auf das Armaturenbrett.

Yves startete den Motor und setzte den Wagen in Bewegung. »Was ist, wenn wir ihn einholen?«

»Keine Ahnung.« Lily nagte an ihrer Lippe. »Ich bringe ihn zum Reden.«

Yves lachte. »Genau wie eben?«

Lily warf ihm einen finsteren Blick zu. »Ich werde dafür sorgen, dass er versteht, warum ich Natalie sehen muss.«

»Und was ist, wenn er die Polizei verständigt? Wenn er behauptet, dass ihn eine Irre belästigt?«

Lily zuckte mit den Schultern.

Yves bremste.

»Verdammt.« Lily hielt sich am Armaturenbrett fest. Vor ihnen zog eine Schafherde über die Straße.

Yves trommelte auf das Lenkrad. »Diese dämlichen Tiere.«

Ein Schaf nach dem anderen trottete an ihnen vorüber, unter ihnen ein Schäfer, der weder nach links noch nach rechts schaute. Schließlich hatte sich auch das letzte Tier bequemt, die Straße zu überqueren, gefolgt von einem kläffenden Hund.

Yves fuhr wieder an und gab Gas.

Lily klammerte die Hände um die Kanten ihres Sitzes. »Nicht so schnell.«

»Willst du, dass wir den Typen einholen, oder nicht?«

Lily nickte, doch dabei drehte sich ihr Magen um. Sie sah die vorbeifliegenden Bäume am Wegesrand und schickte ein Stoßgebet zum Himmel. Bilder der Avenue Victor Hugo zuckten vor ihr auf, ein heranrasender Wagen. Sie hörte ein schrilles Hupen und dann den dumpfen Aufprall, mit dem Aidens Leben beendet und das ihre zerstört worden war.

Yves warf ihr einen Seitenblick zu. »Was hast du?«

»Nichts.«

»Und warum stöhnst du?«

Lily kehrte in die Gegenwart zurück. »Ich habe an Natalie gedacht.«

»Hast du nicht.«

Lily schaute aus dem Fenster. Das Laub der Bäume floss zu einem einzigen grünen Streifen zusammen, und ihr Herz begann ängstlich gegen ihre Rippen zu schlagen.

Sie wandte den Kopf ab und sah die Kurve, die Yves in vollem Tempo nahm.

»Bitte, Yves, fahr langsamer.« Lily bekam kaum noch Luft.

Er schien sie nicht gehört zu haben und raste einfach weiter.

»Fahr langsamer!«, schrie sie.

Yves drosselte das Tempo. »Du musst dich entscheiden, Lily. Entweder holen wir den Typen ein, oder wir fahren im Schneckentempo weiter.«

»Aber wenn du zu schnell fährst, bekomme ich Angst.«

»Okay, das will ich nicht. Sag mir, was ich tun soll.«

Lily löste ihre Hände von der Sitzkante und legte sie in ihren Schoß. Sie schloss die Augen. »Ich hatte einen Unfall«, sagte sie leise. »Vor zwei Jahren. Deshalb tanze ich auch nicht mehr.«

Sie öffnete die Augen wieder. Wie seltsam, das zu sagen war eigentlich gar nicht schwer gewesen.

Yves fuhr noch langsamer.

»Entschuldige, dass ich dich angeschrien habe«, sagte Lily.

»Du musst dich nicht entschuldigen. Ich wünschte nur, du hättest es mir schon früher erzählt.« Er nahm ihre Hand und drückte sie kurz. Dann deutete er geradeaus.

»Siehst du das?«

Weit vor ihnen bog der helle Citroën nach rechts ab.

»Er will auf die Schnellstraße«, sagte Yves. »Meinst du, du hältst es aus, wenn ich noch einmal Gas gebe?«

Lily nickte und schloss erneut die Augen. Der Peugeot machte einen Satz vorwärts und preschte los. Lily wurde in ihren Sitz gedrückt und spürte, wie sie in Schweiß ausbrach.

*Ich tue es für Natalie.*

Sie spürte, wie sich der Wagen in die Kurven legte, und krallte sich wieder fest.

Als sie dachte, schlimmer könne es nicht mehr werden, stieg Yves hart auf die Bremse und brüllte: »*Merde!*«

# Kapitel 19

Der Citroën hatte direkt vor ihnen gebremst.

Lily riss die Arme hoch, um sich vor dem Aufprall zu schützen. Die Angst, die seit zwei Jahren ein Teil von ihr war, entlud sich in einem gellenden Schrei.

Yves' Peugeot scherte aus. »*Merde!*«, rief er noch einmal und versuchte, den Wagen wieder unter Kontrolle zu bringen. Lily schlug die Hände vor ihr Gesicht, wartete auf das Geräusch von berstendem Metall und hörte ihren keuchenden Atem.

»Es ist nichts passiert, Lily«, sagte Yves. »Beruhige dich.«

Langsam ließ sie die Hände sinken. Der Citroën hatte wieder Gas gegeben und einen Vorsprung gewonnen. Nun raste er über die linke Spur weiter. Hinter ihnen brach ein wildes Hupkonzert los. Yves setzte den Peugeot wieder in Gang. Lily schaute dem Citroën nach, sah, wie er in die mittlere Spur zurückkehrte – und gleich darauf von mehreren Autos eingekeilt wurde.

»Hat er gebremst, damit wir einen Unfall bauen?«, fragte sie schweratmend.

»Ist anzunehmen.«

»Wir hätten auf ihn auffahren können.«

»Nein, er hat sofort wieder Gas gegeben. Ich glaube, er wollte, dass mir jemand hinten reinknallt.«

In Lilys Schläfen pochte es, und in ihrem Rücken flammten die Schmerzen wieder auf. Sie setzte sich anders und rieb ihren unteren Rücken.

»Hast du wieder Rückenschmerzen?«

»Mir fehlt –«

»Wenn du jetzt sagst, dass dir nichts fehlt, weiß ich, dass du lügst.«

Lily ließ sich in die Sitzpolster sinken. »Die Schmerzen habe ich seit dem Unfall damals.«

Yves nahm kurz die Hand vom Lenkrad und streichelte ihre Wange. Die Geste tat Lily gut. Yves tat ihr gut. Er war ein wunderbarer Mensch. Sie wünschte, sie hätte ihm das ganze Theater, das sie veranstaltet hatte, erspart. Sie wartete, bis ihr Atem sich wieder beruhigt hatte, und sagte dann: »Seit zwei Jahren versuche ich, mit dem Unfall und seinen Folgen fertig zu werden. Es ist mir nicht gelungen. Es geschah in Paris. Und nun bin ich zurück in dieser Stadt, und alles kommt wieder hoch und ist unendlich qualvoll. Ich bin ständig traurig, und mir ist, als könnte ich nie wieder fröhlich werden.«

Sie warf Yves einen Seitenblick zu. Seine Miene verriet nichts.

»Ich muss mich mit so vielem auseinandersetzen, dass ich nicht weiß, wo ich anfangen soll. Vielleicht fehlt mir auch der Mut dazu.« Sie schaute auf den Verkehr vor ihnen. Der helle Citroën war noch immer zu sehen. »Deshalb benehme ich mich manchmal auch so merkwürdig. Mit dir hat das nichts zu tun.«

»Weißt du, wie oft dieser Satz eine Lüge ist?«

»Diesmal ist er es nicht.« Aufatmend stellte sie fest, dass ihre Rückenschmerzen nachließen.

Vor ihnen wechselte der Citroën wieder die Spur. »Er will in den nächsten Ort abbiegen«, sagte Yves. »Jetzt kriegen wir ihn.«

Lily versuchte, sich zu sammeln. Diesmal musste sie überzeugend sein und Christian Cheverin dazu bringen, ihr zu verraten, wo Natalie war. Falls der Mann in dem Citroën überhaupt Christian Cheverin war. Sie könnte vorgeben, dass jemand in der Familie krank geworden war ... im Sterben lag ... und dass sie extra aus Australien gekommen war, um es Natalie zu sagen. Nein, Unsinn. Er würde sich zu Recht fragen, warum sie ihre Schwester nicht einfach angerufen hatte.

Yves holte zu dem Citroën auf und bog hinter ihm auf eine Landstraße ab.

Er fuhr tatsächlich in den nächsten Ort. Als wäre es dem Mann am Steuer plötzlich einerlei geworden, dass sie hinter ihm waren, hielt er am Rand einer belebten Straße an. Die Fahrertür öffnete sich. Ein kräftig gebauter Mann in einem gut geschnittenen blauen Anzug stieg aus und schloss den Wagen ab. Sein dunkles Haar war nach hinten gekämmt, das Gesicht attraktiv. Er hatte eine Aktentasche in der Hand.

Nur wenige Wagen dahinter hielt Yves an. »Und nun?«

»Nun schlage ich ihm meine Handtasche um die Ohren, bis er mir sagt, wo Natalie ist.« Yves schenkte Lily einen Blick, wie um zu sagen: *Das traue ich dir sogar zu.* Lily lachte. »Ich werde ihn höflich bitten, mir zu verraten, wo sie steckt. Wenn er sich weigert, fange ich an zu weinen. Dann kann er gar nicht anders, als mir zu helfen.«

»Wir sind in Frankreich«, sagte Yves. »Für Franzosen sind Gefühlsausbrüche nichts Besonderes.«

»Gut, dann werde ich so laut schluchzen, dass es ihm peinlich wird und er mir alles sagt, nur um mich loszuwerden.« Sie sah, dass der Mann die Straße überquerte. »Bis gleich.«

Lily sprang aus dem Peugeot und hetzte dem Mann hinterher. Inzwischen war sie sich so gut wie sicher, dass er Christian Cheverin war. Vielleicht wollte er zu der Bank an der nächsten Straßenecke. Lily legte einen Schritt zu, bahnte sich einen Weg durch die Passanten und umrundete die Leute, die auf dem Bürgersteig zusammenstanden und plauderten.

Plötzlich stand sie Cheverin gegenüber. Vor dem Eingang der Bank war er stehen geblieben und hatte auf sie gewartet. »Das ist Belästigung«, sagte er und hob sein Handy. »Möchten Sie, dass ich die Polizei rufe?«

Für einen Moment war Lilys Kehle vor Angst wie zugeschnürt. Sie fasste an ihren Hals und räusperte sich. »Bitte sagen Sie mir, wo Natalie ist. Danach lasse ich sie in Ruhe.«

Cheverin zog die Brauen zusammen. »Ist Ihre ganze Familie verrückt oder nur Sie und Ihre Schwester?« Er gab eine Nummer in das Handy ein und hielt es an sein Ohr.

»Ich bin nicht verrückt«, sagte Lily und dachte, falls er nicht wusste, wo Natalie war, müsste sie auf ihn tatsächlich wie eine Geistesgestörte wirken.

Er meldete sich mit »Christian Cheverin«. Lily verstand kein Wort von dem, was er sagte, nahm aber an, dass er mit der Polizei sprach. Dann beendete er das Telefonat, behielt das Handy jedoch in der Hand.

»Ich will nur wissen, wo meine Schwester ist, weiter nichts«, sagte Lily resigniert.

Cheverin stellte seine Aktentasche zwischen seinen Füßen ab. »Warum ist das so wichtig? Und warum haben Sie keinen Kontakt zu ihr?«

Sein Blick war scharf und aufmerksam. Hätte sie ihm von einem sterbenden Familienmitglied erzählt, hätte er sie vermutlich ausgelacht. Und plötzlich, ohne dass sie es wollte und ohne zu wissen, warum sie es tat, erzählte sie ihm einen Teil ihrer Geschichte: von Aidens Tod, an dem Natalie ihr die Schuld gab, von der Entfremdung zwischen ihnen, die sie sich dennoch nicht erklären konnte, von ihrer Sorge, weil ihre Schwester spurlos verschwunden war und ihre Karriere aufs Spiel setzte. Cheverin hörte ihr schweigend zu, nickte hier und da. Als sie geendet hatte, dachte sie mit einem leisen Schuldgefühl, dass sie diesem Fremden mehr erzählt hatte als Yves.

Cheverin ließ sich Zeit, bevor er antwortete: »Vielleicht sind Sie doch nicht so verrückt wie Ihre Schwester.«

»Wir sind beide nicht verrückt«, sagte Lily leise. »Und früher waren wir die besten Freundinnen.«

Cheverins Miene wurde etwas weicher. »Ich sage Ihnen, was ich weiß. Aber danach lassen Sie mich bitte zufrieden.«

Lily lächelte ihn dankbar an. »Versprochen.«

»Natalie wurde verhaftet«, sagte er so unbewegt, als wäre es das Normalste der Welt.

Lily starrte ihn entsetzt an. »Verhaftet? Weswegen?« Sie wünschte, sie hätte Yves gebeten, mit ihr zu kommen. Seine Nähe hätte ihr geholfen, diese Nachricht besser zu verkraften.

»Sie hat sich geweigert, mein Grundstück zu verlassen.«

»Was –«, begann Lilly und brach ab. Natalie und ihre Sturheit. Anscheinend war sie ihr diesmal zum Verhängnis geworden. »Es tut mir leid«, murmelte sie.

Er zuckte mit den Schultern.

»Meiner Schwester geht es zurzeit nicht so gut, vielleicht war sie deshalb ein wenig …«

»Kriminell?« Cheverin zog die Brauen hoch. »Versucht man, zu stehlen, wenn es einem nicht so gut geht? Belästigt man dann andere Leute? Ihre Schwester kann froh sein, dass ich sie nicht noch wegen Erpressung angezeigt habe.«

Lily fehlten die Worte.

»Glauben Sie mir nicht?« Cheverin lachte. »Fragen Sie Ihre Schwester, sie wird alles bestätigen.« Er warf einen Blick auf seine Armbanduhr. »Ich muss weiter.«

»Wissen Sie, wo Natalie ist?«, fragte Lily hastig.

»Auf der Polizeiwache von Fontainebleau«, antwortete er und wandte sich ab. Doch nach einigen Schritten drehte er sich noch einmal um. »Ich rate Ihnen und Ihrer Schwester, meine Wege in Zukunft nicht mehr zu kreuzen.«

## Kapitel 20

*Paris, 1917*

Viktoria betrat das Haus, in dem sie wohnte, und konnte noch immer nicht fassen, dass Alexei ohne ihre Erlaubnis in ihrer Wohnung gewesen war. Und sogar davon ausgegangen war, es sei sein gutes Recht. Als sie ihre Wohnungstür aufschloss, zitterte ihre Hand vor Wut.

Sie knallte die Tür hinter sich zu.

Jana, die zusammengerollt auf dem Bett gelegen hatte, richtete sich auf und sah sie erstaunt an. »Stimmt etwas nicht?«

»Eine ganze Menge stimmt nicht.« Viktoria ließ sich auf das Bett fallen und spürte durch die dünne Matratze die Holzlatten des Bettgestells.

»Ist es wegen Alexei?«, fragte Jana. »Ich wusste nicht, ob es dir recht ist, dass er einfach so in deine Wohnung kommt. Aber was hätte ich ihm sagen sollen?«

»Du hast keine Schuld, Jana.« Viktoria barg ihr Gesicht in den Händen. »Was für ein Durcheinander.«

Jana legte eine Hand auf ihren Rücken. »Kann ich dir helfen?«

Viktoria ließ ihre Hände sinken und versuchte zu lächeln. Es war unglaublich, dass dieses Mädchen, das so viel durchgemacht hatte, immer noch fähig war, Mitgefühl aufzubringen. »Danke, das ist lieb von dir, aber es gibt Probleme, die ich selbst lösen muss.«

»Aber du siehst aus, als wolltest du weinen.«

Viktoria legte einen Arm um Jana. »Du wirst sehen, gleich geht es mir besser.«

Ihr Blick fiel auf das Fenster. Der Himmel leuchtete hellblau, und auf der Fensterbank stand in einer viel zu kleinen Vase der große Rosenstrauß. Das wundervolle Gemisch aus weißen, gelben und roten Rosen war ein so fröhlicher Anblick, dass Viktoria sogar ein wenig leichter ums Herz wurde. Sie stand auf und griff nach der Karte, die an der Vase lehnte. Den Umschlag aus schwerem Büttenpapier zierte das Familienwappen der Cheverins. Sie nahm die Karte heraus, betrachtete die Handschrift. Elegant und entschlossen war sie, ebenso wie der Mann, dem sie gehörte.

*Sehr verehrte, liebe Viktoria!*
*Ich danke Ihnen für einen außergewöhnlichen Abend. Für mich war er voller Überraschungen. Ihre Gesellschaft bereitete mir große Freude. Ihr bezauberndes Lächeln erwärmt mein Herz. Ich hoffe, Sie werden mir noch einmal einen gemeinsamen Abend gewähren, denn dieser eine hat mir nicht genügt.*

*Seien Sie sicher, dass ich alles tun werde, um Ihren Wunschtraum in Erfüllung gehen zu lassen.*
*Ihr ergebener*
*Eric*

Viktoria steckte die Karte zurück in den Umschlag.

Kein Wunder, dass Alexei sich aufgeregt hatte.

Vielleicht war es doch keine gute Idee gewesen, sich von Eric Cheverin nach Hause begleiten zu lassen, ganz gleich, wie unsicher die Straßen waren. Nun wusste er, wo sie wohnte, und konnte ihr Blumen schicken. Viktoria sah ihn wieder vor sich, die vornehme Erscheinung, das selbstbewusste Lächeln. Andererseits hätte er die Blumen sonst wahrscheinlich im Theater abgeben lassen, und das Gerede hinter ihrem Rücken hätte gar nicht mehr aufgehört.

»So schöne Rosen«, sagte Jana ehrfürchtig.

»Ja, sehr schön«, entgegnete Viktoria und wünschte, sie wären nicht mit so vielen Schwierigkeiten verbunden.

Das Mädchen sprang vom Bett herunter. »Soll ich dir etwas zeigen?«

Viktoria drehte sich zu ihr um. »Was denn?«

Jana nahm in der Mitte des Zimmers Aufstellung und führte ihr die fünf Positionen ohne den kleinsten Fehler vor, mit einer Anmut, als hätte sie es seit Jahren geübt. Als sie fertig war, sah sie Viktoria erwartungsvoll an.

Überwältigt drückte diese sie an sich. »Du bist ein Naturtalent, weißt du das?« Sie hielt das Mädchen von sich ab. »Kannst du mir beschreiben, wie du dich bei diesen Übungen fühlst?«

Jana lächelte verklärt. »Als wäre mein Leben nicht traurig, sondern …« Sie errötete.

»Sag es ruhig«, ermunterte Viktoria sie. »Ich bin sicher, es ist nichts Falsches.«

»Als wäre es voller Hoffnung«, sagte Jana leise.

Viktoria streichelte ihre Wange. Dieses Mädchen hatte jedes Recht der Welt, zu erfahren, wie großartig der klassische Tanz sein konnte. Sie durfte es ihr nicht verwehren, nur weil es bei Dina genauso angefangen und mit ihrem Tod geendet hatte.

Mit einem Kopfschütteln versuchte Viktoria, ihre Erinnerungen zu verjagen. »Dann müssen wir dafür sorgen, dass du dir dieses Gefühl erhalten kannst«, sagte sie und stellte sich neben Jana auf. »Ich zeige dir nun etwas, das ein bisschen schwieriger ist. Zuerst kannst du dich noch an mir festhalten, danach versuchst du es ohne Hilfe.«

Jana war nicht Dina, beruhigte sich Viktoria, als sie in die strahlenden Augen des Mädchens blickte. Sie würde weder in das Kaiserliche Ballett in Petersburg eintreten noch einem betrunkenen Leutnant zum Opfer fallen. Wieder sah Viktoria das rote, aufgedunsene Gesicht des Mannes vor sich, der nicht zu begreifen schien, was er angerichtet hatte.

»Viktoria.« Jana zupfte ungeduldig an ihrem Ärmel.

»Entschuldige.« Sie führte Jana eine einfache Arabesque vor, beugte sich vor und streckte ihr Spielbein in einem Winkel von neunzig Grad nach hinten aus. Sie reichte Jana ihre Hand. »Halte dich fest und mach es mir nach.«

Jana imitierte die Pose mit Ehrgeiz und vor Anstrengung verzerrter Miene.

»Lächeln!«, sagte Viktoria. »Nicht so verkniffen aussehen. Du machst das wunderbar.«

»Jetzt ohne deine Hand«, sagte Jana.

Es rührte Viktoria zutiefst, mit anzusehen, wie eisern Jana versuchte, ihr wackelndes Standbein zu kontrollieren, wie sich ihre Brauen zusammenzogen, wenn sie das Spielbein absetzen musste, um es noch einmal zu versuchen. Sie war sich sicher, wenn sie am nächsten Abend nach Hause kam, würde Jana ihr eine perfekte Arabesque zeigen. Noch einmal hielt sie ihre Hand hin. »Halte dich fest, Jana, du musst es nicht sofort allein können.«

Jana schob die Hand fort und setzte ihr Spielbein ab. »Ich werde nie gut sein«, sagte sie verdrossen. »Meine Beine sind zu lang.«

Viktoria lachte schallend und wuschelte ihr durch die Haare. »Soll ich dich einmal mit ins Theater nehmen?«

»Was soll ich da?«

»Da kannst du dich bei deinen Übungen im Spiegel beobachten. Vielleicht glaubst du mir dann, dass du alles ganz wundervoll machst.«

Jana ließ sich das durch den Kopf gehen. »Na gut. Aber ich will nicht, dass die Leute mich auslachen.«

Viktoria schwor ihr, dass das nicht passieren würde, und die Sache war abgemacht.

Am nächsten Tag, als die Trainingsstunden beendet waren, schlüpfte Viktoria mit Jana in einen leeren Übungssaal des Theaters.

»Oh«, sagte Jana mit einem sehnsüchtigen Seufzer und strich mit der Hand vorsichtig über die lange Stange. »Und ein Klavier gibt es auch.«

Sie durchquerte den Raum und berührte das Instrument. »Darf ich?«, fragte sie und sah Viktoria scheu an.

Viktoria nickte. »Kannst du denn Klavier spielen?«

»Ich habe es einmal gekonnt.« Jana setzte sich auf den Schemel und klappte den Deckel auf.

Eine Zeitlang saß sie nur da und starrte auf die Tasten. Langsam hob sie eine Hand und begann ein wenig zu klimpern. Sie schloss die Augen, und dann erfüllte Chopins »Abschiedswalzer« den Raum, so zart und lyrisch gespielt, dass auch Viktoria die Augen schloss, um sich den Klängen zu überlassen. Jana musste einer wohlhabenden Familie entstammen, ging es ihr durch den Sinn, die in zahllose Klavierstunden investiert hatte. Dann brach die Musik ab, und der Klavierdeckel schlug zu. Viktoria öffnete die Augen.

Jana bedeckte ihr Gesicht mit den Händen.

Viktoria ging neben ihr in die Hocke und löste vorsichtig die Hände. Das Gesicht war tränennass. Sie wandte den Kopf ab. »Es geht mir gut«, murmelte sie. »Es ist nichts.«

Viktoria stand auf und strich ihr über die Haare. Sie wusste, wie qualvoll Erinnerungen sein konnten, nicht nur an schreckliche, sondern auch an schöne Zeiten.

»Wenn du heute nicht üben willst, musst du es nicht tun«, sagte sie.

»Ich will es«, erwiderte Jana. »Wenn wir schon einmal hier sind.«

»Also gut. Leg deine Hand auf die Stange, und schau in den Spiegel.« Viktoria ließ sich auf dem Klavierschemel nieder. »Erste Position.« Es war unglaublich, mit welcher Selbstverständlichkeit das Mädchen sich mithilfe seines Spiegelbilds korrigierte, den Hals höher reckte, die Schultern noch ein wenig mehr zurücknahm. Wie sie von ganz allein versuchte, mit ihrem Körper eine perfekte Symmetrie zu bilden. Die restlichen Positionen ging Jana durch, ohne dass Viktoria etwas sagen musste. Dasselbe galt für die Pliés, die sie ihr zeigte. Dann kam die Arabesque. Mit nur wenig Unterstützung von der Stange hob Jana einen Arm und streckte ein Bein nach hinten. Das Standbein wackelte kaum merklich. Jana schaute in den Spiegel, atmete tief ein und aus – und stand reglos wie eine Eins.

»Was ist denn hier los?«, ertönte Djagilews Stimme.

Viktoria fuhr herum. Trotz seiner Leibesfülle schaffte Djagilew es, Räume, wenn er wollte, lautlos zu betreten. Nun lehnte er hinten an der Wand und hatte die Arme vor der Brust verschränkt.

Viktoria deutete auf Jana. »Das ist Jana Nardin. Ich habe sie heute mit ins Theater genommen.«

»Was hat sie hier zu suchen?« Djagilew zog die Brauen missbilligend zusammen. »In meiner Kompanie dulde ich keine Fremden.«

»Der Raum wird heute nicht mehr gebraucht«, erwiderte Viktoria und versuchte, weniger flehend zu klingen. »Jana fängt gerade mit dem Ballett an, ich wollte, dass sie sich bei ihren Übungen im Spiegel kontrollieren kann.«

»Na schön«, sagte Djagilew. »Dann soll sie mir mal zeigen, was sie kann.«

Jana warf Viktoria einen ängstlichen Blick zu und schüttelte den Kopf.

»Eine gute Idee«, sagte Viktoria und nickte ihr aufmunternd zu. »Zeig Monsieur Djagilew das, was du gelernt hast. Er wird beeindruckt sein, das verspreche ich dir.«

Mit verkrampftem Körper schaute Jana zu Boden und rührte sich nicht.

»Ich habe nicht stundenlang Zeit«, sagte Djagilew.

Viktoria trat zu Jana. »Du kannst das«, sagte sie leise. Und lauter: »Erste Position.«

Jana löste sich aus ihrer Starre und nahm die erste Position ein. Nach einem raschen Blick in den Spiegel korrigierte sie die Haltung, bis sie tadellos war.

»Lächeln«, flüsterte Viktoria. Jana lächelte. Viktoria gab die Kommandos, führte Jana durch die Positionen, die Pliés. Jana schien Djagilew vergessen zu haben, war nur noch damit beschäftigt, jede Bewegung fehlerlos auszuführen. Zuletzt nahm Viktoria ihre Hand und sagte: »Und nun die Arabesque.« Janas Brust entrang sich ein kleiner Seufzer, doch auch die Arabesque gelang perfekt. Viktoria strahlte. Jana schielte zu Djagilew hinüber.

Er schwieg eine Weile. Dann fragte er: »Wie alt ist sie?«

»Dreizehn«, antwortete Viktoria.

»Wer war ihr Lehrer?«

»Das, was Sie gesehen haben, habe ich ihr beigebracht.«

Djagilew kam näher und begutachtete Jana von allen Seiten.

Janas Blick wurde panisch, und ihre Unterlippe begann zu zittern.

»Woher kommt sie?«

Viktoria wünschte, Djagilew würde das Mädchen direkt ansprechen, aber vielleicht war es so besser. »Ursprünglich aus Moskau.«

»Was ist mit ihrer Familie?«

»Das ist eine lange Geschichte. Sie hat –«

Djagilew winkte ab. »Solche Geschichten will ich nicht hören.« Er nickte Jana zu, sogar einigermaßen freundlich. »Sie könnte Potenzial haben. Irina soll sie probeweise in ihre Ballettklasse aufnehmen.«

Djagilew verließ den Saal. Wie immer blieb die Tür hinter ihm offen.

Jana und Viktoria standen still da und lauschten, wie seine Schritte auf dem Flur verklangen.

»Was hat er gesagt?«, fragte Jana schließlich. »Was für eine Klasse?«

Viktoria schloss sie in die Arme und lächelte glücklich. »Er hat gesehen, wie wunderschön deine Bewegungen sind, und dein Talent erkannt.«

Jana befreite sich. »Ich habe doch nur das gemacht, was du mir gezeigt hast.«

»Aber du hast es sehr gut gemacht. Wenn nicht, hätte Sergei Djagilew dir gar nicht bis zum Schluss zugeschaut. Und er würde auch nicht dafür sorgen, dass du richtigen Ballettunterricht bekommst.«

»Hast du mich deshalb mitgenommen? Damit er mich sieht?«

Viktoria streichelte Janas Wange. »Sei doch nicht so argwöhnisch. Ich wollte, dass du dich im Spiegel begutachten kannst. Dass Djagilew dazugekommen ist, war reiner Zufall.«

Jana ließ sich nicht beruhigen. »Ich habe doch gar kein Geld. Wie soll ich den Ballettunterricht bezahlen?«

»Er wird nichts kosten, Jana.« Sie bückte sich und schaute ihr in die Augen. »Du musst wieder anfangen, an dich zu glauben. An das, was in dir schlummert und was sich nun langsam entfalten wird.«

Janas Augen wurden feucht. Mit einer unwilligen Geste wischte sie darüber. »Woher willst du wissen, dass etwas in mir schlummert?«

»Weil ich das ebenso erkenne wie Sergei Djagilew. Ich sehe auch, dass du schon nach dem wenigen, was du gelernt hast, ein neues Körpergefühl entwickelst und dass es dich glücklich macht, zu spüren, dass du noch viel mehr aus dir herausholen kannst.«

»Aber wenn man gut werden will, muss man mit dem Ballett schon als Kind anfangen. Wie soll ich das jemals aufholen können?«

»Hast du nicht gehört, was Sergei Djagilew gesagt hat? Dass du Potenzial hast? Meinst du, das hätte er nur so gesagt? Er hat dir eine Chance gegeben, die nur ganz wenige bekommen, und die wirst du jetzt mit beiden Händen ergreifen, klar?«

»Wer ist Irina?«

»Irina Plaksina. Die Ballettmeisterin der Ballets Russes.«

»Wie ist sie so?«

»Zu Mädchen, die sich so schön bewegen wie du, ist sie nett.«

## KAPITEL 21

*Paris, 1917*

Das Licht des späten Frühlingsnachmittags fiel in Viktorias Wohnung. Sie ließ sich auf ihrem Bett nieder, auf dem Fleck, den die letzten Sonnenstrahlen des Tages wärmten.

Jana stand in der Mitte des Zimmers und ging ihre Übungen durch. Ehrgeizig, wie sie war, weigerte sie sich nun grundsätzlich, die Stuhllehne zu Hilfe zu nehmen. Am nächsten Tag würde sie ihre Künste Irina Plaksina vorführen, und dabei wollte sie glänzen.

»Ellbogen weich lassen«, sagte Viktoria. »Und nicht so grimmig gucken. Rücken gerade. Nicht auf die Füße schauen, der Kopf bleibt oben.«

Jana hielt inne. »Kannst du mir zeigen, wie man eine Pirouette macht?«

»Die lernst du bei Irina. Wie wäre es stattdessen mit einer Arabesque, ohne zu wackeln?«

Jana schnaubte. »Ich wackele nicht mehr.«

Wie so oft wanderten Viktorias Gedanken zu Dina. Manchmal war sie kurz davor, Jana das Ballett auszureden, etwas anderes für sie zu suchen, das sie glücklich machen würde. Doch wenn sie dann sah, wie selig Jana lächelte, wenn sie wusste, dass ihr eine Übung gelungen war, brachte sie es nicht mehr übers Herz. Und wer sagte denn, dass Janas Leben ebenso tragisch enden musste wie das von Dina? Hieß es nicht, dass der Blitz nie an derselben Stelle zweimal einschlug?

Viktoria betastete ihr rosarotes Tuch. Sie hatte noch immer nicht herausgefunden, was genau es für sie bedeutete. Stand es für die schönen Erinnerungen an Dina, an die Zeiten, in denen sie zusammen gelacht, zusammen getanzt hatten? Oder für das Schicksal, das so grausam zugeschlagen und ihr das geliebte Mädchen entrissen hatte? Oder hoffte sie, dass das Tuch eine neue Besitzerin finden würde, die das Leben führen konnte, das Dina versagt geblieben war?

Viktoria drückte das Tuch an ihre Wange.

»Jana.«

Das Mädchen hielt inne und krauste die Stirn. »Habe ich etwas falsch gemacht?«

»Nein, aber für den Moment ist es genug. Komm, setz dich zu mir.«

Jana setzte sich widerstrebend.

Viktoria deutete auf ihr Tuch. »Dieses Tuch hat mir jemand geschenkt, den ich sehr geliebt habe. Ein Mädchen, ebenso schön und begabt wie du. Mit fünfzehn Jahren war sie bereits eine Tänzerin, die von vielen bewundert wurde.«

Jana sah sie ernst an. »Von ihr hast du mir schon einmal erzählt. Aber du wolltest mir nicht sagen, wo sie ist.«

»Sie ist tot«, sagte Viktoria. »Ihr Name war Dina.«

»Das tut mir leid.« Jana senkte den Kopf.

»Eines Tages, wenn es mir nicht mehr so weh tut, werde ich dir ihre ganze Geschichte erzählen.«

»Hat ihr das Tuch gehört?«, fragte Jana.

»Ja, und nun möchte ich, dass du es bekommst.« Für einen Moment überlegte Viktoria, ob das Geschenk Jana belasten oder sie es für ein böses Omen halten würde. »Wenn du es möchtest.«

Jana zog die Schultern hoch und betrachtete das Tuch. »Ich weiß nicht.«

»Ich bin sicher, Dina hätte gewollt, dass ich es dir gebe. Sie hat es mir als Glücksbringer geschenkt. Es hat mir gute Dienste geleistet.« Viktoria hielt ihr das Tuch hin und lächelte. »Vielleicht wirkt es auch bei dir.«

Zögernd nahm Jana das Tuch entgegen. »Es ist sehr schön.«

»Ja, das ist es.«

Jana ließ den Stoff durch ihre Hände gleiten. Dann schüttelte sie den Kopf und reichte das Tuch zurück. »Das kann ich nicht annehmen. Es bedeutet dir zu viel … und ich habe es nicht verdient.«

»Natürlich hast du es verdient. Binde es um deine Taille, wenn du morgen in Irinas Klasse beginnst.«

Jana schüttelte den Kopf.

»Was ist denn?« Viktoria nahm ihre Hand. »Du siehst aus, als hätte ich etwas Schreckliches gesagt.«

Jana befreite ihre Hand und presste die Lippen zusammen.

»Warum glaubst du, du hast das Tuch nicht verdient?«

»Weil meine Eltern Moskau meinetwegen verlassen haben«, antwortete sie so leise, dass Viktoria sich zu ihr vorbeugen musste, um sie zu verstehen. »Sie wollten, dass ich in Frankreich zur Schule gehe und in einem Land groß werde, in dem es keine Revolution gibt. Wäre ich nicht gewesen, wären sie in Russland geblieben und würden noch leben.« Jana fing an zu weinen. »Ich habe es nicht verdient, glücklich zu sein.«

Im ersten Augenblick wusste Viktoria nicht, was sie antworten sollte. Sie streichelte Janas Wange. »Es ist genau umgekehrt. Deine Eltern wollten, dass du glücklich wirst, verstehst du das nicht? Das war der Grund, weshalb sie die Reise auf sich genommen haben. Stell dir vor, sie könnten dich nun sehen und feststellen, dass du dich dagegen wehrst. Was glaubst du, was sie dann empfinden würden?«

Jana rollte sich auf dem Bett zusammen und schluchzte.

Viktoria betrachtete den bebenden Körper und ließ sie gewähren. Erst als sie den Eindruck hatte, dass Jana sich beruhigte, sagte sie: »Vielleicht geht alles zu schnell, und du bist noch nicht so weit, richtigen Ballettunterricht zu nehmen. Denk darüber nach. Wenn du meinst, es wird dir zu viel, warten wir damit noch eine Weile.«

Sie hörte ein lautes Klopfen und fuhr zusammen.

Zögernd trat sie an die Tür. »Wer ist da?«

»Ein Bote«, antwortete eine Männerstimme.

Viktoria öffnete die Tür. Draußen stand ein junger Mann in Livree mit einem großen flachen Karton in den Händen.

»Mademoiselle Budian?«

»Ja.«

»Ich komme von Baron Cheverin. Er sendet Ihnen seine besten Grüße.« Der Dienstbote wollte ihr den Karton überreichen.

Sie trat einen Schritt zurück und schüttelte den Kopf. »Bitte richten Sie ihm meinen Dank aus, aber das ist zu viel. Die Rosen waren bereits ein sehr großzügiges Geschenk.«

Der junge Mann seufzte. »Mit dieser Antwort hat Baron Cheverin gerechnet und mir aufgetragen, hier stehen zu bleiben, bis Sie sein Geschenk annehmen.«

Viktoria zwang sich, ruhig zu bleiben. »Es tut mir leid, aber ich werde meine Meinung nicht ändern. Ich danke dem Baron für seine Freundlichkeit, aber ich werde nicht nachgeben.«

»Aber ich darf mit dem Geschenk nicht zurückkehren.«

»Das werden Sie müssen.« Viktoria schloss die Tür. Der junge Mann tat ihr leid, aber sie konnte ihm nicht helfen.

Geschenke bedeuteten Verpflichtungen, und ein Geschenk des Barons bedeutete darüber hinaus, Alexei noch mehr zu verärgern.

Sie wandte sich um und begegnete Janas Blick. »Warum hast du das Geschenk abgelehnt?«, fragte sie, setzte sich auf und wischte die letzten Tränen ab. »Ein Geschenk von einem Baron. Ich an deiner Stelle hätte es angenommen. Ist er so schön wie Alexei?«

Viktoria lächelte. »Nicht ganz.«

»Ist er nett? Aber das muss er ja sein, wenn er dir Geschenke macht.« Jana zog die Knie an sich und schlang die Arme darum.

»Ich möchte auch jemanden haben, der mir den Hof macht«, sagte sie sehnsüchtig.

»Eines Tages wird es so jemanden geben. Jetzt bist du noch zu jung.«

»Wer weiß, wo ich dann bin.«

Viktoria zögerte, bevor sie Jana etwas versprach, das sie vielleicht nicht halten konnte. »Ich bin sicher, dass du dann immer noch in Paris sein wirst«, sagte sie ausweichend.

Jana furchte die Stirn. »Nein, das bist du nicht. Mein Ballettunterricht ist nur ein Wunschtraum, und du kannst nicht ewig für mich sorgen. Irgendwann werde ich dir lästig werden.«

Viktoria setzte sich zu ihr. »Ich verspreche dir, dass du mir nie lästig werden wirst.«

Jana schwieg, doch an ihrem Blick erkannte Viktoria, dass sie ihr nicht glaubte.

»Eines Tages wirst du es verstehen«, sagte Viktoria. »Dann wirst du wissen, warum du mir wichtig bist und warum ich alles tun werde, um dir zu helfen. Mein Leben lang.«

»Niemand kann in die Zukunft blicken«, erwiderte Jana. »Es ist Krieg. Wir könnten schon morgen sterben.«

»Könnten wir, aber deshalb werden wir nicht in Angst leben und uns Sorgen über Dinge machen, die wir nicht beeinflussen können. Wir leben einfach einen Tag nach dem anderen und hoffen, dass alles gut wird.«

»Mein Vater hätte gesagt, dass du eine Träumerin bist.«

»Vielleicht bin ich das«, antwortete Viktoria nachdenklich, »aber ohne Hoffnung wollte ich nicht leben. Du etwa?«

Jana ließ sich das durch den Kopf gehen. »Nein, ich glaube nicht.«

»Na, siehst du.« Viktorias Blick wanderte zu Cheverins Rosenstrauß, der noch immer auf ihrem Schreibtisch stand und das kleine Zimmer mit seinem Duft erfüllte. Sie setzte sich an den Schreibtisch und berührte eine samtige Blüte. Jana nahm sich ihr Buch – *Der Graf von Monte Christo* auf Russisch –, das ihr eine Tänzerin aus dem Haus geschenkt hatte. Sie setzte sich auf das Bett und lehnte sich an die Wand. Beim Lesen fiel ihr immer wieder eine Strähne ins Gesicht. Jana blies sie jedes Mal fort, bis Viktoria aufstand und ihr die Strähne hinters Ohr klemmte.

Sie kehrte an ihren Schreibtisch zurück, holte ihr Tagebuch aus der Schublade und griff nach einem Stift. Der letzte Eintrag war bereits ein halbes Jahr alt, sie hatte ihn noch in Sankt Petersburg verfasst. In Paris war sie noch nicht zum Schreiben gekommen, doch nun drängte es sie, den Seiten anzuvertrauen, was sie in den vergangenen Monaten erlebt und empfunden hatte. Schon nach wenigen Zeilen wurde ihr klar, wie sehr sie unter der Angst litt, bei den Ballets Russes zu versagen, und wie sehr diese Angst ihr Verhalten beeinflusste. Deshalb scheute sie sich auch, sich den Wünschen anderer zu widersetzen – Djagilews, Alexeis und Eric Cheverins. Daher schaffte sie es nicht, ihren Willen durchzusetzen, und entschuldigte sich, wenn sie es einmal tat. Doch nun war ihre Position gefestigter, und sie musste lernen, selbstsicherer und mutiger aufzutreten, sich anderen gegenüber zu behaupten.

Wieder wurde an ihre Tür geklopft, diesmal so zaghaft, dass es kaum hörbar war. Viktoria legte ihr Tagebuch zur Seite.

Als sie die Tür aufzog, stand dort noch immer der Dienstbote mit seinem Karton.

»Haben Sie tatsächlich die ganze Zeit hier gewartet?«, fragte sie bestürzt.

Der junge Mann zuckte mit den Schultern. »Das muss ich.«

Kopfschüttelnd nahm Viktoria ihm den Karton ab. »Erklären Sie dem Baron, dass ich ihm das Geschenk selbst zurückgeben werde.«

Der Dienstbote sah sie an, als wolle er sagen: *Das erklären Sie ihm bitte selbst.*

»Möchten Sie einen Schluck Wasser?«

»Nein, danke.« Er wandte sich ab und eilte die Treppe hinunter.

Viktoria legte den Karton aufs Bett. Jana hatte ihr Buch sinken lassen und betrachtete ihn interessiert.

»Was ist darin?«

»Woher soll ich das wissen?« Viktoria nahm den Deckel ab – und rang nach Luft.

Jana beugte sich vor und hauchte ein »Oh«.

Vorsichtig nahm Viktoria das Kleid aus dem Karton, ein smaragdgrünes Seidenkleid, dessen Ausschnitt mit schwarzen Perlen eingefasst war.

Sie las die Karte, die unter dem Kleid gelegen hatte. Oben rechts prangte das Familienwappen der Cheverins, darunter standen eine noble Pariser Adresse und die Zeilen, die der Baron geschrieben hatte.

*Sehr verehrte, liebe Viktoria!*
*Smaragdgrün ist Ihre Farbe.*
*Ihr*
*Eric*

Im ersten Moment war Viktoria versucht, die Karte in den Papierkorb zu werfen und das Kleid umgehend von einem Boten zurückbringen zu lassen. Dann fiel ihr ein, was sie sich eben noch vorgenommen hatte. Sie packte das Kleid wieder in den Karton, streifte eine Jacke über und griff nach ihrer Handtasche. »Ich bin gleich wieder da«, verabschiedete sie sich von Jana.

Viktoria erreichte den vornehmen Wohnbezirk, in dem Baron Cheverin ein Stadthaus besaß. Vor dem Haus hielt sie inne und betrachtete die Fassade. Der Unterschied zu dem Haus, in dem sie logierte, hätte kaum größer sein können. Hier bröckelte kein Putz, die Mauern waren nicht verdreckt, und auch die Fensterläden hingen nicht schief. Stattdessen zierten die blassgelbe Hausfront Stuckfiguren, schwarze schmiedeeiserne Balkongeländer und ein mächtiges Säulenportal.

Viktoria stieg die Eingangsstufen hinauf und betätigte den schweren Türklopfer aus Bronze. Kurz darauf wurde die Tür von dem jungen Dienstboten aufgezogen, der Viktoria das Geschenk des Barons überbracht hatte.

Sie hielt ihm den Karton hin. »Es tut mir leid, aber das kann ich wirklich nicht annehmen.«

Er warf einen raschen Blick über die Schulter in die Halle. »Warum nicht?«, flüsterte er. »Wenn Sie es nicht nehmen, habe ich versagt.«

»Warum sollten Sie versagt haben? Sie haben das Kleid abgeliefert. Ich bin diejenige, die es zurückbringt.«

»Aber der Baron –«

»Mit wem sprichst du?«, ertönte die Stimme Cheverins. Gleich darauf tauchte er im Hintergrund auf, bemerkte Viktoria und lächelte. »Viktoria, was für eine schöne Überraschung, bitte treten Sie ein.«

Widerwillig überschritt sie die Schwelle.

»Leider habe ich mit Ihrem Besuch nicht gerechnet, aber ich bin sicher, dass wir Ihnen ein Souper anbieten können, wenn Sie sich kurz gedulden.« Er warf dem Dienstboten einen Blick zu, der kehrtmachte, eilig die Empfangshalle durchquerte und irgendwo hinten im Haus verschwand. Cheverin schloss die Eingangstür.

»Ich wollte Ihnen nur Ihr freundliches –«

»Kommen Sie«, unterbrach Cheverin sie. »Wir müssen uns nicht im Stehen unterhalten.«

Viktoria trat einen Schritt vor. Ähnlich wie im Anwesen des Barons in Fontainebleau schwang sich auch hier eine weiße Marmortreppe in die Höhe. Der Fußboden war ebenfalls aus hellem Marmor, die Wände waren mit einem glänzenden dunklen Holz vertäfelt. An jeder Seite stand eine hohe Bodenvase mit einem Arrangement aus weißen Lilien und Zweigen.

»Was für ein schönes Haus«, sagte sie andächtig.

»Es gehört meiner Familie, nicht nur mir. Aber es ist bequem«, antwortete Cheverin. »Wenn ich in Paris zu tun habe, möchte ich nicht jedes Mal die Strecke von und nach Fontainebleau auf mich nehmen.« Er öffnete die Tür zu einem Zimmer, das von der Halle abging, und bedeutete Viktoria mit einer eleganten Handgeste einzutreten. »Wir setzen uns in die Bibliothek.«

Tief beeindruckt betrachtete Viktoria die Bücherregale an den Wänden, in denen sich ein Lederband an den anderen reihte. Sie sog den Geruch ein und dachte an das erste ledergebundene Tagebuch, das sie zu ihrem zwölften Geburtstag von ihrem Onkel geschenkt bekommen hatte, der dafür lange gespart haben musste. Das Tagebuch war in Russland geblieben, in dem Koffer, in dem sie alles verstaut hatte, was sie nicht mitnehmen konnte, und der nun in der Wohnung ihrer Eltern Staub fing.

Viktoria legte den Karton mit dem Kleid auf einem Sessel ab. »Ich danke Ihnen für dieses kostbare Geschenk«, sagte sie. »Aber ich kann es nicht annehmen.«

»Bitte setzen Sie sich.«

Viktoria ließ sich an einem kleinen Tisch nieder. Cheverin nahm ihr gegenüber Platz.

»Es ist kein Geschenk«, sagte er. »Es ist ein Ersatz für das Kleid, das Sie bei unserem Ballettabend beschmutzt haben.«

»Warum sollten Sie das ersetzen? Der Schmutz war doch nicht Ihre Schuld.«

»Sie haben mir gesagt, dass das Kleid für den Abend mit mir geliehen war. Sie hatten Angst, Schwierigkeiten zu bekommen. Was verständlich ist, das Kleid war von Coco Chanel.«

»Woher wissen Sie das?«

Cheverin lachte. »So etwas sehe ich, ihr Stil ist einzigartig. Und wie ich Djagilew kenne, hat er Coco beschwatzt, ihm das Kleid für einen Abend zu überlassen. Er wird es sich nicht leisten können, für ein ruiniertes Kleid aufzukommen, und Coco kann es sich nicht leisten, auf die Einnahme zu verzichten. Also habe ich bei ihr das grüne Kleid gekauft und damit den Verlust des rosafarbenen beglichen. Die Sache ist erledigt.«

»Sie sind sehr liebenswürdig«, sagte Viktoria verlegen und versuchte, sich ein Leben vorzustellen, in dem jemand für zwei Chanel-Kleider aufkam, als wären es zwei Baguettes. »Aber …«

»Aber was?«

Viktoria schüttelte den Kopf.

»Bitte sprechen Sie es aus, Viktoria. Oder haben Sie Angst, mich zu kränken? In dem Fall kann ich Sie beruhigen, mich kränkt man nicht so leicht.«

Viktoria sah sein freundliches Lächeln, den warmen Glanz seiner Augen. »Heutzutage wollen Frauen ihre Probleme allein lösen. Wir möchten nicht mehr, dass Männer es für uns tun«, sagte sie ruhig und klar.

Seine Augen blitzten amüsiert. »Ich finde es wunderbar, dass Sie immer Ihre Meinung sagen. Es ist erfrischend. Die meisten Menschen reden mir nach dem Mund.« Er stand auf und öffnete eine Vitrine. »Was darf ich Ihnen anbieten? Einen Cognac? Oder lieber einen Sherry? Oder einen anderen Aperitif?«

»Ein kleines Glas Sherry.«

Cheverin kehrte mit zwei Gläsern Sherry zurück.

»Danke.« Viktoria nippte an ihrem Glas. »Ein so großzügiges Geschenk wie dieses Kleid könnte falsch ausgelegt werden. Haben Sie daran nicht gedacht?«

Cheverin zuckte mit den Schultern. »Von wem? Mich interessiert nur, dass Sie das Geschenk richtig auslegen.«

»Sie leben in einer anderen Welt als ich.« Viktoria stellte ihr Glas auf den Tisch. »Oder haben Sie schon einmal gehungert?«

Er schüttelte den Kopf.

»Oder nächtelang nicht geschlafen, weil es in Ihrer Wohnung eisig kalt war und Sie kein Geld für Brennholz hatten?«

Cheverin zog die Brauen hoch. »Worauf wollen Sie hinaus?«

Viktoria ließ sich nicht beirren. »Wurden jemals Mitglieder Ihrer Familie verhaftet, nur weil andere in Ihrer Nachbarschaft einem Geheimbund angehörten, der den russischen Zaren stürzen wollte?«

»Sie wissen, dass ich nichts dergleichen erlebt habe«, entgegnete Cheverin. »Was nicht bedeutet, dass ich nicht weiß, was Leid ist. Oder dass ich keine Probleme habe.«

Viktoria lächelte nachsichtig. »Ich spreche von sehr konkretem Leid, vom Hungern, Frieren, vom Leben im Gefängnis. Von Menschen, die keine Möglichkeiten haben, an ihrem Leid etwas zu ändern.«

»Möchten Sie, dass ich mich schuldig fühle?«, fragte Cheverin.

»Mein Leben ist anders verlaufen als das Ihre. Doch dafür kann ich nichts. Ich kann nur versuchen, das Beste daraus zu machen.«

»Sie haben recht«, sagte Viktoria. »Entschuldigen Sie, wenn ich zu weit gegangen bin.«

»Lassen Sie uns über etwas sprechen, das uns beide betrifft. Über das Ballett von Massine beispielsweise, in dem Sie die Solotänzerin sein werden und Picasso die Ausstattung übernimmt. Oder sind Sie daran nicht mehr interessiert?«

»Doch. Natürlich bin ich das.« Viktoria griff nach ihrem Glas.

»Wieder höre ich ein kleines Aber.«

Sie betrachtete das Getränk in ihrem Glas. »Bleibt es bei dem, was Sie gesagt haben?«

Cheverin seufzte. »Was habe ich gesagt?«

»Dass ich nicht in Ihrer Schuld stehen werde.«

»Natürlich bleibt es dabei«, antwortete er ein wenig gereizt. »Und nun genug davon.« Er deutete auf das einzige Gemälde im Raum, ein Ölgemälde in einem reich verzierten Goldrahmen. »Wie gefällt Ihnen das porträtierte Paar?«

Viktoria drehte sich zu dem Gemälde um. Es zeigte einen Mann und eine Frau mittleren Alters. Sie saß auf einem zierlichen Sessel, in einem cremefarbenen Musselin-Kleid mit einem grün eingefassten Ausschnitt. Dazu trug sie einen breitkrempigen grünen Hut mit Schwanenfedern. Der Mann stand in einem dunklen Anzug mit Weste an ihrer Seite. Beide hatten dunkles Haar und ausgeprägte Wangenknochen. Sie hätten steif ausgesehen, hätte in den Augen der Frau nicht ein feuriger Funke gelegen und den Mund des Mannes nicht ein kaum merkliches Lächeln umspielt.

»Wer sind sie?«, fragte Viktoria.

»Der Bruder meines Vaters und seine Frau. Welchen Eindruck machen die beiden auf Sie?«

Viktoria legte den Kopf schief und vertiefte sich noch einmal in den Anblick des Bildes. »Ich glaube, dass sie einander zugetan waren. Sie wirken zufrieden – vielleicht sogar glücklich. Und als wüssten sie etwas, das außer ihnen niemand weiß.«

Cheverin lachte. »Sie haben es auf den Punkt gebracht. Mein Onkel und seine Frau haben nie aufgehört, sich zu lieben. Es gibt nicht viele Paare, die das von sich behaupten können.« Sein Blick wanderte in die Ferne. »Eine solche Verbindung wünsche ich mir auch. Meine Tante war eine starke Frau – ebenso wie Sie. Vielleicht müssen Sie das als Tänzerin sein, immerhin verlangt Ihre Kunst sehr viel Kraft und Ausdauer. Aber ich glaube, Sie besitzen auch innere Stärke. Sie gehören zu dem neuen Typ Frau.«

Viktoria musste lachen. »Sie klingen wie eine Suffragette.«

»Na und?«

Sie lachten beide.

*Er ist vielschichtiger, als ich dachte*, ging es Viktoria durch den Sinn. Die wenigsten Männer suchten starke Frauen, und eigentlich hätte sie es auch dem Baron nicht zugetraut. »Denken die Männer in Ihrem Heimatland wie Sie?«

»Ganz und gar nicht.« Er deutete auf das Gemälde. »In der Öffentlichkeit musste meine Tante Zurückhaltung üben. Doch hinter den Kulissen traf sie alle politischen und geschäftlichen Entscheidungen zusammen mit ihrem Mann. Und sie sorgte dafür, dass ihre Töchter mehr lernten, als Klavier zu spielen und zu sticken.«

»Sie muss eine außergewöhnliche Frau gewesen sein.«

»So wie Sie.« Cheverin nahm Viktorias leeres Glas und schenkte ihr noch einmal ein.

Es gefiel ihr, dass er sie selbst bediente, statt für jede Handreichung nach einem Dienstboten zu läuten. »Ich bin keine Baronin. Tänzerinnen treffen weder politische noch geschäftliche Entscheidungen.«

Cheverin stellte die Karaffe auf den Tisch. »Sie könnten Baronin werden.« Er griff nach ihrer Hand.

Sie war so überrascht, dass sie sie ihm nicht entzog.

»Sie müssten das Ballett nicht aufgeben. Denken Sie an die vielen führenden Parts, die ich Ihnen ermöglichen kann. Oder die neu für Sie geschaffen würden.«

»Diese Parts muss ich meinem Talent verdanken, Eric, nicht der Gunst eines Mannes. Ich möchte auf mich stolz sein, auf das, was ich mir erarbeitet habe … ich dachte, darüber wären wir uns im Klaren.«

Viktoria erinnerte sich daran, was zurzeit schon über sie geredet wurde. Wie viel schlimmer würde es erst werden, wenn er sie als seine Geliebte fördern würde oder als seine Frau? Denn wenn sie sich nicht täuschte, hatte er darauf angespielt. Und das, obwohl sie einander kaum kannten, nur einmal zusammen aus gewesen waren.

Cheverin ließ ihre Hand los und lehnte sich zurück. »Und doch hätten Sie nichts dagegen, dass ich Massines Ballett für Sie finanziere.«

Viktoria senkte den Blick. »Es wäre eine Ausnahme.«

»Aber dabei muss es nicht bleiben«, erwiderte Cheverin.

Was sollte sie noch sagen, ohne dass sie sich weiter im Kreis drehten? Ihr Herz gehörte trotz aller Schwierigkeiten Alexei. Und instinktiv wusste sie, dass sie Eric Cheverin ab sofort auf Abstand halten musste.

»Ich mag Sie sehr«, sagte er.

Viktoria hob den Kopf und traf auf seinen erwartungsvollen Blick. »Sie kennen mich doch gar nicht.«

»Ich bin sogar dabei, mich in Sie zu verlieben.«

Der Gedanke, wie reizvoll eine solche Verbindung sein könnte, durchzuckte sie. Trotzdem schüttelte sie den Kopf und suchte nach Worten, um ihn auf höfliche Weise zu entmutigen. »Ich gehöre nicht einmal zu Ihren Kreisen. Stellen Sie sich die Reaktion Ihrer Familie vor, wenn sie erführe, dass Sie mit einer Tänzerin liiert wären. Vielleicht würde man Sie enterben.«

Cheverin lachte. »Ich bin das einzige Kind meiner Eltern, ich werde nicht enterbt.«

Viktoria wünschte, sie wäre zu Hause geblieben, statt kopflos loszulaufen, um ihm das Kleid zurückzubringen. Warum hatte sie das Geschenk nicht angenommen und sich mit einigen Zeilen dafür bedankt? Wahrscheinlich hatte er ihren Besuch von Anfang an missverstanden.

»Viktoria.«

Sie sah ihn an.

»Können Sie sich vorstellen, meine Frau zu werden?«

## Kapitel 22

Lily sah zu, wie Christian Cheverin die Bank betrat und die Tür hinter ihm zufiel. Sie war sicher, dass er die Wahrheit gesagt hatte, er wirkte nicht wie jemand, der sich grundlos Geschichten aus den Fingern sog. Demzufolge blieb ihr nichts anderes übrig, als zur Polizeiwache von Fontainebleau zu fahren und alles in ihrer Macht Stehende zu tun, um Natalie dort herauszuholen. Zwar würde es ihrer Schwester nicht passen, wenn Lily sie in einer so misslichen Lage antraf, aber das war dann ihr Problem.

Sie drehte sich um und hielt nach Yves Ausschau.

Er kam mit eiligen Schritten auf sie zu. »Hat ein bisschen gedauert, bis ich einen Parkplatz gefunden habe. Was ist passiert?«

»Natalie ist auf der Polizeiwache von Fontainebleau. Man hat sie festgenommen.«

Yves lachte. »Du machst Witze, oder?«

»Schön wär's. Fährst du mich dorthin?«

»Natürlich.«

Er fasste ihre Hand. Lily spürte seinen festen Händedruck und war dankbar, dass er bei ihr blieb. Sie liefen zurück zu Yves' Wagen, vorbei an kleinen Geschäften, Cafés und einem baumbestandenen Platz mit Bänken, auf denen alte Männer saßen.

Auf der Fahrt zurück nach Fontainebleau erzählte Lily, was sie erfahren hatte. Yves sagte kaum etwas dazu, schüttelte nur den Kopf.

In Fontainebleau suchte er die Adresse der Polizeiwache auf dem Handy. »Gleich sind wir da«, sagte er.

Lily wurde mulmig zumute. »Meinst du, du könntest allein hineingehen und schauen, ob du mit Natalie sprechen kannst? Ich will nicht, dass sie ausflippt, wenn sie mich sieht, und alles noch schlimmer macht.«

»Ich könnte«, sagte Yves. »Aber ich werde es nicht tun.« Er parkte den Wagen und stellte den Motor aus. »Warum soll deine Schwester nicht sehen, dass du dir Sorgen gemacht und einiges an Mühe auf dich genommen hast, um sie zu finden?«

»Sie wird mich fragen, wie ich sie gefunden habe. Und dann muss ich ihr beichten, dass ich ihr Tagebuch gelesen habe.«

Yves zuckte mit den Schultern. »Das hättest du nicht getan, wenn sie dir gesagt hätte, wo sie steckt.«

Lily starrte auf das beigefarbene Haus mit den grünen Fensterläden, das ganz normal aussah, bis auf die französische Landesfahne am Eingang und das Schild »Commissariat de Police«.

»Kommst du wenigstens mit?«

»Nein.« Wieder nahm er ihre Hand. »Es ist besser, wenn du allein gehst.«

»Bitte, Yves. Französische Polizisten jagen mir Angst ein. Ich – ich hatte schon einmal mit ihnen zu tun, und das ist keine schöne Erinnerung.«

»Was hast du gemacht? Bist du bei Rot über die Straße gelaufen?« Yves schaute sie belustigt an, doch als er ihr Gesicht sah, wurde er ernst. »Es war etwas Schlimmes, oder?«

Lily warf noch einmal einen Blick auf die Wache. Wie kam es, dass sie noch vor kurzem Christian Cheverin fast ihre ganze Geschichte erzählt hatte und nun bei Yves wieder zögerte? Sie wollte einfach nicht, dass Yves erfuhr, wie viel seelischen Ballast sie mit sich herumschleppte.

»Warum sagst du nichts?«

Lily hörte die Sorge in seiner Stimme, durchsetzt von einer leisen Ungeduld. Wahrscheinlich dachte er daran, wie oft er ihr schon Fragen gestellt und wie oft sie ausgewichen oder fortgelaufen war.

Sie atmete tief durch und drehte sich zu ihm um. »Bei dem Unfall vor zwei Jahren wurde mein Verlobter von einem Wagen überfahren und starb. Ich wurde dabei verletzt und kam ins Krankenhaus. Und dann hat man mich des Mordes beschuldigt.«

Yves' Blick weitete sich. »Großer Gott«, murmelte er. »Das klingt entsetzlich.«

»Ein Mann behauptete, er habe gesehen, wie Aiden und ich vorher gestritten hatten. Er sagte, ich hätte Aiden in den Verkehr gestoßen.« Sie schluckte, sprach jedoch tapfer weiter. »Wir hatten gestritten, das ist wahr, aber ich habe Aiden nicht gestoßen. Ich wurde von der Polizei verhört, mehrmals sogar, aber niemand glaubte mir.« Plötzlich sah sie die Gesichter der Polizisten wieder vor sich, die skeptischen Mienen, ganz gleich, wie oft sie beteuerte, dass sie Aiden geliebt habe und ihm nie etwas angetan hätte. »Doch dann meldeten sich andere Zeugen, und keiner von ihnen behauptete, ich hätte Aiden gestoßen. Schließlich änderte auch der erste Zeuge seine Aussage und gab zu, dass er sich bei längerem Nachdenken daran erinnert habe, wie ich die Hand ausgestreckt hätte, um Aiden im letzten Augenblick noch zurückzureißen. Und so war es auch.«

»Unglaublich«, sagte Yves. »Wie konnte er sich so irren?«

»Er hat uns streiten gehört. Das wird ihn beeinflusst haben. Zum

Glück war er ehrlich genug, seinen Irrtum zuzugeben.« Lily betrachtete die blau-weiß-rot gestreifte Fahne, die über dem Eingang der Wache wehte, sah einen Polizisten herauskommen und verkrampfte sich. »Seitdem bin ich wie erstarrt. Ich tanze nicht mehr, bin eigentlich gar nicht mehr in der Lage, ein normales Leben zu führen. Hinzu kommt, dass Natalie mich noch immer für schuldig hält. Und mich hasst. Sie hatte Aiden sehr gern.« Lily wischte über ihre feuchten Augen. »Ich hasse mich auch.«

Yves schwieg.

Lily wagte es nicht, ihn anzuschauen. Sie sah zu, wie Passanten über den Bürgersteig liefen, von denen keiner ahnte, welcher Tumult sich in ihrer Brust abspielte.

»Warum gibt Natalie dir die Schuld?«, fragte Yves schließlich mit sanfter Stimme.

Lily zuckte mit den Schultern. »Das hat sie mir nie erklärt. Auch darüber möchte ich mit ihr reden.«

»Immer noch? Obwohl du es so oft versucht hast? Wie kommt es, dass du nicht wütend auf sie bist?«

»Sie ist meine Schwester, und ich liebe sie, da kann sie noch so unfair sein. Ich möchte sie nicht auch noch verlieren. Seit ich in Paris bin, laufen die Bilder des Unfalls wieder vor mir ab, und jedes Mal denke ich, wenn ich an dem Tag damals doch dieses oder jenes anders gemacht hätte. Dann wäre nichts passiert.«

»Es tut mir leid, Lily.«

Sie wandte sich zu ihm. »Du hast doch nichts getan, dir muss nichts leidtun.«

»Doch. Ich habe dich gedrängt, mit mir zu reden. Dafür möchte ich mich entschuldigen. Aber nun wird alles anders.«

»Zwischen uns?«, fragte Lily erschrocken.

Ein Lächeln huschte um seinen Mund. »Nein. Wenn überhaupt,

möchte ich meine Penetranz wiedergutmachen und noch mehr für dich da sein.«

Lily spürte ihre Erleichterung. Sie hatte ihm ihre Geschichte erzählt, wenn auch nur in groben Zügen, und er zog sich nicht zurück. Sensibel, wie er war, konnte er sich den Rest wahrscheinlich vorstellen. Sie griff nach ihrer Handtasche. »Ich gehe jetzt da hinein. Und komme hoffentlich mit Natalie wieder heraus.«

»Ich danke dir«, sagte er und küsste sie auf die Wange.

»Wofür?«

»Für dein Vertrauen. Und dafür, dass du dich überwunden hast, mir etwas zu erzählen, das für dich schmerzhaft ist.« Er strich ihr eine Strähne aus dem Gesicht. »Ich hoffe, eines Tages erkennst du, wie stark du bist.«

Schweren Herzens stieg Lily aus dem Wagen. Vor der Eingangstür der Wache zog sich ihre Brust ängstlich zusammen, und das Atmen fiel ihr schwer. Sie umklammerte ihre Handtasche. *Reiß dich zusammen*, befahl sie sich. *Das ist keine Wiederholung. Niemand ist gestorben. Niemand wird dich beschuldigen. Niemand wird dir mit einem Prozess und mit Gefängnis drohen.*

Sie zwang sich, einen Fuß vor den anderen zu setzen, die Tür zu öffnen und einen kleinen Empfangsbereich zu durchqueren, bis sie vor einer Polizistin stand, die an einem Schreibtisch saß und Unterlagen sortierte.

Lily räusperte sich und trug ihr Anliegen mit hilflos zusammengeklaubten französischen Wörtern vor. Die Polizistin verdrehte die Augen entnervt zur Decke. Lily versuchte es noch einmal, erklärte in schauderhaftem Französisch, dass ihr Name Lily Johansson sei und sie ihre Schwester Natalie Johansson suche.

Die Polizistin seufzte, doch offenbar hatte sie zumindest den Namen verstanden, denn sie gab etwas in ihren Computer ein. Dann runzelte sie die Stirn und bat Lily in kaum verständlichem Englisch, sich einen Augenblick zu gedulden. Sie stand auf und verschwand über den Flur, der von der Halle abging.

Nervös sah Lily sich um. Sie war allein in dem kleinen Eingangsbereich, doch aus einem Zimmer hinter dem Empfang drangen Gesprächsfetzen auf Französisch. Sie setzte sich auf einen der Stühle an der Tür und starrte in den Flur, in der Hoffnung, die Polizistin werde mit Natalie zurückkehren. Sie hörte, dass sich die Eingangstür öffnete, und drehte sich um.

Yves trat ein und legte eine Hand auf ihre Schulter. »Und, hast du etwas erfahren?«

Lily schüttelte den Kopf und schaute zu ihm hoch. »Du ahnst nicht, wie froh ich bin, dass du doch noch gekommen bist.«

»Verdammt noch mal, Lily, was hast du hier zu suchen?«, ertönte in dem Moment Natalies Stimme.

Lily fuhr herum. Ihre Schwester stand im Eingang zum Flur, blass, dünn und mit dunklen Rändern unter den Augen, und funkelte sie wütend an. Yves schenkte sie keinen Blick.

Die Polizistin, die Natalie geholt hatte, setzte sich wieder an ihren Schreibtisch.

Lily stand auf. »Lassen sie dich gehen?«

»Natürlich darf ich gehen, was dachtest du denn? Ich habe bloß eine kleine Verwarnung bekommen.« Sie wollte an Lily vorbei zum Ausgang laufen.

Lily fasste ihren Arm.

Natalie riss sich los. »Die Fahrt hierher hättest du dir sparen können. Zwischen uns hat sich nichts geändert.«

Sie wollte die Eingangstür aufziehen und rutschte mit der Hand von der Klinke ab.

»Warte.« Lily griff nach der Klinke.

Natalie stieß sie fort und öffnete die Tür mit solcher Wucht, dass sie gegen die Wand schlug. Auf dem Bürgersteig drehte sie sich noch einmal um und deutete auf ihre Schwester. »Bleib mir vom Hals, oder ich werfe mich vor ein Auto, und du hast noch einen Tod auf dem Gewissen.«

# Kapitel 23

»Natalie, bitte.« Lily trat bis an den Rand des Bürgersteigs. Ihre Schwester wich einen Schritt zurück. Lily warf einen Blick auf den Verkehr, verdrängte die Erinnerungen an den Tag auf der Avenue Victor Hugo und machte noch einen Schritt vor. Natalie blieb stehen.

Dann war Yves an Lilys Seite und streckte die Hand nach Natalie aus.

»Bleib, wo du bist«, sagte sie und warf einen Blick auf die vorbeifahrenden Autos.

Lily riss der Geduldsfaden. »Sei nicht albern«, sagte sie und dachte an die vielen Male, bei denen Natalie sich in ein Drama hineingesteigert hatte, nur um ihren Willen durchzusetzen.

»Lily«, sagte Yves warnend.

»Sie tut nur so«, erwiderte sie leise. »Das ist ihre Art, andere zu manipulieren.« Sie richtete ihren Blick auf ihre Schwester. »Es reicht jetzt.«

»Es ist mein Ernst«, rief Natalie. »Ich tue es.«

»Nein, tust du nicht.« Lily machte noch einen Schritt auf sie zu.

In Natalies Augen flammte Wut auf. Sie schaute auf den Verkehr und wieder zu Lily.

»Komm«, sagte Lily. »Du hast keinen Grund, dich umzubringen. Vor dir liegt eine wunderbare Karriere in einer der besten Kompanien Europas. Willst du die wegwerfen, nur um mir eins auszuwischen?«

Natalie schürzte die Lippen.

»Stell dir vor, du stürzt dich auf die Straße, wirst angefahren und endest als Krüppel. Möchtest du das?«

»Du hast Aiden umgebracht«, sagte Natalie trotzig.

Lily seufzte. »Nein, das habe ich nicht. Ich wünschte, ich könnte die Zeit zurückdrehen und alles an jenem Tag anders machen, aber ich habe Aiden nicht gestoßen. Sein Tod war für mich das Ende der Welt.«

»Und was ist mit meiner Welt? Meinst du, ich hätte nicht gelitten?«

»Um wen geht es jetzt?«, fragte Lily müde. »Um Aiden oder wieder einmal um dich?« Sie packte Natalies Arm und zog sie auf den Bürgersteig. Dabei wünschte sie, Yves wäre nicht Zeuge dieser Auseinandersetzung.

Sie schob Natalie an die Mauer der Wache. »Hör auf, mir für alles die Schuld zu geben, ich fühle mich auch so schon schlecht genug. Fahr zurück nach Paris und erfülle dir deinen Traum, Primaballerina zu werden.«

Natalie setzte eine tragische Miene auf. »Der existiert nicht mehr.«

Lily betrachtete sie einen Moment lang. »Okay, es ist zwecklos«, sagte sie dann. »Ich gebe auf.«

»Wie typisch«, entgegnete Natalie.

Am liebsten hätte Lily ihre Schwester geschüttelt. »Jetzt hör mir mal zu«, presste sie zornig hervor. »Ich bin um die halbe Welt geflogen, um mit dir zu reden, bin so oft auf dich zugegangen. Du hast getan, als wäre ich Luft, und mir die Tür vor der Nase zugeknallt. Ich dachte, als Schwestern sollten wir zusammenhalten, statt uns zu zerfleischen.«

»Hatte ich dich um den Besuch gebeten?« Natalie tat, als interessiere sie sich für zwei Teenager, die mit ihren Skateboards über den Bürgersteig ratterten.

»Ach, scheiß doch drauf«, sagte Lily. »Warum benimmst du dich nicht endlich wie ein erwachsener Mensch und fragst dich, ob du nicht auch etwas falsch gemacht hast, statt immer nur mit dem Finger auf mich zu zeigen?« Sie sah Yves an, der den Austausch mit zusammengezogenen Brauen verfolgte.

»Beruhige dich, Lily«, sagte er.

Lily schüttelte den Kopf. »Noch mehr von Natalies kindischem Verhalten ertrage ich nicht. Mir reicht es jetzt wirklich.« Sie wandte sich ab, hielt nach Yves' rotem Peugeot Ausschau und entdeckte ihn auf der anderen Straßenseite. Sie fragte sich, wie sie es früher geschafft hatte, Natalies egozentrisches Getue auszuhalten. Wie auch immer, ihr Wunsch, sich mit ihrer Schwester auszusprechen, hatte sich erledigt, ganz gleich, wie schmerzhaft ihr Herz sich dabei verkrampfte.

Beim Auto stellte sie fest, dass sie Yves nicht um die Wagenschlüssel gebeten hatte, und fluchte. Sie drehte sich nach ihm um. Er sprach mit Natalie, die die Arme bockig vor der Brust verschränkte und die Lippen zusammenkniff. Lily wünschte, sie könnte hören, was er sagte, denn es schien zu wirken. Natalie ließ die Arme sinken und nickte. Dann warf sie Lily einen raschen Blick zu, umarmte Yves kurz und eilte davon.

Lily sah ihr nach, bis sie um eine Ecke verschwand. Wie schön es gewesen wäre, wenn Natalie bereit gewesen wäre, sich mit ihr zu versöhnen, aber das war so unwahrscheinlich, wie zu erwarten, dass es abends nicht dunkel wurde.

Yves überquerte die Straße.

»Was hast du ihr gesagt?«, fragte Lily.

»Ich habe ihr meine Eindrücke geschildert.«

»Was für Eindrücke?«, fragte Lily.

»Ich habe ihr erklärt, dass du leidest, wenn sie dich zurückweist. Dass sie dankbar sein sollte, weil du dich so hartnäckig um sie bemühst, obwohl andere an deiner Stelle längst aufgegeben hätten.«

»Das wird sie dir nicht geglaubt haben.« Lily seufzte. »Nicht, nachdem ich ihr gesagt habe, dass ich sie satthabe.«

»Das hast du nicht so gemeint.«

»Als ich es sagte, schon.«

»Und jetzt?«

»Jetzt nicht mehr so.«

»Na also. Und dann habe ich sie gebeten, sich vorzustellen, *du* wärst gestorben, wie sie sich dann fühlen würde.«

»O Gott.« Lily lachte auf. »Du machst vor nichts halt, oder?«

»Mir scheint, deine Schwester reagiert eher auf Extreme als auf zarte Andeutungen.«

»Stimmt, bei Natalie braucht man die Holzhammermethode.«

Yves schloss den Peugeot auf. »Ich habe ihr auch gesagt, dass du sie liebst und sie nie aufgeben wirst.«

Lily ließ sich das durch den Kopf gehen. Als sie im Wagen saßen, sagte sie: »Ich möchte aber nicht, dass Natalie jetzt glaubt, sie könne lustig weitermachen wie bisher. Und dass ich wie ein Hündchen angelaufen komme, falls sie es sich irgendwann einmal anders überlegt.«

»Natalie und ich haben eine Abmachung getroffen.« Yves startete den Motor und kämpfte sich aus der Parklücke heraus. »Falls sie bereit ist, vernünftig mit dir zu reden, treffen wir uns in drei Stunden in dem kleinen Café am Theater.«

»Sie hätte mit uns fahren können.«

»Sie möchte nachdenken.«

Das, dachte Lily, war immerhin ein Fortschritt.

Auf der Fahrt zurück nach Paris lehnte Lily ihren Kopf an das Seitenfenster und schaute blicklos auf die Bäume, Wiesen und Häuser, die am Straßenrand vorbeizogen. Sie versuchte, zu schlafen, doch dann sah sie Natalies Gesicht wieder vor sich, die dunklen Ränder unter den Augen, den wütend verzerrten Mund.

»Bist du müde?«, fragte Yves.

»Todmüde.«

»Dann schlaf doch ein bisschen.«

»Ich kann nicht.«

Lily wühlte ihr Handy aus ihrer Handtasche hervor, warf einen Blick auf die Uhrzeit und checkte ihre Mails in der Hoffnung, Natalie hätte sich vielleicht schon vorzeitig gemeldet. Nichts.

In Paris hatten sie noch eine gute Stunde bis zu dem Treffen. Yves parkte den Peugeot nicht weit von seinem Haus entfernt. Danach spazierten sie zu dem Café mit den gelben Stühlen und der blauen Markise. Es war noch einmal so warm geworden, dass sie sich einen Platz im Freien suchten.

Yves bestellte eine große Flasche Wasser und zwei Gläser.

Lily streckte ihre Beine aus, blinzelte in die Sonne, schaute auf ihr Handy. Noch eine Viertelstunde bis zum vereinbarten Treffpunkt.

»Das Telefon klingelt nie, wenn man darauf wartet«, sagte Yves. Auch er wirkte müde und war unverhältnismäßig schweigsam.

Um fünf vor sechs drehte Lily den Kopf nach allen Seiten. Von Natalie war nichts zu sehen. Sie würde nicht kommen, ihre

Schwester hatte noch nie über ihren eigenen Schatten springen können.

»Sie kommt schon noch«, sagte Yves.

»Nein.«

»Sie will es spannend machen und wird bis zur letzten Sekunde warten.«

Lily rang sich ein Lächeln ab. Noch drei Minuten. *Seltsam*, dachte sie, *wieso bin ich so sicher, dass sie nicht kommt?*

Auf der anderen Straßenseite tauchte eine Blondine im roten Mantel auf, einem ähnlichen, wie Natalie ihn getragen hatte.

»Da kommt sie«, sagte Yves.

»Das ist sie nicht.«

Um halb sieben sagte Lily nach einem letzten Blick auf ihr Handy: »Das war's. Wir können gehen.«

Yves hatte die Brauen zusammengezogen und ließ seinen Blick noch einmal über die Passanten wandern. »Sieht ganz danach aus.« Er legte einen Geldschein unter den Aschenbecher auf ihrem Tisch und stand auf. »Lass uns gehen. Du siehst völlig erledigt aus.«

Lily nickte und sagte, sie wolle sich in ihrem Apartment hinlegen.

Auf dem Weg dorthin schlang Yves einen Arm um sie. Sie schmiegte sich an ihn und war froh, dass er bei ihr war.

»Es tut mir leid«, sagte er. »Ich hätte darauf bestehen sollen, dass sie mit uns fährt.«

»Sie hätte es nicht getan, und es war besser so. Wir mussten uns beide beruhigen.«

»Ich wünschte, sie wäre erschienen.«

Als sie das Haus erreichten, in dem Lily wohnte, löste Yves seinen Arm und verabschiedete sich.

»Kommst du nicht mit?«, fragte sie und wich seinem Blick aus. Er sollte nicht sehen, wie verletzlich sie sich in diesem Moment fühlte, wie sehr sie wünschte, dass er bei ihr blieb.

»Das würde ich gern, aber mir scheint, du brauchst jetzt ein bisschen Ruhe und Zeit für dich.«

»Nein, ganz und gar nicht.« Sie dachte daran, dass sie zwei Jahre lang Ruhe und Zeit für sich gehabt hatte. Und was hatte es ihr gebracht, außer dass sie sich in ihrem Leid vergraben hatte? Nicht sehr viel.

»Bist du sicher?«

»Ja.«

»Also gut.«

Lily schloss die Eingangstür auf.

»Du solltest ein heißes Bad nehmen«, sagte Yves. »Ein Glas australischen Shiraz trinken.«

*Er tut sein Bestes, um mich aufzumuntern*, dachte Lily und lächelte dankbar. In ihrem Apartment zwang sie sich, nicht auf ihr Handy zu schauen. Sie legte die Handtasche ab und öffnete die zweiflügelige Tür zum Balkon. Sie mochte es, wenn die Brise die zarten Batist-Gardinen aufwehte, mochte den Blick über den Boulevard Saint-Germain und sogar den Lärm der Stadt, der zu ihr heraufstieg. Das alles bedeutete für sie Leben.

Sie hörte, dass Yves Wasser in die Wanne laufen ließ. Als er aus dem Bad kam, fiel ihm wieder die Strähne ins Gesicht. Wie sollte sie sich jemals von diesem Mann verabschieden können? Er war nicht nur attraktiv und künstlerisch begabt, sondern auch liebenswürdig, klug, verständnisvoll, hilfsbereit …

»Dein Bad ist gleich fertig«, sagte er. »Ich laufe rasch nach unten und besorge uns eine Flasche Wein und etwas zu essen.«

Lily trat zu ihm und nahm seine Hand.

Er sah sie fragend an.

Sie schlang die Arme um ihn und küsste ihn. Er erwiderte ihren Kuss, und sie schloss die Augen. Sie presste sich an ihn und tastete nach dem Reißverschluss seiner Jeans.

Yves hielt ihre Hand fest. »Nein, Lily.«

Lily zuckte zurück. »Warum nicht?«

»Es fühlt sich nicht richtig an.«

Sie wandte sich ab.

»Nicht böse sein«, sagte Yves. »Aber im Moment bist du aufgebracht und enttäuscht, weil Natalie –«

»Was hat meine Schwester mit uns zu tun?«, fragte sie gekränkt. Natalie war offenbar in der Lage, ihr sogar, wenn sie nicht da war, etwas zu verderben.

»Das, was sie tut oder nicht tut, wirkt sich auf deine Stimmung aus.«

»Oder liegt es an dem, was ich dir über mich erzählt habe?« Konnte sie sich in Yves tatsächlich so getäuscht haben? Nein, unmöglich.

»Das meinst du nicht ernst, oder? Ich möchte keinen Sex, weil du mir mehr bedeutest als nur das.«

»Toll«, sagte Lily. »Mal was ganz anderes.«

»Sex ist kein Allheilmittel. Bei keiner Art des Schmerzes. Oder wenn, hilft er nur für kurze Zeit. Glaub mir, ich weiß, wovon ich rede.«

Im ersten Moment versetzte ihr der Hinweis auf seine sexuelle Vergangenheit einen Stich. Dann sagte sie sich, dass das irrational war, schließlich hatten sie beide schon andere Partner gehabt.

»Okay«, sagte Lily. »Du hast recht.«

»Nimm dein Bad«, sagte Yves. »Wenn ich eingekauft habe, reden wir weiter.«

Lily kannte ihn zwar noch nicht lange, doch sie wusste, dass es keinen Zweck mehr hatte, noch länger mit ihm zu diskutieren. Yves konnte ebenso stur sein wie sie.

Gleich darauf war er verschwunden, und sie stand da, betrachtete die sanft wehende Gardine an ihrem Balkon und lauschte dem Verkehrslärm des Boulevard Saint-Germain.

*Wie sonderbar*, dachte sie. Es hatte nur eine flüchtige Bekanntschaft mit einem attraktiven Mann sein sollen, doch nun vermisste sie ihn bereits, nur weil er nach unten gelaufen war, um einzukaufen.

Sie ging ins Bad, streifte ihre Kleidung ab und ließ sich in das warme Wasser sinken.

Als die Türklingel schrillte, fuhr Lily hoch und sah sich benommen um. O Gott, sie war in der Badewanne eingeschlafen. Sie kletterte aus dem kalten Wasser und streifte ihren Bademantel über. Im Wohnzimmer flatterten die Gardinen im Wind. Der Himmel über dem Boulevard war dunkel geworden.

Wieder ging die Türklingel.

Lily nahm an, dass Yves draußen stand, und öffnete die Tür.

»Du?«, sagte sie enttäuscht und froh zugleich.

»Da staunst du.« Natalie grinste, schwenkte eine Flasche Shiraz und lief mit ihrer Handtasche unter dem Arm und einer Einkaufstüte in der Hand an Lily vorbei in die kleine Küche. Dort riss sie einen Schrank auf, als wäre sie hier zu Hause, und holte zwei Gläser heraus.

Lily schaute in den Flur. Wo war Yves?

»Yves hat gesagt, wir sollen uns den Wein schmecken lassen.« Natalie knallte eine Schublade zu, als wäre nichts gewesen.

Lily schloss die Tür, ging ins Wohnzimmer und machte auch die Balkontür zu.

Natalie kam mit der geöffneten Flasche und zwei Gläsern aus der Küche, stellte sie auf den Couchtisch und füllte sie. »Ich habe ihn unten vor dem Haus getroffen. Wir sind in die Bar an der Ecke gegangen und haben lange geredet.« Sie schob Lily ein Glas hin.

Lily ließ sich auf einem Sessel nieder und ignorierte den Wein. »Bitte hilf mir auf die Sprünge, Natalie. Trinken wir jetzt einfach Wein und tun so, als hätte es die letzten beiden Jahre und das, was in Fontainebleau geschehen ist, nicht gegeben? Ist das der Plan?«

Natalie setzte sich auf das Sofa gegenüber und nahm einen Schluck Wein. »Du hast recht.«

»Womit?«

»Mit vielen Dingen.« Natalie leerte ihr Glas, schenkte sich nach. »Ich wünschte, Yves hätte mehr als eine Flasche gekauft.«

»Ja, er ist wirklich kleinlich.«

Natalie runzelte die Stirn. »Du machst dich über mich lustig.«

»Entschuldige.« Lily zwang sich zur Ruhe. Sie durfte jetzt nichts Falsches sagen. Seit zwei Jahren wirkte Natalie zum ersten Mal wieder halbwegs versöhnlich, diese Stimmung wollte sie nicht ruinieren. »Warum hast du unsere Verabredung nicht eingehalten?«

»Tut mir leid.« Natalie trank das zweite Glas halb leer.

»Das genügt mir nicht«, sagte Lily. »Ich möchte den Grund wissen.«

Natalie schaute zur Seite. »Ich wollte erst in letzter Sekunde erscheinen. Und dann habe ich mich mit der Zeit vertan und in Fontainebleau den Zug verpasst, den ich hätte nehmen müssen.«

Genau wie Yves vermutet hatte. Lily seufzte. »Warum musst du aus allem ein Drama machen?«

»Es tut mir leid.«

»Das hast du schon gesagt.«

»Ich meine, mir tut alles leid. Wie ich mich dir gegenüber heute und in den letzten beiden Jahren benommen habe. Obwohl du immer wieder versucht hast, mit mir zu reden. Eigentlich gibt es keine Entschuldigung dafür, aber ich hatte – habe – eine Menge Probleme.«

»Ich bin deine Schwester, Natalie. Schwestern sollten sich helfen, wenn eine von ihnen Probleme hat.«

Noch immer schien es Natalie schwerzufallen, ihr ins Gesicht zu sehen.

Lily betrachtete ihre Schwester, die mit hängenden Schultern vor ihr saß, und in ihre Verärgerung stahl sich ein erster Anflug von Mitleid. Natalie hatte immer vor Lebensfreude gesprüht, war zielstrebig und erfolgreich gewesen, doch nun wirkte sie kraftlos, war viel zu dünn, und wie es schien, trank sie auch zu viel.

»Was für Probleme hast du?«, fragte sie.

»Viele.« Endlich sah sie Lily an. »Yves hat mir den Kopf zurechtgerückt.« Sie lächelte ein wenig. »Er kann auch ziemlich dramatisch sein.«

»Warum hast du mir immer wieder weh getan?«

Natalie schwieg.

»Warum hast du mich fortgestoßen, obwohl du wusstest, wie sehr ich dich brauchte?«

»Lily, ich –« Natalies Augen füllten sich mit Tränen.

Lily beobachtete sie argwöhnisch, doch die Tränen schienen echt zu sein. »Meinst du, wir können das, was wir kaputtgemacht haben, wieder reparieren?«

## Kapitel 24

»Oh, Lily.« Natalie wischte sich die Augen. »Es ist so schrecklich viel vorgefallen.«

»Was genau willst du damit sagen?«

Natalie stieß einen langen Atem aus. »Natürlich möchte ich, dass wir wieder zueinanderfinden. Deshalb bin ich hier.«

*Ich will ihr vertrauen*, dachte Lily, *aber ich kann es nicht mehr*. Auch das müsste sie wieder lernen. »Könnte sein, dass wir einen langen Weg vor uns haben, der nicht immer einfach ist. Bist du dazu bereit?«

Natalie nickte. Ein Seufzer entrang sich ihrer Brust. Er klang wie ein Schluchzer.

Lily setzte sich zu ihrer Schwester und legte einen Arm um sie. Natalie fing an zu weinen und legte den Kopf an Lilys Brust. »Wenn du wüsstest, wie viel Mist ich gebaut habe«, murmelte sie.

»Ich glaube, ich weiß, um was es geht.«

Natalie schüttelte den Kopf. »Du kennst höchstens die Spitze des Eisbergs.« Sie richtete sich auf, zog ein Taschentuch aus ihrer Jeans und putzte sich die Nase. »Wie kannst du mich noch gernhaben, Lily? Ich bin ein schrecklicher Mensch.«

Lily stärkte sich mit einem Schluck Wein. »Was hast du getan?«

»Ich habe mit jemandem geschlafen, der mir helfen sollte, die Rolle der Viktoria Budian zu bekommen.«

Lily zwang sich, ruhig zu bleiben. »Warum? Ich bin sicher, dein Talent wäre ausreichend gewesen.«

»Es ist so ein peinliches Klischee.«

»Wer war es?«

»Der künstlerische Leiter des Bohème.«

»Ausgerechnet. Ist es immer noch der von vor zwei Jahren? Maurice Irgendwas?«

Natalie nickte.

Wegen dieses Mannes hatte Lily sich kurz vor dem Unfall mit Aiden gestritten. Er hatte ihr unterstellt, mit ihm zu flirten. Lily hatte nicht das leiseste Interesse an dem Mann gehabt, doch ganz gleich, was sie sagte, Aiden blieb bei seiner Überzeugung.

»Warum hast du das getan?«

Natalie zuckte mit den Schultern. »Eine andere Tänzerin namens Carolyn bewirbt sich ebenfalls um den Part der Viktoria.«

Lily rückte ein wenig von ihr ab. »Ich fasse es nicht. Und da kamst du auf die Idee, deinen Körper einzusetzen, statt dich auf dein Können zu verlassen?«

»Ich weiß selbst, dass so etwas unter aller Kanone ist.« Natalie lachte freudlos. »Carolyn hat das Gleiche getan. Der Scheißer hat uns gegeneinander ausgespielt.«

»Super. Und nun bist du genau da, wo du vorher auch warst. Ich hoffe, der Sex war es wert.«

»Der Sex war klasse.«

Lily verscheuchte die Bilder von ihrer Schwester zusammen mit einem Mann, den sie selbst als zudringlich und abstoßend empfunden hatte. »So etwas hättest du früher nie getan.«

»Nein.« Natalie wickelte sich eine Haarsträhne um den Finger. »Ich bin hier ziemlich allein, vielleicht hatte es auch etwas damit zu tun. Manchmal wollte ich dich anrufen, aber ich wusste nicht, was ich dir sagen, wo ich anfangen sollte. Und dann kam die Geschichte mit Christian Cheverin dazu.«

»Was war mit ihm?«

Natalie schwieg und wirkte missmutig.

»Was wolltest du von ihm, Natalie? Er hätte dir vermutlich größere Schwierigkeiten machen können, als dich wegen Belästigung anzuzeigen. Mit ein paar Stunden auf der Wache und der Verwarnung bist du wahrscheinlich noch glimpflich davongekommen.«

Natalie senkte den Kopf und begann den Saum ihres T-Shirts in Fältchen zu legen, ließ sie auseinanderfallen, faltete neu. Lily war kurz davor, die Geduld zu verlieren, doch da sagte Natalie: »In Viktorias Tagebüchern habe ich etwas gefunden, das sie mit den Cheverins in Verbindung bringt.«

Lily überlegte, auf welche Einträge sie anspielen könnte. Es fiel ihr nicht ein. Sie erinnerte sich nur dunkel, dass ein Eric Cheverin in den Tagebüchern eine Rolle gespielt hatte.

»Seit wann hast du Viktorias Tagebücher?«

»Ich habe sie mitgenommen, als ich nach Paris gezogen bin. Ich wollte sie als Andenken an unsere Urgroßmutter behalten.« Sie nahm einen Schluck Wein. »Ich habe sie Maurice gezeigt.«

*War ja klar*, dachte Lily. Da der Sex nicht ausgereicht hatte, hatte Natalie das nächste Ass aus dem Ärmel gezogen. »Hast du ihm gesagt, dass du die Urenkelin von Jana Nardin bist?«

»Natürlich. Ich habe alles getan, um die Rolle der Viktoria zu ergattern und Carolyn auszustechen.«

»Wer ist diese Carolyn?«

»Carolyn Waterstone. Eine Verwandlungskünstlerin. Ich kenne keine Tänzerin, die so problemlos in jede Rolle schlüpft. Sie ist unglaublich gut.«

»Und trotzdem hast du es gewagt, den Proben ohne Entschuldigung fernzubleiben? Das ergibt doch keinen Sinn.«

»Ich hatte einen Plan. Wenn er aufgegangen wäre, hätte ich die Rolle gekriegt.«

Lily seufzte. »Ich verstehe noch immer nicht, warum du dich nicht mehr auf dein Talent verlässt. Du bist unglaublich begabt, du hast Erfahrung –«

Natalie winkte ab. »Dasselbe kann man von Carolyn sagen. Aber für mich geht es diesmal um mehr. Erinnerst du dich daran, wie Urgroßmutter uns aus den Tagebüchern vorgelesen hat? Wie sie uns von der Frau vorgeschwärmt hat, die ihr die ersten Ballettübungen beigebracht hat?«

Lily nickte.

»Sie hat die Einträge beschönigt und uns ein Märchen aufgetischt. In Wahrheit hat Viktoria die Hölle durchgemacht.«

Lily erinnerte sich nicht, dass ihre Urgroßmutter so etwas erzählt oder entsprechende Tagebucheinträge vorgelesen hatte. »Übertreibst du jetzt nicht ein wenig?«

»Wie kannst du so etwas sagen, obwohl du keine Ahnung hast?« Natalies Stimme war schrill geworden. Etwas ruhiger fügte sie hinzu: »Entschuldige. Aber Viktoria Budian liegt mir am Herzen.«

»Offensichtlich.« Lily wusste, wie sehr ihre Schwester sich in etwas verbeißen konnte. Das hatte ihr immer dabei geholfen, wenn sie sich auf einen Part vorbereitete, und deshalb verstand Lily noch immer nicht, warum Natalie versucht hatte, ihren Körper zu benutzen.

»Was stand in den Tagebüchern, die dich zu Christian Cheverin geführt hat?«

Natalie zog ihre Beine unter sich und lehnte sich gegen die Armstütze des Sofas. »Damals, als die Ballets Russes noch im Châtelet waren, wollte Léonide Massine nur für Viktoria Budian und Alexei

Pankow ein Ballett erschaffen. Picasso sollte das Bühnenbild und die Kostüme entwerfen, und ein Mann namens Eric Cheverin wollte das Ganze finanzieren. Picasso fertigte die ersten Entwürfe für die Kostüme an. Diese Skizzen sind verschwunden. Es hieß immer, sie wären bei einem Brand vernichtet worden.« Natalie machte eine Kunstpause. »Ich habe aber herausgefunden, dass sie im Besitz von Christian Cheverin sind. Er ist der Großneffe von jenem Eric.«

»Wie hast du das herausgefunden?«

»Warte.« Mit einem triumphierenden Lächeln holte Natalie ihr Handy aus ihrer Handtasche und fing an zu scrollen. »Hier.« Sie zeigte Lily ein Foto.

Lily erkannte Christian Cheverin. Elegant gekleidet saß er mit einem Glas in der Hand in einem Ohrensessel und schaute direkt in die Kamera, gutgelaunt und entspannt. An seiner Seite stand ein zierliches Tischchen, darauf eine Karaffe.

»Ja und?«, fragte Lily.

»Schau genauer hin«, entgegnete Natalie mit funkelnden Augen. »Achte auf den Hintergrund.«

Lily beugte sich vor und starrte auf das Display. »Oh«, sagte sie, »ich verstehe.« An der Wand hinter Cheverin hingen zwei gerahmte Skizzen. Die eine zeigte eine Tänzerin in einem fließenden blaugrünen Gewand inmitten eines *grand jeté*, eines beeindruckenden Spagatsprunges. Auf der anderen sah man einen überaus phantasievoll gestalteten Meeresboden.

»Woher hast du das Foto?«

»Aus einer Sondernummer, die *Le Monde* vor einer Weile herausgegeben hat. Es ging um die Familiengeschichte reicher Kunstmäzene, mit Interviews und Fotos. Die Geschichte der Cheverins ist voller Lücken – die Christian Cheverin sich im Interview geweigert hat zu schließen.«

»Vielleicht konnte er sie nicht schließen. Und was haben die Lücken mit den Skizzen zu tun?«

»Vielleicht nichts.« Natalie steckte das Handy wieder in ihre Handtasche. »Ich bin zu ihm gefahren, habe ihm das Zeitungsfoto gezeigt und mich nach den Skizzen erkundigt. Er hat behauptet, er habe sie auf dem Dachboden seines Hauses gefunden, in einer Kiste voller alter Ballettprogramme. Und da ihm die Skizzen gefallen hätten, habe er sie rahmen lassen.«

»Weiß er, dass sie von Picasso sind?«

»Natürlich weiß er das. Und er kennt ihren Wert.«

»Und weiter?«

»Ich habe ihm erklärt, dass wir diese Entwürfe brauchen, um die Kostüme und das Bühnenbild für eine Aufführung nachgestalten zu lassen. Aber davon wollte er nichts wissen.« Natalie legte ein Bein über ein Knie und begann ihre Füße zu massieren. Sie waren ebenso verformt wie Lilys Füße, nur dass Natalie mit den ihren noch immer tanzte.

»Hast du ihm klargemacht, dass du die Skizzen nur ausleihen möchtest?«

»Ja, aber er hat es abgelehnt.«

»Weiß man im Bohème, dass er die Skizzen besitzt?«

Natalie zog die Brauen zusammen. »Ist das jetzt ein Verhör?«

»Nein, es interessiert mich lediglich.«

»Wenn ich im Bohème etwas von den Skizzen hätte verlauten lassen, hätte die Ballettleitung das Ruder übernommen, und ich wäre außen vor gewesen. Trotz meiner Vorarbeit. Das wollte ich nicht.« Sie setzte einen Fuß ab und nahm sich den anderen vor. »Und nun habe ich alles ruiniert.«

Lily betrachtete ihre Schwester und fragte sich, wer diese Frau war. Natalie war zwar von jeher eigensinnig gewesen, auch verbohrt und obsessiv, aber inzwischen schien sie so weit zu gehen, dass Lily befürchtete, sie habe jeden Realitätssinn verloren.

Sie wartete darauf, dass Natalie weitersprach, doch die schien völlig von ihrer Fußmassage in Anspruch genommen zu werden.

»Hast du auch mit Christian Cheverin geschlafen?«, platzte es aus ihr heraus.

Natalie hielt inne und sah Lily an. »Ich bin keine Nutte.«

»Das habe ich auch nicht behauptet.«

»Nicht direkt, aber anscheinend glaubst du, dass ich mit jedem schlafe, von dem ich etwas haben will.«

»Also hast du es nicht getan?«

Natalie wandte den Blick ab. »Okay …«

»Okay, was?«

»Ich habe es getan.«

»Mensch, Natalie! Was soll das denn?«

»Ich möchte jetzt keine Moralpredigt hören.«

Lily nahm einen großen Schluck aus ihrem Glas. »Ich wüsste wirklich gern, wann du dein Selbstvertrauen verloren hast.«

Natalie antwortete nicht.

»Wie bist du überhaupt an Cheverin herangekommen?«

»Er ist ein bekannter Kunstmäzen, den man auf jeder großen Vernissage findet. Ich habe mich erkundigt, wann und wo man ihn erwartet, habe mich zurechtgemacht und bin dort erschienen. Und bevor du dich wieder aufregst, ich habe es für das Bohème-Ballett getan.«

*Und um Carolyn Waterstone aus dem Rennen zu werfen*, ergänzte Lily stumm.

»Zuerst wollte ich ihm nur gefallen, in der Hoffnung, dass er mich nach Fontainebleau einlädt. Dort wollte ich mir die Skizzen genauer ansehen.«

»Und wenn sie sich als echt herausgestellt hätten, was hättest du dann gemacht? Wolltest du sie einstecken, sobald Christian Cheverin den Raum verlässt?«

»Ich bin keine Diebin«, antwortete Natalie pikiert. »Warum hörst du mir nicht einfach zu?«

»Schon gut, sprich weiter.«

»Wo war ich? Ach ja, anfangs wollte ich mir nur die Skizzen ansehen und feststellen, ob sie für uns verwendbar sind. Ich hatte keineswegs vor, mit ihm zu schlafen.« Natalie sah Lily nachdenklich an. »Woher wusstest du eigentlich, dass ich in Fontainebleau war?«

»Ich habe mit Penny gesprochen.«

Natalie furchte die Stirn. »Ich habe Penny nie etwas von Christian erzählt.«

*Mist*, dachte Lily.

»Woher, Lily?«

Lily sah ein, dass es sinnlos wäre, darum herumzureden. Natalie würde so lange bohren, bis sie die Wahrheit herausbekommen hatte. »Ich war in deinem Zimmer. Ich habe in den Tagebüchern von Viktoria Budian geblättert … und in deinem eigenen Tagebuch.«

Natalie schien es die Sprache verschlagen zu haben.

»Ich habe mir Sorgen um dich gemacht. Niemand wusste, wo du warst. Was blieb mir denn anderes übrig?«

»Du hast meine Privatsphäre verletzt.«

»Ja«, entgegnete Lily und merkte, dass sie ungehalten wurde. »Ich habe es getan, weil du mir wichtig bist. Zwei Jahre lang hast du mich abblitzen lassen und mich wie den letzten Dreck behandelt, und trotzdem war ich verzweifelt, als niemand wusste, wo du warst. Mach mir jetzt bloß keine Vorwürfe, du –«

»Ich was?«

»Ach, egal.«

»Warum sprichst du es nicht aus?«

»Ich wollte ›Miststück‹ sagen.« Lily nahm einen Schluck Wein und dachte, dass ihr Streit nun wohl von vorne losging.

Natalie starrte Lily an. Und brach in schallendes Gelächter aus. »Das war alles?«, fragte sie, als sie sich wieder beruhigt hatte. »Etwas Schlimmeres als ›Miststück‹ fällt dir nicht ein?«

»Und das findest du komisch?«

»Ja. Du konntest andere noch nie richtig beleidigen.«

»Ich wusste nicht, dass man das können muss.«

Natalie wurde ernst. »Muss man nicht. Du bist, wie du bist.« Sie zuckte mit den Schultern. »Und ich bin eben anders.«

»Nur dass ich mittlerweile nicht mehr weiß, wer du bist.«

Natalie schwieg. Dann sagte sie: »Ich auch nicht.«

Eine Zeitlang schwiegen sie beide.

»Es tut mir leid«, erklärte Natalie schließlich. »Ich wünschte, ich wäre nicht so eklig gewesen.«

»Danke.«

»Soll ich dir weiter von meiner Begegnung mit Christian Cheverin erzählen?«

Lily nickte. Wahrscheinlich war es das Beste, wenn sie sich in kleinen Schritten annäherten und zwischendurch von anderen Dingen als von ihrer Beziehung sprachen.

»Erinnerst du dich an das, was unsere Urgroßmutter über Viktoria und Eric Cheverin erzählt hat?«

»Kaum.«

»Er hat Viktorias Leben ruiniert. Wenn du Viktorias Tagebücher liest, wirst du es erfahren. Auch deshalb habe ich mich an Christian herangemacht. Ich wollte mit ihm über seinen Großonkel sprechen. Darüber, was er Viktoria angetan hat.«

»Und?«

»Er hat behauptet, dass Eric Cheverin sich nie etwas hat zuschulden kommen lassen.«

»Vielleicht weiß er nichts davon«, überlegte Lily. »Oder er wollte mit dir nicht darüber reden. Ihr seid ja nicht gerade langjährige Freunde.«

»Er hatte Angst.«

»Aha. Und deshalb hat er dich wegen Belästigung und Diebstahl angezeigt? Und mir gesagt, dass du ihn erpresst hast?«

»Wann hast du mit ihm gesprochen?«

»Heute Vormittag.« Seitdem war so viel geschehen, dass Lily das Gefühl hatte, es wären schon Tage vergangen. »Als ich dich gesucht habe.« Das war die Kurzversion. Sie hoffte, Natalie würde sich damit begnügen.

Natalie sah aus, als wollte sie aufbrausen, doch dann zuckte sie mit den Schultern. »Na schön, aber ich habe nichts gestohlen. Im Gegenteil, ich habe ihm vor Augen geführt, dass er selbst im Besitz von Diebesgut ist.«

Lily blieb der Mund offen stehen. Sie schluckte und fragte: »Wie um alles in der Welt bist du denn auf die Idee gekommen?«

»Weil das Bohème-Ballett die Nachfolgerin der Ballets Russes ist.«

»Hm«, machte Lily. »Ich dachte, das wäre George Balanchine mit dem New York City Ballett gewesen.«

»Ich spreche von einer Nachfolge in Europa und im Theâtre du Châtelet. Und deshalb gehören Picassos Skizzen dem Châtelet und nicht in den Privatbesitz von Christian Cheverin.«

Lily fand es nach wie vor erstaunlich, mit welchem Geschick Natalie sich die Wahrheit zurechtbog. »Aber die Familie besitzt sie seit vielen Jahren.«

»Stehst du jetzt auf der Seite dieser skrupellosen Menschen?«

»Nein, aber man kann nicht in jemandes Haus spazieren, auf Bilder an der Wand deuten und sagen: ›Die gehören Ihnen nicht, die müssen Sie zurückgeben.‹«

»Sie gehören ihm aber nun mal nicht.«

»Meinetwegen, aber das entscheidest nicht du. Wollte Christian Cheverin dir die Skizzen deshalb nicht leihen? Weil er dachte, er bekäme sie nicht mehr zurück?«

Natalie zuckte mit den Schultern. »Ich hätte nichts über seinen Großonkel sagen sollen. Da hat Christian dichtgemacht.«

Lily behielt ihren Kommentar für sich.

»Guck mich nicht so an«, sagte Natalie. »Ich habe nie behauptet, dass ich das Zeug zur Diplomatin habe.«

»Und wie kommt er dazu, von Erpressung zu sprechen?«

»Ach das.« Natalie machte eine wegwerfende Handbewegung. »Das war ein Missverständnis.«

»Inwiefern?«

»Als er sich geweigert hat, mir die Skizzen zu überlassen, habe ich gesagt, dass ich Viktorias Tagebücher veröffentlichen könnte. Und dass danach sein Familienname beschmutzt sei.«

»Meine Güte, Natalie!«

Natalie sah sie betreten an. »Ich weiß, es war falsch. Und jetzt habe ich keinen Plan mehr, wie es weitergehen soll.«

Lily nahm ihre Hand. »Du sprichst mit deinem Ballettmeister oder deiner Ballettmeisterin, entschuldigst dich, weil du einfach fortgeblieben bist, und schilderst den Grund. Wenn sie erkennen, dass du die Skizzen für das Bohème beschaffen wolltest, sind sie vielleicht nachsichtig.«

Yves öffnete die Tür, und Lily betrat einen langen Flur mit Parkettboden und Jugendstilleuchten an den Wänden, der in eine elegante Bar mündete. Dort leuchteten die Flaschen hinter der Theke in allen Farben des Regenbogens, die Gäste saßen bei Kerzenschein an kleinen Tischen, und in einer Ecke spielte eine atemberaubend schöne Frau leisen Jazz auf einem Klavier.

Lily trug ein kurzes pinkfarbenes Kleid mit einer schwarzen Stola, das einzige Kleid, das sie aus Australien mitgebracht hatte. Sie hoffte, dass es chic genug war. Eine Frau müsse auf jeder Reise ein »Kleid für alle Fälle« haben, hatte ihre Urgroßmutter immer gesagt, und Lily hatte es nicht vergessen. Ohne diesen Rat hätte sie nur Jeans, T-Shirts und Pullover eingepackt. Sie überlegte, ob die Farbe zu grell und unangebracht war, und schaute unsicher an sich hinab.

»Du siehst wunderschön aus.« Yves griff nach ihrer Hand, und ihre Finger verflochten sich.

»Hier ist es sehr vornehm, oder?«, flüsterte sie.

»Ach was.« Yves winkte einem Kellner, der ihn wie einen alten Freund begrüßte und Lily freundlich anlächelte. Er führte sie zu einer der Nischen an der Wand. Lily schlüpfte hinein, nahm ihre Stola ab und legte sie auf ihre Handtasche. Yves sprach mit dem Kellner. Lily verstand kein Wort, sah nur, dass der Kellner belustigt wirkte.

»Warum hast du mich per SMS eingeladen?«, fragte Lily. »Und warum bist du gestern Abend nicht mehr zurückgekommen?«

»Ich dachte, es wäre besser, wenn du und Natalie ungestört reden könnt.«

Lily griff nach der Getränkekarte.

»Ich habe schon etwas bestellt«, sagte Yves. »War euer Gespräch gut?«

»Es war nur ein Anfang. Aber wenigstens reden wir wieder miteinander.«

»Das freut mich.«

»Ich wollte dich anrufen, als Natalie gegangen war. Aber es war schon spät, und …«

»Und?«

»Ich wusste nicht, was du empfindest, nachdem ich dir von dem Unfall erzählt habe. Und von Aiden. Dass ich in Verdacht stand, ihn gestoßen zu haben.«

»Was für Gedanken du dir immer machst.« Yves streichelte ihre Hand.

»Und es war mir peinlich, dass ich mich dir aufgedrängt und mich lächerlich gemacht habe.«

»So habe ich das nicht gesehen.«

»Weil du nett und großzügig bist.« Dankbar drückte sie seine Hand.

Der Kellner kehrte mit einem beladenen Tablett zurück und stellte eine Schale mit Würfelzucker, zwei Gläser mit einer giftgrünen Flüssigkeit und eine Karaffe Wasser auf den Tisch. Als Letztes legte er zwei sonderbare Bestecke dazu, sie sahen aus wie kleine Tortenheber mit Lochmuster.

»Ist das Absinth?«, fragte Lily und sah Yves mit hochgezogenen Brauen an. »Den trinke ich nicht.«

Der Kellner lachte und verschwand.

»Absinth oder die Grüne Fee«, sagte Yves. »Wir werden uns in das Leben der Pariser Bohème zurückversetzen. Für die war Absinth ein Muss.«

Lily beäugte die Gläser misstrauisch.

Yves nahm die Tortenheber oder Löffel oder was auch immer sie waren, legte sie auf die Gläser und dann auf jeden zwei Stück Würfelzucker.

Lily verfolgte sein Tun beunruhigt. Sie hatte gelesen, dass Absinth Halluzinationen hervorrufen konnte, und die hätten ihr gerade noch gefehlt.

»Manche Leute glauben, schon ein Glas Absinth mache verrückt, aber das ist nur ein Gerücht.« Yves grinste Lily an. »Verrückt wirst du vielleicht, wenn du ab sofort täglich eine Flasche trinkst.«

»Vincent van Gogh hat sich unter dem Einfluss des Absinths ein Ohr abgeschnitten.«

»Vincent van Gogh hat zwar reichlich Absinth getrunken, aber das war nicht der Grund für seinen Wahn. Es hieß, dass er schizophren war oder an den Folgen einer Syphilis litt.«

»Nijinsky soll auch irrsinnig geworden sein, weil er zu viel Absinth getrunken hat.«

»Auch ihm hat man alles Mögliche nachgesagt, aber glaubst du wirklich, dass ein so ehrgeiziger und begnadeter Tänzer nach der Flasche greift?«

Lily zuckte mit den Schultern. »Es gibt viele Gründe, mit dem Trinken anzufangen.« Sie warf einen Blick in die Runde und bemerkte auch andere Gäste, die Absinth tranken. »Ich dachte, das Getränk wäre verboten.«

»Das war einmal. Bei der Herstellung von Absinth wird Wermut verwendete, zu dessen Bestandteilen Thujon gehört. Und Thujon ist ein Nervengift, das zu Halluzinationen führen kann. Doch dazu müsstest du literweise Absinth trinken und wärst schon tot, bevor die erste Halluzination einsetzt.«

»Mir leuchtet noch immer nicht ein, weshalb ich dieses grüne Zeug trinken soll.«

»Sei nicht so ängstlich.« Yves zwinkerte ihr zu. »Sieh es als Abenteuer.« Vorsichtig träufelte er Wasser über die Zuckerwürfel. Die grüne Flüssigkeit nahm eine milchige Farbe an. »Schau, das nennt man den ›Louche-Effekt‹. *Louche* ist das französische Wort für undurchsichtig.«

Aus den Gläsern stieg ein Anis-Aroma auf, dann der Hauch von etwas Blumigem. Yves schob Lily ein Glas zu. Sie fächelte den Duft in ihre Nase. »Riecht nach Frühling.«

»Und schmeckt wie Lakritz.« Yves hob sein Glas. »Auf das Abenteuer.«

Lily nahm einen winzigen Schluck. Schmeckte gut. Sie nahm einen großen Schluck – und hatte das Gefühl, ihr Mund stünde in Flammen.

»Wasser«, röchelte sie und trank in ihrer Not aus der Karaffe. Sie leerte sie zur Hälfte und setzte sie verlegen ab. Die feine Art war das sicher nicht gewesen. »Das war heftig«, sagte sie.

»Wir trinken den Absinth noch auf die harmlose Art«, sagte Yves. »Es gibt Menschen, die zünden ihn an. Sie tauchen zwei, drei Zuckerwürfel in Absinth, legen sie auf den Löffel und zünden sie an. Wenn der Zucker Blasen wirft, löschen sie die Flamme und geben den Zucker in den Absinth.«

»So viel Getue um einen Schnaps.«

Yves lachte, und Lily nahm die Fältchen wahr, die sich in seinen Augenwinkeln bildeten. Sie machten ihn noch sympathischer und reizvoller, als er bereits war.

»Auf die Weise wird das Getränk noch stärker. Wenn du magst, können wir es einmal probieren.«

»Nein, danke, ich glaube dir auch so.« Lily hielt das milchige Getränk ins Kerzenlicht und ließ es schimmern. »War die Grüne Fee früher tatsächlich so beliebt, wie es immer heißt?«

»Ich denke schon.« Yves nahm einen kleinen Schluck. »Hemingway mochte Absinth, James Joyce, Oscar Wilde, Erik Satie, sogar Picasso scheint nicht abgeneigt gewesen sein.«

Lily dachte an die Skizzen Picassos, über die Natalie an diesem Morgen mit der Geschäftsleitung des Châtelet und der Ballettmeisterin des Bohème hatte sprechen wollen. Zumindest war das der Stand der Dinge gewesen, als Natalie sich von ihr verabschiedet hatte. Sie hatte versprochen, Lily über den Ausgang der Gespräche zu informieren, doch das hatte sie nicht getan und auf Lilys Anrufe und SMS wieder nicht reagiert. Schließlich hatte Lily mit Penny gesprochen und erfahren, dass sie Natalie den ganzen Tag lang nicht gesehen hatte. Sie war also wieder verschwunden.

»Denk nicht mehr an Natalie«, sagte Yves, als könnte er wieder mal ihre Gedanken lesen. »Sie wird von sich aus auf dich zukommen.«

»Vielleicht.« Einen Moment lang lauschte Lily der Klaviermusik, betrachtete die schöne Pianistin mit dem kurzen schwarzen Haar, das ihren grazilen Nacken betonte, und nippte an ihrem Getränk. Zwei Paare hatten begonnen zu der Musik zu tanzen oder vielmehr sich im Stehen engumschlungen zu wiegen.

»Möchtest du auch tanzen?«, fragte Yves.

Lily schüttelte den Kopf. »Ich sehe lieber zu.«

In diesem Augenblick schoss der Schmerz in ihren Rücken, als wolle er sie daran erinnern, dass sie dem Tanzen entsagt hatte. Schon seit einer Weile hatte Lily den Verdacht, dass ihre Schmerzen nicht nur physische, sondern auch psychische Ursachen hatten. Ihr war aufgefallen, dass sie Hals und Schultern verkrampfte, wenn sie ans Tanzen dachte und an alles, was damit zusammenhing. Und kurz darauf setzten dann die Schmerzen ein. Sie nahm noch einen Schluck. Danach war ihr Glas leer.

»Huch, das ging aber fix«, sagte sie. »Ich glaube, ich möchte noch einen.«

Yves wirkte überrascht. »Schmeckt er dir so gut?«

Lily spürte die wohltuende Wirkung des Alkohols. »Er ist nicht schlecht.«

»Mehr als zwei Gläser sollte man davon nicht trinken. Es sei denn, man will sich die Kante geben.« Er nickte dem Kellner zu und deutete auf die Gläser.

»Danke, Yves.«

»Wofür?«

Lily kicherte. »Dafür, dass du mir hilfst, Natalie und ihre diversen Dramen zu vergessen.«

Yves legte den Kopf schief. »Wie kannst du sie vergessen haben, wenn du noch immer von ihr sprichst?«

Lily trank den letzten Tropfen aus ihrem Glas. »Auch wieder wahr.«

Erneut griff Yves nach ihrer Hand und streichelte sie. Und langsam ließen Lilys Rückenschmerzen nach.

Der Kellner kam mit zwei neuen Gläsern Absinth und allem, was dazugehörte, stellte die Sachen auf dem Tisch ab. Kurz bevor er sich abwandte, schenkte er Lily ein Lächeln, wie um zu sagen: *Ich wusste doch, dass dir so etwas schmeckt*. Lily grinste vergnügt.

Als Yves die Getränke bereiten wollte, bestand sie darauf, es diesmal selbst zu machen.

»Bitte«, sagte Yves. »Tu dir keinen Zwang an.«

Lily machte alles so, wie sie es zuvor beobachtet hatte. Als die grüne Flüssigkeit milchig wurde, klatschte sie in die Hände.

»Wie eine Expertin«, sagte Yves. »Auf was trinken wir diesmal? Auf ein glückliches Leben?«

»Auf das Leben.«

»Das Leben im Allgemeinen?«

»Darauf, dass wir leben und die wunderbare Welt genießen können.« Sie hob ihr Glas.

Yves schien sich über den Trinkspruch zu wundern, doch er stieß mit ihr an.

»Chin-chin«, sagte er und bemühte sich um eine perfekte englische Aussprache.

Lily brach in Gelächter aus. »Weißt du, dass chin-chin auf Japanisch Penis bedeutet?«

»Nein, das wusste ich nicht. Und woher weißt du das?«

Lily kniff die Augen zusammen. »Höre ich da eine Unterstellung?«

Yves legte eine Hand auf sein Herz. »Nie im Leben.«

»Das will ich auch hoffen.« Sie setzte ihr Glas an und behielt den Absinth auf der Zunge, bevor sie ihn hinunterschluckte. Ihr war, als wäre es in der Bar etliche Grad wärmer geworden. Früher, als Tänzerin, hatte sie Alkohol kaum angerührt, doch nun stand dem nichts mehr im Wege. Ihrem Rücken tat der Absinth auch gut, die Schmerzen hatten nun gänzlich aufgehört. Und ihr gegenüber saß ein ausgesprochen attraktiver Franzose. Wann hatten sie sich im Park kennengelernt? Vor einer Woche? Sie versuchte, nachzurechnen, doch damit hatte sie Schwierigkeiten. War auch nicht wichtig.

»Wie läuft es eigentlich mit deiner Komposition?«, fragte sie.

Yves runzelte die Stirn.

*Oh,* dachte Lily. Vielleicht hätte sie das nicht fragen sollen. Trotzdem sprach sie weiter. »Und was ist mit meiner Inspiration?«

Yves nahm einen Schluck, setzte sein Glas ab und drehte den Stiel zwischen den Fingern. »Der Ausflug nach Fontainebleau hat mich ein bisschen aufgehalten. Aber ich bin vorangekommen.«

»Entschuldigung«, sagte Lily und blinzelte. Hatte der Raum gerade geschwankt?

»Du musst dich nicht entschuldigen, ich bin sehr gern mit dir zusammen. Und meine Komposition ist so gut wie fertig.«

Lily betrachtete sein Gesicht, seine Finger, die mit dem Glas spielten, und erinnerte sich an die Nacht, die sie mit ihm verbracht hatte. Sie stützte ihr Kinn auf die Hand – und rutschte ab.

*Seltsam.*

Sie versuchte es noch einmal.

*Super, hatte geklappt.*

»Ich will dir helfen«, sagte sie und horchte ihren Worten nach, die schwer wie Melasse geflossen waren. Sie schaute auf ihr Glas. Es war leer. Dafür schien ihr Kopf voller Wattebällchen zu sein. Sie goss Wasser in ihr Glas, verschüttete einen Teil und trank gierig. Wieder war etwas danebengegangen, die Tropfen rannen über ihr Kinn.

»Komm, wir gehen an die frische Luft«, sagte Yves mit einer Stimme, die aus weiter Ferne zu kommen schien. Er legte Geldscheine auf den Tisch. Sie wollte aufstehen, aber ihre Beine waren wie Blei.

Sie schüttelte den Kopf und lachte.

»Worüber lachst du?«, fragte Yves.

»Worüber lachst du?«, wiederholte Lily und versuchte, seinen französischen Akzent zu imitieren.

»Der Absinth macht dir zu schaffen.« Yves half ihr hoch, klemmte sich ihre Handtasche unter den Arm und legte Lily ihre Stola um.

Sie schwankte und hielt sich an ihm fest. »Du bist sehr nett.«

»Du auch.«

Yves legte einen Arm um ihre Taille und führte sie an den Tischen vorbei und über den langen Flur hinaus auf die Straße. Lily kniff die Augen zusammen und wünschte, die Straße würde sich nicht drehen.

»Alles klar?«, fragte Yves.

Lily schlang die Arme um ihn, presste sich an ihn und schloss die Augen. Warum küsste er sie nicht?

»Lily«, sagte Yves und klang besorgt.

»Was ist?« Sie öffnete die Augen und stellte fest, dass sie eine Hand auf seinen Hinterkopf gelegt hatte, um sein Gesicht an ihres zu ziehen.

*Anscheinend wollte er sie nicht küssen. Aber warum nicht?* Sie ließ ihn los, und er richtete sich auf.

»Ich bringe dich nach Hause.«

»Und dann fällst du über mich her?«

Yves seufzte. »Heute nicht.«

Lily runzelte die Stirn. »Warum nicht? Wir haben doch schon mal zusammen geschlafen.«

»Richtig.«

»Und heute machen wir es wieder.«

Yves führte sie die Straße hinunter. »Ich mag es lieber, wenn die Frauen, mit denen ich ins Bett gehe, nüchtern sind.«

Lily blieb stehen. »Klingt nach einer Menge Erfahrung.«

Yves zog sie weiter. »Du warst doch sicher auch schon mit anderen zusammen, oder?«

»Heh«, sagte Lily, »beleidige mich nicht.« Sie schaute auf ihre Füße, die offenbar vergessen hatten, wie Laufen ging.

»Setz einfach einen Fuß vor den anderen.«

Lily bekam Schluckauf und lachte, als wäre es das Lustigste auf der Welt. »Mann, der Absinth hat es aber in sich.«

»Ja, tut mir leid, Lily, ich wusste nicht, dass du nichts verträgst.«

Sie winkte ab. »Keine Sorge, ich amüsiere mich blendend.«

Sie schob seinen Arm fort und drehte eine Pirouette. *Keine gute Idee.* Nun fuhr die Straße erst recht Karussell. Sie drückte die Hände auf ihre Augen.

Yves hielt sie fest. »Lehn dich einfach an mich, Lily. Zu deiner Wohnung ist es nicht mehr weit.«

»Ich will nicht nach Hause«, sagte Lily bockig. »Da ist es doch langweilig. Ich bin in Paris, ich will die Stadt sehen.«

Yves hielt inne. Lily klammerte sich an ihn und sah zu dem kleinen Park auf der anderen Straßenseite hinüber. Die Äste der Bäume bewegten sich im Wind. Nein, nicht nur die Äste, sondern auch die Stämme. »Die Bäume da winden sich wie Schlangen«, sagte sie bekümmert.

»Ich weiß, wohin wir gehen können.« Yves führte sie mit festem Griff die Straße hinunter, und Lilys Füße machten mit, ohne zu stolpern.

Am Ende der Straße überquerten sie einen Platz, der von Ahornbäumen gesäumt wurde. Diese Bäume schwankten nicht, wie Lily zufrieden registrierte. Ihr Kopf wurde langsam klarer. Sie furchte die Stirn. Was hatte Yves gemeint, als er von den Männern in ihrem Leben gesprochen hatte? War das etwa ein Vorwurf gewesen? Sie versteifte sich.

»Was hast du?«, fragte Yves. »Ist dir übel?«

»Nein.«

Er warf ihr einen Seitenblick zu. »Was dann?«

»Nichts.« Da, sie tat es schon wieder. Statt vernünftig zu antworten, machte sie einfach dicht. Der Alkoholrausch verflog.

»Natürlich hast du was«, sagte Yves. »Ist es, weil wir heute nicht zusammen schlafen werden?«

»Damit hat es nichts zu tun.« Zwar hoffte sie immer noch, er werde seine Meinung ändern, aber wenn nicht, war es auch gut. Viel schlimmer war, dass sie daran hatte denken müssen, mit wie wenigen Männern sie geschlafen hatte, wie lange sie mit Aiden zusammen glücklich gewesen war.

»Kann ich etwas für dich tun, Lily?«

»Es ist nichts.« Sie lächelte verkrampft. »Du zeigst mir jetzt irgendetwas Tolles in Paris.«

Yves blieb stehen und drehte sich zu ihr um. Sie legte ihren Kopf an seine Brust. Er fuhr mit der Hand über ihr Haar. Lily umschlang ihn. Er schob sie ein wenig von sich fort und küsste ihre Stirn, dann ihren Mund. Lily schloss die Augen.

»Du bist nicht mehr betrunken, oder?« Yves küsste ihren Hals.

»Kaum noch.«

»Vielleicht führe ich dich lieber morgen durch Paris, was meinst du?«

Lily nickte. »Und heute machen wir etwas anderes. Etwas sehr Schönes.«

Yves zog sie an sich und küsste sie erneut.

Mit ihm tröstete sie sich nicht über Aiden hinweg, sagte sich Lily. Sie mochte diesen Mann von ganzem Herzen und wollte jeden Moment mit ihm auskosten. Sehr viel Zeit hatte sie nicht mehr, in einigen Tagen schon würde sie nach Australien zurückkehren. Sich wieder verkriechen und nicht …

»Nicht so viel grübeln«, sagte Yves an ihrem Mund.

»Hör auf, meine Gedanken zu lesen«, murmelte sie. »Sollen wir zu mir gehen?«

»Ja, das ist kürzer.« Yves nahm ihre Hand.

Sie überquerten den Platz.

»Ich kenne eine Abkürzung.« Yves deutete auf eine Seitengasse.

Lily folgte ihm blindlings.

Sie gelangten auf eine Straße, die ihr irgendwie bekannt vorkam. Eine belebte Straße, ein Auto folgte dem anderen, die Scheinwerfer bildeten eine lange Lichterkette. Plötzlich konnte sie sich nicht mehr bewegen.

»Was ist, Lily?«

Mit halbem Ohr nahm sie die Sorge in seiner Stimme wahr.

Und starrte auf das Straßenschild.

*Avenue Victor Hugo.*

# Kapitel 25

Yves nahm ihre Hand. »Lily, was ist passiert?«

Noch immer starrte sie auf das Straßenschild, dessen Buchstaben einen wilden Tanz aufführten, doch das lag nicht an den zwei Gläsern Absinth, die sie getrunken hatte. Sie war nun vollkommen nüchtern.

»Lily, bitte antworte.«

Sie löste sich aus ihrer Starre.

»Die Geschichte«, flüsterte sie.

»Was für eine Geschichte?« Yves sah sich um. »Meinst du den Straßennamen? Denkst du an Victor Hugo und den Glöckner von Notre-Dame?«

Lily schüttelte den Kopf. »Meine Geschichte.«

Yves seufzte. »Ich verstehe es immer noch nicht.«

»Es tut so weh.« Lily machte einige Schritte fort von dem Straßenschild. »Es wird Zeit.«

»Um was zu tun?«

»Wieder nach Hause zu fahren.«

Ohne zu wissen, wohin sie ging, beschleunigte Lily ihren Schritt, Hauptsache, sie konnte Aidens Unglücksort entkommen. Wie dumm sie gewesen war, zu glauben, sie könnte mit Yves – oder einem anderen Mann – jemals eine unbeschwerte Zeit verbringen.

Yves lief an ihrer Seite, die Hände tief in den Hosentaschen vergraben. Aber er drang nicht weiter auf sie ein, vielleicht dachte er, die Nachwirkungen des Alkohols machten ihr noch zu schaffen. Möglicherweise traf es sogar zu, und das hochprozentige Getränk hatte in ihrem Kopf noch mehr Chaos angerichtet, als dort ohnehin schon herrschte.

Nein, das war Unsinn, den Alkohol traf keine Schuld.

Lily erinnerte sich an den Abend, als sie ziellos durch Paris gelaufen und auf der Avenue Victor Hugo gelandet war. Auch an jenem Abend hatte sie eine Panikattacke gehabt, war davongelaufen, ohne dass sie etwas getrunken hatte – war vor ihrem Schmerz davongelaufen. Das war das Problem. Dass sie davonlief, statt sich diesem Schmerz zu stellen und ihn anzunehmen.

Sie warf Yves einen Blick zu. Er lief mit gesenktem Kopf und hochgezogenen Schultern und wirkte gedankenverloren. Er war ein so anständiger Mensch, blieb an ihrer Seite, ohne zu wissen, warum sie sich wieder so merkwürdig benahm.

»Ich muss es dir erklären«, sagte Lily.

Yves blieb stehen. Das Licht einer Straßenlaterne fiel auf ihn und verschwamm im Dunst der Herbstnacht. Es sah aus, als würde er in einen Lichtschleier gehüllt. »Das wäre schön.«

Lily verspürte einen Anflug von Erleichterung, als drängte all das, was sich in ihr angestaut hatte, mit Macht nach draußen. »Kennst du ein Café in der Nähe?«

Yves schaute sich um. »Hier um die Ecke müsste eines sein.« Er seufzte und wirkte resigniert.

Vielleicht war er ihr Hin und Her leid, überlegte Lily, womöglich ging sie ihm doch auf die Nerven.

Das grell erleuchtete Café gehörte zu einer Kette und war rund um die Uhr geöffnet. Lily und Yves ließen sich an einem der vielen freien Tische nieder. Außer ihnen und einer übermüdet aussehenden Kellnerin war kaum jemand da. Lily bat Yves, für sie heiße Schokolade mit Marshmallows zu bestellen.

»Die wird es hier kaum geben«, sagte er. »Wie wäre es mit einem Kaffee mit Milch?«

»Hauptsache etwas Warmes.« Lily zog ihre Stola enger um sich.

»Ist dir kalt?«

»Jetzt nicht mehr.«

Als die Kellnerin kam, fragte Yves, ob es heiße Schokolade mit Marshmallows gebe. Sie zog die Brauen hoch und würdigte ihn nicht einmal einer Antwort. Er bestellte zwei »grand crème«.

Bis die Kaffees gebracht wurden, schwiegen sie. Lily betrachtete die nüchterne Inneneinrichtung, die allem Anschein nach durch orange und grün gestreifte Wände belebt werden sollte.

Auch als die Getränke kamen, sagten sie nichts, rührten stumm Zucker hinein.

»In Paris ist immer etwas geöffnet«, sagte Lily schließlich. »In dem kleinen Ort, in dem ich lebe, wäre längst alles geschlossen.«

Yves nahm einen Schluck Kaffee und gab ihr keine Antwort.

»Aber darüber wollte ich ja nicht sprechen«, fuhr Lily fort. »Ich wollte mich entschuldigen – wieder einmal –, weil ich dir ständig meine Stimmungsumschwünge zumute.«

»Ich dachte, heute hätte es am Absinth gelegen.«

Lily schüttelte den Kopf und rührte weiter in ihrem Kaffee, obwohl der Zucker sich schon aufgelöst hatte.

Yves schien auf ihre nächsten Worte zu warten.

»Aiden, der Mann, mit dem ich verlobt war, ist auf der Avenue Victor Hugo umgekommen.«

Lily richtete ihren Blick auf ihre Tasse. Sie war sicher, dass Yves sie nun voller Mitleid anschaute, und das wollte sie nicht sehen. Diesen Blick kannte sie von ihren Freunden und ihrer Familie zur Genüge. Nur Natalie war die Ausnahme, ihr Blick war eine einzige Anklage gewesen. »Deshalb war ich vorhin so komisch.«

»Ich wünschte, ich hätte einen anderen Weg genommen.«

Lily hob den Kopf. Sein Blick war nicht mitleidig, sondern voller Verständnis.

»Du musst nicht tapfer sein«, sprach er weiter. »Wenn du weinen möchtest, dann weine.«

Lily schlug die Hände vor ihr Gesicht. »Es war schrecklich, Yves. Diese Bilder habe ich immerzu vor mir. Und ich weiß nicht, wie ich sie loswerden soll … ich weiß nicht einmal, ob es richtig ist, sie loswerden zu wollen.«

Yves schob ihre Tassen zur Seite und griff nach Lilys Händen. »Mit der Zeit werden sie verblassen. Verdrängen lässt sich so etwas nicht.«

»Du bist so verständnisvoll«, sagte Lily. »Und klug.«

Yves lachte ein wenig. »Das ist Ansichtssache. Mein Vater würde genau das Gegenteil behaupten.«

»Und ich? Was mache ich? Mal laufe ich davon, dann werfe ich mich dir an den Hals und bin beleidigt, wenn du mich zurückweist.«

Yves streichelte ihre Hände. »Heute hätte ich dich nicht zurückgewiesen. Ich hätte sogar sehr gern mit dir geschlafen.«

»Ich auch mit dir. Und stattdessen sitzen wir hier und trinken Milchkaffee.«

»Lily, das ist in Ordnung. Im Moment geht es nicht um Sex.«

»Nein«, entgegnete Lily bedrückt. »Dabei war doch vorhin noch alles gut. Ich hätte gar nicht erst nach Paris kommen dürfen. Hier ist es, als wären seit Aidens Tod erst Tage vergangen. Und überall lauern

Erinnerungen. Paris soll die Stadt der Liebe sein, für mich ist sie eine Stadt des Leidens.«

»Ich wünschte, ich wüsste, wie ich dir helfen kann.«

»Das kannst du nicht. Wenn ich dich küsse und dich umarme, bin ich glücklich. Auch als wir miteinander geschlafen haben, war ich glücklich. Sehr glücklich. Aber dann bricht alles wieder über mir zusammen, und ich fange an, mich schuldig zu fühlen.«

»Und dann rennst du weg, obwohl du weißt, dass es keine Lösung ist.«

Lily nickte. »Genau. Ich dachte, ich hätte die Kraft, Paris wiederzusehen, aber ich habe mich getäuscht.«

»Du hattest dir etwas vorgenommen, das enorm schwierig war, Lily. Du kannst nicht erwarten, dass sich so etwas ruck, zuck bewältigen lässt.«

Lily presste die Hände auf ihre Schläfen. »Ich mag keine Ratschläge mehr hören. Jeder gibt mir Ratschläge, das Problem ist nur, dass mir nicht klar ist, wie ich sie umsetzen soll.« Sie sah Yves verzweifelt an. »Deshalb sollte ich besser in unser kleines Rutherford Creek in Australien zurückkehren.«

Yves griff in die Innenseite seines Jacketts und zog eine Visitenkarte und einen Stift hervor. Er schrieb etwas auf die Karte, faltete sie zusammen und reichte sie Lily. »Bitte nicht jetzt lesen. Erst wenn du allein bist und nicht weißt, wie du mit deiner Trauer umgehen sollst.«

»Hast du die Telefonnummer eines Psychiaters aufgeschrieben? Das will ich nicht.«

»Natürlich nicht.«

Lily steckte die Karte ein. Yves meinte es gut, daran gab es keinen Zweifel. Doch schon viele Menschen hatten versucht, ihr zu helfen. Inzwischen war sie dagegen regelrecht allergisch. Sie musste ihren eigenen Weg finden. Nur dass ihr bisher der Mut gefehlt hatte, diesen Weg zu suchen.

Yves trank seinen kalt gewordenen Kaffee. Lily rührte ihren nicht mehr an. Als die Kellnerin kam, um ihre Tassen abzuräumen, bat Yves um die Rechnung.

Lily wollte sie mit ihm teilen, doch er winkte ab, legte das Geld auf den Tisch und stand auf. »Das war ein langer Abend.«

Lily warf einen Blick auf ihre Armbanduhr. »Nennst du drei Uhr morgens noch Abend?«

»Es waren interessante Stunden mit einer interessanten Frau.«

Am Ausgang hielt er ihr die Tür auf. Sie hakte sich bei ihm unter und genoss die Wärme seines Körpers. Sie wusste, hätten sie sich zu einer anderen Zeit und unter anderen Umständen kennengelernt, wären sie ein Paar geworden.

»Können wir uns heute Abend um sechs Uhr bei mir treffen?«, fragte Yves. »Ich würde dir gern meine Musik vorspielen. Es fehlt nur noch der allerletzte Schliff.«

»Sehr gern.« Lily beschloss, für einige Stunden zu schlafen, dann mit Natalie zu sprechen, um zu erfahren, wie ihr Gespräch im Bohème verlaufen war. Danach würde sie zu Yves gehen. Sie musste nur darauf achten, mit ihm nicht wieder über Aiden zu sprechen.

»Weißt du«, begann Yves, »vielleicht solltest du dich überwinden und morgen oder übermorgen noch einmal zur Avenue Victor Hugo gehen.«

Lily befreite ihren Arm. »Lieber nicht.«

»Es könnte dir helfen.«

»Nein, Yves, das könnte es nicht. Bitte dräng mich nicht.«

»Ich dränge dich nicht, es war nur ein Vorschlag.«

»Ich will nicht mehr darüber reden, ich regele das auf meine Art.«

»Damit bist du bisher nicht sehr weit gekommen, oder?« Seine

Stimme hatte einen schroffen Unterton angenommen. »Wenn wir so tief in unserer Trauer sind, sehen wir –«

Lily ließ ihn nicht ausreden. »Was weißt du schon von Trauer?«, fragte sie aufgebracht. »Hast du einmal einen geliebten Menschen verloren?«

»Ja, meine Großeltern.«

Lily lachte auf. Es war ein hässlicher Laut, sie hörte es selbst, und sie wusste auch, dass sie besser schweigen würde. Trotzdem sagte sie: »Warst du etwa für ihren Tod verantwortlich?«

»Nein.«

Lily konnte sich nicht bremsen. »Hast du kurz vor ihrem Tod mit ihnen gestritten? Musstest du zusehen, wie sie umgekommen sind?«

Sie waren stehen geblieben. Yves sah sie kopfschüttelnd an. »Ich verstehe nicht, warum –«

»Du verstehst gar nichts«, fiel Lily ihm ins Wort. »Und trotzdem kommst du einfach mit Vorschlägen, von denen du meinst, dass es mir danach besser geht. Ich war auf der Avenue Victor Hugo – zweimal sogar –, und jedes Mal ging es mir dreckig. Also vielen Dank für deinen Rat, aber den brauche ich nicht.« Sie trat einen Schritt zurück. »Und jetzt möchte ich allein sein.« Sie machte auf dem Absatz kehrt und lief los, ohne zu wissen, wohin.

Er kam ihr nicht nach.

Erst nach einer ganzen Weile wurde sie ruhiger, und ihr Herz begann wieder in normalem Rhythmus zu schlagen. Sie hörte ihre hektischen Schritte auf dem Bürgersteig und wurde langsamer. Und mit der Ruhe kam die Gewissheit, dass sie sich hatte gehen lassen und sich wieder einmal unmöglich aufgeführt hatte.

Sie hielt inne und versuchte, sich zu orientieren. Wenn sie nicht alles täuschte, war sie nicht weit von dem Viertel entfernt, in dem Yves wohnte. Sie könnte zu ihm gehen, sich entschuldigen. Aber wer weiß, ob sie nicht wieder die Kontrolle über sich verlieren und erneut etwas Beleidigendes von sich geben würde. Sie ging weiter.

Vielleicht brauchte sie tatsächlich einen Psychiater. Bis auf ihre Eltern war Yves der Einzige gewesen, der ihr richtig zugehört hatte. Der versucht hatte, ihr zu helfen. Was konnte er dafür, dass sie seit zwei Jahren jede Konfrontation mit sich selbst vermied, ihre Schuldgefühle unter den Teppich kehrte und ausrastete, wenn jemand ihr nur vorschlug, sich mit dem, was geschehen war, auseinanderzusetzen?

Erneut blieb Lily stehen.

Konnte es sein, dass sie ihre Schuldgefühle aus irgendwelchen Gründen brauchte? Klammerte sie sich an ihr Leid, weil sie sonst nichts mehr hatte?

Konnte sie deshalb nicht loslassen?

Weil ihr Leben dann völlig bedeutungslos wäre?

Sie musste Yves anrufen. Nein, sie würde zu ihm gehen. Nach ihrem Ausbruch reichte es nicht aus, sich am Telefon zu entschuldigen. Yves musste sie dabei ansehen können, musste erkennen, wie sehr sie ihr Verhalten bereute.

Sie holte ihr Handy hervor, gab seine Adresse bei Google Maps ein und lief los.

Mittlerweile war es halb fünf. In den Bäckereien, an denen sie vorbeikam, brannte Licht, und der Geruch frisch gebackenen Brots zog auf die Straße heraus. Hier und da trat jemand aus einem Haus und machte sich auf den Weg zur Arbeit. Bis Sonnenaufgang würde es noch dauern, doch der Himmel war so klar, dass es ein schöner Tag werden würde.

Vor Lilys innerem Auge erschienen Bilder: Yves, der ihre Hand streichelte, der ihr bis Fontainebleau nachgefahren war, um sich zu entschuldigen und ihr zu helfen. Der sie küsste, der zärtlich, leidenschaftlich und verständnisvoll war – und den sie vor den Kopf gestoßen hatte.

Sie erreichte die Straße, in der er wohnte. Sie lag wie ausgestorben da. Vor seinem Haus blieb sie stehen und schaute zum dritten Stock hinauf. Sie nahm an, dass er mittlerweile zu Hause war, doch die Fenster waren dunkel. Trotzdem konnte sie sich nicht vorstellen, dass er schlief. Vielleicht war er im Bad oder im Schlafzimmer, die beiden Räume gingen nicht zur Straße hinaus. Aber würde er ihr überhaupt öffnen?

Lily stieg die Eingangsstufen hinauf. Eine Zeitlang starrte sie beklommen auf Yves' Name an der Tür. Dann fasste sie sich ein Herz und drückte auf den Klingelknopf.

# Kapitel 26

Yves öffnete nicht. Lily klingelte noch einmal, mit demselben Resultat. Entweder wollte er sie nicht sehen, oder er war doch noch nicht zu Hause.

Sie ließ sich auf den Eingangsstufen nieder und wartete. Als er nach einer Stunde noch nicht erschienen war und sich auch auf ihr erneutes Klingeln nichts tat, lief sie zu ihrem Apartment, in der Hoffnung, dass er dort vielleicht auf sie wartete.

Aber dort wartete niemand auf Lily. Eine Zeitlang saß sie in ihrem Wohnzimmer, fragte sich, wo Yves sein könnte und ob er sich noch einmal bei ihr melden würde. Schließlich ging sie ins Bad. Sie schminkte sich ab, duschte, putzte sich die Zähne und ging zu Bett. Doch sie konnte nicht schlafen, zu viele unschöne Gedanken schwirrten ihr durch den Sinn. Sie wälzte sich von einer Seite auf die andere und hörte, wie der Straßenlärm auf dem Boulevard Saint-Germain lauter wurde.

Gegen Mittag gab sie sämtliche Einschlafversuche auf, verließ das Bett und versuchte, Yves erneut zu erreichen. Am Telefon meldete er sich nicht, auch nicht auf die SMS, die sie ihm schrieb, und auch Natalie war nicht zu erreichen.

Zu guter Letzt machte Lily sich auf den Weg zu ihrer Schwester. Sie wollte zumindest erfahren, wie die Geschichte mit dem Bohème-Ballett ausgegangen war.

Erst nach dem dritten Klingeln meldete Natalie sich über die Sprechanlage. »Wer ist da?«

»Lily.«

Keine Reaktion.

»Könntest du bitte die Tür öffnen?«

»Nein.«

»Los, Natalie, mach auf.«

»Ich will niemanden sehen.«

»Bitte, mir ist kalt.«

»Dein Pech.«

»Natalie!«

»Ich habe nein gesagt.«

Gleich darauf kam eine junge Frau mit einem kleinen Kind und einem Buggy. Sie reichte Lily ihre Keycard und bat sie, die Tür für sie zu öffnen. Lily tat wie gebeten und schlüpfte mit der Frau ins Haus. Sie nahmen den Aufzug, die Frau stieg eine Etage früher aus.

Und dann stand Lily wieder vor der rotlackierten Tür zu Natalies Wohnung. Zwar ging sie nicht davon aus, dass Natalie ihre Meinung in den letzten Minuten geändert hatte, aber sie war auch nicht gewillt, sich erneut abweisen zu lassen. Sie klopfte an die Tür.

Stille.

Sie klopfte lauter.

Nichts.

Sie hämmerte mit der Faust an die Tür und rief: »Mach auf, ich weiß doch, dass du da bist.«

Lily wartete.

»Natalie, ich gebe nicht auf, also los, mach die Tür auf.«

Natalie ließ sich Zeit, doch schließlich zog sie die Tür mit mürrischer Miene auf.

Lily betrat die Wohnung und musterte ihre Schwester – das strähnige Haar, das blasse Gesicht. »Du siehst schrecklich aus.«

»Danke, sehr freundlich«, sagte Natalie.

»Ist Penny nicht da?«

»Nein, und ich wünschte, du wärst es auch nicht.«

»O Gott«, sagte Lily und ließ sich in Natalies Wohnzimmer nieder. »Fangen wir jetzt wieder bei null an?«

Natalie zuckte mit den Schultern und setzte sich ihr gegenüber. »Warum nimmst du dich als ältere Schwester nur so wichtig?«

Lily zog die Brauen hoch. »Wenn ich mich recht erinnere, habe ich für dich zwei Jahre lang nicht die geringste Rolle gespielt.«

»Das glaubst du. In Wahrheit habe ich deine Stimme schon gehört, wenn ich beim Tanzen auch nur den kleinsten falschen Schritt gemacht habe. Und wenn ich an Aiden gedacht habe, warst du –«

»Es reicht«, unterbrach Lily sie. »Wir waren an einem Punkt, an dem wir beide bereit waren, uns zu versöhnen. Oder gilt das nicht mehr?«

Natalie schaute zu Boden. »Doch. Entschuldige meine schlechte Laune. Sie hat mit dir nichts zu tun.«

»Mit was dann?«

»Hat Yves es dir nicht erzählt? Er müsste es schon wissen.«

»Nein.«

»Es geht um das Bohème. Sie waren sauer, dass ich ohne Entschuldigung nicht zu den Proben erschienen bin.«

*Verständlicherweise*, dachte Lily. »Hast du ihnen nicht erklärt, warum?«

»Doch. Aber das hat es nur noch schlimmer gemacht. Außerdem hatte Christian schon angerufen und sich über mich beschwert.«

»Verdammt.«

»Vielleicht war das, was ich getan habe, nicht richtig, aber ich habe es gut gemeint.«

*Es war von Anfang an eine hirnrissige Idee*, dachte Lily, doch das behielt sie für sich.

»Sieh mich nicht so an«, sagte Natalie.

»Wie denn?«

»Als ob du nicht fassen könntest, dass jemand so dämlich sein kann wie ich.«

»Ach was, ich bin nur froh, dass du den Fehler einsiehst. Normalerweise sind bei dir immer andere schuld.«

»Das ist nicht wahr.« Natalie zog die Brauen zusammen und wirkte missmutig. »Ich bin müde. Ich muss mich hinlegen.«

»Weich mir doch nicht immer aus.«

»Herrgott, Lily, ich habe Kopfschmerzen, und mir geht es nicht gut. Kannst du mich nicht in Frieden lassen?« Natalie rieb ihre Schläfen.

»Soll ich mit Christian Cheverin reden? Vielleicht nützt das was.«

»Nein, das nützt nicht mehr das Geringste. Man hat mir den Part weggenommen, von dem ich so lange geträumt habe. Carolyn Waterstone hat gewonnen. Sie wird die Viktoria Budian tanzen.«

»Und wenn ich Cheverin überrede, uns Picassos Skizzen zu leihen? Würde das vielleicht helfen?«

Natalie schüttelte den Kopf. »Der Einzige, der vielleicht noch etwas ändern kann, ist Yves. Die Rolle des noblen Ritters scheint ihm ja zu liegen. Oder setzt er sich nur für dich ein?«

Lily wurde ärgerlich. »Was soll das denn schon wieder heißen?«

»Dass ich in Fontainebleau den Eindruck hatte, dass ihr was miteinander habt.«

»Und wenn das so wäre? Soll ich wie eine Nonne leben?«

»Schläfst du mit ihm?«

»Geht dich das etwas an?«

»Warum darf ich dir solche Fragen nicht stellen?«, fuhr Natalie auf.

»Lass es gut sein.«

Natalie sprang auf. »Immer willst du den Ton angeben, und sobald dir etwas nicht passt, kneifst du.«

»Ich ...«

»Was?«

»Nichts.« Lily griff nach ihrer Handtasche und stand auf.

»Haust du jetzt ab?«, fragte Natalie höhnisch. »Ich dachte, wir wären Schwestern und wollten uns wieder näherkommen.«

»Ja«, sagte Lily. »Das war mein Wunsch, aber es scheint unmöglich zu sein.« Sie nahm ihre Handtasche und ging zur Wohnungstür. Wie dumm sie gewesen war, nach Natalies Besuch bei ihr zu hoffen, dass nun alles anders werden würde. Sie knallte die Tür zu.

Ohne auf den Aufzug zu warten, rannte sie die Treppen hinunter.

Oben öffnete sich die Tür.

»Lily, warte.«

Lily blieb stehen.

»Komm wieder zurück.«

Sie starrte auf die nackten Betonstufen.

»Bitte!«

Lily schaute zu ihrer Schwester hinauf. Natalie beugte sich über das Geländer und sah sie flehend an.

»Es bringt doch nichts«, sagte Lily.

»Wir versuchen es einfach noch mal.«

Widerstrebend machte sie kehrt. »Ich will nicht, dass du wieder patzig wirst.«

»Nein, werde ich nicht.«

In ihrem Wohnzimmer setzte Natalie sich aufs Sofa und klopfte einladend auf den freien Platz an ihrer Seite.

Lily ließ sich dort nieder.

Ihre Schwester lehnte sich an sie. »Weißt du, dass Jake mir immer noch fehlt? Nach all den Jahren.«

»Mir auch«, antwortete Lily.

»Glaubst du, er wäre auch Tänzer geworden?«

»Möglich.« Lily lächelte. »Weißt du noch, wie wir ihm einmal ein Tutu angezogen haben?«

Natalie lachte. »Danach wollte er es immer tragen. Und dein Marienkäferkostüm, das hat er auch geliebt. Erinnerst du dich noch, wie wütend Mum war, als wir ihn mit ihrem Lippenstift angemalt hatten?«

Wie sehr Lily das Lachen ihrer Schwester vermisst hatte. Es kam tief aus dem Bauch heraus und steckte jeden an. Auch Natalies Lächeln hatte ihr gefehlt. Es konnte so bezaubernd sein, dass der Empfänger sich auserwählt fühlte. Sie vermisste den Zusammenhalt, der sie verbunden hatte, als niemand sonst in der Familie verstanden hatte, warum sie kaum noch an etwas anderes als an das Ballett denken konnten und alles daransetzten, über ihre engen Grenzen hinaus erfolgreich zu werden. Sie kamen aus einer einfachen Familie, in der es keine Künstler gab, die meisten ihrer Verwandten arbeiteten in Fabriken oder auf Farmen. Es hatte lange gedauert, bis ihre Eltern die Leidenschaft ihrer Töchter hingenommen hatten. Lily dankte ihrer Mutter noch immer für das finanzielle Opfer, das sie für ihren Ballettunterricht gebracht hatte.

Natalie schien ihren eigenen Gedanken nachzuhängen und schwieg, bis sie wieder auflachte und fragte: »Weißt du noch, wie Jake im Tutu durchs Wohnzimmer tanzte und Mums Bodenvase umstieß? Es war der kostbarste Gegenstand, den wir besaßen.«

»Ich sehe noch, wie er dastand und mit kreideweißem Gesicht auf die Scherben starrte.«

Natalie wurde ernst. »Und du hast die Schuld auf dich genommen.«

»Ich habe es gehasst, wenn Mum auf ihn wütend wurde. Er war doch noch ein kleines Kind.«

»Du hast dich von uns allen am meisten um ihn gekümmert.«

»Ich habe es versucht.« Lily bekam einen Kloß im Hals. »Ich hatte Jake sehr lieb.«

»Ich auch.«

»Als er ertrank, hast du mir beigestanden, aber nach Aidens Tod hast du mir plötzlich auch die Schuld an Jakes gegeben. Warum?«

Natalie löste sich von Lily und setzte sich gerade hin. »Als Erwachsener sieht man manche Dinge anders.«

»Nein, Natalie, es muss ein anderer Grund dahinterstecken. Was war es?«

Als ihre Schwester keine Antwort gab, ließ Lily ihren Blick über die gegenüberliegende Regalwand gleiten, über die vielen gerahmten Fotos, die Natalie als Tänzerin zeigten. Sie begannen mit der Zeit, als ihre Schwester vier Jahre alt war und zum ersten Mal auftrat. Allem Anschein nach hatte Natalie die Fotos auch chronologisch geordnet, eine Entwicklungsgeschichte ihrer Karriere. Wieder suchte Lily vergeblich nach einem Foto, auf dem auch sie zu sehen war … und stutzte. Alle Fotos zeigten Natalie, mit einer Ausnahme: ein Tänzer inmitten eines *grand jeté*, die Beine wie im Spagat gestreckt, der durchtrainierte Körper in perfekter Symmetrie, ein Lächeln auf den Lippen. *Aiden.*

Heiße Tränen schossen in Lilys Augen.

»Was hast du?« Natalie folgte ihrem Blick mit den Augen.

Lily begriff nicht, wie ihr das Foto bei ihrem ersten Besuch entgangen sein konnte. »Dieses Foto von Aiden habe ich noch nie gesehen.«

Natalie stand auf und legte das Bild in die Schublade des kleinen Schreibtischs in der Ecke. Sie wirkte, als würde sie sich unbehaglich fühlen.

»Warum tust du das Foto weg?«, fragte Lily. »Ich möchte es mir noch einmal ansehen.«

»Nein.« Natalie drehte sich um und lehnte sich gegen den Schreibtisch, als wollte sie ihn bewachen.

»Warum nicht?«

»Weil ich es nicht möchte.«

»Das verstehe ich nicht. Warum denn nicht?«

»Es würde dich nur aufregen.« Natalie verschränkte die Arme vor der Brust.

»Das Foto nicht sehen zu dürfen, regt mich auf.«

Natalie zuckte mit den Schultern. »Das ist dein Problem.«

Lily stand auf. »Ich wüsste zu gern, warum du mich gebeten hast zurückzukommen. Bevor wir weiterreden, solltest du dir vielleicht erst einmal über deine Gefühle für mich klar werden.«

Natalie setzte ein spöttisches Lächeln auf. »Das musst du gerade sagen.«

»Ich weiß, was ich fühle, Natalie. Ich bin –«

»Du weißt überhaupt nichts. Schau dir doch dein Leben an. Versteckst dich in einem Nest im australischen Hinterland, hast Angst zu tanzen und machst deshalb lieber gar nichts.«

»Ich hatte eine Rückenverletzung«, sagte Lily zornig. »Ich kann nicht mehr tanzen.«

»Du hättest eine Reha machen können.«

»Die habe ich gemacht. Aber nach einer solchen Verletzung kann man nicht mehr tanzen.«

»Wenn man will, schon.«

Lily seufzte. »Also gut, ich sage es noch mal: Ich bin auch seelisch nicht mehr in der Lage zu tanzen.«

»Siehst du?« Natalie deutete mit dem Finger auf sie. »Und deshalb trittst du seit zwei Jahren auf der Stelle.«

»Weißt du, ich bin wirklich nicht gewalttätig, aber du bringst mich echt an meine Grenzen.«

»Warum hältst du dich denn zurück?«

»Damit du noch einen Grund hast, mir Vorwürfe zu machen?«

»Du verstehst einfach gar nichts, Lily. Du hast ja nicht einmal erkannt, dass ich Aiden geliebt habe.«

# Kapitel 27

Im ersten Moment glaubte Lily nicht richtig gehört zu haben, doch dann sah sie Natalies Gesicht, die wilden Emotionen, die sich darauf abspielten. Die Erkenntnis verschlug ihr den Atem. Sie starrte ihre Schwester an.

»Was genau heißt ›geliebt‹?«, fragte sie schließlich mit rauer Stimme.

Natalie setzte sich auf einen Sessel und fuhr mit den Händen über ihr Gesicht. »Genau das, was du vermutest.«

Noch immer fiel Lily das Atmen schwer, und sie spürte, wie unruhig das Herz in ihrer Brust zuckte.

»War diese Liebe gegenseitig? Habt ihr miteinander geschlafen?«

»Nein!«, rief Natalie aufgebracht. »Aiden wusste nicht, dass ich ihn liebte.«

»Warum wirst du jetzt wütend?«

»Weil ich es will, verdammt noch mal.«

Auch Lily setzte sich wieder. Wieso hatte sie davon nie etwas mitbekommen? Und Aiden? Hatte er es vielleicht doch gewusst – oder zumindest geahnt –, ohne ihr etwas davon zu sagen? Er war ein empfindsamer Mann gewesen, der die Gefühle anderer immer sehr gut ausloten konnte, und er hatte Natalie seit Jahren gekannt. *Ja*, dachte

Lily, *er muss es gewusst haben. Und war so rücksichtsvoll, sie damit nicht zu belasten.*

»Deshalb wollte er das Australian Ballet verlassen«, sagte sie gedankenverloren. »Weil wir alle drei dort waren.«

Natalie vergrub ihr Gesicht in den Händen.

»Er hat deine Gefühle bemerkt«, sprach Lily weiter. »Und er wollte es dir leichter machen, indem er mit mir nach Paris zog.«

Natalie schüttelte den Kopf. »Er wusste es nicht.« Sie ließ die Hände sinken. »Er wäre gar nicht auf den Gedanken gekommen. Er hat nur dich geliebt und andere Frauen gar nicht wahrgenommen.«

Lily hatte nie Grund gehabt, an Aidens Gefühlen zu zweifeln; sie hatten einander aus tiefstem Herzen geliebt. »Warum musste ausgerechnet er es sein, Natalie?«

»Das fragst du noch? Bei einem Mann wie Aiden?«

»Aber Aiden war der Mann, den *ich* geliebt habe. Es gibt so viele Männer, warum musstest du dir ausgerechnet ihn aussuchen?«

»Ich habe ihn mir nicht ausgesucht, es ist einfach geschehen. Ich habe mich auch lange dagegen gewehrt, es hat nur nichts genützt. Aber es war mein Problem, nicht deines oder Aidens.«

»Hasst du mich deshalb so sehr? Weil ich mit ihm zusammen war und du nicht?«

Natalie seufzte. »Ich hasse dich nicht. Ich musste nur immer daran denken, dass Aiden noch leben würde, wäre er mit mir zusammen gewesen. Dass ich mich nicht mit ihm gestritten hätte und er nicht kopflos und wütend die Straße hätte überqueren wollen. Es ist dumm, ich weiß. Und es ändert auch nichts mehr.«

»Was glaubst du, wie oft ich mir gewünscht habe, wir wären an jenem Tag nicht zu dieser Straße gegangen?«

»Und dann gab es den Zeugen, der aussagte, du hättest Aiden gestoßen, und dann sah es aus, als würdest du angeklagt … ich wusste nicht mehr, was ich glauben sollte. Vielleicht sollte ich tatsächlich eine Therapie machen und alles mit jemandem aufarbeiten, der unbeteiligt ist.«

»Ich bin sicher, Yves kann dir helfen, jemanden zu finden.«

»Bist du mir böse?« Natalies Augen füllten sich mit Tränen.

»Nein. Ich weiß, wie es ist, wenn man sich in jemanden verliebt, obwohl alles dagegenspricht.« So, dachte Lily, jetzt hatte sie es endlich zugegeben. Sie war in Yves verliebt. Obwohl es auch für ihre Gefühle keine Zukunft gab. »Ich wünschte nur, wir hätten uns früher ausgesprochen.«

»Das wünschte ich auch.«

»Hast du denn nie gedacht, dass ich dich brauchen könnte?«

Natalie schüttelte den Kopf. »Ich habe mir eingeredet, dass Mum sich um dich kümmert.«

»Unsere Verbindung war immer stärker als die von Mum und mir.«

Natalie ließ den Kopf hängen. »Ich weiß.«

Lily hatte noch eine Frage und hoffte, sie würde nicht wieder alles zunichtemachen. »Wie konntest du am Bohème meinen Platz einnehmen? Du wusstest doch, wie lange ich von Paris und dem Bohème geträumt hatte. Es war, als wolltest du mir alles, was ich verloren hatte, unter die Nase reiben.«

Natalie schwieg. Erst nach einer Weile antwortete sie: »Ich wusste nicht, wie ich mit Aidens Tod fertigwerden sollte, ich konnte ja nicht einmal mit jemandem darüber reden. Ich wusste nur, dass ich aus Australien fortwollte. Und dann wurde dein Platz am Bohème frei. Es war für mich wie eine Chance, Aiden wieder nahe zu sein.«

»Aiden wurde in Australien begraben.«

»Aber sein Geist ist hier in Paris. Spürst du das nicht?«

»Nein.« Lilys Herz verkrampfte sich. Wie sehr musste Natalie Aiden geliebt haben, wenn sie ihn noch immer suchte und ihn zu spüren glaubte.

»Warst du noch einmal auf der Avenue Victor Hugo?«, fragte Natalie leise. »An der Stelle, an der er verunglückt ist?«

»Ich bin zufällig dorthin geraten und habe nicht einmal den Anblick des Straßenschilds ertragen. Gehst du dorthin?«

»Das muss ich nicht. Ich spüre seine Nähe überall.«

Lily dachte, dass sie ihrer Schwester die Liebe zu Aiden eigentlich verübeln sollte, doch das konnte sie nicht. Aiden war ein wunderbarer Mensch gewesen, klug, liebevoll und ein begnadeter Tänzer. Er war eifersüchtig gewesen, das schon, hatte Angst gehabt, sie zu verlieren, ganz gleich, wie oft sie ihm ihre Liebe bewiesen hatte. Und dann hatte sie ihn verloren und Trauer erfahren, die sie nie für möglich gehalten hatte.

»Vielleicht solltest du versuchen, zu dem Unglücksort zu gehen«, schlug Natalie vor. »Wer weiß, es könnte –«

»Nein«, unterbrach Lily sie scharf.

»– könnte hilfreich sein«, beendete Natalie ihren Satz.

»Oder es macht es für mich noch schlimmer. Hast du dich mit Yves abgesprochen? Er war auch der Meinung, ich sollte mich mit dem Unglücksort konfrontieren.«

»Du hast ihm von Aiden erzählt?«, fragte Natalie verwundert.

»Ja, und mich mit ihm deswegen gestritten.«

»Wegen Aiden?«

»Nein, weil er mich drängen wollte, zur Avenue Victor Hugo zu gehen.«

Natalie öffnete den Mund und schloss ihn wieder.

»Was?«, fragte Lily. »Spuck es aus.«

»Vielleicht hat das Schicksal es gewollt, dass du wieder nach Paris kommst«, sagte Natalie. »Nicht um mit mir zu reden, sondern um Yves zu begegnen.«

Lily lachte. »Das glaubst du doch selbst nicht.«

»Es ist möglich«, sagte Natalie.

»Es ist Unsinn.«

»Überhaupt nicht. Als du zum ersten Mal in Paris warst, ist etwas Grauenhaftes geschehen. Und nun bietet das Schicksal dir die Möglichkeit, in derselben Stadt etwas Wundervolles zu erleben.«

»Und dieses Wundervolle ist Yves?«

Natalie nickte.

»Obwohl ich in Australien lebe und er in Paris? Was ist daran wundervoll?«

Natalie runzelte die Stirn. »Sei nicht so zynisch, das mag ich nicht. Ich habe euch zusammen erlebt und die Verbindung gespürt.«

»Und all das hast du in den zwei Minuten erkannt, die du uns zusammen gesehen hast? Obwohl du außer dir warst?«

»Ich habe es trotzdem gespürt.«

»Du spürst Dinge, die es nicht gibt«, schloss Lily schweren Herzens. Was immer sie und Yves verbunden hatte, war gerissen, dafür hatte sie mit ihrem Benehmen gesorgt. Er musste auch nicht mehr auf sie zugehen, um sich von ihr inspirieren zu lassen, denn seine Komposition war fertig, wie er gesagt hatte.

Wieder griff Lily nach ihrer Handtasche und stand auf, doch diesmal würde sie wenigstens nicht im Zorn gehen. »Ich werde meinen Rückflug umbuchen.«

Natalie strahlte. »Bleibst du länger?«

»Im Gegenteil. Ich muss über so vieles nachdenken, und das möchte ich zu Hause tun.«

»Und warum nicht hier?«

Lily zuckte mit den Schultern.

Natalie begleitete sie zur Tür. »Ich wünschte, du würdest noch bleiben. Oder ganz hierherziehen. Es läuft doch wieder gut zwischen uns, oder nicht?«

Lily drückte ihr einen Kuss auf die Wange. »Sagen wir, es läuft besser. Aber wir müssen nicht in derselben Stadt leben, um wieder Freundinnen zu werden, oder?«

»Es würde es einfacher machen.«

»Und was soll ich in Paris tun? Ich habe weder eine Aufenthaltsgenehmigung noch eine Arbeit.«

»Das sind nur Ausflüchte. Wenn du bleiben willst, finden wir auch Wege, die das möglich machen.«

Lily schüttelte den Kopf. »Australien ist mein Zuhause. Wir werden skypen.« Sie drückte Natalie an sich. »Bevor ich abreise, komme ich noch einmal vorbei.«

»Du hast mir so gefehlt«, flüsterte Natalie.

»Du mir auch.«

Lange wanderte Lily ziellos durch die Stadt und ließ sich die Begegnung mit ihrer Schwester durch den Kopf gehen. Sie dachte an die aussichtslose Liebe, mit der sie sich gequält hatte, und wünschte, dass Natalie in Paris jemanden fand, der sie glücklich machen würde.

Sie überlegte, woher Natalies Neigung, an das Schicksal zu glauben, gekommen war. Dann fiel ihr ein, dass sie selbst Yves nach den ersten Zusammentreffen im Jardin Marco Polo auch wie durch Zufall wiedergesehen hatte. Oder war das Schicksal gewesen? Plötzlich sehnte sie sich danach, Yves zu sehen, mit ihm zu reden, ihm zuzuhören und zu spüren, dass er sich für das, was sie sagte, interessierte.

Lily gab seine Adresse bei Google Maps ein. Es war ein schönes Stück Weg, doch sie war sicher, dass sie es bis sechs Uhr zu ihrer

Verabredung bei ihm schaffen würde. Zwar hatte er auf keine ihrer E-Mails und SMS geantwortet, aber dass er sie wegschicken würde, wollte sie nicht glauben.

Als Lily das Haus, in dem er wohnte, erreichte, wurde es bereits Abend, und die Luft war herbstlich kühl geworden. Sie drückte auf die Klingel. Noch immer tat sich danach nichts. Auch nach dem zweiten und dritten Klingeln nicht. Sie ließ sich auf den Eingangsstufen nieder, fest entschlossen, auf Yves zu warten. Als sie spürte, wie die Kälte an ihr hochkroch, stand sie auf, lief ein Stück die Straße hinunter, kehrte dann zurück.

Sie setzte sich wieder, wühlte ihr Handy aus der Handtasche hervor und murmelte: »Verdammt noch mal, Yves, wo steckst du?«

»Hier.«

Lily schaute auf. Yves stand vor ihr.

Er wirkte niedergeschlagen und erschöpft. Selbst im Dämmerlicht sah sie die dunklen Ränder unter seinen Augen.

»Was tust du hier?« Es klang, als koste ihn jedes Wort Kraft.

»Wir waren für sechs Uhr verabredet.«

»Ach so.« Er zuckte mit den Schultern. »Das hatte ich vergessen.«

»Na dann.« Lily rappelte sich auf. »Dann möchte ich mich wenigstens noch bedanken.«

»Wofür?«

»Für alles. Und weil –«

Yves schwankte. Lily packte seinen Arm. »Was hast du?«

Als müsse er sich wachrütteln, schüttelte er den Kopf und stützte sich auf das Treppengeländer.

»O Gott, Yves, was fehlt dir? Hast du dich verletzt?« Lily musterte ihn von Kopf bis Fuß, doch von einer Verletzung war nichts zu sehen.

»Nein.«

»Was ist es dann?« Wieder nahm sie seinen Arm. »Komm, ich helfe dir hoch zu deiner Wohnung.«

»Ich brauche keine Hilfe.« Er entwand ihr seinen Arm. »Ich bin nur müde und möchte schlafen.«

Lily dachte an seine Fürsorglichkeit, als sie aus Fontainebleau zurückgekehrt waren, und fragte: »Kann ich irgendetwas für dich tun?«

»Nein.« Er griff in seine Jackentasche und holte seinen Schlüsselbund hervor. Er glitt ihm aus der Hand und fiel klappernd auf eine Treppenstufe.

Sie bückten sich beide danach, doch Lily war schneller. Yves bewegte sich wie in Trance. Sie öffnete die Tür. »Ich gehe erst, wenn ich weiß, dass du sicher in dein Bett gelangt bist.«

Im Haus zog Yves sich am Geländer hoch, mühsam wie ein alter Mann. Lily blieb hinter ihm, die Hände vorsorglich gehoben, um ihn zu halten, falls er ins Taumeln geriet. Sie erreichten seine Wohnungstür. Lily schloss sie auf. Yves ging wortlos ins Wohnzimmer und ließ sich auf das Sofa fallen. Lily schloss die Tür, betrat die Küche und setzte Wasser auf. Während sie Tee kochte, Becher, Milch und Zucker auf ein Tablett stellte, warf sie immer wieder einen Blick auf Yves. Er saß auf dem Sofa, den Kopf in den Händen.

Als der Tee fertig war, stellte Lily das Tablett auf dem Couchtisch ab und setzte sich zu ihm.

Sie legte ihm eine Hand auf den Rücken. Yves fuhr zusammen und sah sie mit rotgeränderten Augen an.

»Er ist gestorben.«

»Wer ist gestorben?«, fragte Lily, obwohl sie schon ahnte, von wem die Rede war.

»Mein Vater.«

»O Gott.« Sie wollte Yves in die Arme nehmen, doch ein Instinkt sagte ihr, dass es ihm nicht recht sein würde. »Wenn du wüsstest, wie leid mir das tut.«

»Mir auch.« Yves lehnte sich zurück und starrte vor sich hin.

»Wann ist es passiert?«

»Heute, in den frühen Morgenstunden. Auf dem Weg nach Hause habe ich den Anruf bekommen.«

Gleich nachdem sie sich wütend von ihm abgewandt hatte. Scham überkam Lily. Sie wünschte, sie wäre bei ihm gewesen, als er die schreckliche Nachricht erhielt.

»In den vergangenen Wochen hatte er große Schmerzen. Die sind nun vorüber.«

Lily wusste nicht, was sie sagen sollte. Sie wollte ihm nicht noch einmal ihr Beileid aussprechen, es würde doch nur hohl klingen. Als Aiden starb, hatten die Leute ihr ständig erklärt, wie leid es ihnen tue, so lange, bis sie es nicht mehr hören konnte. Natürlich tat es ihnen leid, und sie meinten es auch gut, doch im Grunde war es nur eine hilflose Floskel.

Yves legte den Kopf an die Sofalehne und starrte an die Decke. Lily schenkte ihm einen Becher Tee ein, gab Milch und Zucker hinzu.

»Trink das«, sagte sie leise.

Er setzte sich auf, nahm den Becher und deutete ein kleines Lächeln an.

Lily füllte einen Becher für sich.

Yves trank seinen Tee schweigend und tief in seine Trauer versunken. Lily ließ ihn in Ruhe.

»Danke für den Tee«, sagte er schließlich und stellte den Becher zurück auf das Tablett.

»Gern geschehen. Kann ich sonst noch etwas für dich tun?«

Yves schüttelte den Kopf.

Wieder schwiegen sie, doch Lily hatte den Eindruck, dass er nun ein wenig gefasster war.

Er drehte sich zu ihr um und studierte ihre Miene. »Was ist mit dir?«

»Nichts.«

»Das scheint dein Lieblingswort zu sein.« Er deutete auf Lilys Stirn. »Die Falte zwischen deinen Brauen verrät mir, dass doch etwas ist.«

Sie wandte den Kopf ab. Sie wusste nicht, ob sie ihm von ihrer Abreise erzählen sollte. Doch dann erinnerte sie sich wieder an die Zeit nach Aidens Tod. Wie alle um sie herumgeschlichen waren und sie wie ein rohes Ei behandelt hatten und wie sie das gehasst hatte.

»Ich fliege bald zurück, Yves.«

»Ach so«, sagte er. »Dann müssen wir uns heute verabschieden, oder?« Es klang, als stellte er es lediglich fest. Ob er darüber hinaus etwas empfand, konnte Lily nicht erkennen.

»Ja. Das, was ich hier erledigen wollte, habe ich erledigt, deshalb kann ich …« Ihre Stimme verebbte. Unter anderen Umständen hätte sie vielleicht erklärt, dass sie irgendwann wiederkommen würde, hätte darüber gesprochen, was Yves ihr in der kurzen Zeit bedeutet hatte, doch welche Rolle spielte das noch verglichen mit dem Verlust, den er erlitten hatte?

»Also hast du dich mit Natalie ausgesöhnt?«

»Dazu brauchen wir sicherlich noch eine Weile, aber wir sprechen wieder miteinander. Und das verdanke ich dir.« Lily griff nach seiner Hand und drückte sie. Sie war eiskalt und schlaff.

»Hast du auch begonnen, deine Vergangenheit aufzuarbeiten?«

Lily ließ seine Hand los und schaute zu Boden.

»In der Hinsicht kehrst du offenbar unverrichteter Dinge zurück.«

»Das ist nicht wahr«, erwiderte Lily nachdrücklich und hoffte, an ihrem Tonfall würde er erkennen, dass sie darüber noch immer nicht sprechen wollte.

»Du hattest die Möglichkeit, deinen Frieden mit der Vergangenheit zu schließen, und hast es nicht getan. Warum nicht?«

Lily schwieg. Vielleicht würde ihm das zeigen, dass dieses Thema weiterhin tabu war.

»Ich kann dich nicht zwingen, mir zu antworten. Ich kann auch noch immer nicht behaupten, ich hätte einen Menschen verloren, mit dem ich eine Liebesbeziehung hatte. Allerdings habe ich nun meinen Vater verloren, und du kannst mir nicht mehr vorwerfen, ich wisse nicht, was Trauer ist.« Yves machte eine Pause und atmete schwer. Als sein Atem wieder ruhig wurde, fuhr er fort. »Ich glaube auch nicht wie du, dass ich den Tod eines anderen auf dem Gewissen habe. Trotzdem weiß ich, wie es ist, wenn man sich einem Toten gegenüber schuldig fühlt.« Er stand auf, trat an sein Bücherregal und kehrte mit einem gerahmten Foto zurück. Es zeigte ihn als Jungen, der lächelnd zu einem Mann aufschaute. Yves fuhr mit dem Zeigefinger über das Gesicht des Mannes. »Ich habe mich nie bei ihm entschuldigt.«

»Weswegen?«

»Wegen meiner Dickköpfigkeit. Als er krank wurde und es ihm schwerfiel, seine Firma zu leiten, hat er sich nichts sehnlicher gewünscht als meine Hilfe.« Yves legte das Foto auf seinen Schoß und vertiefte sich in den Anblick. »Aber dazu hatte ich keine Zeit, ich musste ja komponieren, meinen Traum verwirklichen. Und nun ist es zu spät.«

Lily war, als würde die Luft um Yves sich aufladen, als könne etwas jeden Moment explodieren. Vorsichtig sagte sie: »Du weißt aber auch, dass wir unser Leben nicht nach den Wünschen anderer gestalten sollten.«

Yves gab ihr keine Antwort.

»Kann ich wirklich nichts für dich tun?«

»Was denn?«, fragte er schroff.

Das wusste Lily auch nicht.

»Du kannst nichts tun«, sagte er.

»Wenn du es möchtest, buche ich meinen Flug um und bleibe zur Beerdigung.«

Yves furchte die Stirn. »Du kanntest meinen Vater doch gar nicht.«

Lily betrachtete seine gequälte Miene. »Nein, aber ich möchte gern für dich da sein.«

»Danke, aber ich brauche niemanden.«

Es klang so barsch, dass Lily erschrak und sich fragte, ob sie nach Aidens Tod ebenso gewesen war. »Bitte, lass mich etwas für dich tun, Yves.«

Er lachte rau. »Tu etwas für dich, Lily, sieh zu, dass du es aus der Vergangenheit heraus in die Gegenwart schaffst.«

Lily zuckte zurück.

Yves murmelte etwas vor sich hin.

»Was hast du gesagt?«, fragte sie, obwohl ihr eine Stimme riet, ihn in Ruhe zu lassen und zu gehen.

»Dass du zurückfliegen sollst. Wir sind fertig miteinander.«

Lily war wie vor den Kopf geschlagen und spürte, wie Tränen in ihre Augen schossen. »Ich –«

Er ließ sie nicht ausreden. »Das ist mein Ernst, Lily. Du trittst immerzu auf der Stelle, und der einzige Mensch, der dich wieder in Gang setzen kann, bist du selbst. Ich möchte damit nichts mehr zu tun haben. Vielleicht findest du auf dem Weg auch wieder das Selbstvertrauen, das dir fehlt.«

»Was?« Benommen stand Lily auf und schaute den Mann an, der ihr wie ein Fremder vorkam.

Er hob den Kopf. »Ich habe gesagt, dass du kein Selbstvertrauen hast. Vielleicht solltest du einmal versuchen, zu ergründen, warum das so ist.«

Lily hielt nach ihrer Handtasche und ihrer Jacke Ausschau. Sie lagen auf einem Hocker in der Küche. Wie lange war es her, dass sie dort Tee gekocht hatte? Es kam ihr vor wie Stunden. Sie holte ihre Sachen. »Ich gehe jetzt«, sagte sie.

»Ich bitte darum«, entgegnete Yves.

An der Tür drehte sie sich noch einmal um.

Yves stand am Fenster, die Hände in den Hosentaschen, und schaute auf die Straße hinunter.

Sie wollte ihm noch etwas sagen, vielleicht dass sie sein Verhalten als Ausdruck seiner Trauer verstand, doch sie wusste, dass jede versöhnliche Geste vergeblich sein würde. Yves brauchte Zeit für sich. Doch die Art ihres Abschieds tat ihr weh. Sie öffnete die Tür, trat hinaus auf den Flur und zog die Tür ins Schloss.

# KAPITEL 28

*Paris, 1917*

Noch ganz benommen machte Viktoria sich auf den Weg nach Hause. Ihre Wohnung war leer, Jana musste beschlossen haben, einen ihrer Spaziergänge zu machen. Viktoria legte sich aufs Bett, starrte an die Decke und versuchte, sich über ihre Gefühle klar zu werden. Sie spürte Fassungslosigkeit, vielleicht sogar Befremden. Und wenn sie an Alexei dachte, gesellten sich noch Schuldgefühle hinzu. Sie war froh, dass Eric Cheverin nicht auf einer Antwort bestanden hatte, sie hätte nicht gewusst, was sie zu seinem Antrag sagen sollte.

Viktoria richtete sich auf und lehnte sich mit dem Rücken gegen die Wand. Sie fühlte sich elend, in ihren Schläfen pochte es, und ihr Herz schlug viel zu schnell. Was war es, das ihr am meisten zu schaffen machte? Dass Cheverin ihr einen Heiratsantrag gemacht hatte, obwohl er sie kaum kannte? Dass die Vorstellung absurd war, einer Tänzerin aus Sankt Petersburg, die keinen Sou in der Tasche hatte, würde Zutritt in die feine Pariser Gesellschaft gewährt? Oder gar in Adelskreise? Oder war es die Erkenntnis, dass sie ernsthaft über diesen Antrag nachdachte?

Was war aus ihr geworden, wenn sie so etwas auch nur in Erwägung zog?

Sie liebte Alexei, so schwierig diese Liebe auch geworden war. Und deshalb war es dringend nötig, dass sie sich aussprachen, statt sich immer wieder von neuem zu streiten. Er musste aufhören, sie zu verdächtigen und ihr Vorwürfe zu machen, musste seine Eifersucht in den Griff bekommen. Viktoria stellte sich vor, wie sie ihm erzählte, dass Cheverin ihr einen Heiratsantrag gemacht hatte … und schlug die Hände vor ihr Gesicht.

Am nächsten Tag suchte Viktoria Alexei nach ihrem Training. Da sie gehört hatte, dass Massine mit ihm den Part des Chinesischen Zaubermeisters noch einmal durchgehen wollte, lief sie zu dem großen Probensaal, um ihn dort abzufangen. Doch Alexei war nicht da, der Probensaal leer. Viktoria schaute in den Übungsräumen nach, aber auch da war er nicht. Stattdessen stieß sie auf Djagilew. Er kam aus seinem Büro und strahlte bei ihrem Anblick.

»Dass Sie mir in den Flitterwochen nur ja nicht schwanger werden«, sagte er.

Viktoria sah ihn verdutzt an. »Welche Flitterwochen?«

Djagilew lachte. »Nach Ihrer Hochzeit.«

Viktoria spürte, wie ihr Hitze ins Gesicht schoss. »Was hat Baron Cheverin Ihnen gesagt?«

»Dass er um Ihre Hand angehalten hat.«

Viktoria fehlten die Worte. Wie kam Cheverin dazu, mit Djagilew darüber zu sprechen? »Hat er Ihnen auch erzählt, dass ich nicht ja gesagt habe?«

Djagilew zog die Brauen zusammen. »Warum haben Sie das nicht getan? Der Mann ist adlig, hat Geld und spricht von Liebe. Was wollen Sie noch mehr?« Er trat einen Schritt auf Viktoria zu. »Wenn Sie nein sagen, werden Sie mir alles verderben.«

»Er meint es nicht ernst.« Viktoria schaute über den Flur. Zum Glück war niemand da, der sie hören konnte. »Wie kann er nach so kurzer Zeit bereits von Heirat sprechen? Und auch wenn er glauben sollte, dass er mich liebt, wird es nicht lange halten. Sie haben selbst gesagt, dass sein Interesse an Frauen immer nur von kurzer Dauer ist.«

»Er hat mir erklärt, bei Ihnen sei es anders.«

»Vielleicht glaubt er das im Moment.« Viktoria schüttelte den Kopf. »Wie dem auch sei, ich liebe ihn nicht und werde ihn deshalb auch nicht heiraten.«

Djagilew schnaubte verächtlich. »Nur Narren heiraten aus Liebe und machen sich vor, dass sie ewig hält.« Leise fügte er hinzu: »Ich brauche den Baron. Wenn Sie seinen Antrag ablehnen, können Sie die Ballets Russes vergessen.«

Viktoria schluckte. »Heißt das, Sie würden mich entlassen?«

»Das wäre nicht nötig, denn es würde uns gar nicht mehr geben.«

»Hat Cheverin seine Finanzierung von meiner Zusage abhängig gemacht?«

Djagilew zuckte mit den Schultern.

Ein stechender Schmerz machte sich in Viktorias Kopf breit. Konnte sie sich in Cheverin dermaßen getäuscht haben? Hatte er nicht immer wieder betont, dass er niemanden zu etwas zwingen wolle?

»Ich muss mit Cheverin reden.«

»Das wäre ganz reizend«, sagte Djagilew. »Und vergessen Sie dabei nicht, ja zu sagen.«

Viktoria dachte an Alexei. Ob er auch schon von dem Antrag erfahren hatte? »Ich werde ihm klarmachen, dass ich ihn nicht heiraten werde, nur weil er das möchte. Es würde mich nicht glücklich machen.«

»Sie setzen das Überleben der Ballets Russes aufs Spiel«, entgegnete Djagilew. »Macht dieser Gedanke Sie glücklich?«

»Nein«, antwortete Viktoria bedrückt. »Die Ballets Russes sind mein Leben. Lassen Sie mich mit dem Baron sprechen. Ich kann mir nicht vorstellen, dass er so kleinlich denkt und seine Unterstützung von meiner Antwort abhängig macht.«

»Vielleicht sollten Sie versuchen, politischer zu denken?«

»Politisch?«, fragte Viktoria erstaunt. »Was hat die Politik mit meinen Entscheidungen zu tun?«

»Sobald es um Geld und um Einfluss geht, handelt es sich um Politik.« Er öffnete die Tür zu seinem Büro. »Kommen Sie, ich zeige Ihnen etwas.«

Viktoria folgte ihm. Djagilew ließ sich auf seinen Schreibtischstuhl fallen und bedeutete ihr, ihm gegenüber Platz zu nehmen. Dann begann er in den Unterlagen auf seinem Tisch zu wühlen.

»Ah, da ist es.« Er zog eine Mappe aus grauem Karton hervor, löste behutsam das schwarze Band, mit dem sie verschlossen war, und holte auf Karton aufgezogene Skizzen hervor. Einen Moment lang betrachtete er sie, dann reichte er sie Viktoria.

Ungläubig starrte sie auf die Skizzen. Sie waren genau so, wie Picasso es an dem Abend im Sully umrissen hatte. Mit dicken schwarzen Strichen hatte er eine Tänzerin inmitten eines *grand jeté* gezeichnet. Ein weites Gewand aus ineinanderfließenden Grün- und Blautönen umhüllte sie.

»Phantastisch«, murmelte sie und begutachtete die nächste Skizze, einen mitternachtsblauen Bühnenhintergrund, der wie eine Szene auf dem Meeresboden wirkte, voller seltsamer grüner, fischartiger Wesen und gerahmt von roten Korallen.

Djagilew deutete auf die erste Skizze. »Das ist die Nymphe Galene, die Rolle, die Picasso für Sie vorgesehen hat.«

Viktorias Augen wurden feucht, und das Bild verschwamm vor

ihren Augen. »Ich weiß nicht, was ich dazu sagen soll«, flüsterte sie überwältigt.

»Nichts einfacher als das. Sie sagen ja. Dann bekomme ich mein Geld und Sie Ihr Ballett.«

»Aber ich –«

»Ich will kein Aber hören«, rief Djagilew aufgebracht und schlug mit der Faust auf den Tisch.

Viktoria zuckte zusammen. »Es ist alles andere als einfach«, sagte sie leise.

Djagilew zog die Brauen hoch. »Etwa wegen Pankow?«

Viktoria erschrak, und ihre Hände begannen zu zittern. Sie legte die Skizzen auf den Tisch und faltete die Hände auf ihrem Schoß. »Wie kommen Sie auf Alexei?«

Djagilew lachte. »Halten Sie mich für blöd?«

»Nein, ganz bestimmt nicht. Entschuldigen Sie, wir hatten Sorge, dass –«

Djagilew winkte ab. »Mich interessiert nur Ihre Beziehung zu Eric Cheverin. Alles andere ist für mich Schnee von gestern.«

»Aber ich –«

»Sie lieben ihn nicht, na und? Meinen Sie, alle Leute, die heiraten, lieben sich? Man kann trotzdem eine glückliche Ehe führen.«

Mit schwerem Herzen betrachtete Viktoria die Skizzen auf dem Tisch. Dann wandte sie den Blick ab. »Ich werde mich zu nichts zwingen lassen.«

»Es ist wirklich faszinierend.« Djagilew legte die Skizzen in die Mappe zurück. »Sie tun, als hätten Sie eine Wahl.« Er schob Viktoria die Mappe zu. »Nehmen Sie die Entwürfe mit, vielleicht helfen Ihnen die Bilder beim Ja-Sagen.«

Nach diesem Gespräch wollte Viktoria allein sein, irgendwo, wo sie ungestört ihre Gedanken und Gefühle ordnen konnte. Wie sich herausstellte, war der Zuschauerraum des Theaters der einzige Ort, wo sie sicher sein konnte, dass niemand dazukommen würde. Sie setzte sich auf den Bühnenrand, sah sich die Entwürfe wieder an. Dann starrte sie eine Zeitlang auf die leeren Plätze.

Djagilew erpresste sie, so viel stand fest. Die Frage war nur, ob er seinerseits von Cheverin erpresst wurde.

Und wenn sie nun nachgab, sich als käuflich erwies, was dann? Was würde dann aus ihr und Alexei werden? Das Ballett, das Massine und Picasso im Sinn hatten, war für sie beide gedacht. Aber würde Alexei noch mit ihr zusammenarbeiten, wenn sie sich für Eric Cheverin entschied? Und wenn ja, wie schwer würde es dann für sie werden, Alexei jeden Tag zu sehen, ein Pas de deux mit ihm einzuüben, sich von ihm umarmen und tragen zu lassen, ihm in die Augen zu sehen? Oder würde Alexei die Ballets Russes voller Zorn verlassen? Aber wohin sollte er gehen, welche Möglichkeiten boten sich ihm inmitten dieses Krieges außer den Ballets Russes? Wie viel Angst sie plötzlich wieder hatte, ging es Viktoria durch den Kopf. Angst vor den Reaktionen dreier Männer.

Sie erinnerte sich an die Zeit, als sie und Alexei noch in Sankt Petersburg gewesen waren. Damals hatten sie sich geschworen, dass nichts und niemand ihre Liebe zerstören konnte. Und dann war Alexei einfach gegangen. Aber wie rasch sie in Paris wieder zueinandergefunden hatten, wie glücklich sie gewesen waren, bis Djagilew sich seine neue Regel ausgedacht hatte. Bevor Eric Cheverin in ihr Leben trat.

Sie würde Cheverin bitten, auf ihre Gefühle Rücksicht zu nehmen. Ihm erklären, dass ihr Herz einem anderen gehörte. Und hoffen, dass er es verstand.

Sie sah sein Gesicht vor sich, die markanten Züge und die braunen Augen. Dann erinnerte sie sich an seine bodenständige Art, seine Leidenschaft für den Tanz, seine Bereitschaft, in die Ballets Russes zu investieren. In ihrem unsicheren Leben war Eric Cheverin wie ein Fels in der Brandung. Gäbe es Alexei nicht, würde sie sich ihm wahrscheinlich zuwenden – und im Lauf der Zeit ihn vielleicht sogar lieben lernen.

Erneut schaute sie sich Picassos Kostümentwürfe an. Wie sehr sie sich wünschte, dass dieses Ballett Wirklichkeit würde, wie lange sie und Alexei von so etwas geträumt hatten. Sie legte die Skizzen zur Seite und streifte Schuhe und Strümpfe ab. Dann nahm sie in der Mitte der Bühne Aufstellung und schloss die Augen. In Gedanken sah sie sich in dem grün-blau schimmernden Gewand, beugte sich vor und begann mit den Armen die Wellenbewegungen auszuführen, von denen Picasso gesprochen hatte. Dann hob sie die Arme und machte die Wellenbewegungen von den Füßen aufwärts. Sie stellte sich ein tragisches Ballett vor, eine Wassernymphe, die sich vergeblich nach Poseidon, dem Gott des Meeres, sehnt. Überschäumend vor Liebe müsste sie den Part tanzen, mal impulsiv und ungezähmt wirkend, dann hingebungsvoll wie eine Frau, die ihre Liebe spürt und dem Mann entgegenstrebt, dem sie gilt. Und Alexei als Poseidon würde stürmisch sein, sich ihr mit wilden Sprüngen nähern, sie dann mit geschmeidigen Bewegungen locken und sich wieder entziehen. Im Geist hörte Viktoria die Musik, ein großes konzertantes Rauschen, aus dem sich die Themen für Galene und Poseidon lösen würden. Sie lief zum Bühnenrand, nahm Anlauf zu einem Sprung und fühlte sich freischwebend. Sie stellte sich vor, wie Alexei sie an sich zog, wie er sie trug und wieder absetzte. Einem tiefen Glücksgefühl folgend drehte sie eine Pirouette.

»Wundervoll«, ertönte eine Männerstimme.

Viktoria verharrte und sah sich um.

»Alexei, bist du das?«

Er trat aus den Kulissen hervor. »Wen hattest du denn erwartet?«

»Niemanden. Vorhin habe ich dich gesucht. Wo warst du?«

»Oder hattest du dich hier mit deinem Liebhaber verabredet?«

»Alexei, bitte lass das, du weißt, dass ich diese Anspielungen nicht mag. Cheverin soll in die Ballets Russes investieren, weiter nichts.« Wie glatt ihr die Lüge über die Lippen gekommen war, dabei hatte sie sich eben noch vorgenommen, sich mit ihm auszusprechen und ihm die Wahrheit zu sagen.

»Du lügst.«

Viktoria schwieg.

»Wie sehr du dich verändert hast, seit dieser Geldsack in unser Leben getreten ist. Und nun lügst du mich auch noch an.«

Als er auf sie zukam, sah Viktoria, dass er leicht schwankte, und als er bei ihr war, roch sie den Alkohol in seinem Atem. Sie trat einen Schritt zurück. Alexei hatte also wieder getrunken.

»Warum trinkst du?«, fragte sie ihn traurig.

Er ging darüber hinweg. »Ist dir ein Tänzer nicht mehr gut genug?«

»Warum denkst du nicht an das Ballett, von dem Massine und Picasso gesprochen haben? Wir könnten endlich den Durchbruch haben, den wir seit so langer Zeit ersehnen. Und für den wir so hart gearbeitet haben.«

Alexei lachte. »Wie naiv du bist. Glaubst du, Cheverin ginge es um unser Ballett? Er will dich, alles andere ist ihm vollkommen gleichgültig.« Er beugte sich vor, seine Lippen streiften ihre Wange. »Denk nach, Viktoria, lass dich nicht einlullen.«

Viktoria nagte an ihrer Lippe. Alexei hatte das ausgesprochen, was sie mitunter selbst befürchtete, jedoch immer wieder verdrängte.

»Er hat recht«, erklang die Stimme von Eric Cheverin aus dem Zuschauerraum. »Ich will Sie, Viktoria.«

Viktoria schaute zu ihm hinunter. Wahrscheinlich war er gekommen, um seinen Antrag zu wiederholen. Sie wünschte, er hätte sich dafür einen anderen Zeitpunkt ausgesucht. Er näherte sich der Bühne.

Alexei trat an die Rampe vor und deutete auf ihn. »Lassen Sie die Finger von Viktoria.«

Viktoria legte eine Hand auf seinen Arm. »Alexei, bitte sei still.«

Er fuhr zu ihr herum. »Warum begreifst du es nicht? Er benutzt sein Geld, seinen Namen und seine leeren Versprechen nur, um dich in sein Bett zu bekommen.«

»Für wie dumm du mich halten musst«, entgegnete Viktoria, während sie sich fragte, ob er den Nagel nicht doch auf den Kopf getroffen hatte.

»Er hat dich geblendet, und du merkst es nicht einmal.« Alexei wandte sich wieder Cheverin zu. »Viktoria und ich sind ein Paar. Das nur für den Fall, dass Sie es nicht wussten.«

Cheverin sprang die Seitentreppe zur Bühne herauf und legte einen Arm um Viktoria. »Ich habe Viktoria gebeten, meine Frau zu werden.«

Viktoria zwang sich, Alexei anzuschauen, und erkannte, dass er schockiert war.

Sie schob Cheverins Arm fort.

»Er kennt keine Grenzen, oder?« Alexei hatte sich wieder gefangen. Er nahm Viktorias Hand und zog sie zu sich. »Es tut mir leid, dass ich dir etwas unterstellt habe. Dabei kenne ich dich doch und sollte es besser wissen. Aber du darfst deine Seele nicht verkaufen. Wenn du mit mir nicht mehr zusammen sein möchtest, nehme ich das hin. Aber heirate niemanden, nur damit er dir ein Ballett finanziert. Oder in die Ballets Russes investiert. Der Preis ist zu hoch.«

Viktoria wollte sich an ihn lehnen und irgendwohin mit ihm gehen, wo es nur sie beide gab, keine Ballets Russes, keinen Baron Cheverin, keinen Djagilew.

Sie schaute zu Cheverin. Er hatte den Mund spöttisch verzogen.

Viktoria drückte Alexeis Hand. »Ich habe den Antrag nicht angenommen.«

»Aber das werden Sie noch tun, dessen bin ich mir absolut sicher.« Cheverin lachte. »Ich sehe bereits die Gesichter meiner Familie vor mir. Wie schockiert sie sein werden, wenn sie hören, dass eine Tänzerin in die Cheverins einheiratet.«

*Ich kann nicht mehr*, dachte Viktoria. Sie war Tänzerin, weiter nichts. Mehr wollte sie auch nicht sein. Hintergedanken, Erpressungen, Heiraten, um eine Familie zu schockieren, all das war ihr vollkommen fremd. Es war auch nichts, das sie lernen wollte.

Sie löste sich von Alexei und betrachtete Cheverin verwundert. »Sie möchten mich heiraten, um Ihre Familie vor den Kopf zu stoßen?«

Für einen Moment schien Cheverin aus dem Tritt gebracht, doch dann zuckte er mit den Schultern und sagte: »Nein, natürlich nicht.«

»Er glaubt, aufgrund seines Geldes kann er sich alles erlauben«, sagte Alexei mit Bitterkeit in der Stimme. »Er weiß nicht, was es bedeutet, etwas durch Arbeit zu erreichen. Er denkt, er kann einfach kommen und sich das nehmen, was ihm gefällt. Auch wenn es die Frau ist, die seit Jahren einen anderen liebt.« Er trat dicht an Cheverin heran. »Aber das wird Ihnen nicht gelingen, ganz gleich, was Sie versuchen werden.«

»Lass ihn, Alexei«, sagte Viktoria und wollte ihn zurückziehen.

Er schlang einen Arm um sie und sah Cheverin herausfordernd an.

»Fassen Sie sie nicht an.« Cheverin versetzte Alexei einen Stoß.

»Viktoria und ich gehören zusammen.« Alexei löste sich von Viktoria und ballte die Hände zu Fäusten.

»Bitte sag nichts mehr«, bat Viktoria. »Ich bin kein Gegenstand, um dessen Besitz man sich streitet.«

»Sag ihm, dass du mich liebst«, verlangte Alexei.

Mit ihrem Blick versuchte sie, ihm ein Zeichen zu geben, dass es so war und er es jetzt gut sein lassen sollte.

»Sehr schön«, sagte Cheverin. »Dann warten wir hier, bis Viktoria sich für einen von uns entscheidet.«

Viktoria seufzte. »Es ist jetzt genug. Wir können morgen weiterreden, heute nicht mehr.«

»Rede nicht mehr mit ihm«, sagte Alexei. »Ich möchte nicht, dass du noch einmal mit ihm allein bist.«

Cheverin ignorierte ihn. »Wir treffen uns morgen bei mir«, sagte er zu Viktoria. »Ich weiß, wie ich Sie überzeugen kann.«

Viktoria wandte sich wortlos ab, griff nach ihrer Handtasche und der Skizzenmappe – und hörte einen Schlag.

Als sie sich umdrehte, hatte Alexei die Hand noch in der Luft, und Cheverin hielt sich die Wange. Dann verdüsterte sich sein Blick, und er stürzte sich auf Alexei.

»Seid ihr verrückt geworden?« Mit zwei Schritten war Viktoria bei Alexei und versuchte, ihn zurückzureißen. Er stieß sie fort und versetzte Cheverin einen Kinnhaken. Danach ging alles furchtbar schnell.

Cheverin lief dunkelrot an, machte einen Schritt zurück und trat Alexei in den Magen.

Alexei krümmte sich und ging zu Boden.

»Aufhören!«, schrie Viktoria und sah fassungslos zu, wie Cheverin Alexei zu treten begann, gegen den Kopf, in den Bauch und wieder gegen den Kopf. Alexei rollte sich zusammen und schützte seinen Kopf mit den Händen. Cheverin trat ihm in den Rücken.

»Aufhören!« Viktoria klammerte sich an Cheverin. Er schüttelte sie ab wie eine lästige Fliege und trat noch einmal zu.

»Ich rufe die Polizei«, rief Viktoria.

Mit einem verächtlichen Schnauben ließ Cheverin von Alexei ab und befühlte sein Kinn.

Alexei kam auf die Knie, verharrte einen Moment und schüttelte benommen den Kopf. Mühsam stand er auf, wankte und hielt sich den Kopf. Aus einer Wunde an seiner Schläfe rann Blut. »Viktoria«, flüsterte er. »Hilf mir.«

»Du Waschlappen.« Cheverin musterte ihn abschätzig. »Viktoria zieht mir keinen hergelaufenen Tänzer vor.« Er richtete seinen Blick auf sie. »Sie wissen, dass nur ich Ihnen Ihre Träume erfüllen kann.«

Vorsichtig berührte Viktoria Alexeis Kopf. »Tut es weh?«

»Nein.«

»Lassen Sie ihn«, sagte Cheverin.

Viktoria tat, als hätte sie ihn nicht gehört.

»Viktoria!«

Sie drehte sich zu Cheverin um.

Er betrachtete sie mit gerunzelter Stirn. »Wollen Sie seinetwegen alles wegwerfen? Glauben Sie, ich finanziere Ihr Ballett, wenn ich Sie nicht bekomme?«

»Das habe ich tatsächlich geglaubt«, entgegnete Viktoria. »Jetzt nicht mehr.« Sie sah ihn kopfschüttelnd an. »Ich werde Sie nicht heiraten, um Ihre Familie zu schockieren.«

»Das hätte ich nicht sagen sollen«, antwortete Cheverin missmutig.

»Sie haben Viktoria verloren«, sagte Alexei. »Wie lange brauchen Sie noch, um es zu begreifen?«

Cheverin sprang auf ihn zu und rammte ihm seine Faust in den Magen. Alexei keuchte und geriet ins Taumeln. Cheverin legte beide Hände auf seine Brust und stieß ihn mit Macht von sich.

Wie in einem bösen Traum sah Viktoria, dass Alexei rückwärts stolperte, seine Arme in der Luft ruderten und wie er dann rückwärts über die Bühnenrampe in den Orchestergraben stürzte.

»Alexei!« Entsetzt kniete sie sich auf die Rampe und spähte hinunter. Alexei bewegte sich nicht. Sie schaute zu Cheverin hoch. Er schob die Hände in die Hosentaschen und wirkte ungerührt.

»Bitte helfen Sie mir«, sagte Viktoria und ließ sich in den Orchestergraben gleiten.

Alexei stöhnte und versuchte, sich aufzurichten. Nun blutete er aus Wunden an den Schläfen, am Hinterkopf und aus der Nase.

»Nicht bewegen«, sagte Viktoria sanft. »Eric«, rief sie, »Sie müssen uns helfen.«

Keine Antwort.

Viktoria warf einen Blick auf die Bühne. Er war verschwunden.

»Viktoria?«, ertönte eine fröhliche Mädchenstimme. »Bist du hier?«

*Jana*, dachte Viktoria. Sie hatte an Irinas Ballettklasse teilgenommen. »Ich bin hier unten, im Orchestergraben.«

»Warum?« Janas leichte Schritte näherten sich. »Ich habe dich überall gesucht.« Sie beugte sich über die Rampe. »Was tust du da?« Dann sah sie Alexei. »Was ist mit ihm?«

»Er hat sich verletzt. Hol ganz schnell Hilfe, Jana. Schau, ob Sergei Djagilew in seinem Büro ist. Oder lauf zu Irina. Alexei braucht einen Arzt.«

»Bin gleich wieder da.« Jana machte kehrt und rannte davon.

Wenig später erklang Djagilews dröhnender Bass. »Was ist hier los? Viktoria, wo sind Sie?«

Noch nie war Viktoria so froh gewesen, seine Stimme zu hören.

Er und Jana waren auch nicht allein gekommen. Zwei Tänzer aus dem Corps sprangen in den Orchestergraben hinunter, ein dritter folgte ihnen. Sie beugten sich zu Alexei hinab. »Der Arzt kommt gleich«, sagte einer.

Und dann war auch Olga da, nahm Viktorias Arm und führte sie fort. »Komm mit, Alexei ist in guten Händen.«

Viktoria wandte sich noch einmal um. Alexei wurde auf eine Trage gehoben.

*Ich liebe dich*, sagte Viktoria stumm und hoffte, dass Alexei ihre Worte spürte.

# Kapitel 29

Lily kehrte von ihrem Abschiedsbesuch bei Natalie zurück. Ihr Koffer war schon gepackt. Sie ging noch einmal durch das Apartment, schaute nach, ob sie irgendetwas in den Schubladen und im Badezimmerschrank vergessen hatte. Dann musste sie nur noch den Beutel mit ihren Schuhen verstauen. Um den Koffer zu schließen, kniete sie sich darauf und blieb noch einen Moment lang sitzen.

Hatte ihre Reise sich gelohnt? Hatte sie das erreicht, was sie sich vorgenommen hatte? Ja, Natalie und sie hatten sich ausgesprochen und einander geschworen, ab sofort regelmäßig zu skypen. Über Aiden hatten sie bei ihrem Abschied kein Wort mehr verloren. Sie hatten beide gewusst, dass jede auf ihre Art mit der Erinnerung an ihn leben würde.

Wie so oft wanderten Lilys Gedanken zu Yves. Sie wünschte, sie wären nicht im Streit auseinandergegangen, aber er hatte sich nicht mehr gemeldet. Und sie hatte ihn in seiner Trauer nicht stören wollen.

Sie würde nach Rutherford Creek zurückkehren und ein neues Kapitel aufschlagen.

*Ein neues Kapitel.* Und wie sollte das aussehen?

Sie würde fotografieren. Obwohl sie dort bereits alles fotografiert hatte. Sie würde mit ihren Eltern reden, ihrer Mutter helfen. Und mit ihrer Schwester skypen. Im Grunde hätte sich nach der Reise kaum etwas verändert, alles bliebe beim Alten. Und was wäre die Alternative? Sie wusste es noch immer nicht.

Lily stand auf. Vielleicht würde ihr zu Hause einfallen, was sie als Nächstes tun sollte.

Aber zwang jemand sie, nach Australien zurückzukehren? Wartete dort jemand auf sie? Würde sie dort den Weg aus der Vergangenheit in die Zukunft finden? Nicht, wenn sie sich weiterhin weigerte, sich mit dem Geschehenen auseinanderzusetzen.

»Das kann ich einfach nicht«, murmelte sie, streifte ihre Jacke über und trug den Koffer zur Tür.

Nach einem letzten prüfenden Blick in die Runde nahm sie den Aufzug nach unten, gab den Schlüssel bei der »gardienne« des Hauses ab und bat sie, ihr ein Taxi zum Flughafen Charles-de-Gaulle zu bestellen.

Das Taxi kam, der Fahrer verstaute ihr Gepäck im Kofferraum, Lily nahm auf dem Rücksitz Platz. Und dann fuhren sie los. Lily drehte sich noch einmal um und warf einen letzten Blick auf das Gebäude, das für kurze Zeit ihr Zuhause gewesen war. Als es nicht mehr zu sehen war und sie die Seine überquerten, überkam sie ein Gefühl, als hätte sie doch etwas vergessen. Sie öffnete ihre Handtasche. Es war alles da, Portemonnaie, Kreditkarten, Pass und die Geldreserve in der Innentasche. Sie legte die Tasche auf ihren Schoß und schaute hinaus auf den zähfließenden Verkehr. Das Gefühl wurde stärker.

Auf der Rue des Belles Feuilles gerieten sie in einen Stau, das Taxi kam zum Stehen.

Lily wollte nach dem Grund des Staus fragen und probierte es mit: »Qu'est-ce qui se passe?«

»Ein Unfall«, antwortete der Fahrer auf Englisch.

Sie schaute auf ihre Uhr. Es war noch genügend Zeit, um es rechtzeitig zum Flughafen zu schaffen. Trotzdem wurde sie unruhig.

Vielleicht weil sie doch nicht alles erledigt hatte.

Sie lehnte ihren Kopf an die Kopfstütze und schloss die Augen. Sie musste aufhören davonzulaufen, sie hatte kaum noch genug Atem. Und es brachte auch nichts, außer dass sie nun wusste, wie feige sie war. Wollte sie so jemand sein? Eine jämmerliche Figur, die sich vor allem drückte und wütend wurde, wenn jemand ihr empfahl, sich mit ihren Problemen auseinanderzusetzen? Dachte sie wirklich, dies bedeute leben?

Zwei Jahre lang hatte sie sich schuldig gefühlt und sich gleichzeitig ein ums andere Mal vor Augen geführt, dass sie Aidens Tod nicht verschuldet hatte, dass es ein Unfall gewesen war. Wollte sie das weiterhin tun, immer im Kreis denken?

Ihr Blick fiel auf den Arc de Triomphe, der sich nicht weit entfernt erhob. Auf ihn lief die Avenue Victor Hugo zu. Der Stau begann sich aufzulösen.

»Bitte, fahren Sie rechts ran, ich steige hier aus«, sagte sie.

Der Fahrer drehte sich zu ihr um und starrte sie zornig an. Lily entschuldigte sich, aber das machte die Sache auch nicht besser. Er manövrierte das Taxi an den Straßenrand, umrundete den Wagen und öffnete den Kofferraum. Lily trat zu ihm, reichte ihm einen Zwanzig-Euro-Schein, in der Hoffnung, ihn für die kurze Fahrt zu entschädigen. Er steckte das Geld ein, sagte: »Verdammte Touristen«, und knallte ihren Koffer auf den Bürgersteig. Gleich darauf fädelte er sich wieder in den Verkehr ein.

Lily packte ihren Koffergriff und machte sich auf den Weg.

Nein, sie würde nicht so weiterleben wie bisher, diese traurige Figur wollte sie nicht länger sein. Sie hatte das Ballett aufgegeben, hatte sich versteckt und so getan, als gäbe es nichts außer Rutherford

Creek. Obwohl sie sich früher danach gesehnt hatte, die Welt zu erkunden.

Sie hörte, wie ihr Rollkoffer über die Unebenheiten des Bürgersteigs ratterte, sah die Menschen, die vor den Cafés saßen und in die letzten Sonnenstrahlen des Tages blinzelten. Vor ihr lag die Ecke Rue des Belles Feuilles und Avenue Victor Hugo. Sie spürte, wie sie ängstlich wurde, ihr Schritt stockte, und ihr Herz zu rasen begann. In Australien hatte sie es sich so einfach vorgestellt, sich ausgemalt, wie sie mutig zur Avenue Victor Hugo laufen würde, bis zu der Stelle, an der Aiden gestorben war, und wie sie dort im stillen Gedenken eine Weile verharren würde.

Lily holte tief Luft und ging weiter, setzte einen ersten Fuß auf die Avenue Victor Hugo. Und dann den nächsten. So viel schaffte sie also. Langsam lief sie bis zur nächsten Ecke, auch das gelang ihr. Sie versuchte, sich zu orientieren. Sie und Aiden hatten damals die Metro bis Trocadéro genommen, waren zum Arc de Triomphe gelaufen und von dort aus die Avenue Victor Hugo hinuntergegangen. Ebenso wie heute war es ein Nachmittag gewesen. Anfangs waren sie noch guter Dinge, und dann begann Aiden ihr Vorwürfe zu machen.

Sie schaute sich um. Auch damals war die Sonne gerade untergegangen. Sie warf einen Blick auf ihr Handy.

17.02 Uhr.

Ungefähr die Uhrzeit, zu der sie vor zwei Jahren hier entlanggelaufen war. Und fast auf den Tag genau. Sie ging weiter, Richtung Rue Copernic. An der Stelle, wo diese Seitenstraße in die Avenue Victor Hugo mündete, war der Unfall geschehen. Einmal blieb sie stehen und schloss die Augen, denn sie sah Aiden wieder vor sich, wie er auf die Straße rannte und dann sein Körper hoch durch die Luft geschleudert wurde, bevor er mit einem entsetzlichen Geräusch auf der Fahrbahn landete. Sie spürte wieder, wie sie selbst von dem Wagen gestreift wurde, rückwärts stürzte, mit dem Rücken auftraf und keine Luft mehr bekam. Wie überzeugt sie gewesen war, dass sie sterben würde.

Lily öffnete die Augen. Einen Moment lang war sie versucht, kehrtzumachen, doch sie zwang sich weiterzugehen. Wie machten es andere, fragte sie sich, wie wurden andere Menschen mit einem solchen Trauma fertig? Schafften sie es irgendwann loszulassen, oder erging es ihnen wie ihr?

Sie lief weiter, wurde immer schneller, hinter ihr hüpfte der Koffer auf und ab.

Da war es. Ein Schild mit der Aufschrift Rue Copernic und ringsum die endlose Reihe beigefarbener Wohngebäude mit den schwarzen schmiedeeisernen Balkonen.

Ein Stöhnen entrang sich ihrer Brust, und sie spürte, wie ihr Herz sich zusammenkrampfte. Hier, genau hier, an der Ecke Avenue Victor Hugo und Rue Copernic war der Mann gestorben, den sie geliebt hatte, und mit ihm alle Pläne, die sie zusammen geschmiedet hatten.

Sie schlug die Hände vor ihr Gesicht, hörte das Rauschen des Verkehrs und stöhnte erneut. Jemand rempelte sie an, sie machte einen Schritt zur Seite. Eine Hand legte sich auf ihren Rücken, und eine freundliche Stimme fragte, ob es ihr nicht gutgehe.

Lily schaute auf. Es war ein älterer Mann, der sie besorgt musterte. Lily bemühte sich zu lächeln. »Doch«, sagte sie, »alles in Ordnung.« Er begutachtete sie noch für einen Moment, bevor er weiterging.

Lily trat einige Schritte zurück in eine Einfahrt, fort von dem Strom der Passanten. Sie glaubte, ein fernes Donnergrollen zu hören und sah zum Himmel hinauf. Er hatte sich zugezogen. Gleich darauf spürte sie die ersten Regentropfen.

Ihr fiel die Uhrzeit wieder ein, als Aiden für tot erklärt worden war. 17.42 Uhr. Wieder schaute sie auf ihr Handy.

17.42 Uhr.

Tränen schossen in ihre Augen und rannen mit dem Regen über ihre Wangen. Vielleicht hatte ja das Schicksal, an das Natalie glaubte, dafür gesorgt, dass sie bisher vor der Avenue Victor Hugo zurückgeschreckt war, und gewollt, dass sie es an diesem Tag zu diesem schrecklichen Ort schaffte, zu einer Uhrzeit, die ihren Schmerz intensivieren würde. Weil sie sich auch diesem Schmerz stellen musste.

»Aiden«, sagte sie, während der Regen auf sie fiel. »Ich liebe dich. Ich liebe dich von ganzem Herzen. Du fehlst mir so sehr. Unser Zusammensein fehlt mir.« Ihre Kehle wurde so eng, dass ihr das Weitersprechen weh tat, doch es war ihr einerlei. »Es tut mir so leid, dass wir uns an jenem Tag gestritten haben. Ich wünschte, wir hätten es nicht getan und du hättest nicht wütend auf die andere Straßenseite wechseln wollen.« Sie atmete tief durch und schaute auf die Stelle, wo sie ihn zum letzten Mal lebend gesehen hatte. »Bitte verzeih mir.«

Sie wischte über ihr Gesicht und sammelte wieder Kraft. Einen Moment lang wusste sie nicht weiter, doch dann erkannte sie, was sie Aiden noch sagen musste. Was sie sich selbst eingestehen musste.

»Das, was geschehen ist, können wir nicht mehr ändern. Aber ich muss lernen, damit umzugehen. Ich bin sicher, dass du mir zustimmen würdest. Wahrscheinlich kannst du nicht fassen, dass es so lange gedauert hat, bis ich zu diesem Punkt gelangt bin.« Sie setzte sich auf ihren Koffer und schwieg. Sie hörte ihren rauen Atem.

Dann sprach sie weiter. »Es bricht mir das Herz, dass unsere letzten Worte voller Zorn waren, wir haben uns sonst so selten gestritten. Trotzdem muss ich versuchen, darüber hinwegzukommen. Ich darf mich nicht mehr an meine Schuldgefühle klammern. Du wirst immer Teil meines Lebens sein, Aiden, und immer einen Platz in meinem Herzen haben, doch ich weiß, dass ich anfangen muss, mein

Leben neu zu gestalten. Ich weiß auch, wenn du jetzt hier wärst, würdest du mich anstoßen und mir sagen, ich soll mich endlich zusammenreißen und zur Abwechslung mal an etwas anderes denken.« Bei dem Gedanken lächelte sie unwillkürlich. »Das hast du immer gemacht, wenn ich mich über meine schmerzenden Füße beklagt habe oder beim Tanzen etwas falsch gemacht hatte und jammern wollte.« Sie schluckte schwer. »Ich weiß nicht, wie mein neues Leben aussehen wird, aber wenigstens habe ich begriffen, dass ich damit beginnen muss. Ich werde nicht länger in der Vergangenheit leben, das verspreche ich dir.«

Lily schob sich das nasse Haar zurück, wischte über ihren feuchten Hals und zog ihre Jacke enger um sich. Sie zwang sich, auf die Avenue Victor Hugo, Ecke Rue Copernic zu sehen, genau dahin, wo es passiert war. Dort hatte Aiden blutüberströmt gelegen. Sie schob das Bild nicht fort. Sie musste es aushalten. Und langsam begann sich über dieses Bild ein anderes zu legen, Eindrücke eines glücklichen, lachenden Aiden.

Die vorbeifahrenden Autos, die aufspritzenden Wasserfontänen der Regenpfützen, die Passanten, die mit Regenschirmen vorbeihasteten, all das nahm Lily kaum wahr. Für einen Moment tauchte die Unfallszene wieder vor ihr auf, und sie sah den zerschmetterten Körper. Doch dann verschwand er, und stattdessen erschien eine Bühne vor ihrem inneren Auge. Es war die Bühne des Australian Ballet. Der schwere grüne Samtvorhang öffnete sich. Ein schlanker, muskulöser Tänzer stand im Scheinwerferlicht auf der Bühne, nur mit einer schwarzen Hose bekleidet. Takte der Musik zu dem Ballett »Der Feuervogel« erklangen. Der Tänzer setzte sich in Bewegung. Er war der Feuervogel, sein Gefieder besaß magische Kraft, er konnte Dämonen bezwingen – man erkannte es bereits an seinen energiegeladenen Bewegungen, seinen Fouettés und Sprüngen, an seinem strahlenden, siegessicheren Lächeln. Der Tänzer war Aiden, der Feuervogel die Rolle, die er über alles geliebt hatte. Er war inmitten der letzten Szene. Als er seinen Part beendet hatte, breitete er die Arme aus und verneigte sich vor dem Publikum, das vor Begeisterung tobte. Dann drehte er den Kopf mit stolz funkelnden Augen zur Seite, wo Lily in den Kulissen stand und ihm Kusshände zuwarf. Und dann kam er zu ihr, umarmte sie und flüsterte: »Es gibt nichts zu verzeihen. Nur dir selbst musst du nun endlich verzeihen.«

Lily rüttelte sich auf und fuhr sich mit der Hand über die Augen. Hatte sie geträumt? Das, was sie gerade vor sich gesehen hatte, war so echt gewesen, als hätte es sich tatsächlich abgespielt.

Sie legte eine Hand auf ihr Herz und blickte erneut auf die Unfallstelle. Der blutende, zerschmetterte Körper war fort, stattdessen sah sie nur noch, wie Aiden zurück zur Bühnenmitte lief, sich abermals verneigte, sich zu ihr umwandte und noch einmal lächelnd die Arme ausbreitete – und wie dieses Bild langsam verblasste und verschwand.

»Ich danke dir, Liebster«, flüsterte sie.

Sie stand auf und lief einige Schritte, ohne recht zu wissen, wohin. Sie schaute auf ihr Handy und stornierte den Flug, zu dem sie es nicht mehr schaffen würde. Sie würde zu Natalie fahren und sich dort in Ruhe um einen Rückflug kümmern.

Lily trat an den Straßenrand und versuchte, ein Taxi anzuhalten. Es war vergebens, bei dem Wetter waren die Wagen allesamt besetzt.

Im strömenden Regen lief sie zur Metrostation Charles de Gaulle-Etoile und nahm die Bahn bis Châtelet. Als sie dort ausstieg, hatte der Regen aufgehört. Sie schaute zu dem dunklen Abendhimmel hinauf und erkannte in den Lücken zwischen den tiefhängenden Wolken Sterne.

Ihre Gedanken wanderten zu Yves. Sie hoffte, dass er sie nicht nur als jemanden in Erinnerung behielt, der vor allem, was schwierig war, davonlief. Doch selbst wenn er es tat, konnte sie es ihm nicht verübeln.

Lily öffnete ihre Handtasche, suchte nach einem Taschentuch und stieß auf die zusammengeklappte Visitenkarte, die er ihr gegeben hatte. Sie trat an eine Straßenlaterne und las.

*Nur wer die Vergangenheit akzeptiert, kann sein Leben ändern.*

Lily steckte die Karte wieder ein. Wie gern sie Yves noch einmal sehen würde, um ihm zu sagen, dass sie es geschafft hatte. Sie hatte ihre Vergangenheit akzeptiert.

# Kapitel 30

*Paris, 1917*

Seit Stunden saßen Viktoria und Olga nun schon in dem schmuddeligen Wartebereich des Hôpital de la Salpêtrière, ohne dass ein Arzt erschienen war und sie über Alexeis Zustand unterrichtet hatte. Anfangs war auch Jana bei ihnen gewesen, doch vor einer Weile war sie ungeduldig aufgestanden und verschwunden. Viktoria nahm an, dass sie das weitläufige Krankenhaus erkundete.

Olga holte Viktoria von irgendwoher ein Glas Wasser.

»Danke.« Viktoria nahm einen Schluck.

Olga legte einen Arm um sie und drückte sie kurz an sich. »Du bist so blass«, sagte sie. »Vielleicht solltest du dich auch untersuchen lassen.«

»Mir fehlt nichts.« Viktoria leerte den Becher und stellte ihn auf einem Tischchen ab.

»Wie du meinst.« Olga seufzte. »Hast du gehört, dass Erik Satie im Gefängnis sitzt?«

Viktoria schüttelte den Kopf. Erik Satie war ihr einerlei, aber sie verstand, dass Olga sie ablenken wollte.

»Es hat mit der Kritik zu tun, die Jean Poueigh über ›Parade‹ geschrieben hat. Es war der totale Verriss. Satie hat ihm eine Postkarte geschrieben und ihn als ›unmusikalischen Arsch‹ bezeichnet.«

Viktoria lächelte ein wenig.

»Poueigh will ihn vor Gericht bringen.«

»Das wird Satie wenig beeindrucken.«

»Das nicht, aber vielleicht beruhigt er sich im Gefängnis.« Olga neigte sich zu Viktoria. »Wobei mir dein Baron einfällt.«

»Er ist nicht mein Baron, und er hat sich nicht mehr blicken lassen.«

»Djagilew sagt, er hat Picassos Skizzen mitgenommen. Vielleicht denkt er doch noch an ein Ballett für dich.«

»Das interessiert mich nicht mehr.«

Jana kehrte zurück. Sie ließ sich auf dem Stuhl neben Viktoria nieder und lehnte den Kopf an ihre Schulter. »Ich bin müde.«

»Das sind wir alle«, entgegnete Viktoria.

Jana setzte sich auf. »Soll ich dir erzählen, wie meine Ballettstunde war?«

Viktoria hörte die Aufregung in ihrer Stimme und nickte.

Jana griff nach ihrem Arm. »Madame Plaksina hat gesagt, ich sei begabt. Sie will mit Sergei Djagilew sprechen und mich fest in ihre Ballettklasse aufnehmen.«

»Und wie fühlst du dich bei dem Gedanken?«

Jana überlegte. »Es ist ganz komisch, ich bin glücklich und habe gleichzeitig große Angst.« Sie schlang ihre Arme um Viktoria. »Ich danke dir.«

Viktoria strich über den Kopf des Mädchens. »Aus dir wird eine ganz wundervolle Elevin werden. Was meinst du, Olga?«

Olga zuckte zusammen. »Was hast du gesagt? Entschuldige, aber ich war mit den Gedanken woanders.«

»Irina hat Jana in ihre Ballettklasse aufgenommen.«

Olga lächelte das junge Mädchen an. Dann wurde sie wieder ernst. »Vielleicht sollten wir für Alexei beten.«

Viktoria legte einen Arm um Jana und versuchte, den Krankenhausgeruch auszublenden. Janas wunderbare Entwicklung war im Moment das einzig Schöne in ihrem Leben. Doch das gute Gefühl hielt nicht lange an. Schon hörte sie wieder die Geräusche des Kampfes zwischen Alexei und Cheverin, sah die wutverzerrten Gesichter. Sie war nie ganz sicher gewesen, inwieweit sie den Baron durchschaute und sich auf seine Worte verlassen konnte, doch Brutalität hätte sie ihm nie im Leben zugetraut. Er hatte Alexei getreten! Wie viel Hass und Verachtung musste jemand empfinden, um so etwas zu tun. Dann hatte er ihn in den Orchestergraben gestoßen. Und sich anschließend feige davongemacht.

»Mademoiselle Budian?«

Viktoria hatte den Arzt nicht kommen hören und erschrak, als sie seine bedrückte Miene sah.

»Wie geht es Alexei?«, fragte sie und spürte, wie sich ihr Magen zusammenzog.

Der Arzt zog sich einen Stuhl heran, ließ sich vor ihr nieder und nahm ihre Hand. »Wir haben alles getan, was wir konnten.«

Im ersten Moment wusste Viktoria nicht, was er meinte. Sie entzog ihm ihre Hand. »Was soll das heißen?«

Sie hörte Olga stöhnen und wie Jana zu weinen begann.

»Seit wann war er schon krank?«

Eine schreckliche Ahnung stieg in Viktoria auf, und in ihren Ohren begann das Blut zu rauschen. Sie schüttelte den Kopf. »Alexei ist nicht krank.«

»Monsieur Pankow hatte einen bösartigen Gehirntumor.«

»Nein«, sagte Viktoria. »Nein. Nicht Alexei. Bitte nicht.« Hinter ihren Augen setzte ein dumpfer Schmerz ein, der sich über ihre Stirn ausbreitete. Er wurde so intensiv, dass ihr schwindelte. Und dann war ihr plötzlich, als würde sie aus diesem Wartebereich fortgerückt. Zwar sah sie noch den bekümmerten Blick des Arztes, doch sie selbst war nicht mehr da, war irgendwo in der Ferne. Der Arzt bewegte den Mund.

»Was?«, fragte Viktoria.

»Mein Beileid.« Der Arzt legte eine Hand auf ihre Schulter. »Wir müssen seine Familie benachrichtigen.«

»Wir sind seine Familie«, entgegnete Olga. »Ich bin die Tante von Alexei Pankow.«

Der Arzt betrachtete sie skeptisch, nahm es jedoch hin. »Die Krebsgeschwulst befand sich am Frontallappen. Ist Ihnen nie etwas aufgefallen? Eine Wesensveränderung, Gleichgewichtsstörungen?«

»Er hatte häufig Kopfschmerzen«, antwortete Viktoria und war noch immer wie betäubt. »Er konnte heftig werden und eifersüchtig. Das war er früher nie. Aber woher hätte ich denn wissen sollen ...« Sie krümmte sich und bedeckte ihr Gesicht mit den Händen.

Olga strich über ihren Rücken.

»Und ich habe ihm Vorwürfe gemacht.« Viktoria ließ die Hände sinken.

»Du konntest es nicht wissen«, sagte Olga. »Niemand von uns hätte es erkennen können.«

»Wir haben seinen Kopf durchleuchtet, sonst hätten auch wir es nicht gesehen. Häufig werden Tumore erst entdeckt, wenn es zu spät ist.«

»Ist er daran gestorben?«, fragte Olga.

»Nein, er ist seinen Kopfverletzungen erlegen. Allerdings weiß ich nicht, wie lange er mit dem Tumor noch gelebt hätte.« Der Arzt warf einen Blick auf die Wanduhr und stand auf. »Es tut mir sehr leid.«

»Danke«, sagte Viktoria. »Alexei –« Erst als sie seinen Namen aussprach, begriff sie, dass der Arzt ihr mitgeteilt hatte, dass Alexei gestorben war. Der Mann, den sie liebte, der noch vor wenigen Stunden bei ihr gewesen war und den Arm um sie gelegt hatte, er war tot.

Der Arzt bat sie, noch zu warten, bis die nächsten Schritte geregelt seien. Dann verabschiedete er sich und ging davon.

»Warum war ich nicht für ihn da?«, flüsterte Viktoria.

Olga half ihr hoch. »Das warst du doch.«

»Ich wünschte, Eric Cheverin wäre nie in mein Leben getreten.«

»Komm.« Olga griff nach Viktorias Hand. »Wünschte, hätte, wäre, all das nützt jetzt nichts mehr. Die Dinge sind nicht mehr zu ändern. So schrecklich sie auch sind.«

Viktoria ignorierte ihre Worte. »Ich wusste doch, dass er immerzu Kopfschmerzen hatte. Ich hätte ihn zwingen müssen, zum Arzt zu gehen.« Sie hätte selbst mit ihm zum Arzt gehen müssen, wie sie es vorgehabt hatte. Dass sie es nicht getan hatte, würde sie sich nie verzeihen. Sie hatte sich ablenken lassen von den Dingen, die Cheverin ihr vorgegaukelt hatte. Auch das war unverzeihlich.

»Hör auf, dich zu quälen«, sagte Olga. »Lass uns aus diesem Krankenhaus verschwinden. Sergei Djagilew wird sich um die nächsten Schritte kümmern.«

Am späten Vormittag wurde Viktoria von lautem Klopfen geweckt. Sie schlug die Augen auf und sah das helle Tageslicht durch die dünnen Fenstervorhänge sickern. Sie war allein. Im Halbschlaf hatte sie mitbekommen, dass Jana zu ihrer Ballettklasse aufgebrochen war.

Wieder wurde an ihre Tür geklopft. Viktoria stand auf und streifte sich einen Morgenmantel über.

»Viktoria!« Es war die Stimme Cheverins.

Wie herrisch er klang, dachte Viktoria. War das neu oder war es ihr zuvor nie aufgefallen?

Sie öffnete die Tür. »Was wollen Sie von mir?«

Cheverin drängte sich an ihr vorbei und warf die Tür ins Schloss.

Sein Gesicht war blass und wirkte angespannt. »Es war ein Unfall, ich möchte, dass wir uns darauf einigen.«

Viktoria starrte ihn an. Er hatte Alexei getreten, hatte ihn mit voller Absicht in den Orchestergraben gestoßen. Sie war dabei gewesen und hatte es gesehen. Wie kam er dazu, das nun leugnen zu wollen? »Nein, das war es nicht.«

Er ließ sich auf den Stuhl fallen. »Ich bin kein Mörder.«

Viktoria dachte an die Rosen, die er ihr geschickt hatte. Sie hatte sie aufgehoben, bis sie vertrocknet waren. Alexei hatte recht gehabt. Sie war verblendet gewesen.

»Ich schwöre, dass es ein Unfall war«, sagte Cheverin.

Viktoria setzte sich auf die Bettkante.

»Ich war dabei, oder haben Sie das vergessen? Sie haben Alexei getreten und gestoßen. Und dann haben Sie das Weite gesucht, statt zu helfen. Wie kommen Sie darauf, dass all das ein Unfall war?«

Cheverin schien sie gar nicht zu hören. »Wenn wir uns auf einen Unfall einigen, ist alles gut. Wenn nicht, sollten Sie sich fragen, wem man mehr glauben wird – mir oder einer kleinen russischen Tänzerin?« Seine Lippen verzogen sich verächtlich. Dann wurde sein Blick drohend. »Wenn Sie bei Ihrer Meinung bleiben, werden Sie den Tag bereuen, an dem wir uns begegnet sind.«

*Das tue ich bereits*, dachte Viktoria. Sie sagte sich, dass er ihr zweifellos schaden würde, und spürte ihre Angst vor ihm, doch das änderte nichts an ihrem Entschluss. Sie würde die Wahrheit sagen, es war das Einzige, was sie noch für Alexei tun konnte. »Es ist zu spät. Ich habe meine Aussage schon gemacht. Die Polizei sucht nach Ihnen.«

Cheverin schnellte vor und packte ihr Handgelenk so fest, dass ihr der Schmerz in den Arm schoss. »Ich werde aussagen, dass Sie es waren. Meine Anwälte können dafür sorgen, dass Sie im Zuchthaus verrotten. Möchten Sie das? Oder glauben Sie nicht doch, dass es ein Unfall war?«

Viktoria erkannte die eisige Kälte in seinem Blick. Er meinte es ernst. Ihr wurde vor Angst übel, doch sie schüttelte den Kopf.

»Wie Sie wollen.« Cheverin stand auf. »Ein Ballett wird es für Sie nicht mehr geben.«

An der Tür drehte er sich noch einmal um und ließ seinen Blick über ihre armselige Einrichtung wandern, auf seinem Gesicht ein hässliches Grinsen. Dann fiel die Tür hinter ihm ins Schloss.

# Kapitel 31

*Paris, 1918*

Olga ließ sich an dem einfachen Holztisch nieder und griff nach Viktorias Händen, die so kalt waren wie der Besucherraum des Gefängnisses, so kalt wie die ganze Stadt.

Viktoria sah die Schneeflocken, die in Olgas Haar schmolzen. Was hätte sie dafür gegeben, wieder die federleichte Berührung von Schneeflocken auf der Haut zu spüren, überhaupt noch einmal frische Luft zu atmen, vielleicht sogar einen Spaziergang entlang der Seine machen zu können. »Du musst nicht jede Woche kommen«, sagte sie, obwohl sie wusste, ohne Olgas Besuche würde sie verrückt werden.

»Rede keinen Unsinn«, entgegnete ihre alte Freundin.

Viktoria drückte Olgas Hände. »Aber ich bin froh, dass du da bist.«

»Das ist selbstverständlich«, sagte Olga und ließ ihre Hände los.

Beschämt betrachtete Viktoria ihre abgebrochenen, splittrigen Fingernägel, sie hatte weder eine Nagelfeile noch eine Handcreme. »Das stimmt nicht.« Sie blickte auf. »Du und Jana seid die Einzigen, die noch zu mir halten.« Es war nicht ganz richtig, auch Djagilew unterstützte sie, auf seine Weise. Als sie wegen Mordes verhaftet wurde, war er der Erste, der gegen die Anschuldigung protestiert hatte. Außerdem hatte er einen Anwalt engagiert, einen Mann, der ihm noch einen Gefallen schuldete, doch gegen die Anwälte, die Eric

Cheverin vertraten, konnte er nichts ausrichten. Cheverin, der Mann, der Alexei getötet hatte, konnte nun sorglos die Winterlandschaft genießen, wohingegen sie, Viktoria, die nächsten zwanzig Jahre am Rand von Paris in einem Frauengefängnis verbringen würde. »Wie geht es Jana?«

Olga strahlte. »Sie durfte mit dem Ensemble nach London reisen und war außer sich vor Stolz.«

»Ist sie glücklich?«

»Wenn sie tanzt, ist sie glücklich. Weißt du, dass sie dein rotes Tuch überallhin mitnimmt?«

Viktoria hoffte, dass es Jana so viel Kraft schenkte wie ihr.

»Was du für dieses Mädchen getan hast, ist unglaublich«, sprach Olga weiter. »Sie verdankt dir alles.«

»Ich hätte gern noch mehr für sie getan.« Viktorias Augen wurden feucht. »Ich wünschte, ich könnte sie tanzen sehen.« Die Tänzerinnen aus dem Corps der Ballets Russes hatten sich Janas angenommen, als Viktoria verhaftet wurde, und Olga kümmerte sich um sie, als wäre das Mädchen ihre Tochter.

»Hast du etwas von deiner Familie gehört?«, fragte Olga.

»Ja, endlich nach langer Zeit. Sie haben es nach Italien geschafft, doch dort geht es ihnen nicht viel besser als in Russland.« Viktoria hörte ihren gequälten Atem und hielt einen Moment lang inne. Dann fuhr sie fort. »Ich habe nicht viel für sie tun können. Die ganzen Pläne, die ich geschmiedet habe, waren alle umsonst. Ich habe nicht nur mein Leben ruiniert, sondern auch das meiner Familie.«

Olga begann in ihrer großen Tasche zu wühlen. »Ich habe etwas für dich. Es ist nicht viel, aber ich dachte, es könnte dir vielleicht helfen, ein Tagebuch zu führen.« Sie legte zwei in braunes Leder gebundene Bücher auf den Tisch. »Wenn sie voll sind, bringe ich dir noch mehr.«

Eine Wache stürzte herbei und legte eine schwere Hand auf die Tagebücher. »Geschenke müssen erst genehmigt werden.«

»Das weiß ich.« Olga zog die Genehmigung hervor und wedelte mit ihr. Die Wache riss sie ihr aus der Hand und überflog die Seite.

»Na schön.« Griesgrämig reichte er das Dokument zurück und stellte sich wieder an der Wand auf.

»Ich weiß nicht, wie ich dir danken soll.« Viktoria nahm einen Band und strich sanft darüber. Der Geruch nach Leder stieg auf. Sie schnupperte ihm gierig nach. Sie roch sonst nur die abgestandene Luft des Gefängnisses, den Schweiß der anderen Frauen und den ekelerregenden Brei, den man ihnen zu den Mahlzeiten vorsetzte.

»Was für ein schönes Geschenk«, sagte sie. »Warum hast du dich so in Unkosten gestürzt?«

»Wir haben für dich gesammelt. Bei den Ballets Russes gibt es viele, die dich gernhatten. Wir hoffen, dass unser Geschenk dir hilft, die Zeit bis zur Berufung zu vertreiben.«

Eine zarte Röte stieg in Viktorias blasses Gesicht. »Bedeutet das, dass Djagilew nicht aufgibt?«

Olga lachte. »Seit wann gibt Sergei Djagilew auf?«

»Er ist ein Mann mit Herz.«

»Wenn er will, schon.«

»Oder meinst du, er hat Gewissensbisse, weil er mich mit Cheverin verkuppeln wollte?«

»Das mag schon sein. Vor allem aber lässt er seine Tänzer nicht im Stich.«

»Auch wenn sie dem Ruf seiner Kompanie schaden?«

»Er weiß, dass dich keine Schuld trifft.« Olga verlagerte ihr Gewicht und rieb ihren Rücken. »Die Stühle hier sind eine Zumutung.«

Viktoria musste lachen. »Gefängnisse sind nicht dazu da, um es jemandem bequem zu machen.«

»Deine Sachen sind jetzt alle in meiner Wohnung und warten darauf, dass du wieder freikommst.«

»Weißt du, ob Cheverin Djagilew Picassos Skizzen zurückgegeben hat?«

Olga schüttelte den Kopf. »Er hat behauptet, er habe sie nie besessen.«

»Lässt er sich überhaupt noch bei den Ballets Russes blicken?«

Olga schnaubte. »Er hat es vorgezogen, aus Frankreich zu verschwinden, und angeblich weiß niemand, wo er sich aufhält. Ich vermute, dass er in Rumänien ist und dort ausharrt, bis der Fall in Vergessenheit geraten ist.«

»Wirft das nicht ein schlechtes Licht auf ihn?«

»Er hat genug Geld, um immer und überall in glänzendem Licht dazustehen.«

## Kapitel 32

*Paris, 1929*

Viktoria hob einen Arm und beugte sich tief über ihre linke Seite hinab, richtete sich langsam auf und vollführte die Übung auf der rechten Seite. Sie zog ihre Gefängnisstiefel aus und streckte die Zehen. Anschließend ging sie die Positionen durch, dann kamen die Pliés und Battements an die Reihe. Es war ihr tägliches Trainingsprogramm. Nur Sprünge, Fouettés und Pirouetten konnte sie in der engen Zelle nicht ausführen. Es gab auch Tage, an denen sie nach den Übungen weinte und an all das dachte, was für sie unwiederbringlich verloren war.

Der Krieg war schon seit über zehn Jahren zu Ende, doch Russland und Europa waren noch immer nicht zur Ruhe gekommen. Viktoria hatte von einer Weltwirtschaftskrise gehört, von großer Arbeitslosigkeit, langen Menschenschlangen, die an den Volksküchen anstanden, von Menschen, die verhungerten. Olga hatte ihr erzählt, dass Paris nun voller geflohener Russen war, von denen kaum einer wusste, wie es mit ihm weitergehen würde. Mitunter hörte Viktoria ihr nur mit halbem Ohr zu. Das, was sich außerhalb der Gefängnismauern abspielte, war ihr fremd geworden. Sie kannte nur noch die enge Welt, in der sie lebte. Die Hoffnung, vor ihrem fünfundvierzigsten Geburtstag wieder die Luft der Freiheit atmen zu können, hatte sie inzwischen aufgegeben.

Seit Jahren hatte sie nichts mehr von ihrer Familie gehört. Olga und Jana hatten vergeblich versucht, etwas über ihr Schicksal zu erfahren. Und so waren auch die Träume, ihrer Familie helfen zu können, zerronnen. Manchmal, wenn sie an ihre Eltern und an ihre Schwester dachte, versank sie in tiefen Depressionen und brauchte all ihre Kraft, um sich aus diesem dunklen Seelenabgrund wieder herauszuziehen. In der letzten Zeit war es ihr zunehmend schwerer gefallen. An manchen Tagen fürchtete sie sogar, es würde ihr wie ihrem früheren Mentor und Freund Nijinsky ergehen, und sie würde die Rückkehr ins Helle nicht mehr schaffen. Doch Nijinsky litt nicht an Depressionen. Er war krank, bei ihm hatte man Schizophrenie diagnostiziert. Er würde den Rest seines Lebens in Kliniken und Pflegeheimen verbringen. Er war einmal der Größte gewesen, ein schillernder Stern am Himmel der Ballettwelt, und nun erinnerte er sich kaum noch an seinen Namen. Als sie es erfuhr, hatte eine Welle tiefer Traurigkeit sie erfasst.

Sie fragte sich, ob es Alexei ebenso ergangen wäre.

Alexei. In ihren Gedanken war er noch immer bei ihr. In trüben Stunden tauchte sein schönes Gesicht vor ihr auf, und er lächelte auf seine unvergleichliche Weise, wie um ihr zu bedeuten, dass sie aufhören solle, sich mit Schuldgefühlen zu quälen. Nicht sie hatte ihn umgebracht, sondern Eric Cheverin.

Sie hörte die harten Schritte eines Gefängniswärters, schlüpfte wieder in ihre Stiefel und setzte sich auf ihr schmales Lager.

Die Schritte verharrten vor ihrer Zellentür. »Budian, Besuch für dich.«

Viktoria sprang auf, wartete ungeduldig, bis ihre Zelle aufgesperrt wurde, und eilte dem Wärter hinterher. Sie hatte keine Ahnung, um wen es sich bei dem Besucher handeln könnte. Olga war erst vor zwei Tagen da gewesen.

Sie erreichten den Besucherraum. Jana saß an einem der Tische. Einen Moment blieb Viktoria im Türrahmen stehen und betrachtete die wunderschöne, selbstsichere Frau, die sie einst als Straßenkind aufgelesen hatte. Das lange dunkle Haar hatte Jana im Nacken zu einem Knoten gesteckt, die strenge Frisur betonte das schmale Gesicht mit den großen Augen. Bekleidet war sie mit einem hellgrauen Wollkostüm, ihr einziger Schmuck war das rosarote Tuch um den Hals, das Viktoria ihr geschenkt hatte. Im Besucherraum wusste niemand, dass Jana Nardin zu den gefeierten Solotänzerinnen der Ballets Russes zählte, trotzdem waren alle Blicke auf sie gerichtet.

Jana dagegen hielt den Kopf gesenkt und sah niemanden an.

Viktoria setzte sich ihr gegenüber und fragte: »Warum schaust du so niedergeschlagen? Was ist passiert?«

Jana hob den Kopf. In ihren Augen standen Tränen.

Sie nahm Viktorias Hand und streichelte sie. »Ich muss dir von Sergei Djagilew erzählen.«

»Warum, was ist mit ihm?«

»Unsere Auftritte in Covent Garden waren ein unglaublicher Erfolg.«

»Das habe ich gehört«, sagte Viktoria. Ebenso hatte sie das Gerücht vernommen, dass die Aufführungen der Ballets Russes in Covent Garden aufgrund der prekären finanziellen Verhältnisse Djagilews die letzten der Kompanie gewesen sein könnten. Sie hatte sich geweigert, es zu glauben. Djagilew hatte es bisher aus jedem Engpass herausgeschafft. Auch Cheverins Rückzug hatte ihm nichts anhaben können. Nach Janas Nachricht atmete sie auf. »Dann ist die Kompanie doch nicht in Schwierigkeiten.«

Jana zuckte mit den Schultern. »Doch, ich denke schon.« Sie holte ein Taschentuch aus ihrer grauen Lederhandtasche und betupfte ihre Augen. »Djagilew war sehr krank.«

»Ja, er hat Diabetes.«

»Nach London war er sehr erschöpft und ist nach Venedig gereist, um sich zu erholen.« Dicke Tränen quollen aus Janas Augen.

In diesem Moment begriff Viktoria, weshalb Jana gekommen war. »Sergei Djagilew ist tot. Das willst du mir die ganze Zeit sagen, nicht wahr?«

Jana schluchzte auf.

»Ist er in Venedig gestorben?«, fragte Viktoria und dachte, dass der Ort eigentlich keine Rolle spielte. Oder doch? »Er war so abergläubisch. Das Meer ist ihm immer wie ein böses Omen erschienen.«

Viktoria fasste Janas Hände. Eine der Wachen kam, deutete auf ihre Hände und räusperte sich warnend.

»Ein Freund von uns ist gestorben«, sagte Jana. »Dürfen wir uns nicht trösten?«

Der Mann runzelte die Stirn, trat jedoch wieder zurück.

»Ich wünschte, ich könnte auf seine Beerdigung gehen.« Viktoria überlegte, ob so etwas möglich war, ob man sie für einen Tag freiließe, um Sergei Djagilew die letzte Ehre zu erweisen.

»Er wurde schon beerdigt. Auf der Friedhofsinsel San Michele bei Venedig.«

»Warum wurde er in Italien bestattet? Warum nicht in Paris?«

»Das weiß ich nicht.«

»Und wie geht es ohne ihn weiter?«

»Es ist noch zu früh, um irgendetwas sagen zu können.« Jana machte eine Pause. »Erinnerst du dich, dass ich dir von Wassily de Basil erzählt habe?«

»Du hast gesagt, dass er ein Kunstmanager ist.« Viktoria erinnerte sich noch, dass sie im ersten Moment nicht gewusst hatte, was ein »Kunstmanager« sein sollte. Doch in ihren Gesprächen mit Jana war sein Name immer wieder gefallen, und sie hatte den Eindruck gehabt, dass er darauf wartete, in den Ballets Russes eine Rolle zu spielen. »Will er die Kompanie übernehmen?«

Jana zuckte die Achseln. »Die Antwort darauf kennt nur er. Aber ich glaube, vorher muss das finanzielle Chaos geordnet werden, das Djagilew hinterlassen hat.«

»Ich wünschte, ich könnte helfen«, sagte Viktoria schwermütig.

»Ja, aber zuerst müssen wir abwarten, was aus dem Antrag auf Straferlass wird.«

»Daraus wird gar nichts werden, Jana. Djagilew war derjenige, der sich darum gekümmert hat.«

»Er hat den Stein ins Rollen gebracht, aber inzwischen sind auch andere damit befasst. Du musst noch ein wenig Geduld haben.«

Viktoria versuchte, ihre aufkeimende Hoffnung zu ersticken. Bisher waren alle Anstrengungen, sie freizulassen oder zumindest ihre Strafe zu verkürzen, fehlgeschlagen.

»Ich übe mich seit zwölf Jahren in Geduld«, sagte sie mutlos.

»Ich kann mir denken, wie schwer es ist, das Leben hier auszuhalten.«

»Leider habe ich keine andere Wahl.« Viktoria beugte sich zu Jana vor und flüsterte: »Ich hoffe, eines Tages erhält Cheverin seine gerechte Strafe.«

Jana warf der Wache einen raschen Blick zu, doch der Mann schaute nicht zu ihnen.

»Es gibt ein Gerücht, dass er sich nach Amerika abgesetzt hat.«

Viktoria spürte, wie Zorn in ihr hochkochte. »Wenn das wahr ist, werden wir nie mehr an ihn herankommen.«

»Das würden wir auch nicht, wenn er in Frankreich wäre. Er ist zu reich und hat Beziehungen zu den einflussreichsten Kreisen des Landes.«

Viktoria rieb ihre Schläfen, hinter denen sich wieder Kopfschmerzen anbahnten. »Und ich werde nie mehr hier herauskommen.«

Jana runzelte die Stirn. »Warum sagst du so etwas? Natürlich kommst du wieder frei.«

»Wann, Jana? Jeden Tag lebe ich mit der Hoffnung, dass Cheverin hinter Gitter kommt, und trauere um den Mann, den ich geliebt habe. Wenn ich morgens wach werde, glaube ich im ersten Moment, dass alles nur ein böser Traum war, doch dann schlage ich die Augen auf. Es ist bitter, zu erkennen, dass das Ballett, das einmal mein Leben war, zu meinem Untergang geführt hat.«

»Das ist nicht –«

»Doch, das ist wahr. Zum großen Teil jedenfalls. Ich wollte es in die Ballets Russes schaffen, und es ist mir gelungen. Doch durch sie habe ich Eric Cheverin kennengelernt, der mein Unglück war. Ohne ihn säße ich nicht im Gefängnis.« Viktorias Blick glitt über die schmierigen Wände, das angestoßene Mobiliar, den verdreckten Fußboden. »Eine weitere Enttäuschung verkrafte ich nicht mehr. Wenn der Antrag auf Straferlass abgelehnt wird, weiß ich nicht, was ich tue.«

Jana sah sie eindringlich an. »Du musst etwas finden, das dich aufrechthält.«

Viktoria schaute zur Seite. Jana wusste nicht, wie das Leben hinter Gittern aussah, kannte weder den Lärm noch die Streitereien noch die Gefahr, angegriffen zu werden. Sie hatte auch keine Ahnung, wie es sich in einer engen Zelle lebte, in der im Sommer drückende Hitze herrschte und es im Winter eiskalt war.

»Sieh mich an«, sagte Jana. »Vor langen Jahren hast du mich einmal gerettet, indem du mir die ersten Ballettübungen beigebracht und mir gezeigt hast, wie froh es einen machen kann, wenn man erkennt, wozu der eigene Körper in der Lage ist. Nun musst du dich selbst retten, Viktoria. Vielleicht auch andere.«

Viktoria schüttelte den Kopf.

»Denk darüber nach.«

Wenig später verabschiedete Jana sich. Viktoria sah ihr nach, bis sie verschwunden war. *Meine Jana*, ging es ihr durch den Sinn, sie zu retten war das Einzige, was ihrem Leben Sinn gegeben hatte.

Langsam stand sie auf und folgte der Wache zurück zu ihrer Zelle. Sie dachte an Djagilew, den sie trotz seiner schroffen Art ins Herz geschlossen hatte. Er hatte sie nur selten besucht, doch jedes Mal erklärt, wie unverzeihlich es für ihn war, sie mit Eric Cheverin bekannt gemacht zu haben. Zu wissen, dass er für sie da war, war wie ein Licht in der Dunkelheit gewesen. Nun war auch dieses Licht erloschen.

Sie legte sich auf ihre Pritsche, schloss die Augen und spürte das Nahen einer Depression. Sie versuchte, dagegen anzugehen, und erinnerte sich an das, was Jana gesagt hatte. Jana hatte recht gehabt, sie musste einen Weg finden, um sich selbst zu retten.

»Alexei«, flüsterte sie. »Du fehlst mir noch immer so sehr.« Sie sehnte sich danach, seine Stimme zu hören, von ihm umarmt und geküsst zu werden. Diese Sehnsucht wurde nur erträglich, wenn sie ihre Ballettübungen machte.

Viktoria setzte sich auf. Da ihre Zelle zu eng war, ging sie, wann immer es ihr möglich war, in den großen Aufenthaltsraum, um dort zu tanzen. Anfangs hatte sie sich vor den Reaktionen der anderen Frauen gefürchtet, dann jedoch festgestellt, dass sie für die Ablenkung dankbar waren. Und wenn sie getanzt hatte, war ihr jedes Mal leichter um Herz gewesen. Manchmal hatte sie sogar vergessen können, wo sie war. Vielleicht … vielleicht konnte sie auch anderen Frauen die ersten Schritte beibringen. Zunächst nur die Positionen, um zu sehen, wem die Bewegungen Freude bereiteten.

So hatte es bei Dina begonnen.

Und dann bei Jana.

Warum konnte es nicht auch bei anderen so sein? Wenn man tanzte, drückte man seine Gefühle aus, konnte mit dem Körper eine Geschichte erzählen, und wenn man sich verausgabt hatte, überkam einen neben der Erschöpfung ein Gefühl tiefer Zufriedenheit.

»Es ist den Versuch wert«, flüsterte sie.

In dem Augenblick betrat Adele ihre Zelle. »Was ist den Versuch wert?«, fragte sie.

Viktoria betrachtete ihre Zellennachbarin, das strähnige Haar, das spitze Gesicht, den bleichen Teint. Adele saß wegen Mordes an ihrem Verlobten ein und schwor, dass sie unschuldig war. Früher, vor ihrem eigenen Prozess, hätte Viktoria ihr nicht geglaubt, inzwischen wusste sie es besser. Adele war nach Viktoria ins Gefängnis gekommen. Viktoria erinnerte sich noch, wie lebhaft sie zu Anfang gewesen war. Inzwischen wirkte sie, als wäre alles in ihr tot.

Adele setzte sich auf ihre Pritsche. »Warum sagst du mir nicht, was du versuchen willst?«

Viktoria überlegte, ob sie lügen sollte. Aber warum eigentlich? »Ich habe mich gefragt, ob du Lust hast, Ballett zu lernen.«

Adele starrte sie verblüfft an. Sie stieß ein freudloses Lachen aus. »Warum sollte ich?«

»Es kann sein, dass du dich dann besser fühlst.«

Adele schaute zu Boden. »Ich fühle mich auch ohne Ballett gut.«

»Ach ja? Hier im Gefängnis fühlst du dich gut?« Viktoria stand auf, neigte den Oberkörper vor und streckte graziös einen Arm aus. Auf einem Bein stehend, hob sie das andere Bein mit gestrecktem Knie nach hinten. »Das ist eine Arabesque. Ich glaube, die würde dir auch gelingen.«

Adele wurde verlegen. »Ich könnte nie so tanzen, wie du es manchmal im Aufenthaltsraum tust.«

Viktoria lächelte. »Nicht von heute auf morgen. Dafür habe ich lange trainiert. Zum Auftakt brauchst du nur ein bisschen Mut.«

Adele schüttelte den Kopf. »Wenn die anderen mich herumhopsen sehen, lachen sie mich aus.«

»Oder sie bekommen Lust mitzumachen. Komm, wir ziehen die Stiefel aus.«

Sie streiften die Stiefel ab. Adele schien noch immer nicht begeistert.

»Erste Position.« Viktoria drehte die Füße nach außen und bildete mit den Armen einen Halbkreis vor dem Körper.

Zögernd tat Adele es ihr nach. Als sie sah, dass es ihr gelang, lächelte sie.

»Zweite Position.«

Sie schafften sämtliche Positionen. Immer wieder korrigierte Viktoria Adeles Haltung. Manchmal hielt die junge Frau sich am Bettpfosten fest, um nicht zu sehr zu wackeln. Beinah eine Stunde lang machte sie mit, dann hatte sie genug und legte die Hände auf ihre erhitzten Wangen.

»Wie fühlst du dich?«, fragte Viktoria.

Adele horchte in sich. Dann lächelte sie. »Besser als vorher. Leichter.«

»Sollen wir morgen weitermachen?«

Adele nagte an ihrer Lippe. »Vielleicht.«

»Lass es uns eine Woche lang versuchen. Danach kannst du dich entscheiden.«

Adele wirkte noch immer unschlüssig. »Warum willst du das?«

»Weil es uns helfen wird, die Tage hier zu überstehen.«

Am nächsten Tag trat Viktoria im Aufenthaltsraum vor die Frauen, die dort saßen, und schilderte ihnen ihr Vorhaben. Sie hörten ihr zu, sagten jedoch weder ja noch nein. Schließlich rief eine: »Zeig uns noch mal, was du kannst. Damit wir wissen, was wir hinterher auch können.« Alle lachten, auch Viktoria.

Sie streifte ihre Stiefel ab. Dann trat sie auf den freien Platz in der Mitte des Raums. Im Geist hörte sie die Musik zu »Giselle«. Dann sah sie, wie Alexeis Gestalt aus dem Nichts hervortrat, wie er sich ihr lächelnd näherte. Er wurde zu Albrecht, der voller Staunen die Frau entdeckt, in die er sich verlieben wird. Und Viktoria wurde zu dieser Frau, streckte ihm die Arme entgegen und begann den Part der Giselle zu tanzen, als wäre Alexei tatsächlich bei ihr. Auch die Gesichter von Irina, Massine und Djagilew tauchten vor ihr auf – und zuletzt noch das von Waslaw Nijinsky. Voller Entzücken schauten sie ihr zu.

Die Wände des Gefängnisses lösten sich auf. Viktoria war wieder frei, gehörte zu der Welt, in der getanzt, Musik geschrieben, Bühnenbilder gemalt, Kostüme entworfen und Ballette geschaffen wurden, einer Welt, in der allein die künstlerische Schaffenskraft zählte und in der es nichts Hässliches gab.

# Kapitel 33

In den vergangenen beiden Tagen hatte Lily mehrmals versucht, Yves zu erreichen, aber er ging weder ans Telefon, noch reagierte er auf ihre SMS. Am Morgen des dritten Tages stand Lily erneut vor dem Haus, in dem er wohnte, schaute zu den Fenstern im dritten Stock hinauf und fragte sich, ob es richtig war, ihn so kurz nach dem Tod seines Vaters zu besuchen. Doch als sie an der Tür klingelte, tat sich nichts. Entweder war er nicht zu Hause, oder er wollte ihr nicht öffnen.

Lily holte den Brief, den sie ihm geschrieben hatte, aus ihrer Handtasche hervor. Sie hatte Stunden gebraucht, bis sie die richtigen Worte gefunden hatte. Noch einmal nahm sie die Seiten aus dem Umschlag und überflog den Text.

*Lieber Yves,*
*es tut mir sehr leid, dass wir auf unschöne Art und Weise auseinandergegangen sind. Ich wollte Dir noch so vieles sagen. Deshalb schreibe ich Dir und hoffe, dass Du erkennst, dass meine Zeilen von Herzen kommen.*

*Ich weiß, wie sehr Du unter dem Tod Deines Vaters leidest und Dir wünschst, Du könntest die Zeit zurückdrehen, um noch einmal mit ihm zu sprechen und ihm nahe zu sein. Ich wünschte, so etwas wäre möglich.*

*Manchmal baut unser Leben Hindernisse auf, für deren Überwin-*

*dung wir große Kraft brauchen. Wahrscheinlich kannst Du Dir im Moment nicht vorstellen, dass Du jemals bereit sein wirst, Dir die Versäumnisse, die Du Dir vorwirfst, zu verzeihen. Dennoch hoffe ich, dass es Dir gelingt. Du bist ein wunderbarer, liebevoller Mensch, und ich bin sicher, dass Dein Vater genau derselben Meinung war.*

*Steigere Dich nicht in Deine Selbstvorwürfe hinein. Ich weiß, wie das ist und dass es zu nichts führt, außer dass man sich selbst zerfleischt. Zwar habe ich Deinen Vater nie kennengelernt, doch ich bin sicher, er hätte nicht gewollt, dass Du Dich wegen etwas quälst, das er Dir verziehen hat, denn das wird er getan haben, wenn er Dich so geliebt hat, wie Du es gespürt hast.*

*Du hast so viel zu geben – denk an Deine Liebe zur Musik, Deine Kreativität, Deine Fähigkeit zu komponieren, Deine Begeisterung für das Ballett, Deine Anteilnahme am Leben anderer. Wirf diese Dinge in Deinem Kummer nicht weg, die Leere, die Du danach spüren würdest, ist schrecklich. Menschen wie Du werden gebraucht. Ich habe Dich gebraucht. Du hast mich gezwungen, tief in mich hineinzusehen und zu erkennen, wo ich stehe und was ich tun muss, damit es mir bessergeht. Ich laufe nicht mehr fort, und ich werde mich auch nicht mehr verkriechen und so tun, als gäbe es auf der Welt nichts anderes als ein kleines Dorf in Australien.*

*Dank Deiner Hilfe ist die Zukunft für mich nicht mehr der dunkle, beängstigende Ort, der sie war. Ich glaube sogar, dass ich eines Tages wieder lieben kann. Ich wünschte, ich könnte Dir auf die gleiche Weise helfen.*

*Ich erwarte keine rasche Antwort von Dir, doch Du sollst wissen, dass ich immer für Dich da sein werde.*

*In Liebe*
*Lily*

Sie steckte den Brief zurück und klebte den Umschlag zu. Eine Zeitlang stand sie noch da, doch dann gab sie sich einen Ruck und warf ihn in Yves' Briefkasten.

Sie wandte sich ab und lief die Straße hinunter. Hätte sie mit dem Brief noch warten sollen? Würde er Yves zu kurz nach dem Tod seines Vaters erreichen und taktlos wirken?

Nein, sagte sie sich und dachte an die Last, die sie nach Aidens Tod mit sich herumgeschleppt hatte. Es hätte ihr gutgetan, wenn jemand schon viel früher so deutlich wie Yves mit ihr gesprochen und sie von dem Abgrund fortgezogen hätte, in dem sie versunken war.

Gedankenverloren lief sie durch die Straßen. Es war wieder ein schöner Tag, über den blauen Himmel zogen einige Schleierwolken. An einem Café, aus dem ein verlockender Duft nach Kaffee und frischgebackenem Kuchen kam, fand sie einen Platz an einem der Tische draußen. Sie aß ein pain au chocolat, trank einen grand crème und ließ sich von der Herbstsonne wärmen. Mit geschlossenen Augen hielt sie ihr Gesicht in die Sonne und konnte nicht fassen, wie frei, wie gelöst sie sich endlich wieder fühlte.

Zu guter Letzt machte sie sich auf den Weg zum Jardin Marco Polo.

Kurz bevor sie den Park erreichte, begann ihr Herz aufgeregt zu klopfen. Auf geradem Weg lief sie zu dem großen Brunnen, warf den Figuren einen kurzen Blick zu und steuerte die dahinterliegenden Bänke an.

Sie hatte so sehr gehofft, dass Yves auf seiner Bank sitzen würde. Doch seine Bank war leer, und ihr Herz zog sich vor Enttäuschung zusammen.

Niedergeschlagen setzte sie sich auf ihre Bank, holte ihre Kamera hervor und ging die Fotos durch, die sie in Paris gemacht hatte. Jetzt wünschte sie, sie hätte Yves an jenem ersten Tag, als sie ihn auf seiner

Bank entdeckt hatte, fotografiert. Doch sie hatte nur Bilder von der Stadt gemacht, teilweise recht schöne, doch es waren Fotos, wie es sie in jedem Reiseführer gab.

Sie stand auf, warf Yves' Bank einen letzten Blick zu und ging Richtung Ausgang zum Boulevard du Montparnasse. Dort ließ sie sich wieder ziellos treiben, doch vor einem modernen Gebäude mit schneeweißer Fassade blieb sie stehen. In großen Schaukästen hingen riesige Schwarz-Weiß-Fotos von Balletttänzern und -tänzerinnen, offenbar über viele Jahre hinweg aufgenommen. Sie begannen mit einem Foto, das das Corps der Ballets Russes in einer Trainingsstunde zeigte. Lily presste ihre Nase an die Glasscheibe, in der Hoffnung, Viktoria Budian unter den Gesichtern zu finden oder vielleicht ihre Urgroßmutter Jana, doch es war vergebens. Natalie war auf den jüngeren Fotos ebenfalls nicht zu entdecken. Doch die Fotos waren großartig, Lily konnte sich an den sehnigen, muskulösen Körpern inmitten eines *grand jeté*, eines Fouetté oder einer Pirouette kaum sattsehen. Und wie gut die Fotografen sich im Ballett ausgekannt haben mussten, wenn es ihnen gelungen war, die Tänzer und Tänzerinnen genau im richtigen Moment einzufangen. Es war, als bildeten diese Fotos eine ganz eigene Form der Kunst.

Ob ihr solche Bilder auch gelingen würden?

Sie trat einen Schritt zurück und wollte weitergehen, doch sie konnte sich einfach nicht losreißen. Ihr Blick fiel auf die große rote Schrift an der Fassade.

*Ecole de photographie artistique.*

Einen Moment lang starrte sie nur darauf. Dann fasste sie sich ein Herz und betrat das Gebäude.

Noch während Lily die Bewerbungsunterlagen der Schule ausfüllte, erhielt sie eine SMS von Natalie. Ihre Schwester wollte sich mit ihr um dreizehn Uhr vor dem Théâtre du Châtelet treffen. Lily gab ihre Unterlagen am Empfang ab und hastete zur nächsten Metrostation.

Doch nun war es vierzehn Uhr dreißig, und sie wartete noch immer auf Natalie.

Schließlich wurde es ihr zu dumm, vor dem Theater herumzustehen, und sie umrundete das Haus zum Bühneneingang.

»Wie schön, Sie noch einmal zu sehen«, sagte Bernard mit einem warmen Lächeln. »Ich hatte Sorge, Sie wären schon wieder in Ihre Heimat abgereist.«

»Ach woher.« Lily erwiderte sein Lächeln. »Ich bin sicher, in der nächsten Zeit werden wir uns noch sehr häufig begegnen.«

Er öffnete ihr die Tür. »Ich glaube, Ihre Schwester ist noch bei ihrem Gespräch mit der Geschäftsleitung.«

Soweit Lily wusste, hatte dieses Gespräch vor über zwei Stunden begonnen. Sie sagte sich, dass es ein gutes Zeichen war, wenn es länger als geplant dauerte. Wäre Natalie entlassen worden, wäre das Gespräch vermutlich längst beendet.

Sie lief über den Flur, vorbei an den Übungsräumen und dem großen Probensaal, hörte Klaviermusik und eine weibliche Stimme, die »Battement tendu« rief und »Battement tendu jeté«, dann »Battement tendu pour batterie«. Lily folgte den Kommandos im Geist, streckte und bewegte das Spielbein, wie es ihr seit ihrer Kindheit vertraut war und ihr Leben lang vertraut bleiben würde.

Plötzlich stand sie am Rand der Bühne und schaute auf die Bretter, auf denen Stars wie Nijinsky und Massine getanzt hatten, auch ihre Urgroßmutter Jana, und auf die Viktoria Budian es trotz ihres Könnens nie geschafft hatte.

Sie fragte sich, wie die Mitglieder der Ballets Russes, beinahe ausnahmslos aus Russland stammend, mit dem Leben in Europa und während des Ersten Weltkriegs zurechtgekommen waren. Wahrscheinlich hatten sie ständig mit der Unsicherheit gelebt und nie gewusst, was ihnen die nächsten Jahre bringen würden. Und doch hatten sie es geschafft, die kreativen Einflüsse ihrer Zeit zu nutzen und mit den Formen des Balletts zu experimentieren, wie es bis dahin undenkbar gewesen war. Das Ballett »Parade« galt noch immer als avantgardistisch.

Lily strich über den Samtvorhang, öffnete ihn einen Spaltbreit und trat daraus hervor. Der Zuschauerraum lag halb im Dunkeln, nur zwei kleine Lämpchen an der Wand brannten.

Nun stand sie dort, wo sie und Aiden hätten auftreten sollen. Sie zwinkerte ihre Tränen fort, hob sich auf die Zehenspitzen und breitete die Arme aus. Sie versuchte, sich an Yves' Komposition »Seelenlandschaft« zu erinnern, summte die Takte, die ihr noch im Gedächtnis waren, und begann sich dazu zu bewegen.

Sie versuchte sogar einen der Sprünge, die sie sich vorgestellt hatte, als sie die Melodie bei Yves gehört hatte, und spürte, wie ihr Rücken protestierte. Doch sie ignorierte den Schmerz, und fing an, sich langsam zu drehen und dann immer schneller.

Sie würde nie mehr auftreten können, das wusste sie, aber das bedeutete nicht, dass sie nicht mehr tanzen konnte. Sie könnte wieder an einer Ballettklasse teilnehmen, einfach so. Wie falsch es gewesen war, sich einzureden, dass sie mit dem Ballett abgeschlossen hatte.

Lily verharrte, schüttelte den Kopf. Nein, sie würde sich deswegen keine Vorwürfe machen. Sie begann erneut Yves' Melodie zu summen, und dann schallte dieselbe Musik plötzlich aus den großen Lautsprecherboxen.

Lily verstummte und starrte in den Zuschauerraum.

»Ist da jemand?«

Die Musik wurde lauter.

Lily spürte, wie ein Glücksgefühl in ihr aufstieg und sie wie eine Woge überschwemmte. »Yves«, rief sie, »bist du das?«

Yves trat aus einer Seitentür hervor, durchmaß den Gang mit großen Schritten und sprang die Treppe zur Bühne herauf. Er nahm Lilys Hände. In dem Moment, als er sie berührte und jeder Nerv in ihrem Körper reagierte, wusste sie, wie falsch ihre Rückkehr nach Australien gewesen wäre.

»Ich muss mich schon wieder entschuldigen«, sagte er.

Lily schüttelte den Kopf. »Du ganz bestimmt nicht.«

»Doch, und das tue ich hiermit.« Er zog sie an sich. »Ich danke dir für deinen Brief.« Er beugte sich zu ihr hinab und küsste sie.

Lily erwiderte den Kuss hingebungsvoll und schmiegte sich an ihn.

Schließlich lösten sie sich voneinander. »Ich möchte dir so viel sagen«, begann Yves. »Ich hatte Angst, dass ich es schon wieder versäumen würde, einem Menschen, den ich liebe, etwas Wichtiges zu sagen.«

»Du liebst mich?«, fragte Lily erstaunt. Sie hatte es kaum zu hoffen gewagt.

»Was hast du denn gedacht?« Yves schloss sie wieder in die Arme. »Wenn du bei mir bist, ist der Himmel blauer, das Gras grüner und die Luft süßer. Ich möchte, dass du bei mir bleibst.«

Lily schaute in seine Augen und wusste nicht, was sie sagen sollte. Sie liebte Yves, doch sie vermochte die Worte nicht auszusprechen. Vielleicht war es dazu noch zu früh. Sie legte ihren Kopf an seine Brust und war einfach nur glücklich.

»Meine Komposition ist vollendet«, sagte er. »Es war, als wollte ich meinem Vater beweisen, dass ich etwas Gutes und Schönes schaffen kann, eine Musik, die auch ihm gefallen hätte.« Er strich über Lilys Haar. »Im Bohème ist man mit dem Ergebnis sehr zufrieden. So zufrieden, dass wir uns bald wegen eines neuen Projekts zusammensetzen werden.« Seine Hand wanderte weiter und streichelte Lilys Nacken. »Deshalb brauche ich jemanden, der mich jeden Tag inspiriert. Was meinst du, hättest du dazu Lust?«

»Ja«, flüsterte Lily.

Sie küssten sich erneut, lang und leidenschaftlich, und Lily spürte, wie sehr sie sich nach ihm gesehnt hatte.

Der Knall einer zuschlagenden Tür riss sie aus ihrer Umarmung.

»So, so«, rief Natalie und kam den Gang herunter. »Das macht ihr also, wenn ich nicht da bin.«

Lily errötete.

Natalie stieg die Stufen zur Bühne herauf. »Yves«, sagte sie, »kannst du nicht versuchen, meine Schwester zum Bleiben zu überreden?«

»Ich bleibe sowieso«, entgegnete Lily.

Natalie sah sie verdutzt an.

Lily erzählte den beiden von ihrem Entschluss, die Pariser Schule für Fotografie zu besuchen. Der Unterricht würde allerdings erst in einigen Wochen beginnen, doch diese Zeit brauchte sie ohnehin, um ihr Studentenvisum zu bekommen.

Natalie strahlte. »Lily ist eine sehr gute Fotografin«, erklärte sie Yves.

»Woher willst du das wissen?«, fragte Lily. »Ich fotografiere doch erst seit kurzem.«

»Mum hat mir manchmal ein Foto gemailt, das du aufgenommen hast. Wahrscheinlich in der Hoffnung, dass es uns wieder näherbringen würde. Du bist begabt und hast ein sicheres Auge. Es wäre eine Schande, wenn du dein Talent vergeudest.«

Lily hatte die kleine Pause registriert. »Wieder vergeudest wolltest du sagen.«

Natalie wich ihrem Blick aus und sagte: »Ja, vielleicht.«

Lily seufzte. »Du hast ja recht.« Sie legte eine Hand auf ihre Brust. »Aber das Ballett ist immer noch in meinem Herzen. Ich spiele mit dem Gedanken, nach meiner Ausbildung als Bühnenfotografin zu arbeiten.«

»Ich habe auch Neuigkeiten.« Natalie lächelte breit. »Ich werde den Part der Viktoria Budian tanzen.«

»Das ist großartig«, sagten Yves und Lily wie aus einem Mund.

Natalie machte einen kleinen Hüpfer.

»Wie hast du das geschafft?«, fragte Lily.

»Die Leitung des Bohème hat Nachforschungen wegen der Skizzen von Picasso angestellt – Skizzen, die ich entdeckt habe. Zurzeit verhandeln sie mit Christian Cheverin über die Rückgabe.«

»Und?«

»Er hat noch nicht zugestimmt, aber es sieht vielversprechend aus.« Natalie breitete die Arme aus und drehte eine Pirouette. »Vielleicht sollte ich ihn anrufen und mich bei ihm bedanken.«

»Nein!«, riefen Yves und Lily gleichzeitig und brachen in Gelächter aus.

»Spielverderber«, sagte Natalie.

»Ich habe auch etwas. Wartet.« Yves sprang die Stufen hinunter und verschwand durch die Seitentür, durch die er gekommen war.

»Wo ist er hin?«, fragte Natalie.

»Keine Ahnung.«

Gleich darauf erfüllte Musik den großen Raum, weiche, fließende Klänge eines Klaviers. »Was ist das?«, fragte Lily. »Es klingt wundervoll.«

»Das ist der Anfang von ›Wendepunkt‹.« Natalie streckte ein Bein und hob die Arme zu einer Arabesque. »Es ist die Klavierfassung. Was glaubst du, wie gut erst die Orchesterfassung wird?« Sie setzte den Fuß wieder auf und begann sich zu den Klängen zu bewegen. »Erinnerst du dich noch an den Walzer in ›Coppelia‹? Ich habe ihn ein Jahr nach dir gelernt. So werde ich auch mit dem Part der Viktoria beginnen.«

Lily sah zu, wie ihre Schwester tanzte, hörte die Musik und spürte, wie ihr Körper sich an den ersten Akt aus »Coppelia« erinnerte und wie sie von allein Walzerschritte machte. Sie näherte sich Natalie, die sie überrascht ansah, dann jedoch die Arme ausbreitete und sie an sich zog.

Zusammen drehten sie sich im Kreis, und Lily spürte, wie glücklich sie war, weil sie Yves gefunden hatte und wieder mit Natalie zusammen war.

Sie merkte, dass ihr Rücken nun noch stärker schmerzte, doch als sie Natalies verklärte Miene sah, tanzte sie mit ihr weiter. Wie gut es war, dass sie den Mut gefunden hatte, wieder nach Paris zu reisen und die Dämonen, die sie zwei Jahre lang verfolgt hatten, zu bezwingen.

Sie geriet aus dem Takt und machte einen Stolperschritt.

»Nicht nach unten sehen!«, sagte Natalie und hielt sie ein wenig fester. »Und lächeln, Lily, lächeln!«

Dann verklang die Musik, und Lily war außer Atem.

»Du wirst alt«, sagte Natalie und stieß sie mit der Hüfte in die Seite.

»Pah«, antwortete Lily. »Wetten, dass ich immer noch mehr Pirouetten schaffe als du?«

»Ach ja? Dann fang an.«

»Ich habe keine Spitzenschuhe.«

»Dann beim nächsten Mal. Die Wette gilt.«

*Beim nächsten Mal*, dachte Lily. Wie schön sich das anhörte.

Yves kehrte zurück. »Ich habe euch tanzen sehen. Es war phantastisch. Als wüsste die eine genau, was die andere als Nächstes tun würde.«

Natalie lachte. »Wir haben uns doch nur im Walzer gedreht.«

»Aber es war das erste Mal, dass wir zusammen auf der Bühne standen.«

Natalie umarmte Lily. »Es wird immer besser, oder?«, flüsterte sie.

Lily bekam einen Kloß im Hals und konnte nur nicken.

»Natalie, verdammt noch mal«, ertönte im Zuschauerraum eine Frauenstimme. »Ich warte seit einer Stunde auf dich.«

»Mist«, sagte Natalie. »Ich war mit Penny zum Lunch verabredet.« Sie griff nach ihrer Handtasche. »Bin sofort da«, rief sie und rannte los.

Yves legte einen Arm um Lily. »Sollen wir einen Spaziergang machen?«

»Ja, das wäre schön.«

Hand in Hand verließen sie das Théâtre du Châtelet zum Quai de Gesvres und spazierten an der Seine entlang. Lily dachte an das kleine Dorfmädchen, das sie einmal gewesen war. Damals hatte sie von dem Tag geträumt, an dem sie erstmals als Solotänzerin auf einer großen Bühne stehen und das Publikum verzaubern würde. Dieser Traum war zerronnen, doch sie stellte fest, dass es ihr künftig leichtfallen würde, ohne ihn zu leben, denn vor ihr lag ein Leben, das sie mit neuen Träumen füllen würde, zusammen mit Yves an ihrer Seite.

Lächelnd schaute sie hinauf zu dem blauen Himmel über Paris.

# Danksagung

Wieder einmal hatte ich das große Glück, mit einer wunderbaren Gruppe Menschen zusammenzuarbeiten, die Geschichten ebenso lieben wie ich.

Ein großes Dankeschön geht an das großartige Team bei Kensington Publishing. Es ist eine Freude, mit euch zusammenzuarbeiten. Ein besonderer Dank gebührt meiner wundervollen Lektorin Esi Sogah; ihre Leidenschaft scheint durch alles, was sie tut, hindurch. Esi, ich schätze Dein fabelhaftes Feedback und freue mich immer über Deine Ermunterung. Du besitzt ein unglaubliches Auge fürs Detail.

Ein ganz großes Dankeschön geht auch an Lucienne Diver von The Knight Agency. Ich arbeite wahnsinnig gern mit Dir zusammen; Deine Kenntnisse, Deine Unterstützung und Dein Enthusiasmus sind phantastisch. Ich danke Dir sehr für alles, was Du tust.

Ein weiteres herzliches Dankeschön geht an Jacinta di Mase von Jacinta di Mase Management für ihre großartige Unterstützung.

Natürlich muss ich mich auch bei meiner Schreib-Crew bedanken, die es für normal hält, wenn ich mit mir selbst oder mit meinen Buchfiguren spreche. Zu ihr gehören: Dave Sinclair, Di Curran, Heidi Noroozy, Juliet Madison, Kathryn Ledson, Kerri Lane, Louise Ousby, Natalie Hatch, Rachael Johns, Supriya Savkoor, T. M. Clark und Tess

Woods. Ich danke ihnen für unser gemeinsames Brainstorming und dafür, dass sie mir, wenn nötig, mit der Peitsche gedroht haben.

Vielen Dank an meine Mädels: Misty Simon, Danita Cahill, Barrie Summy, Maureen McGowan und an unsere geliebte Flo Moyer. Wer hätte geglaubt, dass aus einer Gruppe von Autorinnen, die sich vor zehn Jahren online kennengelernt haben, so wunderbare Freundinnen würden?

Ein besonders großes Dankeschön gebührt auch den Romance Writers of America. Die Unterstützung, die ihr mir – und zahllosen anderen Autoren und Autorinnen – gegeben habt, ist phänomenal. Für mich ist es ein großes Glück, dass ich dieser Organisation angehören darf. Durch die RWA habe ich viele Menschen kennengelernt, die mittlerweile zu Freunden geworden sind und die ich stets schätzen werde. Ich wünsche euch allen noch viele Stunden Lese- und Schreibvergnügen.

Ein »Merci« richte ich an Albert Lecoanet, der meine französischen Sätze kontrolliert und mir geholfen hat, meinen französischen Wortschatz, der nur aus Flüchen bestand, zu erweitern.

Das nächste besondere Dankeschön geht an Rebecca Slaven und die Belegschaft und die Schülerschaft des Geelong Ballet Centre. Eure Expertise war von unschätzbarem Wert.

Ebenso gilt mein herzlicher Dank der großartigen Belegschaft der National Gallery of Australia; ihr Wissen und ihre Begeisterung für ihre Sammlung über die Ballets Russes sind einzigartig. Den Tag, an dem ihr mir die wunderschönen Kostüme, Bühnenbilder, Skizzen und Programme der Ballets Russes gezeigt habt, werde ich nie vergessen. Mein besonderer Dank geht an Simeran Maxwell, Hannah Barrett, Aaron Pollock und Helen Hyland.

Meiner großen Familie und meinen Freunden, die keine Romane schreiben, danke ich unendlich dafür, dass sie es mir nicht übelnehmen, wenn mich die Figuren und die Handlung meines Romans ein wenig ablenken. Eure Unterstützung macht meine Arbeit schöner. Besonderer Dank gilt meiner Mutter, Dave und meinem geliebten Vater (den ich stets vermissen werde). Sie alle haben mich ermuntert, meine Träume zu verwirklichen.

Dieser Roman ist meiner wunderbaren Familie gewidmet – Garry, Rebecca und Nicholas –, die so viel Freude in mein Leben bringen. Ich danke euch für eure Liebe, eure Ermunterung und dafür, dass ihr mich auch bei diesem Teil meines Lebens begleitet. Ich liebe euch unendlich.

Ein weiteres Dankeschön erhalten meine Leser dafür, dass sie sich für »Die Ballerina von Paris« Zeit genommen haben. Möge die Geschichte ein Lächeln auf Ihre Lippen und Musik in Ihre Herzen zaubern.

*PAWLOWA –*
*eine Torte mit Geschichte*

Pawlowa ist eine Torte aus Baisermasse und reichlich Sahne, die gern mit Schokoladensplittern oder Früchten dekoriert wird, etwa mit Beeren oder Passionsfrüchten.

Es heißt, dass diese Torte im Jahr 1926 nach Anna Pawlowa benannt wurde, einer Primaballerina der Ballets Russes, die seinerzeit auf einer Welttournee war. Angeblich wurde sie von dem weißen Tutu inspiriert, das sie in »Schwanensee« trug. Wer diese Torte erstmals zubereitet hat, ist jedoch schwer zu sagen. Zwischen Australien und Neuseeland herrscht von jeher eine freundschaftliche Rivalität; das Thema »Pawlowa« (ebenso wie Rugby oder Kricket) hat patriotische Sprengkraft. Um des lieben Friedens willen lasse ich die Frage des Ursprungs außen vor und konzentriere mich auf das Rezept einer meiner liebsten Süßspeisen. Ich bin ziemlich sicher, dass Lily sie irgendwann für Yves gemacht hat und dass er davon nicht genug bekommen konnte. Wem würde es auch anders ergehen?

*ZUTATEN:*
*4 Teelöffel Maismehl*
*6 Eiweiß*
*1 Teelöffel Cream of Tartar*
*1 1/3 Tasse Zucker*

*1 Teelöffel Vanilleextrakt*
*1 Teelöffel weißer Essig*
*1 Tasse fettreiche Schlagsahne*
*1 Tasse frische Beeren Ihrer Wahl (oder das Fruchtfleisch dreier Passionsfrüchte oder zwei Bananen in Scheiben)*

Den Backofen auf 180° Celsius vorheizen.

Auf einem Bogen Pergamentpapier einen Kreis von 24 cm Durchmesser ziehen. Den Bogen umdrehen und auf ein Backblech legen. Einen Teelöffel Maismehl darüber streuen.

Das Eiweiß mit dem Mixer schlagen, Cream of Tartar dazugeben und weiterschlagen, bis sich auf der Masse kleine weiche Spitzen erheben. Den Zucker langsam teelöffelweise darunterrühren, jedoch einen Teelöffel davon für später aufheben. Die Masse schlagen, bis sie dick und glänzend ist.

Danach drei Teelöffel Maismehl dazugeben und den letzten Teelöffel Zucker. Vanilleextrakt und Essig dazugeben. Mixen, bis sie sich aufgelöst haben.

Die Baiser-Masse mit einem Löffel auf das Pergamentpapier geben und innerhalb des Kreises bleiben. Die Masse sollte am Rand höher als in der Mitte sein.

Den Ofen auf 100° Celsius stellen.

Die Masse 75 bis 90 Minuten backen, bis sie knusprig (aber nicht dunkelbraun) ist.

Den Backofen ausschalten und die Ofenklappe öffnen, die Torte jedoch zum Abkühlen im Ofen lassen. Keine Sorge, wenn sie in der Mitte ein wenig einsinkt, das ist normal.

Sobald die Torte vollständig abgekühlt ist und Sie sie auftragen möchten, schlagen Sie die Sahne steif und verteilen sie auf der Torte. Dann dekorieren Sie sie mit Ihren Früchten. Guten Appetit!

## Diskussionsfragen

1. Waren Sie jemals in Paris? Wie hat die Stadt Ihnen gefallen? Und falls Sie noch nicht dort waren, was erwarten Sie von Paris?
2. Lily kehrt nach Paris zurück, um sich mit ihrer Schwester auszusprechen, obwohl sie annehmen muss, dass sie zurückgewiesen wird. Glauben Sie, dass ihr Vorhaben richtig war? Warum oder warum nicht? Wie wichtig ist es für Sie, dass man sich in Ihrer Familie versteht?
3. Für Viktoria bedeutet die Begegnung mit Jana die zweite Möglichkeit, einem jungen Mädchen zu helfen. Obwohl sie sich anfangs dagegen wehrt, bietet sie Jana schließlich doch die Chance, etwas aus ihrem Leben zu machen. Wenn Sie jemandem helfen könnten, was würden Sie tun, um sein Leben zu erleichtern oder ihn zu fördern?
4. Viktoria fühlt sich Alexei verbunden, obwohl er launisch geworden ist und sich merkwürdig verhält. Wären Sie an Viktorias Stelle bei ihm geblieben? Warum oder warum nicht?
5. Lily fällt es schwer, sich Aidens Tod zu verzeihen; ihr Kopf und ihr Herz müssen dazu einen Kampf ausfechten. Wie haben Sie den Unfall gesehen? Hat Lily ihn – wenn auch unwillentlich – mitverschuldet?
6. Die Ballets Russes stellen in der Geschichte des Balletts einen

Meilenstein dar. Hatten Sie einmal Ballettunterricht? Waren Sie jemals im Ballett? Haben Sie sich als Kind gewünscht, eines Tages Ballerina zu werden?

7. Natalie versucht, mit ihrer Trauer um Aiden fertigzuwerden, und begegnet Lily mit Härte. Glauben Sie, dass ihr Verhalten gegenüber Lily berechtigt ist? Warum oder warum nicht?
8. Zum Schluss zeigt Baron Cheverin sein wahres Gesicht. Hatten Sie den Verdacht, dass es so kommen könnte? Wenn ja, warum?
9. Sergei Djagilew hat sehr viel für russische Künstler getan. Waren Ihnen sein Name, sein Werk, sein Ruf bekannt? Was glauben Sie, wie es war, zu seiner Kompanie zu gehören?
10. Yves hat Probleme mit seinem Vater. Finden Sie es richtig, wenn ein Elternteil das Leben und die Berufswahl eines Kindes stark beeinflusst? Warum oder warum nicht?
11. Wie sehen Sie die Liebe, die Lily und Yves füreinander empfinden? Können Menschen unterschiedlicher Kulturen eine erfolgreiche Beziehung haben? Wie, glauben Sie, können solche Unterschiede eine Beziehung stärken oder schwächen?

LESEPROBE

## ERSTES KAPITEL

Charlotte hielt den Stoffbeutel, in dem sie das Bild ihrer Großmutter sicher verstaut hatte, fest umschlossen und lief über den Campus der *Escuela de Bellas Artes*. Ihr Herz klopfte, während sie geschickt den Studenten auswich, die auf den Grünflächen in der Sonne lagen, lasen oder in Gespräche vertieft waren. Gerne hätte sie für einen Moment innegehalten, um das intensive Blau des Himmels, die hell blühenden Gardenien und die Sonne zu genießen, die ihre Haut wärmte. Aber sie hatte keine Zeit zu verlieren.

Sie hastete die Eingangstreppe hinauf und öffnete die Jugendstiltür des Hauptportals. Die kleinen Fenster der Eingangshalle ließen nur wenig Sonnenlicht herein, so dass das Foyer und der angrenzende Flur in trübe Dunkelheit getaucht waren. Charlotte blinzelte und versuchte im Gehen die Namensschilder an den Türen zu entziffern.

Dann atmete sie auf. Hier war es. Vorsichtig klopfte sie an die Bürotür.

Keine Antwort.

Sie klopfte erneut und wollte sich schon damit abfinden, vor Professor Fonsecas Tür warten zu müssen, als sie Absätze auf den Holzdielen des langen Ganges klappern hörte. Eine zierliche Frau in Hosenanzug und mit akkurat geschnittener Bobfrisur kam ihr entgegen.

»Entschuldigen Sie, sind Sie Professor Fonseca?«, fragte Charlotte und strich nervös ihre Hose glatt.

»*Sí*«, antwortete die Frau, während sie die Tür aufschloss. Dann drehte sie sich um, runzelte die Stirn und blickte über den Rand ihrer schwarzgerahmten Brille. »Um sich zu meinen Kursen anzumelden, müssen Sie sich an die Abteilung für die Zulassung ausländischer Studenten wenden. Ich kann Ihnen nicht helfen.«

»Oh, deshalb bin ich nicht hier.« Charlotte öffnete den Knoten des Stoffbeutels und wollte gerade das Bild herausnehmen, als die Professorin sie mit einer ungeduldigen Handbewegung unterbrach. »Bemühen Sie sich nicht. *¡Por Dios! Estoy cansada de esto.*«

Charlotte atmete tief ein und nahm allen Mut zusammen. »Es tut mir leid, dass sich so viele Studenten unangemeldet an Sie wenden, aber bei mir ist es etwas anderes …«

»Das behauptet jeder. Egal was es ist, ich habe jetzt keine Zeit. In einer halben Stunde habe ich eine Vorlesung, und den Rest der Woche bin ich beschäftigt. Kommen Sie nächsten Mittwoch wieder. Elf Uhr.«

»Bitte.« Charlotte hätte die Professorin am liebsten am Arm festgehalten. »Meine *abuela* hatte einen schweren Herzinfarkt – sie ist neunzig, und es geht ihr sehr schlecht. Sie hat mich hergeschickt, damit ich herausfinde, wer der Künstler dieses Gemäldes ist. Es ist nicht signiert, alles, was sie darüber weiß, ist, dass es von einem Maler aus Granada stammt.«

Professor Fonseca musterte sie mit verschränkten Armen. »*Abuela?* Sprechen Sie also doch Spanisch?«

»Ich verstehe es besser als ich es spreche.« Der Unterricht in der Schule war Charlottes einzige Möglichkeit gewesen, Spanisch zu lernen. Ihre Großmutter hatte sich geweigert, ihr die Sprache ihrer Vorfahren beizubringen, und einzig und allein darauf bestanden, dass man sie *abuela* nannte. Einer der vielen Widersprüche, an denen ihre Großmutter ohne weitere Erklärung festhielt.

Die Professorin zuckte die Achseln. »Also sprechen wir weiter Englisch, auch wenn es mir in den Ohren weh tut.«

»Danke, ich weiß das zu schätzen.« Charlotte unterdrückte ein erleichtertes Seufzen. »Mein Urgroßvater hat meiner *abuela* ein Gemälde geschenkt und versprochen, ihr an ihrem einundzwanzigsten Geburtstag zu erzählen, was es damit auf sich hat. Leider starb er, ohne die Möglichkeit dazu gehabt zu haben.«

»Und warum hat sie bis jetzt gewartet, um etwas über das Gemälde zu erfahren?«

»Meine Großmutter wurde in Granada geboren, zog aber mit Anfang zwanzig nach England. Wann genau, weiß ich nicht.« *Abuela* war immer darum bemüht gewesen, möglichst wenig über ihre Vergangenheit in Spanien preiszugeben. Erst in letzter Zeit hatte sie ein wenig von ihrer Kindheit und Jugend erzählt und sogar mit einer gewissen Zuneigung über ihr Geburtsland gesprochen. »*Abuelas* einziges Erbe aus Spanien ist dieses Gemälde. Wegen ihres schlechten Gesundheitszustands hat sie sich dazu entschlossen, sich mit ihrer Vergangenheit auseinanderzusetzen. Das Einzige, was ihr noch wirklich am Herzen liegt, ist, etwas über die Herkunft des Bildes zu erfahren. Sie vermutet, dass es etwas mit ihrer Familiengeschichte zu tun hat.«

»Nun, wenn das Gemälde nicht signiert ist, dann sicher deswegen, weil der Künstler ein Niemand war.«

»Ich weiß, dass es viel verlangt ist, aber ich habe eine weite Reise hinter mir. Vielleicht können Sie sich doch einen Moment Zeit nehmen und einen Blick darauf werfen? Bitte.«

Professor Fonseca zuckte mit den Achseln. »Kommen Sie nächsten Mittwoch wieder.«

»Bitte, ich …« Charlotte machte einen Schritt nach vorne und griff in den Stoffbeutel.

»Nächsten Mittwoch«, hallte die barsche Stimme der Professorin im Flur wider.

»Aber …« Charlotte zog das Bild aus dem Stoffbeutel, ihre Handtasche rutschte von der Schulter und hätte beinah die in einen einfachen Holzrahmen gespannte Leinwand mit zu Boden gerissen. Als sie aufblickte, sah sie, dass Señora Fonseca das Gemälde anstarrte.

»Zeigen Sie.« Die Stimme der Professorin bebte.

Charlotte reichte ihr das Bild.

Im selben Moment wurde die Tür am Ende des Korridors aufgerissen, und eine Gruppe lachender und schwatzender Studenten kam auf sie zu.

»Kommen Sie, in meinem Büro haben wir mehr Ruhe.«

»*Gracias.*« Charlotte folgte der zierlichen Frau in ein mit dunklem Holz getäfeltes Zimmer. Hier drinnen schien es um zehn Grad kühler zu sein, und es roch so muffig, als wären die Fenster seit Ewigkeiten nicht mehr geöffnet worden. Ein breiter Schreibtisch voller vergilbter Aktenordner und Fotos nahm fast den ganzen Raum ein.

Professor Fonseca setzte sich hinter den Tisch, knipste eine Leselampe an und begann das Gemälde Zentimeter für Zentimeter zu untersuchen.

Nach einer gefühlten Ewigkeit, in der Charlotte unruhig neben dem Tisch gestanden hatte, schob die Professorin ihre Brille ins Haar und sagte dann leise: »Syeria Mesa Flores Giménez.«